FIENDEN INOM OSS

JAN GUILLOU:

Om kriget kommer 1971
Det stora avslöjandet 1974
Journalistik 1976
Irak – det nya Arabien (med Marina Stagh) 1977
Artister (med Jan Håkan Dahlström) 1979
Reporter 1979
Ondskan 1981
Berättelser från det Nya Riket (med Göran Skytte) 1982
Justitiemord 1983
Nya berättelser (med Göran Skytte) 1984
Coq Rouge 1986
Den demokratiske terroristen 1987
I nationens intresse 1988
Fiendens fiende 1989
Reporter (reviderad utgåva) 1989
Åsikter 1990
Den hedervärde mördaren 1990
Stora machoboken (med Leif GW Persson och Pär Lorentzon) 1990
Gudarnas berg 1990
Vendetta 1991
Berättelser 1991
Grabbarnas stora presentbok (med Leif GW Persson) 1991
Ingen mans land 1992
Grabbarnas kokbok (med Leif GW Persson) 1992
Den enda segern 1993
I Hennes Majestäts tjänst 1994
En medborgare höjd över varje misstanke 1995
Hamlon 1995
Om jakt och jägare (med Leif GW Persson) 1996
Svenskarna, invandrarna och svartskallarna 1996
Vägen till Jerusalem 1998
Tempelriddaren 1999
Riket vid vägens slut 2000
Arvet efter Arn 2001
Häxornas försvarare. Ett historiskt reportage 2002
Tjuvarnas marknad 2004
Kolumnisten 2005
Madame Terror 2006

JAN GUILLOU

Fienden inom oss

ISBN 13: 978-91-642-0242-0
ISBN 10: 91-642-0242-9

Utgiven av Piratförlaget
Omslag: Kaj Wistbacka, illustration, Arne Öström Ateljén, form
Tryckt hos ScandBook AB, Smedjebacken 2007

När nazisterna hämtade kommunisterna,
teg jag;
jag var ju ingen kommunist.
När de spärrade in socialdemokraterna,
teg jag;
jag var ju ingen socialdemokrat.
När de hämtade de fackliga,
lät jag bli att protestera;
jag var ju inte med i facket.
När de hämtade judarna,
lät jag bli att protestera;
jag var ju ingen jude.
När de hämtade mig,
fanns det ingen kvar som kunde protestera.

MARTIN NIEMÖLLER (1892–1984)
Ubåtskapten och krigshjälte under första världskriget.
Präst och koncentrationslägerfånge under andra världskriget.

Prolog

TILLSLAGET KOM PÅ sekunden 03:00 och genomfördes med militär precision och beslutsamhet. Drygt hundra polismän deltog i operationen, men styrkan dominerades av personal i helt svarta uniformer med rånarmasker. Nio olika inbrytningsgrupper anfördes av ett befäl och två man som med tunga forceringsverktyg hade till uppgift att på mindre än fem sekunder slå sönder varje tänkbar lägenhetsdörr man träffade på ute i förorten. Två specialenheter med tyngre beväpning hölls i reserv och skulle via radio kunna kallas in på mindre än fyrtio sekunder. En gruppering prickskyttar med mörkerseende kikarsikten låg i ställning så att de täckte samtliga utgångar i bostadskomplexet.

Tidpunkten för tillslaget hade efter en del diskussioner inom operationsledningen fastställts till klockan 03:00 eftersom de misstänkta kunde vara vakna dels vid midnatt och dels i gryningen för diverse böner. Den kalkylen visade sig åtminstone inte fel, eftersom samtliga objekt greps med överraskning i sina sängar eller alldeles intill sängplatsen.

Mindre än tre minuter efter den simultana inbrytningen i nio lägenheter började de första gripna forslas ut bakbundna med den amerikanska arméns plastfängsel och med huvor neddragna över ansiktena. Varje gripen leddes, eller i enstaka fall släpades med bara fötter i snöslasket av två maskerade poliser. Svarta skåpbilar matades fram i perfekt ordning och slukade snabbt de gripna för omgående transport. Ett fåtal män stretade emot och en del äldre kvinnor skrek hysteriskt. Men hela operationen gick idealiskt snabbt och smärtfritt. Drygt femtio objekt hade fraktats bort på mindre än nio minuter, vilket var strax under det beräknade tidsschemat.

Därmed inleddes fas två. I samtliga nio lägenheter genomfördes en summarisk husrannsakan där allt av intresse paketerades i svarta numrerade plastsäckar, utom befintliga hemdatorer som på plats plundrades på sina hårddiskar.

Tevebilderna blev mycket dramatiska, liksom för övrigt de stillbilder som den enda närvarande tidningens pressfotografer hann med under det snabba förloppet: den svarta vinternatten som bakgrund, människor på led med bakbundna händer, alla i pyjamas, med svarta huvor neddragna över sina ansikten. En del i tofflor, en del barfota. Storvuxna maskerade poliser i svarta uniformer och med automatvapen i händerna.

Men eftersom det inte är sant att en bild säger mer än tusen ord måste bilder med så hög halt av dramatik tolkas med hjälp av de tevejournalister och kvällstidningsreportrar som fått operationsledningens särskilda förtroende att närvara. För bildmaterialet i sig skulle ju kunna föra tittarens tankar lika gärna åt ett latinamerikanskt dödskommando under diktatorernas tid som tvärtom mot hjältemodiga poliser som undanröjde någonting kolossalt farligt för alla medborgare.

Såväl tevebolaget som kvällstidningen överträffade operationsledningens förhoppningar i sin enhetliga och korrekta information till läsare och tittare. Nationen hade just med en hårsmån klarat sig undan "något av det mest allvarliga som någonsin inträffat i vår historia", som den väl förberedda justitieministern från den nya borgerliga regeringen formulerade det i en exklusiv intervju för både kvällstidningen och det betrodda tevebolaget. Vad det mest allvarliga någonsin innebar mer konkret utvecklade hon inte, med hänsyn till det känsliga utredningsläget.

Det hindrade dock inte vare sig kvällstidningen eller tevereportrarna från att i detalj redogöra för det fruktansvärda hot som just avvärjts. En specialstyrka från terroristpolisen hade gemensamt med

Säkerhetspolisen sprängt själva centrum för al-Qaida i Sverige. Tillslaget hade skett med fenomenal precision bara dagar, i värsta fall timmar, innan terroristerna skulle ha slagit till. Bland deras mål fanns såväl Drottning Silvia som synagogan i Stockholm, statsministerns privata hem i de norra förorterna och idrottsarenan Globen, som hyrts för en föreställning där den kristet fundamentalistiska sekten Livets Ord förberedde en helaftonsföreställning med landets mest älskade sångerska Carola.

Om ett tevebolag och en stor kvällstidning gemensamt publicerar årtiondets scoop, dessutom med någonting som måste tolkas som en bekräftelse från landets justitieminister, träder obönhörliga mekanismer i funktion.

De följande dagarna säger Säkerhetspolisen ingenting, varken bekräftar eller förnekar med hänsyn till utredningens oerhörda betydelse och känslighet. Från regeringen samma besked.

Men det behövs inte. Storyn växer av sig själv i minst två dygn utan nytt faktamaterial. De tidningar och de tevebolag som konkurrerar med de av Säkerhetspolisen särskilt gynnade som hade det ursprungliga scoopet måste helt enkelt skriva av och upprepa det redan sagda. Möjligen kan de försöka göra en mer dramatisk layout, som bilder på Usama bin Ladin i montage som visar hur han med händer omgjorda till gripklor hotar att strypa hela nationen. Och de kan förstås intervjua experter som alltid håller med. Logiken är mycket enkel. Att Usama bin Ladins svenska lokalavdelning planerade att döda Drottning Silvia, för att inte tala om den populära sångerskan, är en mycket bra story, inte minst kommersiellt. Att man möjligen inte vet om detta är sant är ingen story alls.

Förr eller senare kommer det nytt bränsle till storyn. Och den här gången kom det på dag tre.

Det fanns få vittnen beroende på årstiden, utom händelsevis samma tevebolag som varit på plats när al-Qaidas svenska centrum oskadliggjordes. Och lika händelsevis tidningen Kvällspressens särskilde terroristexpert med fotografer. I övrigt bara två kristna syrianer som promenerat ut till sin kolonistuga för att åtgärda ett läckande tak. När de intervjuades blev deras vittnesmål dramatiskt. Mannen hade lämnat takjobbet för att gå ut en kort stund i ett privat ärende. Men han blev stående med öppen gylf och trodde att han befann sig i sin vanligaste mardröm, barndomen i en by i Anatolien, när han upptäckte kamouflageklädda maskerade soldater med automatvapen i händerna närma sig från alla håll.

Han och hans fru blev visserligen överfallna och bakbundna av poliserna men senare släppta när de förklarat att de var kristna, det var åtminstone hans egen tolkning av den lyckliga upplösningen av dramat. Tillslaget gällde en kolonistuga trettio meter bort. Där beslagtogs, enligt ett kort uttalande från polisens operationsledning, "en betydande mängd ammoniumnitrat". Meddelandet kompletterades med upplysningen att husrannsakan genomförts i ett konspirativt gömsle som tillhörde två av de gripna terroristerna. Samt det närmast lakoniska påpekandet att ammoniumnitrat var det sprängmedel som användes såväl vid det första misslyckade attentatet mot World Trade Center 1993 som av terroristen Timothy McVeigh när han med en bomb i Oklahoma City 1995 dödade 168 människor.

Detta höll storyn kokande i ytterligare två dagar. Bilder från Oklahoma Citys förstörelse. Bilder på Usama bin Ladin.

Följande dag släpptes närmare ett fyrtiotal av de gripna muslimerna och Säkerhetspolisen kallade till presskonferens. Vid presskonferensen meddelades att man nu häktat nio av de misstänkta terroristerna och att de som släppts var släktingar, eller inneboende i terroristernas bekantskapskrets, som inte var misstänkta för brott. Däremot hade det varit praktiskt att hålla dessa personer i terroristcellens periferi frihetsberövade medan man genomförde en serie rutinförhör och systematiserade alla husrannsakningar. Det fanns ett mycket stort antal beslagtagna föremål som måste sorteras och systematiseras. Att frihetsberöva så många personer före 9/11 hade knappast varit möjligt, men det smidiga förfaringssättet var nu väl täckt i senare års förbättrade lagstiftning.

Bland det beslagtagna godset i de nio lägenheterna fanns en del ytterst oroväckande inslag. Man hade till exempel funnit TATP, ett sprängämne som i terroristkretsar kallades för "Satans Mor" och som senast kommit till användning i London vid terroristattacken 7/7 05. Vidare hade man i ytterligare en kolonistuga, som tillhörde en av de huvudmisstänkta och häktade, funnit ett förråd av metalldelar av det slag som terrorister ofta använder sig av för att ladda bomberna så att man uppnådde ett maximalt antal personskador vid en attack. Om sprängämnet TATP var vidare att säga att det brukade användas just i kombination med ammoniumnitrat, som en sorts tändhatt för att få sådana laddningar att detonera.

I övrigt vägrade Säkerhetspolisens talesmän att gå in på några detaljer beträffande terroristernas tänkta mål, men på direkt fråga fann man inte heller någon anledning att korrigera eller ens nyansera justitieministerns första kommentar, att det som avslöjats och nu med stor sannolikhet förhindrats, skulle ha blivit den värsta händelsen i nationens historia. Man ville dock varken bekräfta eller dementera att Hennes Majestät Drottning Silvia skulle ha varit ett av terroristernas primära mål.

Mer än tvåhundra besviket mumlande journalister lämnade lokalen när presskonferensen abrupt avslutades. Terroristaffären hade sakligt sett inte utvecklats så mycket mer. Det som skulle dominera medierna de följande dagarna blev mest olika konstruktionsritningar på bomber, jämförelser med andra kända händelser där just kombinationen av TATP och ammoniumnitrat använts vid terroristattacker, exempelvis på Bali 2002. Visserligen fanns nu ett fyrtiotal före detta misstänkta muslimer, som inte längre var misstänkta, på fri fot. Men de få journalister som chansade på att den vägen få fram några nyheter blev snabbt besvikna. Ingen av de frisläppta släktingarna ville medverka i medierna, vare sig med namn och bild eller några som helst kommentarer, eller ens berättelser om hur det gick till när de greps vid det första stora nattliga tillslaget. Muslimernas tystlåtenhet och ovilja att försvara sig själva eller sina frihetsberövade anhöriga väckte till en början misstänksamhet. Men hårt pressad av radions ny-hetsprogram Dagens Eko gick en av åklagarna långt senare med på att samtliga personer som släppts ålagts yppandeförbud. Att de alltså riskerade såväl straff som, i händelse av utländskt medborgarskap, omedelbar utvisning om de svarade på några frågor från medierna.

I väntan på fler konkreta besked från myndigheterna hade medi-erna i praktiken bara två givna standardvinklar att arbeta med de föl-jande dagarna.

Den första vinkeln var något spekulativ, men ganska rolig som arbetsuppgift. Eftersom justitieministern sagt att Säkerhetspolisen avvärjt den värsta katastrofen i nationens historia så fanns ju ett och annat att jämföra med.

Gick man tillbaks till 1600-talet så inträffade den värsta katastro-fen 1 juni 1676 när den svenska flottan genom ett antal egendomliga manövrer besegrade sig själv i strid mot Danmark. Innan den danska flottan ens hunnit inom skotthåll lyckades befälet ombord på värl-dens då största krigsfartyg Kronan sänka sig själva. Redan där dog 650 sjömän och i den följande striden ytterligare ett par tusen.

I slaget vid Poltava 1709 krossade ryssarna den svenska armén, 8 000 döda och 3 000 fångar.

Men justitieministern kanske inte avsett att gå så långt tillbaka med sin historiska jämförelse. Såg man till de värsta katastroferna på senare år så handlade det om den sjunkna färjan Estonia med om-kring 800 döda, eller tsunamikatastrofen i Thailand julen 2004 när närmare ett tusental svenska turister dog i flodvågen.

Slutsatsen var alltså att minst tusentalet människor skulle ha dött om inte Säkerhetspolisen stoppat den planerade terroristattacken.

Ett mer standardmässigt mediagrepp på stillastående terroristaffärer är att vända sig till experter från när och fjärran. Experterna är alltid villiga att bekräfta de värsta av farhågor och visar alltid häpnadsväck-ande insidekunskaper.

Rolf Tophoven, expert på *Institut für Terrorismusforschung &* *Sicherheitspolitik* i Berlin kunde således i en utförlig teveintervju nästa dag berätta att man i Sverige hade att göra med den nya generationens islamistiska terrorister som inte längre tog order utifrån utan bildade spontana aktionsgrupper i sina nya hemländer och därför var särskilt svåra att komma åt. Men att mönstret var detsamma i både Tyskland, Frankrike och Storbritannien.

Enligt presstalesmannen på den brittiska säkerhetstjänsten MI 5 fanns det numera 16 000 inhemska terrorister under särskild övervakning enbart i Storbritannien och MI 5 hade under det senaste verksamhetsåret avstyrt drygt 3 000 attentat från sådana inhemska grupper.

Sveriges ledande terroristexpert Magnus Ranstorp på Försvarets Forskningsinstitut beskrev målande hur de nu gripna och oskadliggjorda terroristerna hade inspirerats av islamistiska hemsidor, vilket var typiskt för utvecklingen under senare år. Al-Qaida och andra terrororganisationer hade flytt ut i cyberrymden där de öser ut enorma mängder material som tjänar tre syften: de hetsar upp unga muslimer med videomaterial från olika konfliktområden som påstås visa hur illa muslimer behandlas, de publicerar utförliga beskrivningar av hur man tillverkar bomber och de lär ut hur man undgår myndigheternas kontroll och spaningsinsatser, förklarade Ranstorp.

Medierna sysselsatte sig därefter i ett par dagar med att leta terrorism på nätet för att illustrera vad som hade inspirerat den svenska terrorligan.

Därefter var det dags för de första politiska utspelen. Den nya justitieministern berättade i en stort uppslagen debattartikel att hon och regeringen nu förberedde ett nytt lagstiftningspaket med tuffare regler. Det var nämligen dags att vakna upp från något hon kallade törnrosasömnen. För även om vi på ett teoretiskt plan länge vetat att också vår på ytan så lugna avkrok av världen kunde bli mål för just så ohyggliga attacker som den som svensk säkerhetstjänst lyckats avstyra, så hade känslor och önsketänkande legat i vägen. Därför var det inte en dag för tidigt att rycka upp sig och på allvar ta itu med dessa allt överskuggande problem. Man fick inte längre vara naiv.

Den politiska enigheten kunde dessbättre betraktas som stor när det gällde åtminstone några första enkla åtgärder som att intensifiera övervakningen av vissa förortsområden, där särskilt kända samlingsplatser och moskéer borde hamna under luppen. Vidare skulle det inom en mycket nära framtid, och med små enkla lagändringar, bli möjligt att övervaka all sms-trafik och andra meddelandetjänster på det mobila telenätet, liksom givetvis den datoriserade trafiken.

Den nye statsministern var knapphändig i sina kommentarer men förklarade att han givetvis stod bakom de nya lagförslagen och att han till hundra procent stödde landets säkerhetstjänster.

Ungefär vid den här tidpunkten, när den största terroristaffären någonsin började glida över i en politisk diskussion om vilka förbättringar som krävdes i terroristlagstiftningen, tappade hela historien fart. Medierna hade tillverkat alla tänkbara bomber och återgett recepten med såväl ritningar som grafiska sprängstjärnor, störtande flygplan och raserade offentliga byggnader. Islams farlighet i vissa förorter var avbetad, ett antal imamer som påstod sig vara emot terrorism var färdigintervjuade och till och med terroristexperterna tycktes ha tappat sin fräschör och syntes inte längre i medierna.

I väntan på konkreta nyheter övergick journalisterna till annat. Storyn kunde ju ändå inte försvinna, eftersom nio terrorister fortfarande satt häktade.

Men från Säkerhetspolisen hördes inte ett ljud. Vilket förklarades med utredningens oerhörda innehåll och omfattning och krav på absolut sekretess.

Desto större blev överraskningen när Svea hovrätt beslöt att sätta två av de nio terroristerna på fri fot. Det kunde därmed se ut som om de vore oskyldiga, eftersom en domstol inte fann vare sig "skälig grund" eller "sannolika skäl" för att hålla dem frihetsberövade. Men Säkerhetspolisens informationsavdelning förklarade i ett pressmeddelande att detta bara var frågan om en teknikalitet. De två frisläppta var fortfarande i hög grad misstänkta terrorister, men de kunde nu efter några veckor inte längre påverka den pågående förundersökningen. De fick därför avvakta vidare rättsliga åtgärder på fri fot.

De två männens vistelse ute i friheten blev emellertid kort. Säkerhetspolisen grep dem på nytt med hänvisning till att de bedömdes utgöra en fara för säkerheten i riket och därför kunde omhändertas i överensstämmelse med terroristlagarna, utan krav på vare sig konkreta misstankar eller domstolsbeslut. Ingen av de två terroristerna hann yttra sig innan de på nytt försvann in i tystnaden.

Men därefter började tiden gå utan något som helst nyhetsbränsle till den påstått största terroristaffären i landets historia. Terroristexperterna beskrev detta till synes egendomliga förhållande som fullkomligt normalt. I Storbritannien var det numera vanligt med häktningstider på flera år när det gällde denna mycket speciella och svårutredda brottslighet. Exempelvis var den i London baserade terroristliga som haft för avsikt att spränga elva amerikanska passagerarplan med läskedrycksflaskor fortfarande inlåst. Den terroristliga som den danska polisen oskadliggjort för ett drygt halvår sedan satt också häktad. Att sådana här utredningar tog längre tid än vanliga brottsutredningar kunde möjligen verka lite konstigt, men det var en fråga om rättssäkerhet.

Den största och farligaste terroristligan i landets historia, "al-Qaidas svenska högkvarter", var åtminstone tillfälligt på väg in i glömskan.

I.

GAPSKRATT HÖRDE INTE till vanligheten på Ekobrottsmyndigheten. I all synnerhet inte efter det senaste riksdagsvalet, eftersom den nytillträdda borgerliga regeringen tämligen omgående förklarat att man allvarligt funderade på att lägga ner hela verksamheten. Inte därför att all jakt på ekonomiska förbrytare skulle upphöra, alls inte. Men den nya regimen ville koncentrera sig på sådan brottslighet som drabbade enskilda individer, särskilt våldsbrottslighet. Och Ekobrottsmyndigheten jagade i huvudsak sådana brottslingar som ekonomiskt skadade staten, eller skattebetalarna som kollektiv.

Som affärsidé var nedläggningsprojektet fullständigt huvudlöst, ansåg Ewa Johnsén, eller Ewa Johnsén-Tanguy som hon med viss obeslutsamhet kallade sig efter att hon gift sig med Pierre. Att Ekobrottsmyndigheten kunde reta upp en del moderata väljare kunde man förstå, rentav acceptera. Skattesmitning upprörde vänsterväljare mer än högerväljare. Men rent sakligt sett drev hon och hennes kolleger in hundratals miljoner varje år från skattesmitare och mer systematiska bedragare. Tog man bort den inkomstkällan för att i stället satsa på ordningspolisen och ytterligare några terroristjägare på Säkerhetspolisen så blev det väldigt dyra konstaplar ute på gator och torg och förstås dyr avlyssningsutrustning. Ren matematik.

Så som läget var borde alltså både hon själv och arbetskamraterna i utredningsgruppen haft ganska långt till skratt. Flera av dem riskerade faktiskt att bli arbetslösa eftersom de varken var poliser eller jurister.

Ändå hade hela gruppen skrattat hejdlöst vid föredragningen angående vad man fått fram om förre hockeyspelaren Tobias Hugelöws

16

affärer. Den gamla tesen att en bedragares framgång ofta står i direkt korrelation till hans fräckhet hade än en gång bekräftats. Möjligen, vilket kanske var mer oroande, var det få av utredarna som kände något ömsint förbarmande med bedragarens offer eftersom de var professionella idrottsmän. Den som lagt ner några hundra tusen i sega studieskulder på att få ihop en examen med bokföring eller företagsekonomi som huvudämne hade i regel inte en generös inställning till den medmänniska som under motsvarande tid tjänat hundra miljoner på att sparka boll eller fösa puck.

Att förre hockeyspelaren Tobias Hugelöw var en fenomenal dribbler i mer än ett avseende stod fullkomligt klart. Såvitt man kunde förstå var han ensam ägare till företaget Ball, i vad mån det alls existerade. Han måste ha varit kvick som en vessla i vändningarna, särskilt i början av sitt projekt. Då gav han sig ut för att göra raka motsatsen till vad han egentligen avsåg och presenterade "Ball Invest" som ett internationellt storföretag med huvudsäte i Schweiz och hundratals anställda som alla sysslade med kapitalförvaltning. Men på grund av sitt idrottsförflutna, och sina varma känslor för svensk idrott, hade han nu bestämt sig för att gå in som sponsor för både basket- och hockeyligan. Han investerade raskt något tiotal miljoner i bland annat rinkreklam för "Ball Invest", pengar han ännu inte hade. Men detta generösa tilltag väckte naturligtvis en viss nyfikenhet. Snart hade han ordnat några informella möten med klubbarna och ödmjukt antytt att hans kärlek till svensk idrott kunde sträcka sig ännu längre. Det vill säga, han kunde tänka sig att förvalta enskilda spelares överskottskapital och placera pengar åt en del klubbar. Fastän detta egentligen skulle bli en alltför blygsam affär i det internationella storföretaget Balls marginal. Men vad gjorde man inte för vänner?

Systemet fungerade så länge ingen krävde att få tillbaks sina pengar. Att ordna med till synes seriösa årsredovisningar var tydligen inget problem för den dribblingsskicklige Tobias. Närmare ett femtiotal investorer kunde snart se hur deras satsade kapital förräntade sig med förvånansvärd hastighet.

Men störst hastighet i systemet uppstod på den linje där avlurade investeringar försvann till något som hette "Ball Concept" på skatteparadiset Jungfruöarna. Och där upphörde alla spår. Bedrägeriet kunde alltså hållas vid liv kort eller lång tid, men definitivt en begränsad tid. I samma ögonblick någon drog öronen åt sig och begärde att få tillbaka sina placeringar skulle dribblingen ta slut. Hugelöw måste alltså kallt ha räknat med att köra för fullt ända tills det sprack och låg för närvarande på ungefär 450 miljoner plus. Och i sanningens ögonblick skulle han likt en liten krabba på Jungfruöarnas sandstränder blixtsnabbt försvinna ner i ett svart hål.

Men nu låg sanningens ögonblick på bara en knapptrycknings avstånd. Ewa hade skrivit i stort sett likalydande e-mail till samtliga hockeyspelare som enligt tidningsuppgifter och tillmötesgående klubbledningar satsat pengar i Ball Invest. Ekobrottsmyndigheten uttryckte där sin oro över uppgiften att angivna Ball-företag inte existerade i sinnevärlden och förhörde sig artigt, korrekt men maliciöst, om någon av adressaterna prövat möjligheten att få tillbaks sina investerade pengar. I sak var frågan överflödig. Självklart hade ingen krävt pengarna tillbaks, då skulle ju paniken via ryktet redan ha varit ett faktum.

Hon läste igenom raden av e-mail på nytt och dubbelkollade alla adresser. Sedan var det dags, hon fick för sig att det var som att en het sommardag sticka ner en käpp i en myrstack och röra om. Precis en minut före kontorstidens officiella slut sände hon alla e-mailen och packade ihop för dagen. Strömmen av telefonsamtal från lurade hockeyspelare skulle hon med nöje skjuta upp till nästa morgon.

När hon gick för dagen, ett par minuter efter kontorstidens slut, och kom ut i snögloppet på den brunslaskiga trottoaren fick hon en hastig minnesbild, en flashback från tonårstiden, som hon inte riktigt kunde tolka. Det var mer en känsla än ett bildminne, men det hade med snöglopp och januarislask att göra. Hon hade varit stormande förälskad, den där höjdpunkten som de flesta minns från sin tonårstid, eller åtminstone säger sig minnas eller vill minnas. Hon hade varit lycklig som bara en tonåring kan vara. Då var det som en dröm. Men nu var det ju verklighet. Hon hade fått en dotter sent i livet, vid fyllda 40 när hon redan gett upp tanken, hennes Pierre var en man som inte passade in på en enda av damtidningarnas problemställningar. De bodde vackert med kvällssol bara några minuters promenad från myndigheten och när hon öppnade dörren hemma hade han för det mesta redan hämtat Nathalie och hon kom springande och slog armarna om mammas hals och började berätta om dagens händelser och i bakgrunden hördes hur han stökade med kastruller eller vispar ute i köket. Det var för bra för att vara sant.

Eller hade hon det så bra att hon egentligen borde ha dåligt samvete. Vad än den nya regeringen skulle göra med Ekobrottsmyndigheten skulle hon ändå aldrig bli utan jobb, som många av hennes arbetskamrater. Som polisintendent med en jur kand och den högre chefsutbildningen i ryggen kunde hon exempelvis få jobb som polismästare någonstans, hon hade redan fått en diskret förfrågan om hon var intresserad av Skövde.

Nathalie hade inte fyllt fyra än, så hon var visserligen flyttbar utan allt för mycket gnissel. Det var svårare att gissa hur Pierre skulle ställa sig till att flytta till en mindre stad ute på landet. Förmodligen skulle han säga att han om så krävdes skulle följa henne till världens ände. Men han skulle sakna saluhallen uppe på Östermalm, och de enda vänner han skaffat sig efter den långa frånvaron från Sverige fanns ju här i Stockholm, liksom för övrigt hennes få vänner. Nej, ett eller annat ytterligare streck i gradbeteckningen skulle inte vara värt omställningen, vid närmare eftertanke. Det var inte nödvändigt att bli polismästare, det vimlade av jobb på nivån strax under och ärligt talat var det en klar fördel att vara kvinnlig chefskandidat i en så mansdominerad värld som Stockholmspolisen. Det skulle ordna sig.

För en gångs skull var de inte hemma när hon kom. Det var tänt i lägenheten, men bara på någon sorts halv effekt. Han gjorde så när han visste att han hade något ärende just som hon var på ingång. Han ville inte att hon skulle komma ensam hem till mörkret, som han sa.

Som vanligt inte minsta gruskorn på den heltäckande tamburmattan i kokos, och det rödaktiga korsikanska marmorgolvet som tog vid i hallen och fortsatte in i det stora allrummet glänste lika nybonat som alltid. Hon sparkade av sig skorna och hängde av sig ytterkläderna, trädde fötterna i sina orientaliska tofflor och gick ut i köket.

Corvée, tänkte hon när hon såg raden av kopparkastruller intill spisen med olika förberedda ingredienser till kvällens middag. Han kallade det för corvée och påstod att det var något som praktiskt taget dominerat hans första tjugo år i yrket. Men då städade han minutiöst fyra gånger om dagen, numera bara en gång varje morgon när han kom hem efter att ha lämnat Nathalie på dagis.

Han hade lagt lappen på det vanliga stället. Och som vanligt skrev han i telegramstil: Kommer hem 1800. Hämtat proviant på ÖS. Erik och Acke gäster. Ingalill och Anna förhinder. Je t'aime comme toujours.

Än en gång påmindes hon om att hon borde ha börjat på den där kvällskursen i franska. Trots tre års gymnasiestudier och hyfsat betyg kunde hon knappt säga mer än goddag på det som ändå var hans förstaspråk. Hela hans bok var ju på franska och hon hade inte kunnat läsa en rad och han var alltid märkvärdigt ovillig att berätta vad det egentligen var han skrev, det som tagit större delen av hans dagliga rutin i anspråk i mer än två år.

Réflexions d'un Légionnaire de longue date, upprepade hon för sig själv när hon gick bort och sjönk ner i den voluminösa vita soffan som trots all corvée började uppvisa ganska tydliga spår av Nathalies härjningar. Hon kom åtminstone ihåg titeln på hans bok. Fast översättningen var inte helt given. Det kunde betyda "Betraktelser av en legionär under lång tid", eller eftertanke under lång tid av någon som varit legionär. Det fanns en dubbeltydig nyans, påstod han. *Nuance,* alltså.

* * *

De första dagarna i isoleringscellen skulle ha varit som den overkligaste av mardrömmar om det inte varit för hans infekterade sår runt handlederna. De hade dragit åt de tunna amerikanska plastfängslen så hårt att det genast började bulta i hans händer där han snart tappade känseln. Han hade också fallit på väg ner i trappan när någon av soldaterna hade sparkat honom eller stött till honom med något hårt och samtidigt vrålat *Go! Go! Go!*

Eftersom han hade händerna sammansnörda bakom ryggen och en svart huva dragen över ansiktet kunde han inte se hur han föll och än mindre ta emot sig. Han hade skadat sig i ansiktet och kände hur det rann blod under huvan, men soldaterna hade snabbt slitit upp honom på fötter och sedan släpat honom nerför resten av trappan. Då hade han trott att de var amerikaner som hade kommit för att hämta hans familj. Sådant hade ju förekommit, amerikaner och engelsmän fick visst operera hur de ville och var som helst i världen.

Där ute på gården slog kylan emot honom som en vägg och han hörde röster, gråt och skrik och kunde identifiera flera grannfamiljer som tydligen fraktades bort på samma sätt som hans egen. Hans mor grät och beklagade sig och märkligt nog skämdes han lite för det. Så hade alla i familjen knuffats in i något fordon där de packades tätt samman med soldater som hela tiden skrek åt dem på engelska att hålla käften, *shut the fuck up motherfuckers* och liknande. Men det hördes ändå att de var svenskar. Kanske var det bara någon sorts psykning att de ville få alla att tro att de verkligen var amerikaner. Eller också ville de känna sig som amerikaner, det var inte lätt att veta vilket.

Då hade han försökt tänka efter, hålla sig kall, förstå vad som höll på att hända. Men det var stört omöjligt, det kändes som om hela hjärnan hade kortslutits. Det var till och med svårt att minnas det som hade hänt för bara några minuter sedan. Nu satt han bakbunden och blödande under en svart huva i någon sorts van eller skåpbil tillsammans med sin mor och far, två bröder och två systrar, en syster saknades. Aisha skulle sova över hos en svensk klasskamrat den här natten.

Men vad hade hänt? Han hade antagligen sovit djupt, jo så måste det ha varit. Ett kraftigt brak och så alla skriken. Starka ficklampor i ansiktet, lägenheten fylld av män i svarta uniformer och terrorist-masker, med pistoler och automatvapen i händerna. De rusade från säng till säng och vrålade åt alla att lägga sig på magen med armarna bakåt. Så kom handfängslena och huvan som förblindade. Då först tände de ljus runt om i lägenheten och han fick intrycket att de gratulerade varandra med baskethälsningar. Det knastrade och pep i radioapparater och någon sa på engelska att objekt fem hade säkrats. Han hade inte hunnit tänka så mycket mer innan han föll i trappan. Han fick för sig att de hade kidnappats av terrorister, det var väl deras maskering och överdrivna beväpning. Fast en vanlig familj ute i en vanlig förort kunde inte vara mål för terrorister, för så fel kunde väl inte ens de mest korkade terrorister ta?

Men de som anfallit kunde ju inte heller vara poliser. Om polisen ville något så var det väl bara att ringa på dörren tidigt på morgonen eller sent på kvällen. Så de var alltså soldater och dessutom soldater som spelade amerikaner. Eller om svenska och amerikanska soldater samarbetade. Men vem satte in soldater mot en vanlig familj i en van-lig förort?

Han hade inte blivit mycket klokare de följande timmarna. De drog av honom huvan, klippte bort handfängslena och sparkade in honom i en starkt upplyst cell. Där fanns en brits med galonklädsel och papperslakan, en grå filt med spylukt, ett handfat, ett väggfast skrivbord och en stol. Skrivbordet var monterat under det ogenom-skinliga fönstret av armerat pansarglas.

Först hade han suttit stilla som förlamad på britsen, lika oförmö-gen att tänka som att göra något. Till slut gjorde sig smärtorna från såren runt handlederna och i ansiktet påminda, tillsammans med den stickande porlande känslan i händerna av att blodomloppet hade kommit igång. Han tog sig samman, reste sig och började spola kallt vatten över såren på handlederna och blaskade bort allt levrat blod i ansiktet, men då började det blöda på nytt.

Efter några timmar kom en läkare och en sjuksyster. De ursäktade dröjsmålet med att de haft mycket att göra under morgontimmarna

22

och så lappade de ihop honom, sydde hans sår i ansiktet, lade förband runt hans handleder och gav honom några tabletter som skulle få honom att somna.

Han kunde omöjligt minnas hur länge han hade sovit. Men det var nog tungt och länge, för det var inte särskilt ljust utanför det grumliga fönstret när han vaknade av att han frös. De hade ju gripit honom i sängen och då hade han bara kortkalsonger och en t-shirt på sig.

De gav honom nya kläder, någon sorts grön anstaltsuniform, en bricka med mat, tandkräm, en mycket liten tandborste och ett par tofflor. Sedan började det komma mat med jämna mellanrum, mat av samma slag som i skolbespisningen och han åt av allt, mer för att hålla sig sysselsatt än för att han hade aptit. Men blodpuddingen åt han inte. Det var inte det att han hade några religiösa invändningar, kulinariska möjligen, det var ju återigen skolbespisningsmat. Men det var vakternas flinande förtjusning när de gav honom den fullkomligt onödiga upplysningen att du vet väl att det där är grisblod, va?

Ingenting mer hände på tre outhärdligt långa dygn. Sedan kom de med handfängsel, ordentliga handfängsel i stål den här gången, och fotbojor, och ledde honom ner i underjordiska gångar och upp i en stor byggnad i jugendstil där han för första gången fick träffa sin advokat. Han skulle nämligen häktas.

Advokaten ville veta hur han ställde sig till anklagelsen. Det var omöjligt att svara på eftersom han inte hade hört någon anklagelse, ingen utom vakterna hade talat med honom sedan terroristpolisen dumpat honom i cellen. Advokaten som var blond och såg mycket ung ut bläddrade lite i sina papper och förklarade att brottsmisstankarna gällde sabotage, allmänfarlig ödeläggelse och terroristbrott. Han försökte förstå på vilket konkret sätt han var misstänkt för sådana brott men det visste inte advokaten. Då sa han att han var oskyldig och frågade hur många andra som skulle häktas.

De var sammanlagt nio. Men advokaten fick inte säga vilka de andra var, eftersom han då skulle göra sig skyldig till brott mot sekretesslagstiftningen. Nu skulle de ledas in en och en i den stora terroristsalen där man dömde särskilt farliga förbrytare eller avhandlade mål där fritagningsrisken eller faran för överfall och attentat kunde anses överhängande. Tre andra var redan färdighäktade.

Stora terroristsalen var tom, sånär som på poliser i svarta uniformer, skottsäkra västar och terroristmasker. Där fanns två åklagare, den ene känd från olika framträdanden i televisionen. De tre domarna satt på en upphöjning bakom pansarglas.

Det hela gick fort. Åklagaren rabblade kort upp sabotage, allmänfarlig ödeläggelse och terroristbrott, utan några närmare förtydliganden. Hans advokat sa att han bestred anklagelsen och att den för övrigt var svår att ta ställning till eftersom den var så allmänt formulerad. Åklagaren förklarade då att bevisningen tills vidare var hemlig med hänsyn till utredningens speciella förutsättningar, men att den byggde på framför allt beslag hemma hos den misstänkte samt att dessa beslag fanns förtecknade i en hemlig promemoria som domstolen, men inte den misstänkte, kunde få ta del av. Åklagaren lämnade över ett papper till de tre domarna som under någon minut såg eftertänksamma ut och nickade bekymrat. Så häktades han och leddes ut. Det hela var klart på fem minuter.

Efter häktningsförhandlingen fick han ligga och vänta i cellen i en vecka. Åtminstone trodde han att det var en vecka, han hade frågat advokaten vilket datum det var och vad klockan var men hade tappat räkningen redan efter några dagar tills han kom på att med nageln göra små skrapmärken på cellväggen, fyra streck och en grind, för att hålla reda på tiden.

En gång hade de kommit och frågat om han ville gå ut i rastgården. Det var en tårtbitsformad bur i stålnät uppe på häktets tak och han hade hoppats se lite dagsljus. Men det var snöstorm och han hade sina nakna fötter nedstuckna i tofflor. Han bad att få slippa den där motionstimmen i fortsättningen, även om den var hans enda lagliga rättighet.

På sjunde dagen, om han nu hade räknat rätt, kom de för att

hämta honom till förhör. Den här gången räckte det med handbojor. Han leddes bort till en hiss, ner i underjorden och vidare till en annan hiss, upp igen och fram till några stål- och pansarglasdörrar där vakterna ringde på och så kom en av hans två förhörare och förde honom till ett förhörsrum.

De tog av honom handbojorna och bad honom sitta ner. De såg ut som rätt vanliga, hyggliga svenskar, inte feta, inte övertränade muskelberg, som terroristpoliserna, inte märkvärdigt klädda, en av dem hade jeans, inte ovänliga, inte vänliga, blåögda förstås och medelålders.

Rummet var litet och hade bara möblerats med ett bord och tre stolar. De två säkerhetspoliserna hade anteckningar och en sorts listor och en kartong med olika föremål i små plastpåsar bredvid bandspelaren på bordet. De presenterade sig som kriminalinspektör 343 och kommissarie 242 och förklarade nästan generat att deras identiteter var hemliga med hänsyn till säkerhetskraven i terroristmål. Sedan undrade de om det var något han ville veta innan de började själva förhöret. Det var inte säkert att de kunde svara, men man kunde åtminstone försöka. Och så undrade de om det var något han behövde av sina tillhörigheter hemifrån.

Han frågade vad som hade hänt med hans föräldrar och syskon och de svarade snabbt och vänligt att alla i hans familj hade släppts efter tre dagar och att ingen i familjen hade delgivits misstanke om brott. Då frågade han vilka de andra häktade var men det ville de inte svara på.

Han sa att han måste ha egna kläder, att hans mamma säkert kunde packa en väska. Och så ville han ha en rakhyvel. Men det gick inte, han måste i så fall ha en elektrisk apparat och rakvatten utan sprit. En av dem försökte skoja om att han väl var en sån som ändå skulle ha helskägg, men då svarade han med nollställt ansikte att han föredrog att vara slätrakad och alltid hade varit det.

"Okej", sa den längste av dem och slog på bandspelaren, "då kör vi. Förhör med Moussa Salameh, Trädgårdsvägen 48 tre trappor i Kålsta, hållet på Säkerhetspolisen den 13 januari. Förhörsledare kommissarie 242 och förhörsvittne kriminalinspektör 343. Förhöret är inspelat på band, tiden är nu 13:03. Går det bra om jag kallar dej bara Moussa?"

"Det går bra."

"Vid häktningsförhandlingen nekade du till det som läggs dej till last?"

"Ja."

"Och det är fortfarande din inställning?"

"Ja."

"Vi ska då börja med att gå igenom den lista av beslag som gäller olika föremål som härrör från antingen ditt hem eller den kolonistuga som disponeras av dej och din familj. Kan du till att börja med redogöra för vilka lås som hör till den här samlingen nycklar...?"

Luften gick snart ur honom. De hade tagit fram en liten genomskinlig plastsäck som såg ut att innehålla ett fyrtiotal numrerade nycklar och så började tjatet. Tio nycklar gick till en början rätt lätt att sortera undan och beskriva. Men snart blev det knepigare, de hade tydligen beslagtagit varenda nyckel i familjens hem.

Han hade hoppats att han skulle få möta själva anklagelsen, att han skulle få försvara sig, reda ut alla missförstånd, och till slut kunna gå hem som en fri man. Men hela den första och den andra dagens förhör gällde bara den förbannade högen med nycklar där de flesta inte var hans. Värst var tydligen en nyckel som varken han själv eller någon annan i familjen hade kunnat förklara. Kommissarie 242 och kriminalinspektör 343 ansåg att det rörde sig om en nyckeltyp som bara fanns i Algeriet.

Han hade aldrig varit i Algeriet. Jo, naturligtvis kände han folk som varit där, han kände till och med algerier, det fanns ett litet gäng kvar ute i Kålsta även om de flesta hade blivit utvisade. Kanske hade någon i hans familj hittat en borttappad nyckel och aldrig fått tag på ägaren, han visste faktiskt inte. Något konspirativt gömställe i Algeriet disponerade han definitivt inte.

Det var värre med hans mobiltelefon. De hade registrerat vartenda samtal han ringt de senaste två åren och det tog ytterligare tre dagar att tröska igenom. Och det fanns faktiskt en del samtal som han ärligt talat inte kom ihåg att han hade ringt, eller kanske ringt men inte längre visste vad saken kunde ha gällt. Eller om någon lånat hans telefon för att ringa till någon han själv inte kände.

Sedan var det alla adresser, inte bara från hans telefonbok utan från lösa lappar som kunde ha hittats varsomhelst hemma. En hel del kände han igen, men lika många inte alls, och han kunde aldrig ana om hans svar var avslöjande, misstänkta, betydelsefulla eller bara meningslösa och ingen enda av dessa tusentals frågor gav minsta ledtråd till den stora frågan, vad han faktiskt var misstänkt för.

Ibland fick han för sig att frågorna i sig var meningslösa och bara avsedda att låta tiden gå, för att psyka honom på något sätt. En dag ägnade de tre timmar åt att tala om fyra fotanglar.

Han visste inte ens att det hette fotanglar på svenska och det var garanterat inte han som hade släpat hem de små underliga föremålen, måste ha varit någon av småbröderna. För ett par år sedan hade det genomförts ett värdetransportrån nere i köpcentret och de flyende rånarna hade spritt tusentals av dessa fotanglar efter sig för att punktera eventuella förföljares bilar. En fotangel beskrivs som en sammansvetsad pyramidform som hur den än faller riktar en vass spets uppåt, själv trodde han att det hette spanska ryttare. Hursomhelst hade väl barnen i området samlat på sig så mycket de hittade, alltså fanns det väl en och annan fotangel hemma hos varenda barnfamilj i området, det vill säga hos de flesta familjer. Han hade i vart fall inte haft något intresse av att samla på sig sånt skrot.

Efter det långa avsnittet om fotanglar avbröt de bara förhören och lät honom ligga och vänta någon vecka i cellen, *steka* på polisjargong. Eftersom han inte fick läsa några tidningar, inte se teve eller höra på radio, ta emot post eller besök eller ens träffa någon annan fånge, hade han ingen aning om att han befann sig i den största terroristaffären någonsin i landets historia.

* * *

När Pierre började med att servera vännerna champagne, något han vanligtvis tyckte hörde hemma uteslutande på 14 juli, anade hon att det var något stort på gång. Han läste upp ett långt brev från ett franskt förlag som hette Gallimattias eller något i den stilen, obetänksamt direkt på franska så att bara Erik Ponti hängde med och kort sammanfattade för de andra att kontraktet var klart, att förskottet var på 25 000 euro, vilket tydde på ett seriöst engagemang, och att det som tagit så mycket tid var alla lusläsande advokater som jobbat med att mildra en och annan formulering om president Valéry Giscard d'Estaing och liknande höjdare, men att allt nu äntligen var klart. Boken skulle komma ut i Frankrike redan i mars.

Det hade blivit ovanligt mycket fest och vin för att vara en torsdagskväll, och hon hade känt av det nästa dag på jobbet när hon skulle hantera alla upphetsade lurade ishockeyspelare som skrek *fucking* om allt och alla i telefonen. Men det hade det varit värt och hon var lycklig för Pierres skull. Att ett så långt och hårt arbete, alla hans ensamma timmar vid datorn under ett par års tid, hade visat sig bli mer än bara en sorts personlig terapi. Det var ju så hon hade betraktat hans projekt, även om hon aldrig medgett det utåt, och knappt ens för sig själv.

Till en början hade hon inte ens tagit Erik Pontis översvallande entusiasm på allvar, vilket förstås var dumt, insåg hon nu i efterhand. Erik Ponti var visserligen inte författare eller bokförläggare eller något i den stilen, så att man kunde förvänta sig att han omedelbart skulle kunna bedöma kvaliteten i ett 600 sidor långt manuskript på franska som handlade om något så apart som legionen. Men han var sedan decennier en av landets absolut mest kända och, måste man väl utgå från, framgångsrika journalister. Det var i alla fall en imponerande prissamling han hade hemma på väggen. Ändå hade hon till en början inte riktigt vågat ta hans omdöme på allvar.

Det var han som varit först av alla att läsa och han kom plötsligt hem till dem en kväll för ett år sedan, något berusad, och berättade yvigt om ett mästerverk som skulle ta världen med storm. Han hade redan ordnat med en svensk förläggare, han hade ett par kompisar från vänstertiden kring -68 som numera drev ett förlag som hette Gepard och specialiserade sig på litteratur från Afrika med antikolonial vinkel och vad det nu var. Pierre hade förstås blivit glad och lättad, nästan rörd på ett sätt som hon inte sett förut.

Förmodligen hade hon varit onödigt återhållsam med glädje och optimism för att hon inte ville bli besviken, framför allt inte ville att Pierre skulle bli besviken. Eller kanske var det något hon fått i sig genom allt polisarbete, att alltid tänka efter en gång till innan man rusade iväg och trodde att nu hade man fixat bevisningen, att nu hade man dom jävlarna. Hur det än var fick hon nu dåligt samvete av all sin överdrivna skepsis.

Men den här torsdagskvällen som börjat med champagne blev det ändå lätt att komma över alla självförebråelser eftersom Pierre för första gången var medelpunkten i gänget under i stort sett hela kvällen. Och det var sannerligen inte det lättaste att vara, med tanke på hur umgänget såg ut. Hon själv var inte dålig på att ta för sig med polishistorier av det slag som journalistvännerna älskade och journalisterna i sin tur tycktes ha en outsinlig källa av inside information om allt vad som skedde i samhället och särskilt efter regimskiftet trivdes de som fisken i vattnet eftersom nya makthavare med bristande rutin gjorde bort sig så ofta.

Men den här kvällen var Pierres och det kändes att vännerna var uppriktigt glada för hans skull, att han inte längre bara var Erik Pontis gamle rumskompis från internatskolan, eller hennes man och markservice, utan att han gjort något eget helt utanför alla förväntningar.

De bröt upp strax före midnatt efter att Acke Grönroos vecklat in sig i en cyniskt rolig historia om interna bråk på Dagens Eko där den yngre medarbetargenerationen, som trodde på såväl åklagare som terroristexperter, hade rykt ihop med den äldre generationen, som Acke själv och Erik Ponti, som ju aldrig trodde på vare sig terroristexperter eller åklagare i sådana mål. Men ungdomarna, som hade cheferna på sin sida, hade vunnit och fått ut någon idiothistoria som innehöll ordet "kopplingar" på elva ställen.

"Så fort ni hör ordet kopplingar så får ni osäkra er misstänksamhet", avrundade Acke. "Och hör ni 'kopplingar till al-Qaida' så vet ni att int ett saatans ord är sant."

Hans finlandssvenska uttal skapade en märklig blandning av pondus och komik.

På lördagen, den första helgen i februari och i gnistrande vinterväder, hade hon och Pierre tagit en långpromenad, en *raid marche* som han brukade skämta, bort längs Norr Mälarstrand, över Västerbron och ner på Söder där hans svenska förlag, den där geparden, hade bett om ett möte nu när allt var klart med Frankrike. De hade köpt en sittvagn till Nathalie eftersom hon inte längre hade tålamod att bara åka med i barnryggsäcken på pappas rygg.

Förläggaren verkade gediget intellektuell, om man med det menar någon med flint som uppträder lätt förvirrat men kan franska. Han ville diskutera en omslagsbild, nämligen den som det franska förlaget hade fastnat för, med författaren själv mitt i ett världspolitiskt skeende.

Ewa tyckte att det var isande att se bilden. Den var i färg men ändå lite kornig och tagen i Beirut 1982. Det var när Yassir Arafat lämnade Libanon för att tillsammans med sin PLO-ledning gå i exil i Tunis. Han eskorterades av franska fallskärmsjägare i gröna baskrar, fältuniformer och tjocka skyddsvästar. Tätt intill gick deras befäl, en officer i Främlingslegionens paraduniform med röda epåletter och uppkavlade ärmar, utan skyddsväst och till synes likgiltig för faran. Det var Pierre.

Han bagatelliserade det hela med att ingen annan av de utländska trupperna, amerikanska marinkåren och vad det var, hade velat åta sig uppdraget, attentatsrisken ansågs överhängande. Så det var rätt givet att legionen tog jobbet.

Kontrakt hade han och geparden redan skrivit, och nu skulle de bara underteckna ett avtal om att inte springa före det franska förlaget som hade förstahandsrättigheterna, de måste vänta en vecka efter den franska utgivningen med att publicera den svenska upplagan. Två tredjedelar av manuskriptet var översatt till svenska, men bara hälften fanns i korrektur. De kunde få ta med sig en kopia av det redan nu om de ville.

Hon skulle ha sagt nej, tänkte hon fegt. Vad det nu hade tjänat till, eftersom hon förr eller senare måste läsa alltsammans. Allt annat hade ju varit att svika honom.

När de kom hem någon timme senare gjorde han sig något nytt ärende ute på stan tillsammans med Nathalie som om han ville hålla sig undan och lämna henne ensam med texten. Hon satte sig i läsfåtöljen i stora rummet och tog ett djupt andetag när hon hörde ytterdörren slå igen efter dem. Hon visste inte vad hon var rädd för, men något var det, antagligen att finna en helt annan Pierre än den hon älskade och den Nathalie älskade. Men texten gick inte att komma ifrån. För plötsligt cirklade hela deras liv runt detta korrektur. Allt annat, ekonomiska bedragare, den eventuella nedläggningen av hennes jobb, den förnyade utredningen av den gamla regeringens cover-up i samband med tsunamin, den nya terroristaffären som journalistvännerna skämtat så cyniskt om och till och med sommarplanerna för Korsika hamnade ohjälpligt i skymundan.

* * *

"Återupptaget förhör med Moussa Salameh, förhörsledare kommissarie 242, förhörsvittne kriminalinspektör 343, bandspelaren slogs på klockan 08:07. Gomorron Moussa, du ser lite sömnig ut, sover du dåligt? Ja, du vet den där typen av... jag uppfattar det som en ironisk åtbörd, registreras ju inte på bandet. Ska jag uppfatta ditt svar som ja?"

"Ja."

"Du sover alltså dåligt?"

"Ja."

"Är det något vi kan göra för dej?"

"Nej, eftersom anledningen till att jag sover dåligt är att jag sitter i isoleringscell och knappt vet om det är dag eller natt. Och så vet jag inte vad jag är anklagad för."

"I huvudsak terroristbrott, det trodde jag hade framgått."

"Det har framgått. Men det är bara en åtalsrubricering. Vad skulle jag ha gjort rent konkret, vilka är mina brottsliga gärningar som ni misstänker? Det har aldrig framgått."

"Du vill ha en gärningsbeskrivning?"

"Jatack."

"Som du vet är det åklagarens sak. Vi ska arbeta fram underlaget, bland annat i dom här förhören, eller hur?"

"Jo, så är det väl. Men ni har hittills inte under, tror jag, tre veckor och två dagar kommit med en enda konkret sak."

"Du är född i Sverige?"

"Ja, det hörs väl på min svenska om inte annat."

"Och du läste nästan färdigt på en juris kandidatexamen?"

"Ja, sen gjorde jag ett uppehåll i studierna eller vad man ska kalla det, för att hjälpa min far med familjens frukt- och grönsakshandel. Men det vet ni väl redan, så många mobilsamtal som ni måste ha kollat vid det här laget."

"Är det inte ytterst ovanligt att en sån som du läser juridik?"

"En sån som jag?"

"Ja. Du vet vad jag menar."

"Nej, det vet jag inte."

"Jo, du förstår vad jag menar."

"I så fall menar du svartskalle, blatte, lakritstomte, muslim eller något i den stilen. Det finns ett tiotal arabiska advokater i Stockholm och ett par kurdiska, jag kanske blir en till fast det inte är så lätt."

"Varför inte det?"

"Efter avlagd examen måste man få jobb som notarie på ett advokatkontor och det är lång kö på såna jobb och där hamnar *såna som jag* sist i kön. Det är en av svårigheterna. Dessutom behövde min far definitivt hjälp med grönsaksstånden."

"Har du gröna fingrar?"

"Nej, inte mer än andra barn till grönsakshandlare."

"Så vad kan du hjälpa till med i så fall? Det verkar ju som ett nedåtköp menar jag. Alltså, du hade det mesta gjort på din jur kand, sista etappen blev mycket väl godkänd, du har skrivit en uppsats i processrätt och fått högsta betyg. Hade det inte varit bättre ekonomi för familjen om någon av småbrorsorna hjälpte farsan i grönsaksståndet och du avslutade din examen?"

"Han behövde hjälp med juridiken, min far alltså."

"Knappast med processrätt, får vi hoppas."

"Nej, men med bokföring och skatteredovisning, överklagande av taxeringsbeslut, förskottsinbetalning av moms och såna saker."

"Det var som fan. De visste jag inte, att grönsakshandlare ute i Kålsta visade såna rörande omsorger om vårt skattesystem. Är det vanligt?"

"Det vill jag inte kommentera. Men låt mej säga så här. Somliga grönsakshandlare är av okänd anledning minutiöst bevakade av skattemyndigheterna. Kommer du ihåg den där pizzabagaren i Eskilstuna där ni på säpo la ner hundratals mantimmar på att räkna antalet pizzakartonger som gick ut från butiken. Ni fick ju dit honom på skattebrott."

"Erinrar mej svagt, det ringer en liten klocka. Kanske inte avdelningens finaste stund om man säger så. Men vad har det med din far att göra?"

"Han har något gemensamt med den där pizzabagaren, båda är nämligen veteraner från PLO, min far var motståndshjälte och varför han måste fly till Sverige vet ni redan allt om, ni motsatte er att han skulle få bli svensk medborgare, det där har ni i era egna akter. Men när regeringen körde över er i medborgarskapsfrågan blev han plötsligt en av Kålstas tre mest byråkratiskt punktmarkerade grönsakshandlare och jag misstänker ett samband."

"Var det där en ironi?"

"Absolut."

"Så om inte du hade gripit in så hade skattemyndigheterna med vår hjälp, eller tvärtom, knäckt familjens försörjning, är det så du menar?"

"Ja, det är så jag menar."

"Så det var en sorts motståndskamp att hjälpa din far i stället för att avsluta din examen?"

"Det var ovanligt klarsynt uttryckt för att komma från *en som du.*"

"Point taken. Men motståndskamp, alltså?"

"Min fars grönsakshandel försörjer tolv personer. Jag vet att det inte är ekonomiskt möjligt bland såna som du, och skattemyndigheterna har sina uttalade tvivel. Men det beror på en annorlunda familjestruktur, en annan form av husmanskost och hemarbetande kvinnor och barnarbete. Sådant barnarbete som alltså är tillåtet enligt svensk lag i små familjeägda företag och så vidare. Min far är hövding i detta system, eller mer juridiskt uttryckt, *pater familias.* Det handlar inte bara om familjens försörjning, det handlar om hans heder som man. Och *en sån som jag* kan få tårar i ögonen när jag tänker på det här. Och jag tvivlar på att *en sån som du* ens förstår vad jag talar om nu."

"Det kan du kanske ha rätt i. Så dina juridikstudier hade inte med den stora saken att göra? Eller råkade det bara bli den lilla saken?"

"Det där är ett så kallat oklart yrkande. Vad skulle den stora saken vara?"

"Motståndskampen som du talar om, fast i stort. Inte att undgå taxeringsmyndigheterna utan ska vi säga... oss på Säkerhetspolisen?"

"Jag vet inte om jag ens ska uppfatta den frågan som seriös."

"Försök!"

"Säkerhetspolisen kan man inte undgå med lagens hjälp, då skulle jag inte sitta här. Den tanken har jag inte ens tänkt."

"Så hur undgår man Säkerhetspolisen? Videolektioner på nätet? Du vet att vi har din hårddisk, vi vet allt om dina nattliga terrorstudier på nätet."

"Vad var frågan?"

"Hur undgår man Säkerhetspolisen?"

"Rätt hudfärg, rätt religion, eller brist på religion. Det är enda metoden. Nästa fråga!"

"You wanna play hardball, man?"

"I'm on. Next question!"

"I en kolonistuga utanför Kålsta som disponeras av din familj har vi beslagtagit 120 kilo ammoniumnitrat. Dina fingeravtryck finns på emballaget. Hur kan du förklara det?"

"Om ammoniumnitrat är vad jag tror det är, konstgödsel alltså, så beror mina fingeravtryck på att det var jag som köpte dom där säckarna på Weibulls trädgårdscenter vid Naturhistoriska riksmuseet. Dom hade tonvis där, utan att utsättas för några nattliga razzior. Vilket nämligen beror på att det är en fullt legal vara, godkänd av Statens kemikalieinspektion och allt. Och?"

"Vad skulle du med 120 kilo ammoniumnitrat till?"

"Du menar fortfarande konstgödsel. Mycket enkelt. Vi odlar som ni kanske vet egna grönsaker som vi också säljer. Konstgödselinköpet finns därför i grönsakshandelns bokföring, som en legal kostnad för inkomstens förvärvande."

"Vad odlar ni för grönsaker?"

"Framför allt såna som är svåra att importera men som vår kundkrets gillar. Vi har en egen sorts storbladig persilja, en lyckad odling koriander, och dom varma somrarna på senare år har till och med gjort att vi kan sälja färsk hemodlad *bukra*. Det finns såvitt jag vet inget svenskt ord för den grönsaken, på engelska heter den *lady fingers*. Verksamheten är skattetekniskt legal, kan jag försäkra. Dessutom extremt noga kontrollerad av de fiskala myndigheterna."

"Hur mycket konstgödsel går det åt per år för era täppor, det är ju ändå inte direkt den skånska slätten vi talar om?"

"Ungefär sextio kilo, skulle jag tro."

"Men du köpte alltså dubbla årsbehovet på en gång?"

"Ja, det är möjligt."

"Hur kan det komma sig?"

"Dom hade ett erbjudande. Köp tre, betala för två. Det är lagringståligt och..."

"Ja? Varför denna plötsliga tvekan?"

"Fråga vidare så får vi se."

"Du vet vad man kan använda ammoniumnitrat till? Förutom persilja alltså?"

"Ja, naturligtvis. Om man är kemist, vill säga. Men det är bara för dumt för att... tror ni att jag hade en bomb ute i kolonistugan?"

"Hade du det?"

"Jag vet att jag måste svara artigt men bestämt nej, eftersom det ska stå nej i förhörsutskriften. Men frågan är samtidigt en förolämpning och det vill jag också ha till protokollet."

"Vet du hur många andra i gänget som hade tillgång till ammoniumnitrat?"

"Nej, men framför allt vet jag inte vad du menar med *gänget*. Jag vet ju inte ens vilka de andra åtta häktade är."

"Om gänget består av din nära bekantskapskrets ute i Kålsta?"

"Inklusive alla kunder? Ja, då får vi kanske ihop flera hundra kilo."

"Mer än så är jag rädd. Och allt förvarat i närheten så att man snabbt skulle kunna..."

"Göra bomben? Men om vi undersökte ett rasrent kolonistugeområde, i Skåne kanske, så skulle ju Säkerhetspolisen kunna hitta samma sak, eller hur?"

"Möjligt, men det är en helt annan sak."

"Visst, självklart. Och nu är det jag som sitter här, visserligen med mindre rätt än skåningar att inneha konstgödsel. Och då förbereder jag terroristbrott? Är det här hela er grund för att häkta mej?"

"Nej, vi har mer än så. Vi kan lämna ammoniumnitratet åt sidan en stund. Du är god vän med Abd... Abdelatif Belkassem, med reservation för uttalet?"

"Ja, vi känner åtminstone varandra. Hurså?"

"Den kolonistuga som han disponerar ligger bara fyrtiosex meter ifrån din kolonistuga."

"Fullt möjligt. Det är ett litet område. Alla kolonistugorna ligger i närheten av varandra. Och frågan?"

"Vad vet du om hans innehav av ammoniumnitrat och förråd av vassa metalldelar?"

"Ingenting. Att det finns konstgödsel hos hans familj förvånar mej inte, dom levererar åt oss. Men vassa metalldelar? Vad menas med det?"

"Du vet vad som krävs för att göra bomber baserat på ammoniumnitrat. Innan du svarar så tänk efter. Vi har kartlagt vartenda besök du gjort på internet under de senaste åren, så ljug inte!"

"Ja, av ren nyfikenhet så har jag tittat på..."

"Nyfikenhet?"

"Ja, absolut."

"Bara nyfikenhet?"

"Ja."

"Och vad fann du i dina studier?"

"Att ammoniumnitrat inte bara kan ligga stilla och explodera av sig självt, det kan man ju nästan tro när man läser tidningarna. Utan det krävs mycket mer."

"Som vadå?"

"Någonting som får fart på detonationen, jag antar att det skulle funka med handgranater, dynamex eller något vanligt sprängmedel, men jag vet inte."

"Men du har studerat sprängämnet TATP på nätet?"

"Nej, det har jag inte."

"Det kan vi bevisa."

"Jaha! Det måste ha varit efter det där i London, ni vet när alla dom amerikanska passagerarflygplanen skulle sprängas med, ja vad det nu var du sa att det hette...?"

"En mängd av de ingredienser som krävs har beslagtagits hemma i ditt hem och hos övriga misstänkta. Ni har alltså tillgång till ammoniumnitrat i stor mängd och till kemikalier som kan få fart på det hela. Och vassa metalldelar för att krydda såna bomber. Vad är din kommentar till det?"

"Med den enkla kännedom jag har… ja, alltså från nätet och tidningar, så är innehållet i det där ni kallar…?"

"TATP."

"Just det. Såvitt jag förstår kan dom ingredienserna finnas i vart och vartannat svenskt hem. Hos svennar som svartskallar. Nagellacksborttagningsmedel hos lilla mamma, propplösare under diskbänken."

"Ja, men nu fanns dom hos er."

"Och ännu mer i färghandeln i centrum förmodligen."

"Och så alla dessa vassa metalldelar. Också hos dej."

"Hos mej? Är vi tillbaks till dom där fotanglarna nu?"

"Till exempel. Fyra fotanglar hos dej. Och ser vi till hela ligan så har vi något hundratal beslag av den typen. Och så en stor mängd än mer intressanta ingredienser hos din vän Abdelatif Belkassem. Om inte annat så med tanke på dina intensivstudier på nätet så känner du förstås till funktionen av sånt här metallskrot i bomber?"

"Ja, självmordsbombarna använder den tekniken. Men det är knappast någon brottslig kunskap som ni *per se* kan lägga mej till last."

"Du talar som en jurist."

"Det beror på att jag är det och förresten talar jag bättre svenska än du."

"Än *dej*, heter det."

"Jag ger upp."

"Vad menar du med det?"

"Jag ger upp, jag är trött, jag håller på att bli tokig. Det heter förresten inte att jag talar bättre än *dej talar*. Vet ni vem Josef K hos Kafka är?"

"Ingår han i er liga?"

"Ja, det kan man säga."

"Kan du utveckla det?"

"Nej, åtminstone inte just nu. Jag hade spänt mej för det här och en extra kick blev det när du sa att ni skulle spela hardball, jag trodde vi skulle komma fram till något."

"Det gjorde vi nog om jag får säga vad jag tycker. Du medger alltså ditt innehav av ammoniumnitrat, innehav av vassa metalldelar och att du inhämtat kunskap från nätet om hur man sammanställer bomber av det här slaget."

"Ja, men det medgivandet är betydelselöst i bevishänseende."

"Och att du känner Abdelatif Belkassem?"

"Det medger jag givetvis."

"Och din kunskap om Abdelatifs innehav av närmare sextio kilo för ändamålet lämpliga metalldelar?"

"Vilket ändamål?"

"Bombtillverkning."

"Nej, det känner jag inte till, men jag betvivlar att så är fallet."

"Då tackar vi för idag."

"Va?"

"Jo, då tackar vi för idag. Du kan må bra av någon veckas stilla eftertanke. Förhöret med Moussa Salameh avslutas 09:01 och bandspelaren har inte vid något tillfälle varit avstängd."

II.

FÖRSTA KAPITLET TOG andan ur henne. Hon slutade läsa och satt en stund med händerna i knät och stirrade tomt ut i ingenting. Historien var inte bara hjärtslitande utan ännu mer mot all rim och reson.

Han var på väg att fylla 17 år när han rymde från den vidriga internatskolan där han och Erik Ponti varit rumskamrater, bästa vänner och mobbningsoffer. Men medan Erik Ponti varit upprorsmakaren, slagskämpen som stoltserade med sina hopsydda sår i ansiktet och sina blånader efter sparkar och slag, hade Pierre varit hans motsats, inåtvänd, reflekterande och rädd för stryk. De hade talat mest om det moraliskt ofrånkomliga i upproret mot ett ont system och så långt var de båda vännerna överens. Men priset för den övertygelsen måste betalas i fysisk smärta, och där var de fullkomligt ojämlika.

När pennalisterna upptäckte den svagheten i de två realskoleelevernas försvar satte de in hela stöten mot den svagaste, mot Pierre. De torterade honom på olika sätt inför ögonen på Erik Ponti, hela tiden med det öppna erbjudandet att allt var över i samma ögonblick Ponti underkastade sig och genast gick upp på fjärderingarnas elevhem för att borsta alla deras skor.

Sista natten tillsammans talade de länge fram och tillbaka om det både fysiskt och moraliskt outhärdliga dilemmat. Det slutade med att Erik Ponti gav upp och berättade att han redan nästa morgon skulle anmäla sig hos elevrådet och kapitulera. När han sagt det somnade han, tungt, som man somnar efter en lång dags lyckade strider.

Men Pierre hade inte kunnat somna. Mest var det den brännande skammen, att de måste ge upp bara på grund av hans fysiska svaghet och oförmåga att stå emot smärta, eller om man skulle uttrycka det värre, hans feghet.

Han smög upp, klädde sig tyst och tog sig försiktigt ut. Det regnade och blåste kallt. Det var ingen idealisk natt för att desertera och han blev trött av att gå de ynka fem kilometerna till Stjärnhovs järnvägsstation, där det fanns en vänthall.

Han hade pass och 500 kronor med sig och hoppade på första tåg söderut, bytte i Köpenhamn, bytte i Paris och steg av i Marseille två dygn senare.

På Gare du Nord i Paris hade han köpt en pocketbok, *La Peste* av Albert Camus. Kanske var det den boken som hade styrt resten av hans liv.

Boken började med att råttorna i staden Oran på Algeriets kust strömmade upp från källarhål och prång och kom med det första budskapet om den annalkande katastrofen. Men berättelsen har ett innehåll som inte undgår en känslig tonåring som just rymt från en internatskola. Det handlar förvisso om en motståndsrörelse, men en rörelse som exponerar en sorts positiva alternativ till den synbarligen självklara brutalitet som La Résistance just låtit flöda över Frankrike, särskilt strax efter segern. Det handlade å ena sidan om den illusionsfria revolten, å andra sidan lika mycket om mod, självuppoffring och solidaritet som i alla mer konventionella berättelser om motståndets logik och etik.

Den unge Pierre hade läst lika mycket flämtande av upphetsning som med kinder som brände av skam. Han hade ju svikit, deserterat.

Det var i den känslostormen han gjorde det logiskt sett mest omöjliga av allt, det sista man borde göra om man flytt från en internatskola på grund av outhärdlig pennalism. Han anmälde sig som rekryt på Främlingslegionens kontor i Marseille.

Han var en udda liten fågel i den dagens skörd av vinddrivna existenser, förbrytare på rymmen och äventyrslystna stridisar som bussades över till förläggningen i Aubagne där de skulle testas mer ingående. Han borde inte ens ha kommit så långt, men sergeanten som snabbsorterat hopen i Marseille hade nöjt sig med att bara rensa ut uppenbara fyllon eller rena invalider.

Han misslyckades pinsamt grovt i de inte alltför krävande fysiska tester som kom i början av första dagens prövningar. Där borde någon Caporal Chef ha plockat bort honom. Men han fick fullfölja till de skriftliga testerna, där han var den ende i uttagningsgruppen som kunde göra dem direkt på franska och fick ett mycket högt resultat. Dessutom talade han engelska, svenska och tyska, vilket gav höga poäng. Det fanns en skala som kallades *niveau général* där man maximalt kunde nå upp till tjugo poäng och borde nå fjorton-femton för att godkännas. Han fick poäng för att vara ostraffad och ogift och om man bortsåg från det lilla problemet att han var på tok för svag för att hamna i en av världens hårdaste militära elitstyrkor så gick ju proven med glans.

Kanske var det det avslutande samtalet med chefen för rekryteringsavdelningen, en Capitaine Legrange, som avgjorde saken. Kaptenen frågade först med sträng min om rekrytaspirant Tanguy hade några klagomål.

Det hade han faktiskt. Han hade inget att invända mot att man tagit ifrån honom klocka, kläder och pengar och pass. Men han ville gärna ha tillbaks sin pocketbok av Albert Camus.

Kapten Legrange blev först förstummad. Sedan log han överraskande brett och sa något om att Algeriet ännu inte var förlorat och att Albert Camus faktiskt var en av de få intellektuella i Frankrike som begrep den saken. Fast problemet var inte så stort. Antingen skulle han nu bli antagen, men med starka reservationer, och säkert en hel del resolut uppmuntran att göra något åt sin försummade fysik. Och då skulle han utan vidare kunna köpa en ny pocketbok eller två, eller rentav tre eller fyra, eftersom han inte rökte, åtminstone inte än, när han kom till Sidi-bel-Abbès. Eller också skulle man kasta ut honom och då skulle han få tillbaka alla sina tillhörigheter, även Albert Camus.

Men innan vi nu kom till det beslutet, först en fråga. Varför ville han gömma sig i Främlingslegionen i fem år, vad flydde han från?

"Från skammen för att jag deserterade. Jag lämnade en vän som visserligen tålde striden bättre än jag, en vinnare, men jag lämnade honom. Jag vill lära mej att på hårdast tänkbara sätt bli en man som aldrig gör om det."

Något sådant skulle han ha svarat. Dagbok började han inte skriva förrän någon månad senare i Sidi-bel-Abbès, Legionens huvudkvarter i Algeriet, men det var så han mindes sitt svar.

Så ledde den osannolika kedjan av disparata samband, den vidriga internatskolan, rymningen, Albert Camus och en nyck av en viss Capitaine Legrange, till trettiofem år i Främlingslegionen.

Och den pennalism som väntade, särskilt för den som alltid kom sist i språngmarschen, gjorde färre armhävningar och sit-ups än alla andra och måste släpas av sina kamrater sista kilometern på tvåmilamarscherna, var självklart sådan att den outhärdliga internatskolan skulle ha varit närmast angenäm vid en jämförelse. Men två saker räddade honom. Först och främst viljan att aldrig mer desertera, utan den vore allt annat omöjligt. Men också systemet med *binômes*. En binôme tilldelades de rekryter som till en början inte talade någon franska alls och Pierre hade parats ihop med en jättelik serb som bara talade tyska, förutom serbokroatiska, och var på flykt undan anklagelser om flera grova våldtäkter. Han hette Ivo Andric, fast det hette han förstås inte alls. I Legionen får man ett nytt namn om man inte av ett eller annat skäl vill skylta med sitt äkta namn.

Och det var också Pierres smala lycka att han behållit sitt namn Tanguy, som är distinkt för Bretagne. För i Legionen håller bretagnarna ihop och hans Chef Caporal under det första året hette Le Guilloux, lika distinkt som Tanguy. Så en lokalpatriot och en galen serbisk mördare vakade över plutonens Benjamin det första året.

Och på andra året var det över. Då hade han rekordsnabbt avancerat till Caporal och fick byta sin vita *képi*, den kakburksformade uniformsmössan, mot en midnattsblå med hakband i guld. I Legionen jävlas man aldrig med en Caporal. Och på tredje året kom han inte längre sist i de fysiska övningarna. Det som nu väntade var ett annat helvete, alla krigen.

Ewa hade inte kunnat fortsätta läsa, hon kunde inte slita sig ur sin förlamning. Det var bara för mycket. Hon såg honom framför sig som ung, Erik Ponti hade haft med sig en kornig svartvit bild tagen med lådkamera någon gång 1959, där man såg de två tillsammans med armarna om varandras skuldror. Som bild, nu i efterhand, var den närmast komisk. Det var ingen tvekan om vem som var hårdingen, den vältränade idrottsmannen, och bredvid den idrottsföraktande plugghästen med intellektuell kulmage och kroppshållning som var så långt från den nuvarande Pierre som gick att föreställa sig. Till komiken hörde ju att de båda rent fysiskt bytt plats när man såg dem tillsammans idag.

När hon läste hörde hon Pierres röst, där den franska brytningen försvunnit och han snarare lät som om han förekom i någon äldre spelfilm. Det var hans sätt att berätta, rakt på sak men utan känsloutbrott, snarare med underdrift och humor. Hon antog att det var elegant, eller litterärt som förläggaren påstod. Och hon såg honom som den där lille pojken inkastad bland alla förbrytare och stridisar i det kaos som fanns redan i början, under själva grundutbildningen, och som helt säkert skulle hårdna väsentligt i nästa avsnitt som handlade om slutstriden om Algeriet.

Det blev så många motstridiga känslor på en gång. Pierre var den man hon älskat mest av alla i livet och hon föreställde sig aldrig annat än att det skulle förbli så "tills döden skiljde dem åt". Hade hon trott på Gud hade hon helt säkert ansett att det varit ett Herrans under eller något i den stilen som fört dem samman. Hon hade missat alla tåg när de träffades, bara varit ihop med idioter som i regel dessutom var poliser och till slut varit dum nog att till och med gifta sig med en av dem. När det tog slut, alldeles för sent, så var hon visserligen fri, men dömd till ensamhet. Och hon skulle aldrig få någon Nathalie.

Och hur många gånger hade inte han sagt ungefär samma sak.

Han hade vuxit sig så fast i legionen att det blivit hans liv och när han blev officer och kunde gifta sig så måste hans fru ändå finna sig i att han dels var borta sex månader i något obskyrt krig då och då, eller att han plötsligt kallades in till basen mitt i natten och försvann. Hans fru hade sagt att hon lärt sig känna igen ljudskillnaden mellan transportplanen C-130 Hercules och den mindre franska Transall och kunde gissa när hon hörde motorljudet ungefär hur stor operationen var och hur länge han skulle vara borta. Det hade varit ett desperat försök till normalt liv men det gick naturligtvis inte. Och när allt var försent, när han pensionerats och börjat inrikta sig på ett nytt sista liv i den stora vackra villan i Calvi, ensam bland alla sina böcker, så hade hans far dött. Han hade rest hem till Sverige, om det nu alls var hem, och av en tillfällighet stött ihop med henne på ett kafé ute på Djurgården.

Det var som om hans liv började om i det ögonblicket, påstod han och gjorde någon jämförelse med en bok av Jean-Paul Sartre som hette *Les Jeux sont faits*. Han kände inte till någon svensk titel, men det handlade om att vissa människor dog av misstag, genom ett himmelskt byråkratiskt felbeslut, och därför fick en andra chans att leva. Han hade heller aldrig kunnat föreställa sig en dotter som Nathalie.

Det var den Pierre hon kände, den Pierre hon älskade och hon var inte ens generad för det stora ordet eftersom det var så självklart. Inte gillade, uthärdade, levde med, trivdes med, hade det ganska bra och kamratligt med, utan älskade över tamejfan allt annat.

Och om allt detta nära och privata hade de alltid kunnat tala öppet, om sina tidigare misslyckade äktenskap och sina känslor. Men aldrig ett ord om den fruktansvärda historia som nu öppnade sig i hans manuskript och som hon antagligen inte ens anade vidden av. Han hade sagt att han måste skriva ned allting först, och skriva på det språk han behärskade som vuxen man och inte svenska, som fick honom att känna sig som en något efterbliven tonåring, som om han stannat i växten i samma stund han deserterade från den där internatskolan.

Hon hade inte förmått fortsätta efter det första kapitlet utan satt bara där i läsfåtöljen och stirrade tomt ut över Riddarfjärdens skymning när hon hörde hissen stanna där ute och Nathalies ilskna kinkande, det hade blivit en alldeles för lång dag ute för flickan.

Nathalie svor faktiskt på franska, åtminstone uppfattade Ewa det så när hon hörde Pierres förmanande tillrättavisning när de kom in i tamburen. Han hade förstås en stor matkasse från saluhallen med sig, det skulle bli fin lördagsmiddag.

Hon visste inte vad hon skulle säga, vilken första reaktion hon skulle visa eller hur hon skulle kunna dölja den rädsla hon kände inför manuskriptet. Men hon stålsatte sig, reste sig och gick med långa steg ut i hallen och slog armarna om honom.

"Je vais t'aimer toujours, mon légionnaire", försökte hon. "Oavsett fortsättningen, men första kapitlet var fantastiskt."

"Ganska bra", sa han och såg forskande på henne, kanske fortfarande lite orolig, innan han sprack upp i sitt breda leende. "Men om du inte tar itu med den där franska kvällskursen snart så kommer du inte att hänga med mej och Nathalie om något år."

"Zut alors!" kved Nathalie över att ingen brydde sig om hennes slaskiga stövlar.

* * *

Utåt hade det rått stiltje i flera veckor i vad som justitieministern beskrivit som den största terroristaffären i nationens historia. Ingenting hade läckt ut från snart två månaders förhör och analys av allt bevismaterial som hade beslagtagits under de första dagarnas razzior.

Det var som om hela affären hade tagit en andhämtningspaus inför nästa stora språng. Tystnaden bröts plötsligt av en åttasidig, synbarligen ytterst initierad kartläggning av terrorligans hårda kärna i tidningen Kvällspressen. Det stora avslöjandet hade en slagkraftig layout som på första uppslaget visade ett stort spindelnät med nio anonyma mansprofiler med spindelkroppar.

Vid varje sådan mänsklig spindel låg en vit bildtext mot den svarta bakgrunden som mer eller mindre anonymiserat beskrev just denne terrorists funktion i organisationen, som alltså var al-Qaidas svenska avdelning.

I mitten av spindelnätet fanns ligans hemlige ledare, som beskrevs som en 28-årig jurist som till råga på allt fått avancerad utbildning i sabotage vid ett svenskt elitförband. Han hade använt sig av sin fars grönsakshandel ute i Kålsta som täckmantel för terrororganisationen för att undgå eller försvåra elektronisk avlyssning. Hans underlydande hade helt enkelt gjort skenärenden till grönsaksståndet för att muntligen ta emot och vidarebefordra order och informationer.

De övriga mindre spindlarna i Kvällspressens nät beskrevs med ålder, yrke och rang i organisationen, där tidningen lånat beteckningarna från amerikanska maffiaskildringar, exempelvis Ali Q, 26 år, statslös socialbidragstagare, soldat. Hassan L, cykelreparatör, svensk medborgare, kapten.

Terrorligans organisation beskrevs som sataniskt skicklig och intelligent. Man hade förvarat alla komponenter till ett stort antal terrorbomber i skilda delar och på skilda håll, men ändå inom så korta avstånd att det bara skulle ha tagit några timmar att föra samman allt material och förvandla det från skenbart oskyldiga trädgårdsprodukter och hushållskemikalier till fem eller sex bomber med en sprängkraft av närmast militära dimensioner.

Med hjälp av teknisk expertis från Försvarets Forskningsinstitut visade en av de uppföljande artiklarna vad som skulle ha hänt om terrorligan lyckats med sin plan att slå till mot idrottsarenan Globen under det stora mötet med den kristna sekten Livets Ord, som förväntades dra en dubbelt så stor publik som någon hemmamatch för ishockeylaget Djurgården. En konservativ beräkning, som experterna sa, pekade mot mer än 5 000 döda vid en sådan attack.

Ännu en uppföljande artikel, med upprepad spindelvinjett, ägnades åt terrorligans ledare som kallades Mahmoud S, eftersom han på flera sätt, en del mycket skrämmande sätt enligt flera citerade terrorexperter, representerade något helt nytt i den inhemska terrorismen. För det första var han född i Sverige och högutbildad, vilket han var ensam om i hela organisationen. Dessutom hade han gjort en lång värnplikt på Kustjägarskolan och genomfört den med mycket höga betyg som gjorde honom till fänrik i reserven.

Trots sin intelligens, eller kanske just därför, hade han erkänt praktiskt taget allt under förhören, såväl att han och närstående i organisationen förvarade alla komponenter till terrorbomberna på ett avgränsat område, som att det var studier på internet som gett ligan kapacitet. Genomgående i deras taktik var att bara handla små kvantiteter åt gången och att sprida ut inköpen på ligans olika medlemmar, men också det hade han erkänt.

Några av de vanligaste terroristexperterna radades därefter upp för att bekräfta allt som Kvällspressen nu kunnat avslöja, och som de antydningsvis redan hade känt till. Men också experterna fann terrororganisationens ledare särskilt intressant, eftersom han var den ende med såväl avancerad militärtjänst som universitetsstudier bakom sig. Han representerade på ett särskilt tydligt och skrämmande sätt den nya generationen av inhemska terrorister som man börjat få ett allt större besvär med i Storbritannien.

Därefter citerades några politiker som fann det upprörande att försvaret elitutbildade islamistiska terrorister, något som omedelbart måste stoppas. Till slut följde några sidors repetition av terroristernas redan välkända planer, med rekonstruerade bilder på exploderande idrottsarena, ett brinnande kungligt slott och arkivbilder på Drottning Silvia där hon såg rädd och bekymrad ut.

På redaktionen för Sveriges Radios ledande nyhetsprogram, Dagens Eko, utlöste Kvällspressens åttasidiga initierade avslöjande de vanliga motsättningarna och grälen. Det var de inte ensamma om. Varenda nyhetsredaktion i hela landet stod inför samma problem. Om ledaren för den terrororganisation som planerat att mörda drottningen visade sig vara en högutbildad reservofficer inom eliten av det svenska försvaret så var det en stor nyhet. Det var så enkelt som så.

Den första självklara vinkeln för Kvällspressens alla konkurrenter, som ju inte kunde få tillgång till tidningens fenomenala inside-kunskaper, var förstås att vända sig till rikets försvarsmakt och fråga vad man trodde att man sysslade med om man i själva verket utbildade terrorister.

Nästa lika självklara vinkel var att paradera experterna som skulle låtsas att de hela tiden känt till historien, och därmed bekräfta den. Det var närmast ABC.

Att det inte lönade sig att ringa till Säkerhetspolisen och be om deras kommentar visste alla. Dels hade Kvällspressen på ett eller annat sätt skaffat sig speciella medarbetare inom Säkerhetspolisen som kunde förse tidningen med informationer off the record, alltså anonymt under grundlagarnas skydd för uppgiftslämnare. Dels skulle Säkerhetspolisens officiella svar på varje förfrågan bli att man varken kunde bekräfta eller dementera.

Storyn var under alla förhållanden så stor att ingen kunde negligera den. Det skulle verka alltför konstigt. Så frågan var bara vilka egna vinklar man kunde hitta för att komplettera historien så att man samtidigt kunde rekapitulera det som stått i Kvällspressen.

På Dagens Eko tillhörde Erik Ponti så självklart den kritiska sidan av gamla trötta gubbar, som de yngre ännu inte fast anställda sa, att han avstod från att lägga sig i diskussionen om för eller emot uppföljning på Kvällspressens stora scoop. Det hade varit som att ställa sig framför en skenande hjord elefanter, sträcka upp handen och skrika stopp, tänk efter vad ni gör. Och det insåg han.

Däremot såg han en tydlig vinkel som framför allt skulle passa nyhetsredaktionens längre och uppföljande program på eftermiddagarna. Och han visste mycket väl vad reaktionen skulle bli hos de unga och hungriga cheferna när han kom med sitt förslag.

Vinkeln var mycket enkel, så kallad *human touch*, vilket man alltid påstod sig ha för lite av. För saken var ju den att en grönsakshandlare i Kålsta hade utpekats praktiskt taget med namn och bild som en sorts inhemsk Usama bin Ladin. Redan nästa dag skulle förmodligen Kvällspressens konkurrent Aftonposten ha bild på denne "Mahmoud S", spindeln i nätet och så vidare, mitt bland lumparkompisar på Kustjägarskolan. Om de pixlade hans ansikte på bilderna eller inte kunde göra detsamma, utpekad var han ju. Men avslöjandet i Kvällspressen, sant eller inte, innebar självklart att den där grönsakshandeln ute i Kålsta kunde packa ihop direkt, "terrorcentrum" som den var.

Alltså borde man sända någon reporter för att skildra såväl grönsakshandelns som familjens undergång. Skräcken sprider sig i Kålsta och allt det där.

Förslaget var oemotståndligt och det visste Erik Ponti mycket väl. Det gällde att alltid hitta en egen vinkel, att göra något som ingen annan gjorde.

Det lätt förutsägbara problemet var därefter att ingen av de ivriga unga nyhetsjagande cheferna skulle vilja ta på sitt ansvar att sända en reporter till torghandeln i Kålsta. De där människorna hatade allt vad journalister hette och man borde till och med på allvar oroa sig för en sådan utsänd reporters personliga säkerhet. Såvida inte Erik Ponti själv skulle ha tid och lust.

För vissa saker gick inte att komma ifrån när det gällde honom. Å ena sidan hade moderata riksdagsmän motionerat i Riksdagen om att Ponti borde sparkas från den om inte helt statliga så nästan statliga radion, eftersom han var en känd Palestinaaktivist och hade alltid varit. Å andra sidan, och just därför, var Erik Ponti den ende medarbetaren på Dagens Eko som kunde gå rakt in i en vildsint demonstration av vrålande svartskallar, eller som i det här fallet på en exotisk grönsaksmarknad ute i Kålsta, och ändå komma levande och hel därifrån. Han fick uppdraget, tittade på klockan och suckade tillgjort som om han inte alls hade väntat sig det självklara.

Han tog sin egen privata bil, mest för att slippa blanketter och formalia och väntetid för att få ut en av Sveriges Radios tjänstebilar. Men det var också något av en säkerhetsfråga. Kom man i en bil märkt med radions stora blåvita dekaler kunde det verka provocerande och leda till stenkastning eller sönderskurna däck. Det fanns en del lägen där journalister på mer eller mindre goda grunder var allmänt hatade och det här var ett sådant.

För säkerhets skull körde han trots diverse förbudsskyltar in på själva torget för att parkera så att de skulle känna igen honom när han steg ur, det brukade vara tillräckligt för att avstyra missriktade solidaritetshandlingar mot bildäck och vindrutor.

Men där uppe stod redan en demonstrativt felparkerad bil. En svart nytvättad Volvo S80, med en liten upphöjning på den högra backspegeln, en extra backspegel, så att också den som satt på passagerarplatsen skulle ha uppsikt bakåt. Säkerhetspolisen alltså, men inte en sådan bil de använde för spaningsinsatser utan för att köra statsråd och andra skyddsobjekt. De här svarta Volvobilarna var snarast till för att meddela att det var Säkerhetspolisen som kom.

De två männen i bilen satt med uppmärksamheten in mot den glesa torghandeln, ett demonstrativt teleobjektiv stack ut från sidorutan.

Det var ingen tvekan om vad de sysslade med. Erik Ponti stannade tjugo meter bakom dem, kvävde sitt raseri och riggade mikrofonen på kavajslaget. Det var en av de stora fördelarna med den nya tekniken, den var så liten och smidig. Efter de föregående trettio årens släpande på den tunga Nagran hade han dragit på sig en visserligen ganska liten men ändå kronisk ryggskada.

Han steg långsamt sammanbitet ur bilen, låste med ena handen och slog på den lilla bandspelaren i kavajfickan med andra handen. I ögonvrån såg han hur alla rörelser stillnat ute på torget och allas blickar riktats mot den röda Alfa Romeon och den svarta Volvon. Han ansträngde sig att gå sakta fram mot de två säpomännen som först nu hade upptäckt honom.

"Goddag", sa han överdrivet vänligt. "Här sitter rikets säkerhetstjänst och fotograferar den högst civila torghandeln i Kålsta. Får jag fråga varför?"

"Det har du inte med att göra. Stick!" väste mannen med kameran medan hans kollega vid ratten snarast verkade road.

"Jo, det tror jag att jag har med att göra", fortsatte Erik Ponti lugnt medan han tog upp sin telefon ur bröstfickan, fällde upp den och tog en bild av de två männen. "Jag kommer nämligen från Sveriges Radio…"

"Vi vet väl för fan vem du är och ge fan i att ta några bilder!" röt mannen med kameran.

"Så bra", fortsatte Erik Ponti. "Då kanske ni för Sveriges Radios lyssnare kan förklara varför ni kör upp i en stor svart tydlig säpobil på torget och sitter och demonstrerar teleobjektiv?"

"Hörrudu Ponti!" röt mannen vid ratten. "Du ska passa dej jävligt noga, det ska du ha klart för dej. Nu kan du sticka, bara stick!"

"Så då måste jag förstå det som att ni inte vill tala om för Sveriges Radios lyssnare, skattebetalarna alltså, vad ni har för er?" fortsatte Erik Ponti med ett alldeles äkta gladlynt leende.

Det här var redan ett kul inslag. De hade inte observerat den lilla mikrofonen på hans kavajslag och förstod inte att de snart skulle göra succé i Dagens Eko.

"Hör du dåligt, eller har du svårt att fatta!" väste mannen med kameran. "Det här har du inte med att göra. Stick, innan vi tar in dej!"

"Ja, jag har tydligen svårt att fatta", fortsatte Erik Ponti förtjust. "Ni sitter här på ljusan dag och visar öppet hur ni smygfotograferar torghandeln. Och så hotar ni med att gripa mej. Är det inte bara trakasserier ni sysslar med och i så fall varför?"

"Ska vi ta in fanskapet?" undrade kameramannen medan hans chef vid ratten tycktes ha anat oråd och bara skakade på huvudet, tryckte upp fönsterhissen framför sin kollega, som dock hann framföra ytterligare någon hotelse om att passa sig, särskilt mörka nätter, innan fönstret slöt till med ett sugande ljud, den svarta Volvon startade och gav sig av med onödigt hög fart.

Erik Ponti var mer än nöjd. Det hade börjat bra, han hade fått hela scenen skildrad med hjälp av de två högst ofrivilliga säpomännen. De hade till och med varit vänliga nog att hota honom. Det skulle bli ett bra inslag.

Han betraktade torget. En blek marssol, början till våren, men knappast säsong för torghandel, ändå ganska fullt med folk. Men nästan ingen rörde sig, alla blickar var riktade mot honom. Han insåg att åskådarna inte kunde ha en aning om innebörden i det som sagts mellan honom och de demonstrativt tydliga poliserna. Om Sveriges Radio kunde komma och köra bort Säkerhetspolisen, som en myndighet som talar till en annan, så kunde det kanske tolkas fel. Han sträckte demonstrativt upp en knuten högerhand i en ironisk segergest och det bröt genast förstämningen, det kom skratt och en del spridda applåder där ute.

Så gick han beslutsamt mot de två torgstånd som terroriststämplats. Bilden kunde inte tolkas på annat sätt. De två största stånden, inne i mitten, hade inte en enda kund, noga taget inte en enda människa inom fem meter. Det var som om där fanns en farlig osynlig smitta. Och så var det ju.

Nu gällde det att inte tveka. När han kom närmare klarnade läget, i mitten en äldre man med gråvitt hår, omgiven av en del ungdomar. Det måste vara fadern till den enligt Kvällspressen farligaste terroristen i nationens historia.

Han gick rakt fram till mannen och sträckte demonstrativt ut sin hand långt innan han var framme.

"Hej", sa han, "jag heter Erik Ponti och kommer från Dagens Eko och för det första vill jag köpa lite äpplen av dej, för det andra har jag en del frågor."

Abu Moussa Salameh, alltså far till Moussa, skakade hans hand länge, lite för länge så att alla skulle se, och berättade att de egentligen kände varandra från förr i världen, från Palestinarörelsen för mer än tjugo år sedan när Erik Ponti ofta hade hållit tal på demonstrationer och möten.

Rent praktiskt yrkesmässigt var det förstås en bra ingång till jobbet, han var inne i miljön, han skulle kunna ställa sina frågor och få svar. Men det var också något som träffade hårt i hans halvt förkvävda dåliga samvete. Han mumlade några ursäkter om att det var omöjligt som anställd på Sveriges Radio att delta i öppna politiska manifestationer eftersom anställda på företaget måste vara opartiska på det sätt lagarna föreskrev, vilket var oklart för det mesta men inte när det gällde Palestinafrågan. Men han blev översvallande ursäktad av Abu Moussa så att det sårade mer än slätade över.

Folk hade strömmat till runt de två stånden, en del började till och med handla och Erik Ponti kunde lätt göra några av de intervjuer som behövdes för att illustrera det som stått klart i samma ögonblick han såg den parkerade säpobilen.

Torghandeln i Kålsta dominerades av palestinier och kurder och han fick veta att två av de häktade unga männen var kurder, två var marockaner, alla andra palestinier. Ingen trodde att Abu Moussas grönsaksstånd hade varit centrum för någon terroristorganisation, allra minst någonting som hade med Usama bin Ladin att göra, en galen rik saudiarab. Men ryktet hade, helt säkert med Säkerhetspolisens benägna hjälp, gjort klart att den som handlade hos Abu Moussa kunde misstänkas för terrorism. Därför var förstås hans affärsrörelse dömd till undergång, även om hans stånd just nu, när faran tillfälligt tycktes vara över, praktiskt taget tömdes på varor. Men Abu Moussa var en stolt man, intygade alla. Och han gav sig inte så lätt.

Erik Ponti fick tjata en stund om att göra en intervju on the record, med namn och allt, med Abu Moussa själv. Hans namn skulle ändå inte säga den svenska radiopubliken så mycket och här ute visste ju alla ändå allt. Abu Moussa gav med sig förvånansvärt fort.

Hemmet såg ut nästan exakt som Erik Ponti hade föreställt sig och låg på mindre än tio minuters promenadväg från torghandeln. Det var en modern förortslägenhet, lågt i tak, ett stort vardagsrum med en soffgrupp och stolar uppställda i en vid ring längs väggarna, en teveapparat där al-Jazira ständigt stod på, inga tavlor på väggarna utom ett Korancitat i guld mot svart bakgrund och några svartvita fotografier av för Erik Ponti okända palestinska frihetshjältar och ett al-Fatah-emblem i mässing och emalj uppmonterat på en träsköld och med en hälsning skriven på arabiska med tjock spritpenna. Erik Ponti gissade halvt på skämt att det var en hälsning från Abu Ammar själv, Yassir Arafat alltså, och det var precis vad det var.

Ute i tamburen stod två fotografier på äldste sonen Moussa, klädd i studentmössa på det ena, med kustjägarnas gröna basker på det andra.

Abu Moussas fru dök upp kort efter att de hade satt sig i soffgruppen och serverade mint-te från en liten bricka, allt stämde, allt var det förväntade.

De drack några glas te och talade lite om gamla tider, vilket i deras fall betydde demonstrationer och möten på 70-talet, de talade om situationen i Gaza, om det ironiska i att just demokratin hade gett palestinierna en regering med religiösa dårar så att västvärlden underkände demokratin och skärpte ockupationen och lät israelerna bygga vidare på sin totala annektering av allt palestinskt land. Det var naturligtvis en sorts rundsnack, artig konversation utan någon särskild mening utom att snabbt kunna gaffla in den andre i rätt politisk kategori. Ingenting som kunde komma med i en utsändning i Sveriges Radio.

Erik Ponti bad efter tredje teglaset att få se Moussas rum, om det fanns ett sådant i lägenheten. Det fanns det.

Det var ett kontor, med tio meter A4-pärmar bokföring i perfekt ordning som täckte en hel vägg, en säng, ett skrivbord med en sönderslagen dator, en mindre bokhylla som blivit plundrad på sitt innehåll och som märkligt nog fortfarande hade en del tydliga spår av lila färg efter fingeravtrycksundersökning. Där låg också en söndersliten kustjägarbasker. När Erik Ponti frågade om den detaljen svarade Abu Moussa med en trött axelryckning att det måste ha skett den där natten när polisen kom för att hämta hela familjen.

Intervjun, det kunde ju inte bli så mycket mer än sju-åtta minuter, om ens det, måste alltså koncentrera sig på en sak. Faderns försäkran att hans son inte kunde vara terrorist.

Vilket varje far i Abu Moussas situation skulle ha garanterat oavsett sanningen.

Men hemmet talade sitt tydliga språk, Abu Moussa kom från al-Fatah, en rörelse som aldrig någonsin förespråkat aktioner mot exempelvis Sverige. För en del vildhjärnor i den yngre och mer desperata generationen palestinier var det kanske osexigt och bevisligen för mjukt.

Men om sonen Moussa ägnat sig åt något fadersuppror så gick det inte ut på att bli religiös, springa till moskén, anlägga helskägg och tala om martyrdöden.

Tvärtom. Och där fanns rätta vinkeln för de minuter som stod till förfogande. Abu Moussa berättade om en son som ville bli svenskare än svenskarna, som knappt trodde på Gud, som var inriktad på att bli advokat och som närmast demonstrativt hade gjort sin värnplikt i ett elitförband på Kustjägarskolan. Den största motsättningen mellan far och son handlade om just detta, att Moussa gett upp alla föreställningar om palestinsk identitet, han hade blivit svensk och såg sin egen framtid och sina barns och barnbarns framtid i Sverige snarare än ett i drömmarna återuppståndet Palestina. Därför talade han exempelvis perfekt svenska men en ganska dålig förortsarabiska uppblandad med en massa kurdiska och iranska ord.

Där satt den, tyckte Ponti. Han hade ett reportage med en tursamt åstadkommen dramatisk början, de trakasserande säkerhetspoliserna som till och med hotade honom, en vit man från Sveriges Radio, och som arbetade med att omöjliggöra familjen Salamehs försörjning. Han hade faderns psykologiskt intressanta och dessutom övertygande bild av den palestinske unge mannen som blivit svensk, alltså motsatsen till terrorist. Det skulle kunna bli ett bra inslag.

* * *

När Ewa fick kallelsen till Rikspolischefen kom det knappast som en överraskning. De senaste två veckorna hade hon sysslat med att avsluta och komplettera högen av mindre ärenden som blivit liggande därför att mer akuta, och kanske mer spännande, jobb hade trängt sig före i kön. Hon hade alltså städat sitt skrivbord, liksom många andra på Ekobrottsmyndigheten, i väntan på den nya regeringens första åtgärder för att montera ner hela verksamheten. Stämningen på arbetsplatsen hade blivit glåmigt ointresserad och ibland närmast irriterad. Det var nog inte helt fel om man fick privilegiet att bli bland de första som flyttade ut.

På väg uppför Hantverkargatan försökte hon förbereda sig mentalt på hur hon först, med hänvisning till familjesituationen, skulle tacka nej till erbjudandet om en polismästartjänst ute i landsorten. Det borde inte bli så svårt. Som all polispersonal på Ekobrottsmyndigheten var hon visserligen bara utlånad av polisen och kunde rent tekniskt beordras ta vilket som helst jobb som föll Rikspolisstyrelsen in. Men ett polismästarjobb innebar befordran. Och det föreföll om inte annat psykologiskt svårt att tvinga någon till befordran.

Första steget i hennes strategi borde alltså hålla. Men därefter skulle man komma till frågan var hon skulle kunna placeras i Stockholm. Organiserad brottslighet låg nära till hands, det överlappade ändå en hel del av det hon hade sysslat med på EBM, liksom dessvärre bedrägeri. Hellre då någon våldsrotel. Våld var bra, det var konkret och alltid juridiskt enkelt, raka puckar med handfast bevisning. Med lite tur skulle hon kunna bli arbetskamrat med Anna Holt på rikskrims våldsrotel och det vore perfekt att ha en av sina bästa vänner i en ny arbetsmiljö. Det vore nästan för bra för att vara sant, men kanske inte omöjligt eftersom den nya regeringspolitiken tycktes så inriktad på att överföra resurser från ekonomisk brottslighet till våldsbrottslighet. Det var i alla fall värt ett försök, så fort hon tackat nej till det där polismästarjobbet.

Hon hade klätt upp sig i sin svarta byxdress från Armani, till och med tagit på sig den tjocka armlänk i guld som hon fått av Pierre på deras första bröllopsdag och varit ovanligt noga med sin make up. Det var nästan så att hon skämdes, här gick hon med glada långa steg den korta biten uppför Hantverkargatan för att få ett nytt jobb medan de flesta av hennes arbetskamrater i utredningsgruppen på

EBM inte visste om de skulle få något jobb över huvud taget. Men kanske var hon färdig med alla de där skattesmitarna och avdrags-ryttarna och momsfuskarna, kanske behövde hon omväxling, något nytt att bita i som inte bara var samma gamla vanliga rutin.

Den nye Rikspolischefen lät henne inte vänta, även om hon kom fyra minuter före utsatt tid. Han tog artigt hennes kappa, hängde den på en galge som han överräckte till sekreteraren och bad henne sitta ned i den ljusblåa soffgruppen i stället för i någon av besöksstolarna framför hans stora tomma skrivbord. Det var ett gott tecken. Hade han velat tala maktspråk skulle han ha satt henne i en besöksstol framför skrivbordet, som ju var påtagligt lägre än hans egen svarta snurrfåtölj. Han var dessutom välklädd och luktade gott.

"Jaha Ewa", började han och slog ihop händerna framför sig som om han var entusiastiskt förväntansfull. "Ja, till att börja med är vi väl du med varandra?"

"Självklart", svarade hon snabbt utan att visa någon förvåning över att han genast hoppat in på ett onödigt sidospår.

"Jag menar, det här niandet har ju spritt sig i samhället på ett när-mast löjeväckande sätt under senare år", fortsatte han med en min som om detta verkligen bekymrade honom. "Ja, du vet jag kommer ju från Kammarrätten, så vi har väl rätt likartade erfarenheter av vissa ekonomiska skojare och det är ibland rent förbluffande hur petnoga såna där kan vara med titulaturen."

"Jo, det kan man ju tycka", svarade Ewa.

"Men om vi alltså ska gå rakt på sak? Du vet varför du är här, eller hur?"

"Ja, men vad beträffar det där polismästarjobbet i Skövde..."

"Jag vet. Say no more!" avbröt han med två uppspärrade hand-flator och reste sig i samma ögonblick, smidigt utan att ta stöd med händerna noterade Ewa, och gick energiskt bort till sitt skrivbord och lyfte upp några pärmar från en sidohurts.

"Det här", fortsatte han med en uppmuntrande blinkning, "är ett urval av förhör som du har hållit i olika ärenden. Ja, som du vet använder man en del av just dina förhör, lätt anonymiserade förstås, i undervisningen på Polishögskolan. Och, måste jag säga, jag har ju lyssnat till åtskilliga förhör med en hel del inte direkt ointelligenta slingerpellar i Kammarrätten, så född bakom en vagn när det gäller förhörsteknik är jag inte. Men mitt bestämda intryck är faktiskt att ryktet som föregår dej är fullständigt sant. Du är tvivelsutan en av landets bästa förhörare."

"Oj, det var mycket smickrande", svarade Ewa försiktigt samtidigt som hon fick en skräckslagen idé om att han tänkte skicka iväg henne som lärare på Polishögskolan.

"Inte smickrande, men fullständigt sant, vill du förresten ha kaffe?" fortsatte han på väg tillbaks till soffan och satte sig.

"Nejtack."

"Du vill hellre höra vart jag är på väg?"

"Jatack."

"Dina två främsta egenskaper, allmänt omvittnade och väl dokumenterade, är alltså att du är en djävul på att förhöra busar, förlåt uttrycket även om jag tror att det var välfunnet just här. Och så en sak till. Du är specialist på att utreda folks mer eller mindre skickligt dolda affärsverksamheter. Förstår du nu vartåt det lutar?"

"Det låter som om du tycker att jag genast ska gå tillbaks nedför Hantverkargatan och ta plats på Ekobrottsmyndigheten", svarade Ewa fullt sanningsenligt.

"Ja, det skulle man kunna tycka", fortsatte Rikspolischefen med några långsamma hemlighetsfulla nickningar. "Men nu är det ju så att EBM ska monteras ned. Det anlägger jag inga synpunkter på, det är ett politiskt beslut. Men det är också så att den just nu mest expansiva grenen av polisverksamheten har ett skriande behov av dej, helst flera såna som dej, gärna en bataljon. Jag vill alltså ge dej ett erbjudande som... hur heter det nu? Som du inte kan tacka nej till. Vad tror du om det?"

"Då tror jag att jag inte kan tacka nej. Men jag skulle ändå vilja att du konkretiserade", svarade Ewa med en tydlig ansträngning att inte verka vilsen. Hon förstod faktiskt inte alls vad det var frågan om.

"Säkerhetspolisen alltså", log han triumferande. "Verksamheten har förvisso utökats med ett par hundra man under de senaste åren, men det är mest underordnade tjänster, tolkar och tekniker och sånt där. Men man har en dessvärre sårbar underkapacitet när det gäller det du är bra på. Jobbet gäller att leda en sektion av verksamheten inriktad på både förhör i största allmänhet och förhör och utredningar när det gäller ekonomiskt fiffel. Du är som klippt och skuren, det är därför du inte kan säga nej. Vad tycks?"

"Jaa…", svarade hon obeslutsamt med en lång utandning. "Jag kan ju se logiken i det du säger men jag måste ändå medge att jag är väldigt, väldigt överraskad."

"Varför det?"

"Därför att jag… om du ursäktar jargongen, har varit riktig polis i hela mitt polisliv. Jag började på ordningen som dom flesta av oss, jag har utrett våld, bedrägeri och till och med stöld innan jag parkerade på EBM. Säpo har man ju aldrig tänkt på som *polisen* och… nej, jag stannar där annars trasslar jag bara in mej. Mycket överraskad som sagt."

Men han skämtade bara bort hennes tveksamhet med att det skulle bli nästan lika nära till jobbet för henne även i fortsättningen och att det väl ändå måste vara en klar fördel jämfört med det där gamla förslaget om chefsjobbet i Skövde. Så såg han demonstrativt på klockan och gick ut och hämtade hennes ytterkläder.

"Du har ett hemligt möte om tretton minuter", viskade han spelat konspirativt när han hängde på henne kappan. "Du ska upp till Raffe, formellt är det han som anställer dej, fast på min bestämda rekommendation. Och så ett litet tips. Om du kräver att bli polisöverintendent, ett steg uppåt alltså, så kommer Rikspolisstyrelsen inte att motsätta sig det. Tänk på saken och tack för idag, det var verkligen ett mycket angenämt möte."

Hon kände sig fullständigt bortdribblad, vilket var lika ovant som frustrerande. När Rikspolischefen milt knuffade ut henne från sitt tjänsterum var väl läget närmast det att hon redan accepterat. Hon hade åtminstone inte kommit sig för att protestera.

Och nu skulle hon alltså upp till Raffe, som man tydligen internt kallade den nye säpochefen och före detta Justitiekanslern, märkligt att just folk i domarkarriären alltid skulle fylla de högsta polischefsjobben.

Ralph Dahlén visste hon inte så mycket om annat än att han hade ett gediget rykte om sig att vara mer framgångsrik som konferensraggare än skarpsinnig jurist, enda gången hon kunde minnas att de hade träffats var på någon chefsutbildning ute i Vaxholm där han sent på kvällen gett henne en del förslag som hon just nu helst önskade att hon glömt. Kort därefter hade han försvunnit in på justitiedepartementet för att slava ihop de politiska trohetspoäng som tydligen krävdes för att nå de högsta ämbetsmannahöjderna, justitieråd, riksåklagare eller som i hans fall först justitiekansler och nu alltså chef för Säkerhetspolisen. Det verkade inte som en okomplicerad och konfliktfri framtid att få en sån som högste chef. Men det var inget att beklaga sig över, sådär såg det ut i hela rättsväsendet. EBM där hon fortfarande var anställd och Stockholmspolisen var än så länge några av de få större organisationer inom systemet som hade kvinnliga chefer utan politisk bakgrund.

Hon fick hjälp från en av sekreterarna hos Rikspolischefen att hitta den krångliga vägen ner i källare, upp i hissar, bort i korridorer till säpochefens våningsplan. Där blev hon först avkrävd legitimation i en mottagningssluss och försedd med en besöksbricka som hon strängt beordrades att bära fullt synlig "vid varje tillfälle" och först därefter frågade den sura receptionisten efter hennes ärende. Hon gillade inte bemötandet, men hann inte sitta ner och vänta tillräckligt länge för att bli förbannad över tramsandet. När hon eskorterades in i säpochefens luftigt och svenskt möblerade chefsrum, ovala bordsskivor i masurbjörk, ljusa möbler av Carl Malmsten-typ och moderna akvareller med obestämbara motiv på väggarna, väntade tre män.

Ingen av dem tog hand om hennes kappa som hon fick hänga av

sig på egen hand. Hon tog det som ett dåligt tecken. Ralph Dahlén hälsade kort, konstaterade utan någon menande min att de träffats förut, och presenterade de två andra, en avdelningschef och en föredragande.

De slog sig ned vid det stora sammanträdesbordet och gick rakt på ärendet. Till hennes positiva förvåning inledde Ralph Dahlén själv med en framställning av akuta problem som sannerligen inte verkade särskilt friserad, vilket i Ewas ögon ökade trovärdigheten såväl hos honom själv som i fråga om problemen.

Avdelningen befann sig nu mitt uppe i den största utredning man någonsin hanterat, enbart förteckningen och analysen av beslagtaget gods omfattade mer än 10 000 sidor. Det gällde alltså de nio häktade terroristerna.

Flera av dem uppvisade ett ganska brett spektrum av tänkbar brottslighet, där ekonomiskt fiffel nog kunde sägas utgöra den mest väsentliga delen, vid sidan av själva terroristverksamheten förstås. Så dels var det av yttersta vikt att man kunde kartlägga alla finansieringsvägar för den moderna inhemska terrorismen, dels var det väsentligt att man fick dessa människor lagförda för en samlad brottslighet och inte bara för den terrorverksamhet som givetvis utgjorde utredningens kritiska massa.

Här fanns alltså det ena viktiga ansvarsområdet som det var tänkt att Ewa skulle ta hand om.

Det andra området var förhörsverksamheten. På grund av flera orsaker, exempelvis det relativa fåtal misstänkta i spioneriärenden och liknande som lagfördes varje år, brist på övning helt enkelt, så var det bara att konstatera att förhören i utredningen inte kunde betecknas som framgångsrika. Ett annat skäl var möjligen att förhörarna lät sig provoceras till fientligheter, förhörsobjekten var i flera fall utomordentligt svårhanterliga och ovilliga till samarbete. Därutöver fanns möjligen andra och mer subtila skäl till misslyckandet i det här viktiga avsnittet.

Detta om Ewas tänkta ansvarsområden. Därefter tog den föredragande tjänstemannen vid och malde igenom organisationens struktur. De huvudsakliga ansvarsområdena var inhämtning och bearbetning, det som en gång i forntiden sorterades in under Byrå B och Byrå A. I stort kunde man väl säga att den huvudsakliga uppdelningen kvarstod, en avdelningschef ansvarade för spaning och annan inhämtning, en parallellställd avdelningschef för bearbetning, analys och teknik, vilket förstås var en verksamhet som vuxit högst väsentligt under senare år.

Ewas ansvarsområde skulle överlappa båda dessa huvudfält. Förhörsverksamheten var ju faktiskt en sorts inhämtning, men krävde därefter analys för att kunna föras vidare. Inhämtning och analys beträffande exempelvis ekonomisk brottslighet tenderade också att överlappa hela fältet. Lösningen på problemet, åtminstone så länge den största utredningen i Säkerhetspolisens historia pågick hade alltså blivit att skapa en tredje huvudavdelning med långtgående självständighet.

Plötsligt var föredragningen slut och de tre männens ansikten vändes förväntansfulla mot henne, ungefär som om de väntade sig att hon skulle börja applådera.

Hon var fortfarande obeslutsam. Det var ett intressant jobb, och stort. Förmodligen måste man tänka sig att det dessutom var mycket viktigt, och högt prioriterat. Men ville hon ha det, ville hon in i en organisation som visserligen var släkt med polisen, ungefär som EBM, men som hon aldrig hört ett gott ord om?

"Jag har vissa krav", sa hon till sin egen förvåning. Så skulle hon förstås aldrig ha öppnat om hon varit verkligt angelägen.

"Något annat hade jag inte heller väntat mej, med tanke på dina vitsord", svarade säpochefen oväntat mjukt. "Sätt igång. Vi lyssnar."

Hon började med det hon tänkt genast hon hörde organisationsplanen. Förutom högste säpochefen skulle hon vara underställd ytterligare två killar som skulle kunna springa in och störa hennes jobb, peka med hela handen och kommendera henne att göra si eller så. Det första kravet var alltså att hon skulle vara jämställd med de andra avdelningscheferna och rapportera direkt till Ralph Dahlén själv. Hon ansåg sig inte ens behöva förklara varför.

Det andra kravet var att hon fick ett eget ansvar för hur man satte samman förhörsgruppen. Hon ville ha tid på sig att läsa in det förhörsmaterial som fanns och först därefter skulle hon kunna avgöra vilka som inte höll måttet och eventuellt måste bytas ut. Och vid behov skulle hon vilja anställa folk utifrån för förhörsdelen, om det alltså visade sig att Säkerhetspolisens förhörare var ännu mer orutinerade än vad hon förstått av den i och för sig öppenhjärtiga redovisning hon just fått.

Hon ångrade sig genast och tyckte att hon gått för hårt fram och undrade på nytt om det berodde på att hon i sitt undermedvetna ville komma undan jobbet.

Men ingen av de tre männen gjorde minsta min av förvåning utan nickade bara tankfullt instämmande. Utredningens förhörsverksamhet befann sig tydligen i en rejäl kris.

"Okej", sa säpochefen och gjorde en konstpaus samtidigt som han log lite försmädligt. "Beträffande din befordran till polisöverintendent så måste jag cleara den med Rikspolischefen, men det ska inte vara några problem. Förutsatt att det går vägen, vilket jag oss emellan är rätt säker på, så gäller alltså att du på jämställd bas med de andra avdelningscheferna rapporterar direkt till mej. Och vill du tillfällighetsanställa en eller annan förhörsspecialist så är det upp till dej och ditt omdöme. Är det bra så?"

Det fanns inget annat att svara än ja. Hon hade ställt hårda krav och de hade omedelbart gett med sig.

På väg ut fick hon faktiskt säpochefens lite fumliga men ändå hjälp med kappan och han sträckte fram handen, blinkade åt henne och sa att hon var välkommen ombord, att hon kunde räkna med tre dagar innan hon skulle komma upp och skriva på en del papper. Då skulle också befordringsärendet vara klart.

När hon kom ner på Hantverkargatan i det vassa vårljuset såg hon på klockan. Det var mindre än två timmar sedan hon kom från andra hållet i tron att det gällde att avstyra ett polismästarjobb nere i Västergötland. Nu hade hon ramlat rakt ner i någon sorts fallucka och blivit säkerhetspolis.

På något sätt som hon nog ännu inte anade vidden av hade hon förändrat hela sitt liv, nej inte hela sitt liv, bara yrkeslivet. Men det var än så länge omöjligt att säga hur. Skulle hon gå upp på jobbet på EBM och säga upp sig, eller var det tjänstefel? Från och med nu hade inte ens hennes förra chef rätt att veta vad hon sysslade med. Lika bra att hon inte sa någonting alls till någon, utom förstås till Pierre. Och att hon gick hem och försökte tänka i stället för att städa vidare på sitt redan välstädade skrivbord uppe på det gamla jobbet.

Pierre var inte hemma och det var lika så gott eftersom hon just nu inte visste hur hon skulle försöka förklara förändringen i deras liv.

Han var väl ute och handlade och skulle passera dagis och ta med sig Nathalie på hemvägen som han alltid gjorde. Hon hade alltså lite tid att tänka efter och gick och satte sig i den stora läsfåtöljen vid bokhyllorna i vardagsrummet.

Hon var nästan klar med hans bok, de hade fått ett förhandsexemplar av den svenska upplagan och den franska skulle komma ut om bara ett par dagar. Pierre var tydligt nervös för den saken, fast han gjorde sitt bästa för att dölja det. Nej, just nu skulle hon inte kunna koncentrera sig på fortsättningen. Hon hade kommit fram till kriget i Bosnien och belägringen av Sarajevo i början på 80-talet. Hans berättelser hade så långt varit mycket bättre än hon konstigt nog fruktat. Inte så att blodiga och grymma detaljer på något sätt saknades i denna långa krigshistoria, för sådant fanns det gott om. Innerst inne hade hon redan vetat att den tillbakadragne gentlemannen hade en annan sida, att han också under hela sitt vuxna liv varit yrkeskrigare. Redan ärren på hans kropp hade berättat det långt innan hon börjat ställa sina första förstulna frågor.

Men hon skulle omöjligt kunna koncentrera sig på hans text eftersom det nu var så att hon gått upp till Rikspolischefen för mindre än tre timmar sedan som polisiär utredare och tjänsteman på den anständigaste av polismyndigheter och efter en kort men förvirrande kullerbytta kommit ut ur andra änden av byggnadskomplexet som avdelningschef på Säkerhetspolisen med ett huvudansvar för terroristjakt.

Hon försökte för sig själv göra upp en kort lista över fördelar och nackdelar. Fördelar? Det var ett jobb i Stockholm, fortfarande på promenadavstånd hemifrån. Familjen skulle kunna bo kvar, deras privatliv skulle inte förändras till det yttre och de slapp framför allt anpassa sig till någon landsortsstad. Hon skulle befordras och få en högre lönegrad. Terroristjakten var utan tvekan den både politiskt och polisiärt högst prioriterade verksamheten inom systemet just nu. Hon skulle alltså hamna mitt i något av det mest intressanta man kunde jobba med som polis.

Slut med fördelarna? Ja, såvitt hon kunde se.

Nackdelar? Först den stora sociala skillnaden mellan att jobba på EBM och Säkerhetspolisen. I deras privata vänkrets var hon tvivelsutan en bra polis, en synnerligen *good cop*. Erik Ponti, men framför allt Acke Grönroos, hade under åren fått en lång serie tips från henne som de haft både nytta och nöje av. Mest nöje som det kunde tyckas ibland, särskilt för Acke som ju ständigt var ute på sin privata vendetta mot *skurkar*, särskilt när det gällde ekonomisk brottslighet.

Men det var en sak att under tryckfrihetsförordningens skydd läcka lite ur utredningar som snart skulle bli offentliga. Den enda praktiska betydelsen av att det var Acke eller Erik som kom före andra medier med en dag eller en vecka var att det blev rätt från början. Man kunde rentav försvara sig med just det, att det var mycket bättre att hon hjälpte dessa två gamla proffsmurvlar att få det rätt, i stället för att kvällstidningarna någon tid senare skulle få allting halvfel utan att ens fatta de verkliga poängerna. Det var harmlöst.

Men det var en helt annan sak med information från Säkerhetspolisen. Här fanns inte längre något skydd från grundlagarna. All information hon i den eventuella fortsättningen skulle hantera var kvalificerat hemlig. Det betydde till exempel att hon skulle begå brott i samma sekund som hon viskade något till Acke eller Erik. Så därmed var det slut med den saken. Redan det skulle de ha svårt att smälta.

Värre var ändå deras djupa förakt för Säkerhetspolisen, som de hade en lång rad skällsord för där det vänligaste var Ackes *filttofflor*. Och Erik var närmast rabiat, vilket kanske hade sina naturliga orsaker. Han hade ju åkt in en gång i världen. Visserligen hade det lett till en rättsskandal som gick utanpå det mesta och som hade resulterat i såväl grundlagsändringar som en oändlig serie offentliga utredningar som borde ha gjort honom mer än nöjd. Men ändå var han rabiat, närmast permanent hatisk när det gällde Säkerhetspolisen. Och han var Pierres närmaste vän i livet.

Nackdelarna var tunga. Men vad vägde tyngst? Omöjligt att säga eftersom hon visste för lite om jobbet. Och där låg knuten, om man tänkte efter. Om det visade sig att jobbet i själva verket var just så avskyvärt som Acke och Erik trodde sig veta så var det ju bara att sluta. Om inte, så var det bara att knega på.

Då gällde alltså bara den mest av alla klassiska polisregler tills vidare, att gilla läget. Hon skulle ge sig in i det nya jobbet med ögon och öron öppna, men utan förhandsinställning. Ett viktigt jobb var det ju, det skulle inte ens Acke eller Erik kunna förneka. Dåså. Ingen förhandsinställning och försöka göra ett så bra jobb som möjligt. Att förhöra terroristmisstänkta kunde för övrigt bli väldigt intressant.

När Pierre och Nathalie kom hem blev de först förvånade över att mamma var hemma. Hon kramade om dem båda, lyfte upp Nathalie på armen och sa att hon hade en bra nyhet. Idag hade mamma befordrats till *lieutenant colonel*. Nathalie blev förstås måttligt imponerad, men Pierre släppte matkassarna och kysste henne och det föll henne in att han faktiskt behövde något annat och dessutom något bra att ägna uppmärksamhet åt i väntan på bokens utgivning. En del rykten var i svang enligt den svenske förläggaren, ett franskt tevebolag hade redan bett att få komma och göra en förhandsintervju och det kunde antingen betyda något väldigt bra eller något väldigt dåligt. Desto bättre om det på vägen dit fanns en eller annan anledning att fira, att gå ner i vinkällaren för att hämta både champagne och en extra fin bourgogne.

* * *

Säpochefen Dahlén hade känt sig uppmuntrad, rentav optimistisk, när det var klart med nyförvärvet Ewa Johnsén-Tanguy. Utredningen behövde friskt blod, nya infallsvinklar sedda från någon som inte var fastgrodd i den speciella säpokulturen. Och framför allt behövde man strama upp förhörsverksamheten. Det var ingen tvekan om att hon var rätt man för den saken, det beröm som kantade hennes hittillsvarande karriär gav närmast intryck av att hon skulle vara någon sorts förhörskonstens Maradona.

För att rent praktiskt manifestera hennes nystart hade han instruerat utredningssektionens byråkrater att göra i ordning en PM för vart och ett av de nio förhörsobjekten, viktigast det som rörde nummer åtta och nummer nio, den så kallade danska kopplingen.

Han hade bedömt den ingången som det starkaste kortet, men det han fick läsa i materialet två dagar senare präglades förstås av den stora och oväntade motgången i Köpenhamn.

Fyra medlemmar av den danska förgreningen av terrororganisationen hade efter ett såvitt man kunde förstå oklanderligt utredningsarbete av de danska kollegerna i PET ställts inför rätta. Allt hade enligt kollegernas förhandsinformation talat för fällande domar på mellan sju och femton års fängelse.

Beviskedjan var klar och logisk. Den svenska förgreningen av organisationen hade dessutom varit både fysiskt och elektroniskt övervakad i flera år och man hade därför kunnat följa utvecklingen steg för steg hela vägen fram till gripandet av två terrorister i Sarajevo. När de svenska terroristerna besökte sina danska kolleger, bland annat för att hälsa på någon särdeles blodtörstig imam i en moské på Nørrebro hade både Säkerhetspolisen i Sverige och kollegerna i danska PET kunnat följa vartenda steg och dessutom spela in i stort sett alla samtal som hade förts.

Två av svenskarna skulle tillsammans med två danskar bege sig till Sarajevo, införskaffa nödvändig utrustning och därefter slå till mot

68

något land i Europa som hade trupper antingen i Irak eller Afghanistan. Detta var bevisligen själva planen. De två svenskarna greps ju också i Sarajevo.

Det borde inte ha varit några svårigheter att få de fyra inblandade danska ungdomarna dömda för förberedelse. De hade bistått med råd, stöd och insamlade pengar, det verkade vattentätt.

Men de två danskarna drog sig ur i sista stund, oklart varför i det ena fallet men närmast komiskt i det andra fallet. En palestinsk far i Köpenhamn hade fått nys om att hans 17-årige son var på väg till Sarajevo för att bli förbrytare och hade då helt sonika beslagtagit sonens pass så att han inte kunde resa utomlands.

Rent operativt fanns i det läget inte några handlingsalternativ. Dansk, svensk och amerikansk säkerhetstjänst följde de två svenska representanterna för "al-Qaida Sverige" steg för steg till Sarajevo, lät dem inhandla sin utrustning som planerat, från amerikansk personal under cover. Och så var det bara att knipa dem.

So far so good. De två svenska förmågorna dömdes i Sarajevo, den 17-årige självutnämnde ledaren med kodnamnet "Maximus", till femton år och fyra månader, hans ett år äldre stridskamrat till ett något kortare straff.

Därefter var det alltså dags att döma de fyra danskar som stött operationen och i ett par fall till och med skulle ha deltagit i den. Det borde ha gått som på räls.

Men så sent som häromdagen hade tre av terroristerna i Köpenhamn frikänts vid en mer eller mindre skandalartad rättegång där chefsdomaren efter pläderingarna öppet uppmanat juryn att fria tre av de åtalade. Det hade juryn emellertid vägrat att gå med på och förklarade ändå alla fyra skyldiga. Normalt skulle det ha räckt för en fällande dom. Men då hade de tre yrkesdomarna utnyttjat en undantagsbestämmelse i lagen, någonting om uppenbar domvilla, kört över juryn och försatt tre av de åtalade på fri fot.

Det var en klen tröst att den 17-årige huvudmannen dömts till sju år. Ironiskt nog för att hans palestinske far beslagtagit sonens pass.

Faderns räddningsinsats blev det avgörande beviset, eftersom det stod klart att sonen i annat fall skulle ha rest till Sarajevo och därmed hamnat i samma rättegång som lille Maximus och hans kamrat. Följaktligen kunde det anses bevisat att den unge danskpalestiniern haft ett uttalat terroristiskt uppsåt. Men bara en av fyra dömd alltså.

Domstolen i Sarajevo hade i alla fall inte lagt fingrarna emellan. Inte så konstigt, eftersom unge herr Maximus från Kungälv i Sverige åkt fast med 19 kilo sprängämnen, en automatkarbin, några handgranater och dessutom ett bälte för självmordsbombare och en inspelad video där han framträdde som martyr för islams sak. Allt inköpt enligt noga dokumenterade kvitton från CIA:s representanter i Sarajevo.

Det hade ändå känts mer betryggande om alla fyra danskarna hade dömts, funderade Ralph Dahlén. Det hade gjort kopplingen till nummer åtta och nummer nio mer psykologiskt övertygande för en svensk domstol. Hela gänget ingick ju i samma chatklubb på nätet.

Men domstolarna i Skandinavien hade en klar tendens att inte riktigt ta terrorismen på allvar. Ralph Dahlén hade själv varit domare, han hade lätt att sätta sig in i hur det gick till. För ena sidan av saken var att de här unga vettvillingarna kunde förefalla så barnsliga och oprofessionella. I en svensk rättegång häromåret när tre sådana där figurer blev frikända hade advokaterna haft rena festen när det visade sig att bevisning i form av inspelade telefonsamtal om utplacering av sprängämnet TNT i själva verket var repliker hämtade från ett dataspel som tydligen upptagit pojkarnas tid lika mycket som haschrökning. Sådana tabbar fick inte förekomma i den här utredningen, sådant var som öppet mål för motståndarsidan.

Det var alltså den ena sidan av saken, de unga fanatikernas nästan oskuldsfulla klumpighet och aningslösa oförsiktighet med datatrafik och mobiltelefoner. Avlyssningsmaterialet var enormt och en guldgruva av information.

Den andra sidan av saken var mer allvarlig, rentav skräckinjagande allvarlig. Ligans utsände i Sarajevo hade tagits på bar gärning i Sarajevo med 19 kilo sprängämnen. Oavsett om många av de europeiska terrorungdomarna uppträdde lika barnsligt i sina brottsförberedelser som när de spelade dataspel, oavsett om de ibland betedde sig som idioter så var de livsfarliga idioter. Det var framför allt det som utredningen måste klargöra, allt annat vore ett katastrofalt misslyckande. Också för honom personligen, det gick ärligt talat inte att förneka.

Han skulle rekommendera Ewa Johnsén-Tanguy att i första hand ta itu med nummer åtta och nummer nio. De var inte bara ligans yngsta medlemmar, utan sannolikt också den svagaste länken. Det var hos de två det fanns en bevisad koppling till Sarajevo. Problemet var bara att de hittills inte sagt ett ljud i sina förhör.

III.

HON GAV EFTER snabbt och hade alls inte någonting emot att ryckas med i den besinningslösa uppsluppenheten när hon väl fattade vad det var frågan om. Men det hade börjat rätt misslyckat med att Pierre ringde henne när hon satt och jobbade över och bad henne skynda sig hem och dessutom lät berusad på rösten. Hennes första tanke var att det hänt Nathalie någonting men det skrattade han bara åt, vilket var lika olikt honom som okänsligt. Egentligen hade hon tänkt sig att arbeta hela den här kvällen eftersom hon hade en enorm mängd att läsa in och inte längre hade att göra med dokument som man kunde ta med sig hem. Hon hade störtat iväg i en blandning av ilska och oro och blev än mer konsternerad när hon mötte ett utländskt teveteam på väg ut genom dörren.

Synen som sedan mötte henne var häpnadsväckande. Där inne på vardagsrumsgolvets stora marmoryta stod Pierre med Acke på ena sidan och Erik Ponti på den andra, med armarna om varandras skuldror och champagneflaskor i händerna som de demonstrativt halsade. I samma ögonblick de såg henne stämde de upp den där underliga korvsången, Ackes finlandssvenska bröt igenom kraftigt till och med på franska.

"Tiens, voilà du boudin, voilà du boudin, voilà du boudin, pour les Alsaciens, les Suisses..." vrålade de emot henne.

Hon måste ha haft ett underligt uttryck i ansiktet där hon stod med ytterkläderna på och handväskan som hon bara släppte rätt ned i golvet, för Pierre avbröt genast välkomstsången och gick fram och slog armarna om henne.

"C'est vraiment fantastique, mon amour, vraiment... alltså,

boken... du kan inte föreställa dej vad dom skriver i Frankrike..."

Hon behövde bara ett glas champagne för att dras med i festen och den stora lättnaden över att all grubblande väntan var över.

En stund senare när Pierre stod i telefon och beställde mat från någon fransktalande person, hon själv satt med Nathalie i knät och försökte förklara varför pappa var så glad och Acke talade med någon i mobiltelefonen, antagligen sin fru, bad hon Erik Ponti att lugnt och tydligt förklara vad som hade hänt.

Han dämpade sig genast, ställde demonstrativt långsamt ner champagneflaskan som han fortfarande greppade runt halsen, nappade åt sig en hög tidningar och gick och satte sig bredvid henne i soffhörnet.

"Jag läste det redan i morse på nätet, men jag var nere på Centralen och hämtade originalen", förklarade han när han lade tidningarna framför henne på glasbordet. "Vad vill du höra först, högerståndpunkten, vänsterståndpunkten eller mitt emellan? Inte för att det gör så stor skillnad, men i alla fall?"

"Ta högern först", svarade hon snabbt utan att veta varför.

"Okej. Så här skriver Le Figaro... få se nu, jo så här: *Ett mästerverk kanske mest för att det skrivs inom en av de mest trivialiserade och förljugna historier Frankrike känner...* och lite längre ner... *med en språklig och reflekterande finstämdhet som trots det av nödvändighet brutala innehållet för tanken till en André Gide...*"

"Jag antar att det där är ett dubbelt wow, men vad betyder det? Jag menar förutom mästerverk", frågade hon med ett leende som var till för att dölja hennes osäkerhet.

"Mästerverk räcker ju egentligen", skrattade Erik och sträckte sig efter champagneflaskan. "Men vad dom säger mer är alltså att det är en särklassig krigsberättelse i ett land alltför fyllt av usla krigsberättelser. Och det där med André Gide syftar på en moraldiskussion där svart inte alltid är svart och vitt inte alltid vitt. Pierre gillade inte den jämförelsen fast Gide ändå är Nobelpristagare."

"Men varför inte det i så fall, han vet väl vem det är?"

"Självklart, men det är just det. André Gide var nämligen *homofil,* som Pierre envisas med att säga, du måste få honom att hänga med bättre."

"Jag har försökt. Men han säger att bög är ett fult ord. Fast vad säger vänsterpressen?"

"Då tar vi alltså Libération? Okej..."

Han rotade ivrigt i tidningshögen, välte hennes champagneglas och spillde ut det men hann fånga det i luften och serverade henne oberört på nytt innan han fortsatte.

"Jo så här! *I en tid när Houellebecq knyckt ledartröjan i fransk littera- tur och samhällsanalysen ligger i händerna på somliga högerrevanschistiska filosofer, ni vet vilka, kommer Marianne tillbaks i en så oväntad skepnad som i en legionärs, en länge efterlängtad ny vind...* Ja, och så vidare."

"Och det där var berömmande?"

"Ja, i högsta grad."

"Kan du översätta, jag menar översätta innebörden?"

"Att vi har att göra med en klassiskt ren text av hög litterär kvalitet, alltså motsatsen till Houellebecq, och att vi får möta en samhällsana- lys som inte är nyreaktionär bombliberalism. Jag vet inte om det där blev så tydligt, men för att vara i den småsnåla Libération är det ett formidabelt omdöme. När franska Tele 2 var här för en stund sen var det där det dom hängt upp sig på mer än allt annat. Ska vi ta ett smakprov från den liberala pressen?"

"Jatack, men vad var det för filosofer dom jämförde med?"

"Äh! Antagligen två blodtörstiga jävlar som heter Lévy och Glucks- mann, skit i det! Nu tar vi liberalerna, lyssna på självaste Le Monde: *En av de klaraste och kirurgiskt mest precisa beskrivningar av fransk efterkrigspolitik, inte i de storstilade orden, utan i praktiken, som över huvud taget skrivits.*"

"Det låter ju sanslöst."

"Det är sanslöst!"

"Har Pierre förstått vidden av... nej, det var nog en dum fråga!"

Erik Ponti reste på sig, skakade på huvudet och himlade med ögonen åt henne, vilket var olikt honom.

"Förlåt!" sa han när han hällde upp en symbolisk skvätt champagne i hennes mer än halvfulla glas och drog åt sig ett eget glas och fyllde det, "men för att komma från dej var det faktiskt en ovanligt dum fråga. Titta bara på er heltäckande bokhyllevägg bakom dej! Det finns inte många såna i Sverige, där står den franska litteraturen i givakt från Montesquieu till, för den delen, Houellebecq. Och dessutom hör det inte till vanligheterna att Georges Simenon och Claude Simon får stå grannar i en bokhylla, men här gör dom det. Förlåt, jag svamlar… hursomhelst jo! Pierre fattar. Det är en vanvettig framgång, om han inte redan vore rik skulle han bli det nu."

Hon ursäktade sig, drog med sig Nathalie som tröttnat på att sitta stilla utan att någon brydde sig om henne, tog henne i handen och gick mot badrummen. I en kort ilsken sekund fick hon för sig att dottern inte fått något att äta när hon kom hem, men det hade han förstås tänkt på vilket egentligen var självklart.

Innan de hade sin sagostund, det var egentligen pappas tur, försökte hon på nytt förklara varför pappa och hans vänner var så glada där ute, att pappa skrivit en bok som alla tyckte mycket om i Frankrike och då måste man ha fest, dricka champagne och sjunga lite. Men när hon ville fortsätta där de var sist i Pippi Långstrump protesterade Nathalie ilsket och sa att det alls inte var Pippis tur ikväll, det var Babars tur!

När hon gick för att hämta boken hittade hon inte rätt volym, eftersom alla böckerna om Babar stod tätt tillsammans i en hel serie och när Nathalie irriterat, beskäftigt ändrade sig, visade henne till rätta, insåg hon att de hade ett problem. Böckerna om elefanten Babar och hans liv i Célesteville var på franska. *Naturellement.*

Det fanns mammaböcker på svenska och pappaböcker på franska, det var så enkelt som så. Hon försökte först gå på den formella linjen, mamma på svenska, men dottern gav sig inte. Tänderna var borstade, vita och fina. Och nu var det dags för Babar.

Ewa gav upp diskussionen, tog den volym av Babarböckerna som hon fått i handen av sin tvärsäkra dotter, tände läslampan över sängen, rättade till nallar och småkuddar och gosade ihop dem på det vanliga sättet. Så försökte hon läsa den franska texten och tyckte till en början att det gick hyggligt, åtminstone om hon ansträngde sig och läste långsamt. Där ute hade grabbarna börjat skråla någon ny sång, det lät nästan som om de var poliser. Nathalie grymtade missnöjt då och då att hon inte förstod och ville höra texten på nytt och vid något tillfälle rättade hon mammas uttal. Det måste bli allvar med de där franska kvällskurserna snart.

Men hon jäktade inte utan läste ut hela boken med många avbrott för att tala om bilderna med små elefanter som hade kostym och slips eller solparasoll och rosa sommarklänning i Afrikas mest idylliska koloni där fransk ordning härskade och nästan ingen var elak. Det var märkligt att föreställa sig hur just Pierre låg på kvällarna på samma plats och läste den här sagan för sin dotter. Det var inte direkt hans Afrika, inte ens, såvitt hon förstått av hans bok där hon kommit igenom det mesta om Afrika och redan befann sig i Bosnien, hans dröm om Afrika.

Hon låg kvar en stund efter att Nathalie somnat och boken var undanstoppad och försökte förstå förbindelsen mellan Pierre och Babar men lyckades dåligt.

Hon kom ut samtidigt som några perfekt vitklädda servitörer hade börjat bära in maten och packa upp ute i köket och hon dukade matbordet snabbt men lite slarvigt medan Pierre betalade, eller om han bara skrev på något, och sedan snabbt försvann med en tom bastkorg på väg mot vinkällaren. Själv skulle hon ha dragit sig för att gå ner i en mörk källare mitt i natten, nåja i mörka vinterkvällen. Men överste Tanguy besvärades definitivt inte av några sådana fobier.

Acke och Erik pratade som kvarnar medan hon dukade och hon passade på att fråga dem vad de själva skulle ha intervjuat Pierre om ifall de fått det jobbet och vad franska medier i sin tur skulle fråga om.

Acke menade att han skulle ha siktat in sig på Sarajevo först av allt.

Hela världen hade ju undrat över vad det var som gjorde att serbernas förfärliga krypskytte upphörde, att lönnmördarna bara tycktes försvinna vid en viss tidpunkt. Det fanns till och med idéer om att det var de västerländska journalisternas förtjänst, alltså att den negativa publiciteten, i god demokratisk ordning, hade fått slut på eländet.

Och så var det så brutalt enkelt som att Pierre lett ett prickskyttekommando som från tusen meters håll slog ut dem en efter en. Det var faktiskt en saatans bra story!

Erik Ponti menade mer eftertänksamt att han skulle ha satsat på de två största framgångarna, en fritagningsoperation av skolbarn i Djibouti och en undsättningsoperation till en gruvstad i Kongo som räddat hundratals människoliv, å ena sidan. Och å andra sidan de två största misslyckandena, Rwanda och Srebrenica. Från hederslegionen och triumf till nattsvart förtvivlan och dödligt fiasko.

Hursomhelst kunde de inte gärna göra några intervjuer med Pierre själva. Det skulle direkt bli snack om vänskapskorruption. Och det skulle bara förfela syftet om de försökte tipsa några av sina yngre kolleger på redaktionen eftersom de numera betraktades som gubbjävlar som inte längre förstod sig på journalistik, åtminstone inte modern journalistik.

När Pierre kom tillbaks med vinkorgen verkade det som om han hade skärpt sig en hel del och när han serverade ett vin från Alsace till gåslevern avstyrde han snabbt alla initiativ till nytt sjungande, skålade helt stilla och sa att nu måste man hämta andan. Fest skulle de förstås ha på lördag, alla vännerna och också de två förläggarna från Gepardförlaget, men just nu borde man ta det lite lugnt, njuta av maten och tänka på annat än franska recensioner.

Det var inte så lätt att tvärvända. Men på direkta frågor från Pierre blev varken Acke eller Erik Ponti särskilt ovilliga att berätta vad de själva sysslat med på sista tiden. Acke hade som vanligt hittat nya skurkar, men mera ovanligt inom Sveriges Radio där hundra miljoner i budget försvunnit för att cheferna, också de skurkar, hade satsat på att köpa in material utifrån för att manifestera privatiseringens stora fördelar.

Erik Ponti berättade en förfärlig men cyniskt rolig historia, om hur *dom jävlarna* på Säkerhetspolisen sysslade med att slå sönder tillvaron ekonomiskt för en av de familjer som drabbats av den senaste terroristjakten. *Dom jävlarna* låg med fullt synliga teleobjektiv och demonstrerade mitt på ljusan dag att den som handlade av en viss Abu Moussa riskerade att bli registrerad och terroriststämplad. Men *dom jävlarna* hade inte, och det var den enda goda nyheten, fattat att han haft en öppen mikrofon på sig när han kom fram till dem och fick dem att hota också honom. Folk hade ringt som galningar till radion efter att inslaget sänts i dagens lunchsändning. Som vanligt var hälften för, mycket för, och hälften var emot och ännu mera emot. Men det hela hade varit ganska lyckat och han hade några idéer om att följa upp historien ytterligare.

Ewa bet ihop och såg på klockan. Just det här samtalsämnet borde helst inte dra ut på tiden. Ingen av killarna visste ju var hon jobbade numera.

* * *

Hon hade vrålpluggat förhörstexterna i två dagar, just vrålpluggat var hennes upplevelse, precis som det hade varit ibland under studietiden. Med tanke på att förhören gällde nio personer som hade varit frihetsberövade i drygt fem månader så hade hon väntat sig ett material som varit två eller tre gånger större. Men ändå hade hon fyllt ett kollegieblock med anteckningar, utropstecken och ilskna röda understrykningar. Att förhörsverksamheten befann sig i kris var en klar underdrift.

Det borde ha varit si och så med koncentrationen eftersom hon hela tiden stördes av hantverkare som samtliga tycktes föredra att arbeta med borrmaskiner. Hennes nya avdelning, döpt till det intetsägande "Särskilda roteln", hade fått flytta ihop på ett halvt våningsplan som tidigare varit en teknisk avdelning som likt en gökunge vuxit ur boet och numera höll till i någon förort. Men borrmaskiner eller inte, så var det värt en del öronpina att få ihop personalen på nära håll. Hon var mer störd över att de var så många, att hon skulle sysselsätta närmare fyrtio personer. Nio misstänkta för grov brottslighet borde egentligen klaras av med mindre än tio man. Men Säkerhetspolisen var en annan värld, det hade hon redan en stark upplevelse av, poliser som vanligt men ändå inte poliser. Det skulle nog ta tid att förstå.

Det hade kostat en del viljestyrka att inte bli otålig medan hon läste på, men nu kände hon sig snart beredd att börja ta de första stegen. Hon hade en plan och hon hade en del bestämda uppfattningar. Det var dags för första avrapporteringen.

Säpochefen krånglade inte utan tog emot henne med ett par timmars varsel och han hade beställt fram kaffe i förväg för att visa att mötet fick ta tid. Smart, tänkte hon när hon slog sig ned i en av besöksfåtöljerna.

"Jag vill gärna höra den goda nyheten först", började han ironiskt som för att markera att han mycket väl kunde föreställa sig även motsatsen.

"Den goda nyheten är att det finns ett stort och matnyttigt material som är långt ifrån färdigbearbetat. Om dom här killarna är skyldiga så kommer vi att få dom dömda."

"Om?"

"Ja, just det. Så har jag blivit lärd att arbeta och det har väl du också?"

"Visst, självklart. Det är inget fel att hålla på formerna. Och du har en plan för det närmaste upplägget?"

"Ja, jag har skrivit ner den här i en PM, jag ska ha en sorts stormöte med personalen efter lunch för att presentera upplägget."

Hon tog upp tio dubbelvikta A4-papper ur sin handväska och lade dem på bordet framför honom, på Säkerhetspolisen skickade man ju inte internmail hur som helst.

"Ska bli spännande att läsa. Kaffe?"

"Jatack, mjölk, inget socker."

"Dåså", sa han med en teatralisk suck när han serverat, "då är det

79

dags för den eventuellt dåliga nyheten. Och när vi är ensamma kan du lämna diplomati och eufemismer åt sidan. So just spit it out."

"Det finns avgörande svagheter i förhörsmaterialet", inledde hon beslutsamt och ställde försiktigt ner kaffekoppen för att hinna formulera fortsättningen, hon hade tydligen provocerats att börja mer drastiskt än hon egentligen tänkt sig. "För det första duger inte förhörsmaterialet som bevisning i sitt nuvarande skick. Inte i något enda fall, såvitt jag kan se. Och det är anmärkningsvärt, särskilt med tanke på den långa tid som förhörarna haft på sig. För det andra är några av de här förhören dom sämsta jag läst."

"I vilket avseende då?" avbröt han snabbt.

"Somliga förhörare har svårt att hålla inne med sina antipatier, dom förolämpar förhörsobjekten, till och med hotar dom med påstådda brott som inte existerar, exempelvis något dom kallar olaga pornografisk inhämtning. Och det är alldeles för många omotiverade pauser i bandningarna, där man bara kan ana oråd om vad som egentligen sades. Systematiska så kallade hårda tag och genomgående trakasserier är onekligen det intryck man får."

"Menar du att det är oetiskt eller att det är icke operativt?"

"Icke operativt... antar jag. Alltså att det motverkar sitt syfte. Jag är ingen moraltant när det gäller förhör, jag är ute efter resultat, rentav vinna om man ska uttrycka det mer osympatiskt. Men om alla förhörsobjekten utom ett, nummer tre, uppfattar förhörarna som sina dödsfiender så funkar det inte, eller blir med dina ord icke operativt. Däremot, vad gäller frågan om etik... så är jag faktiskt emot tortyr oavsett operativa aspekter. Och det förutsätter jag att du också är."

Hon såg honom stint i ögonen när hon kom till ordet tortyr. Han var nära att spilla kaffe på sig när han med tydlig ansträngning att vara stadig på handen ställde ner koppen och såg henne i ögonen. Hans lättsamma stil var plötsligt borta.

"Nu undrar jag. Om jag verkligen. Hörde rätt", sa han långsamt med betoning på varje ord.

"Du hörde. Absolut rätt", fortsatte hon med nästan samma tonfall.

"Sex månaders total isolering med fullständiga restriktioner på två gånger tre meter är ingen lek. *Sensorisk deprivation* kallas det. Du vet det, jag vet det och framför allt tycks somliga förhörare vara skadeglatt medvetna om det här fenomenet eftersom dom icke utan påtaglig förtjusning berättar för objekten om sina kunskaper på området. Du vet varför romarna var emot tortyr?"

"Absolut, rättshistoria var ett av mina favoritämnen, jag skrev till och med uppsats för högre betyg i ämnet, något om culpa-begreppet. Så jadå. Romarna var knappast sentimentala, däremot rationella. Tortyr är kontraproduktivt därför att det rör till bevisningen, ungefär så?"

"Ja, ungefär så. Om vi alltså tappar kontakten med förhörsobjekten därför att dom inte längre är talbara så sabbar vi utredningen. Här på Säkerhetspolisen anar jag en övertro på vår tydligen automatiska tillgång till långa häktningstider, ett av förhörsobjekten har inte förhörts mer än tre gånger på hela tiden vilket enligt min mening gränsar till tjänstefel. Jag är inte hjärtnupen, det hoppas jag du har insett. Försöker bara förändra ett dåligt jobb till ett bra jobb."

"Och. Vad. Skulle du vilja göra rent konkret?" frågade han efter en oroväckande lång tankepaus.

"Jag har några förslag", sa hon och avbröt sig demonstrativt för att servera sig själv och därefter chefen mer kaffe medan hon tänkte efter. Hon fick för sig att han ville locka ut henne på hal is, få henne att gå för långt i något avseende, vilket hon kanske redan gjort när hon använt ordet tjänstefel. Men det var inte längre läge att kompromissa eller släta över, hon var kanske redan långt ute på den där isen. Alltså var det bara att köra vidare precis som hon tänkt.

"För det första är det två av förhörarna jag tänker sparka", fortsatte hon. "Ja, alltså sparka i meningen lyfta bort från förhörsgruppen och därmed Särskilda roteln. Hoppas dom kan göra nytta någon annanstans inom vår rätt stora organisation. Men dom ska enligt min mening bort. Är det okej?"

"Sänd över deras namn och tjänstenummer med internposten så

bekräftar jag omedelbart ditt beslut", svarade han snabbt men med munnen som ett streck.

"Och för det andra skulle jag vilja externrekrytera en ny förhörare från den... öppna verksamheten? Är det så vi kallar den riktiga polisen här inne?"

"Vi använder termen den öppna verksamheten, men knappast den riktiga polisen. Och vem är det?"

"Han heter Terje Lundsten, kriminalkommissarie någonstans i västernorr."

"Och vad har du för erfarenheter av honom?"

"Vi jobbade tillsammans i en kommission för ett par år sen, det gällde ett antal brats som stal varandras föräldrars auktionsgods."

Äntligen sken han upp. Mer än så, han till och med började skratta och skakade på huvudet, tog en kaka som för att distrahera sig, men kunde inte hålla sig och började skratta på nytt.

"Ja jävlar!" sa han och viftade oberört bort några kaksmulor som han råkat spruta ut över sina perfekta pressveck. "Den där utredningen var minst sagt glamorös, i mer än ett avseende och då tänker jag inte bara på dom fenomenala förhören. Du vet, jag var ju JK då och du skulle ha sett dom här föräldrarnas, ska vi säga något anglosaxiskt inspirerade, försök att ogiltigförklara rättegångar och vad det var. En höjdare, som min son skulle ha sagt. Så det var i det sammanhanget som du parades ihop med den här Terje Lundsten?"

"Han kommenderades till den kommission jag skulle leda, ja. Ihopparade blev vi inte, men jag fick den största respekt för hans kapacitet och jag tror han skulle ha mycket att tillföra."

"Som vadå? Det är inte helt okomplicerat att ta in extern personal, all screening och facket är bara två av problemen. Så vad kan han tillföra?"

"Samma som förhoppningsvis jag själv. Vi skulle bli två poliser som tänker något annorlunda än våra kolleger här på Säkerhetspolisen. Det tror jag vore mycket bra."

"Har du fler förslag?"

"Ja. Jag vill lätta på förhörsobjektens restriktioner, fast i viss ordning."

"I vilken ordning då?"

"Jag vill förmedla det icke helt sanningsenliga intrycket att det är jag själv som beslutar om den saken. Det skulle underlätta mitt fortsatta förhörsarbete."

"Du vill komma in som the good cop?"

"Ja, naturligtvis. Det skulle som sagt underlätta. Men du vet, när det gäller viss avancerad ekonomisk brottslighet så har också vi på EBM en del erfarenheter av hur långtidshäktade reagerar. En del klättrar på väggarna efter kort tid och blir otalbara. Andra sitter och blånekar tills fan avlöser dom. Men såna herrar låter sig inte påverkas av sin familj, dom står i mån av familj alltid högst upp på gödselstacken. Men med våra terrorister är det en annan femma. En del av dom här förhörsobjekten skulle bli bättre, jag menar ur vår synvinkel, om dom fick träffa mamma och pappa. Men låt mej avgöra det där."

Han reste sig med en bekymrad rynka i pannan och gick fram till sin telefon, mumlade något som lät som instruktioner till en sekreterare att inställa eller senarelägga ett möte. Det kunde vara sant. Det kunde också vara ett enkelt chefstrick för att bli av med henne. Ewa bestämde sig för att det inte var teater, att det här mötet verkligen blivit mer besvärligt än han tänkt sig.

"Som du vet...", suckade han när han kom tillbaks och sjönk ner i soffan mitt emot henne, "så är det åklageriet som håller i frågan om restriktioner."

"Självklart", demonstrationssuckade hon tillbaks. "Men i det här läget vore det klokt av åklagarna att göra som vi vill. Jag kan själv ta upp saken med åklageriet så slipper du."

"Utmärkt!" svarade han snabbt. "Jag ska ordna det där med din kommissarie Lundsten, det var så han hette, ja? Och jag ska med intresse läsa din PM och du har fria händer att framföra dina förslag till åklagarna. Var det nåt mer?"

Han tittade demonstrativt på klockan. Hon borde säga nej, men kunde inte hålla sig.

"En liten sak", sa hon lätt, som om det verkligen var en liten sak. "Det finns oroväckande rapporter i massmedia om att personal från oss ligger och låtsasfotograferar vissa grönsakskunder. Effekten är katastrofal för grönsakshandlaren i fråga, förstås. Och han råkar vara far till objekt nummer tre."

"Och?"

"Bortsett från att det våra tjänstemän i så fall sysslar med är brottsligt, så undrar jag helt enkelt vad det är jag inte känner till om mitt nya polisliv. För att uttrycka mej försiktigt, rentav diplomatiskt."

"Vi tar det en annan gång, det är en för stor fråga just nu, jag har ett möte som väntar. Men jag lovar att återkomma, om inte annat involverar den här frågeställningen bland annat en viss reporter Ponti. Kan vi arbeta så?"

Han hade redan rest sig och sträckt fram handen.

På vägen tillbaks genom kulvertar, hissar och korridorer virrade hon bort sig ett par gånger. Men alla dörrar öppnades snällt för hennes kort och kod, hon hade nämligen som avdelningschef för rikets säkerhetstjänst en *security clearance* 2. Det fanns ingen svensk beteckning, men det betydde att hon var tvåa efter Gud.

Hon var nöjd med sitt möte med säpochefen men ändå inte. Å ena sidan hade hon fått igenom allt hon hade föreslagit. Dessutom, två timmar senare, strax innan hon skulle ha sitt första stora personalmöte, ringde han och var översvallande av beröm över hennes PM om hur hon tänkte sig den fortsatta strategin. Han hade till och med sagt att hon skulle "ge järnet", ett ordval som helt enkelt inte låg rätt i mun på hans ämbetsmannatyp. Innebörden var hursomhelst uppmuntrande.

Å andra sidan anade hon att hon ställt så tuffa krav för att hon ville få slut på det hela, för att få honom att säga att allt kanske varit lite förhastat, att han gärna skulle lägga ett gott ord för henne om hon exempelvis ville söka nytt jobb på rikskrims våldsrotel eller något i den stilen. Hon ville innerst inne inte ha jobbet, läsningen av alla underliga förhörsprotokoll gav henne en aning om att hon var på väg in i en värld som hon varken skulle vara lämplig för eller trivas i. Hon gillade att jaga *skurkar*, hon kunde aldrig tänka ordet utan att höra Ackes närmast njutningsfulla finlandssvenska uttal. Det var inte det. Men det fanns några rader i ett förhörsprotokoll med den påstådde huvudmannen i terroristligan som låg och skavde i hennes minne. Han var smart och välutbildad, en svårbemästrad skurk med andra ord. Och hans förhörare var motsatsen. När han ironiserat över den förföljde Josef K i Kafkas mardrömsberättelse så hade de blixtsnabbt huggit på betet och krävt ytterligare detaljer om denne okände ligamedlem. Det var inte bara det att ett sådant protokollsutdrag skulle väcka viss munterhet för att inte säga skadeglädje om det blev offentligt. Problemet var det stora avståndet mellan nummer tre och hans förhörare. Han visste hela tiden att han inte gjorde några medgivanden om brott, medan förhörarna trodde att han satt och erkände praktiskt taget allting. Förmodligen var det övertolkningen av förhören med nummer tre som låg till grund för en del skriverier i Kvällspressen, hon hade åtminstone ögnat rubrikerna, om hur ligan var fast och hur huvudmannen erkänt. Det var så långt från sanningen att det var obegripligt, liknelsen med Josef K hade verkligen varit på sin plats.

Å andra sidan. Det var just därför hon kallats in till det här jobbet. Och då gällde det ju bara att "ge järnet" som chefen sagt. Mycket talade för att hon verkligen befann sig i den största terroristaffären någonsin, åtminstone till omfånget. Den enorma mängden teknisk bevisning föreföll om inte annat övertygande.

Och ärligt talat hade hon ett mycket gott självförtroende, det var inget att hymla om. Alltså var det närmast en nationell angelägenhet att det var hon, och inte något av de två ljushuvuden hon snart skulle sparka som höll i yxan. Alltså bara att ge järnet.

Hon hade haft en genomtänkt strategi för hur hon skulle introducera sitt nya chefskap. Första dagen hade hon ägnat sig åt att gå runt och hälsa på alla, över fyrtio personer med alla analytiker, tekniker och tolkar inräknade. För var och en hade hon garanterat det gamla vanliga att hennes dörr alltid stod öppen och så vidare, och under första veckan hade ingen vågat knacka på. Vilket hon varken väntat sig eller önskat eftersom hon hade en helveteshög av papper att läsa.

Att Säkerhetspolisen var en militärt hierarkisk organisation förvånade henne inte, det var för övrigt den riktiga polisen också. Hon var kvinna, men hon var också *lieutenant colonel* och det var så enkelt som så. Och alla måste acceptera det utan gnäll. Men det syntes på de män som var över femtio, särskilt de gamla stötarna i förhörsgruppen, att de inte bara hade svårt att gilla det läget, utan också svårt att inte visa det.

Den yngre, nyrekryterade personalen var av en helt annan sort, mera som vem som helst man kunde ha stött på över en kaffe latte. Bland de äldre fanns till exempel inga kvinnor eller utlandsfödda. Bland de yngre, alltså tolkarna, teknikerna och analytikerna, alla med lägre gradbeteckning kort sagt, var andelen kvinnor och svartskallar, om man nu skulle bunta ihop dem till en grupp, så mycket som en tredjedel.

Men på det första stora personalmötet där hon skulle lägga fram sin handlingsplan såg det förstås annorlunda ut eftersom bara chefspersoner var närvarande. Förhörsgruppen satt för sig själv, sex man som alla var kriminalinspektörer eller kommissarier, med armarna i kors, lätt tillbakalutade och blängde som man kunde förvänta.

Tekniker och analytiker var aningen mer uppblandade, tre kvinnor och fyra svartskallar såvitt hon kunde se. Och de såg mer nyfiket förväntansfulla ut.

Ewa oroade sig inte. Hon hade fört befäl över män som var äldre än hon själv i femton år och ansåg att hon behärskade konsten. När hon såg den tätt sammanpackade ledningsgruppen för Särskilda roteln framför sig visste hon att problemen bara var de gamla vanliga och att lösningarna också de bara var de gamla vanliga, säkerhetspoliser eller riktiga poliser spelade ingen roll.

"Välkomna till det första ledningsgruppsmötet på Särskilda roteln", började hon och inväntade tystnad. "Det är det vi heter. Vår uppgift är enkel att beskriva. Vi ska slutföra den största terroristutredningen i vårt lands historia och det ska vi göra med framgång. Så enkelt kan det sägas. Så enkelt är det inte att göra."

Därefter hoppade hon över allt om att vara stolt för det förtroende hon fått, hur stimulerande det var med nya och spännande uppgifter och liknande och gick direkt in på ordergivning, vilket var lika chockartat som hon hade förutsett.

Vad gällde förhörsgruppen var instruktionen enklast. Varje tvåmannateam skulle ställa samman en PM för vart objekt man sysslat med där det skulle framgå:

För det första. Vilka misstankar det gällde att utreda för just detta objekt.

För det andra. Vad man ansåg sig ha fått fram i det avseendet.

För det tredje. Vad man inte fått fram, eller inte tillfredsställande lett i bevis.

I avvaktan på resultatet från det arbetet var tills vidare alla förhör inställda.

Vad gällde analysgruppen skulle följande genomföras. Först och främst ett grafiskt schema över vart förhörsobjekt som visade hans elektroniska förbindelser med de andra misstänkta. Exempel. Objekt ett markeras med en blå cirkel. Röda linjer till blå cirkel från åtta röda cirklar visar kommunikationen *från* de andra misstänkta i gruppen. Blå linjer från blå cirkel till de röda cirklarna beskriver följaktligen kommunikation i motsatt riktning.

Det var en beprövad teknik när det gällde att utreda den ofta snåriga ekonomiska brottsligheten, mjukvaran för datorprogrammet fanns enkelt tillgänglig. Den grafik man till slut fick fram när man matat in alla uppgifterna blev ofta häpnadsväckande tydlig, rentav slagkraftig, ett oemotståndligt hjälpmedel både i förhör och som bevisning i domstol.

Dessutom kunde programmet lägga ihop varje individuellt schema till en samlad grafisk översikt för hela gruppens kommunikationer. Även om den informationsbild man åstadkom på det här sättet bara var kvantitativ, och inte kvalitativ, så var den vetenskapligt ovedersäglig. Således ett starkt instrument.

Analytikerna fick dessutom uppgiften att grafiskt åstadkomma en tydlig bild av själva grundhypotesen, kort sagt vad det var man konkret misstänkte, och en historik över hur grundhypotesen uppstått, med första ingångsärende och därifrån vidare kronologi.

Som hon väntat sig satt männen i förhörsgruppen och gapade medan hon beskrev de tekniskt analytiska uppgifterna för den kommande veckan. Och lika väntat såg de yngre analytikerna mer intresserade eller rentav imponerade ut.

Hon hade vunnit tid men också rumsterat om i deras tankebanor och, bäst av allt, hon hade snart åstadkommit en högre grad av begriplighet i hela utredningsmaterialet. Satt man bara och läste de femtusen sidorna förhör framstod alltför mycket som raka motsatsen, obegripligt men dessvärre också ibland pinsamt eller rentav fruktansvärt.

När hon tackade för ordet och avslutade mötet väntade hon avsiktligt bara några sekunder innan hon kallade tillbaks en viss kriminalinspektör Karlshammar och en viss kommissarie Järn, dessa fina gamla polisnamn, typiskt. Meningen var att alla skulle se och höra att hon haffade dem.

"In på mitt rum, genast!" kommenderade hon och låtsades varken se deras eller omgivningens förvånade blickar.

En minut senare satt de fientligt blängande i besöksstolarna framför henne. Hon drog ett djupt andetag som om hon just hade tänkt säga något, men låtsades ändra sig.

"Vill kriminalinspektören vara så snäll att stänga dörren!" befallde hon.

Han hade redan satt sig ned, tvekade och såg frågande på sin överordnade vän, men kommissarien bara nickade kort, nästan omärkligt. Med en demonstrativ suck reste sig mannen och gick bort och stängde dörren långsamt och noga innan han återvände och tungt sjönk ner på sin plats igen.

"Det första jag tänker säga er, så att det inte är några tveksamheter på den punkten", började hon och gjorde en avsiktligt elak konstpaus, "är att ni båda från och med nu är förflyttade från Särskilda roteln. Era tjänster är inte längre efterfrågade här. Ni ska alltså gå raka vägen härifrån till era tjänsterum, tömma dom på personliga föremål, under uppsikt av kolleger som väntar på er. Flyttkartonger finns i mån av behov. Ni ska lämna ifrån er nycklar och id-kort som ger tillträde till den här avdelningen. Några frågor så långt?"

De hade omedvetet rätat på ryggarna båda två. Och båda hade mycket kvickt tvättat bort den något trötta minen av gammal erfaren säpoman som kanske kan ge nya unga chefen ett och annat litet tips. De skulle förstås skvallra och beklaga sig för alla och envar som ville lyssna, precis som hon avsett. Men just nu var bara frågan hur länge hon skulle vänta innan hon reste sig.

"Om ni inte har några frågor...?" punkterade hon den pinsamma tystnaden och log tillgjort men inte direkt elakt.

"Det skulle möjligen vara varför?" muttrade den äldre av dem. "Vi har ju till skillnad från somliga med akademisk bakgrund rätt betydande erfarenhet av såna här utredningar."

"Varför?" frågade hon med spelat förvånat höjda ögonbryn. "Det trodde jag ni båda åtminstone kände på er. Men okej. Av alla förhör jag har läst i mina dar och jag har läst åtskilliga, är era sämst. Får jag fråga en sak? Vad är meningen med ett förhör?"

"Att fastställa den misstänktes skuld, få objektet att erkänna eller åtminstone försäga sig", muttrade kriminalinspektören till sin äldre kollegas ögonhimlande ogillande.

"Halva sanningen", svarade Ewa lent. "Den andra halvan är förstås att objektet ska kunna få utrymme att argumentera för sin oskuld. Men låt oss för ögonblicket bortse från det i och för sig inte oväsentliga momentet. Vad man *inte* ska göra är att dribbla in sig i en serie sexuella, etniska, religiösa eller i bästa fall intellektuella förolämpningar. Buset blir mindre benäget att samarbeta om man gör så, för att uttrycka sig milt. Har ni några fler frågor?"

Ewa hoppades att det var över, hon hade överdrivit, poängen var redan hemma och det hon hade velat visa för personalen hade hon redan visat. Helst borde de nu bara resa sig och gå.

Men den äldre av dem, kommissarien som givetvis aldrig i hela sitt liv hade blivit utskälld av en kvinnlig chef, hade ett lika tydligt stigande blodtryck som en förmodligen oemotståndlig lust att få sista ordet. Hon borde ha förutsatt det.

"Hörrudu *överpolisintendenten*", nästan rosslade han med en förmodligen avsiktlig felsägning på hennes grad. "Det är möjligt att man ska vara artig och fin med såna där skattesmitare som du tydligen varit en jävel på. Men serru det här klientelet gäller det att mjuka upp och då duger inga silkesvantar!"

Hon nöjde sig med att genast resa sig och vinka avvärjande med handen mot dem, ungefär som om hon ville göra sig av med en äcklig lukt. Hon insåg mycket väl att hon gått för långt och att hon borde vara kallare i fortsättningen. Men det hon läst, och framför allt det hon anat i alla pauser med avstängd bandspelare, om de här två männens framfart gjorde att hon ohjälpligt avskydde dem. De hade haft uppdraget att hantera landets farligaste förbrytare och det hade de systematiskt saboterat. Det skulle inte bli lätt att reparera skadorna.

* * *

Deras långa ritual på lördagsmorgnarna var i grunden densamma, sånär som den ofrånkomliga inskränkningen i deras kärleksliv som kom när Nathalie blev tillräckligt stor för att öppna dörrar och komma in och buffa ner sig mellan dem. Därmed hade deras fysiska kärlek blivit en helt och hållet nokturn angelägenhet. Det var förstås hans uttryck.

Men annars var allt detsamma. Han gick alltid upp först, slamrade en stund i köket med espressomaskinen och kom in med nypressad apelsinjuice, café au lait och mikrovärmda croissanter på en bricka med stödben som de kunde ha mellan sig i sängen. Sedan låg de och drog sig, småpratade om något som varit i veckan och planer för helgen, medan han bläddrade i Le Monde Diplomatique och hon i Dagens Nyheter. Det var ett behagligt sätt att inleda helgen där ingen av dem talade om sitt jobb, de hade båda redan, eller hade båda lärt av varandra, förmågan att fullständigt koppla bort allt som hade med yrke att göra när de skulle vara lediga tillsammans.

Men Erik Ponti hade ringt på fredagskvällen och tipsat om ett av sina inslag i radions långa nyhetsmagasin på lördagsmorgnarna, så nu hade de radion svagt på i bakgrunden medan de väntade. Ewa var fullständigt oförberedd på vad som skulle komma.

När de hörde hans välbekanta röst lade de samtidigt undan sina tidningar och satte sig upp mot sänggaveln. Nästan omedelbart förstod Ewa att det skulle bli obehagligt.

Det fanns helt säkert ingenting felaktigt, irrelevant eller överdrivet politiskt agitatoriskt i det han berättade. Hans lugna och lätt ironiska stil var som vanligt mer inriktad på underdrift. Men i sak var hans historia lika förödande kritisk som illavarslande.

Han hade ägnat veckan åt att intervjua anhöriga till de terrorist-häktade ute i Kålsta, och gång på gång med små variationer upprepades den hjärtskärande historien om hur hela familjer hade gripits med övervåld och fraktats bort i nattkläderna med bakbundna händer och huvor över ansiktet, barn, unga, gamlingar. Det hade aldrig framgått vem som kommit för att ta dem, eller varför. De som hade sår efter misshandeln vid gripandet hade fått vänta i timmar på läkarhjälp.

En åklagare som lät som en fåne, det dröjde innan det gick upp för Ewa att det var just den som hon närmast skulle samarbeta med, levererade kalla byråkratiska förklaringar som framstod i skärande kontrast mot alla viskande, gråtsprängda och skräckslagna berättelser på bruten svenska.

Åklagaren undvek i görligaste mån att besvara frågor men framhöll det han kallade för det principiellt viktiga. Som att det var av yttersta vikt att nationen gjorde allt som stod i myndigheternas makt för att bekämpa terrorismen. Eller att terrorismen var ett ytterst allvarligt hot och att vi inte fick vara så naiva att vi trodde oss skyddade bara för att vi hittills varit det. Därför gav lagarna, beslutade i demokratisk ordning, numera ett mer generöst utrymme för strikta och robusta metoder.

Så långt försökte Ewa omedvetet värja sig med att det här upplägget visserligen var känslomässigt starkt, men att det inte beskrev något lagbrott, även om metoderna kunde förefalla överdrivna.

Hon hann knappt formulera tanken innan det hon ifrågasatt började radas upp.

Alla gripna hade hotats med fängelse eller utvisning om de talade med några journalister. Den anklagelsen upprepades av en hel serie röster på mer eller mindre bruten svenska eller förortssvenska. Mängden av vittnesmål, dessutom helt samstämmiga, var fullt övertygande. Det var bara att medge.

En intervjuad advokat förklarade därefter att det saknades stöd i lagen för denna typ av yttranderestriktioner. Erik Ponti bollade det påståendet vidare till åklagaren som först förtvivlat försökte slingra sig ur frågeställningen men till slut fångades in och då medgav att jo, sådana hotelser vore i och för sig olagliga. Ja just det, i strid mot grundlagarna, visst, helt riktigt. Men såvitt han kände till hade inte heller några sådana överambitiösa råd getts till dem som frihetsberövats. Men nu hamnade han bara i ännu värre besvär.

"Så du menar att dessa människor, som alla bestämt säger sig ha blivit hotade, antingen ljuger eller har fått saken om bakfoten?" löd Eriks nästan njutningsfullt lakoniska följdfråga. Åklagaren hävdade utan minsta darr på rösten att det märkligt nog måste ha varit så att ett femtiotal personer samtidigt missförstått saken.

Pierre och Ewa utbytte ett hastigt ögonkast. Han skakade på huvudet och log försmädligt och Ewa insåg att det gjorde nog samtidigt hundratusentals lyssnare.

Erik Pontis nästa steg blev att på nytt berätta om hur säkerhetspoliser demonstrativt hade suttit i en bil och fotograferat fruktköpare ute på marknaden i Kålsta. Berättelsen kryddades med några anonyma säpomän som hotade reportern med att "ta in fanskapet". Därefter kom advokaten och intygade på nytt att det knappast fanns lagligt stöd för den typen av åtgärder, vare sig att gripa journalister som ställde frågor på allmän plats eller att skrämma folk med kameror eller andra maktmedel, utan att det till synes rörde sig om rena trakasserier.

Och så blev det åklagarens tur att försöka förklara att trakasserierna inte var trakasserier, att om det påstådda förloppet rent hypotetiskt var korrekt återgivet så fanns det knappast lagligt stöd för åtgärderna, men att det sannolikt måste röra sig om ett missförstånd även den här gången.

Erik nöjde sig med att lugnt fråga om det var han själv som skulle ha missförstått, alltså inte sett det han sett och inte talat med dem han talat med. Eller om missförståndet fanns att söka på annat håll. Åklagaren trasslade då in sig så till den grad att Erik inte ens brydde sig om att ställa någon följdfråga.

I stället övergick han till nästa rent lagtekniska problem om varför ett femtiotal människor som alltså *inte* var misstänkta, alla släktingarna till de nio häktade, hade kunnat hållas frihetsberövade upp till tre dagar. Åklagaren trasslade in sig ännu värre, inte ens Ewa begrep hans argumentation för att frihetsberövande av icke misstänkta, bortsett från att det var "praktiskt", numera hade visst lagligt stöd.

Samtliga personer på justitiedepartementet som tillfrågats – Erik räknade upp en komiskt lång lista – hade sagt sig sakna tid, kompetens, rätt ansvarsförhållande, tillräcklig kunskap om ärendet eller helt enkelt lust att kommentera de allvarliga anklagelserna om systematiska rättsövergrepp. En politiker från den nya oppositionen visade sig dock lika villig att kommentera som indignerad.

Pierre stängde av radion och vred sig mot henne och gjorde en gest med ena handen viftande som hon uppfattade ungefär som att oh la la, det var som fan.

"Erik är en väldigt skicklig journalist", sa han sedan. "För allt det där var väl sant?"

"Ja, det var ingen stor dag för Säkerhetspolisen", medgav hon genast. "Såvitt jag förstår är allt det där sant."

"Men är du inblandad? Är det det här du sysslar med på ditt nya jobb, min lilla lieutenant colonel?"

Hon såg på honom innan hon svarade, försökte förstå om han var ironiskt kritisk eller bara bekymrad, hon bestämde sig för bekymrad.

"Det är bara dej jag kan tala med om sånt här, det inser du?"

"Ja", sa han. "Det inser jag. Operativ sekretess är ingen nyhet i mitt liv."

"Inte terrorister heller, med tanke på vad du har skrivit."

"Neej", svarade han dröjande. "Men jag är rädd att jag är lite förhärdad mot själva begreppet. Alla jag har slagits mot, från Algeriet på 60-talet och framåt har alltid kallats terrorister. Alla, utom möjligen irakierna 1991. En del var terrorister på riktigt, andra inte. En del var först terrorister men blev sen frihetshjältar och ibland var det till och med tvärtom. Men jobbar du med dom här människorna som Erik talade om?"

"Nej och ja. Inte med dom här misshandlade släktingarna, men med dom nio häktade huvudmisstänkta. Så nu vet du det."

Han visslade till och lirkade försiktigt ut sina fingrar ur Nathalies hår och hyssjade henne när hon vaknade till och ynkade sig.

"Och vilka komplimanger tänker du ge Erik för hans insiktsfulla reportage när vi ses ikväll?" frågade han retfullt.

"Det är ett problem och det vet du!" fräste hon. "Jag har inte berättat för någon utom för dej var jag hamnade efter EBM. Erik skulle bli vansinnig."

"Sans doute! Utan tvekan", instämde Pierre glatt. "Han kommer först att bli vit i ansiktet av ilska, jag känner honom bättre än någon annan så det kan jag lova."

"Kul, då får vi ett fint kalas ikväll. Skulle du inte... lite diskret kunna, ja alltså förklara för Erik?"

"Absolut inte! Ni är också vänner, tänk på det."

"Eriks minst sagt upprepade uppfattning är att Säkerhetspolisen är ett större hot mot demokratin än terroristerna, eller hur?"

"Det stämmer nog."

"Så i hans ögon är jag värre än en terrorist. Vi skulle väl åtminstone kunna låta den här kvällen passera utan några såna uppträden?"

Han bara log, greppade Nathalie elegant under magen med ena armen och lyfte henne sprattlande och fnittrande i en vid båge över sängen samtidigt som han reste sig upp och bollade henne några gånger mot taket och lät henne till slut vilt skrattande landa i hans famn och gick mot badrummet och tandborstning.

Hon kände igen hans flyktreaktion. Det var inte så att han lämnat ämnet, absolut inte. Men han ville grunna en stund innan han formulerade sig. Det var förmodligen yrkesbetingat, en en gång uttalad order går inte utan vidare att ta tillbaks, det måste bli rätt redan första och enda gången. Hon kände igen problemet, eftersom hon gjort bort sig senast häromdagen och gått till överdrift när hon sparkade de två förhörsidioterna.

En stund senare i köket när de stekte omelett och skinka och pratade lite om Babars senaste politiska problem i Célesteville med Nathalie vände han sig plötsligt om med stekspaden i handen och sa det.

"Se det så här, exempelvis från min horisont. Ni på Säkerhetspolisen har fått Erik Ponti efter er. Det ska ni ha, det är jag stolt över, liksom jag är stolt över min bäste vän. Och där jobbar du, det är jag också stolt över. Var ska landets bästa poliser vara om inte där? Vad ska landets bästa journalister bevaka om inte er?"

"Wow!" sa hon. "Det där hade du tänkt ut."

"Absolut", svarade han glatt, lade ifrån sig stekspaden och vände omeletten i luften utan att ta ögonen ifrån henne. "Det hade jag tänkt ut. Du talar med Erik, säger som det är. Han blir först, som vi vet, ur-förbannad. Så tänker han efter några minuter och säger väl ungefär just det jag sa. Ska vi slå vad?"

Den eftermiddagen var hon ensam ute med Nathalie och matade änder längs Norr Mälarstrand. Så fort Erik Ponti hade kommit hem till dem, överlastad med matkassar som innehöll allt från levande humrar till italienska ostar hade de två vännerna stängt av yttervärlden när de började dra fram mixerstavar och kopparkastruller. Annat var ju inte att vänta, det skulle bli kalas av särskilt god anledning och gästerna skulle komma med förväntningar i nivå med tre Guide Michelin-stjärnor. Där i köket skulle hon vara i vägen för de korsikansk-italienska mästerkockarna så det var bara att fly fältet. Och lika så gott var det. Hon och Nathalie fick ju inte alls lika mycket tid tillsammans som far och dotter i veckorna.

Hon hade inga svårigheter att skjuta undan jobbet i tankarna till förmån för diskussioner med Nathalie om gräsändernas liv. Hon berättade att mamma gräsand, den bruna, och pappa gräsand, han med blågrönt huvud, levde trogna tillsammans ett helt liv, precis som mamma och pappa. Mitt i den sentimentala utgjutelsen om gräsänder som ett moraliskt föredöme slog det henne att Pierre ofta betonat att just "vildand" tillhörde de typiskt nordiska maträtter som han älskade och sade sig ha ägnat tio år i legionen åt att förtränga, en skada han nu med god aptit gjorde sitt bästa för att reparera. Hon tänkte att om det skulle serveras gräsand till middag borde hon snabbt inviga alla i konspirationen att det var anka. För säkerhets skull gjorde hon en synnerligen orättvis jämförelse mellan dumma ankor och föredömliga gräsänder. Och så matade de vidare.

Det enda som inte gick att helt tränga undan mitt i glädjen av den långa stunden tillsammans med sin dotter var den då och då återkommande oron om hur och när hon skulle berätta för Erik, och för den delen också Acke, att de glada tipsens tid nu var över, att hon numera jobbade hos fienden. Varje gång försökte hon fort jaga bort problemet med hjälp av Nathalie, genom att lyfta upp henne, krama henne och hjälpa henne att kasta brödbitar till de snälla gräsänderna.

Festen på kvällen artade sig snabbt till succé.

Vad gällde mat och vin var det lika självklart som förväntat. Pierre och Erik överträffade varandra i att göra fjolligt parodiska matpresentationer på ömsom franska och italienska allteftersom havskräftsoppa med pilgrimsmusslor, träkolsgrillade humrar, kalvkött med murklor och basilika och italienska ostar, med lika underliga namn som utseenden, paraderade över bordet under vin-eskort i paraduniform, sådana viner som också Ewa hade börjat känna igen och identifiera som världens bästa.

Men festens huvudsak var förstås Pierre, att han i det här snabbpratande sällskapet av journalistelit, där han tidigare mest framstått som en timid kock som inte hade mycket att tillägga i korsdraget av det som passerade av somliga ministrars aktieinnehav och Sveriges Radios budgetproblem, nu äntligen fått en egen solid identitet. Han var inte längre en avdankad militär med dunkelt förflutet utan en fransk författare som gjort strålande succé, åtminstone i Frankrike.

Den enda som mestadels satt tyst under måltiden var förstås Ewa. Anna Holt hade kommit tillbaks från två veckor ute i bushen, som hon kallade det. Rikskrim hade sänt ett team under hennes ledning för att reda ut ett barnamord och enligt Anna var det det gamla vanliga. Den som först gjorde anmälan om försvinnandet, styvfadern, var förstås mördaren.

Erik Ponti fick sin givna del av kollegernas gratulationer till det sataniskt elaka reportaget om hur en viss onämnbar organisation än en gång sabbat den demokrati som skulle försvaras. Acke Grönroos hade en strålande rolig berättelse om den fortsatta budgethärvan på Sveriges Radio där cheferna försnillat miljoner på dubiösa produktionsbolag som, hade det nu visat sig, jobbade lika mycket med reklam som, förmodligen produktlanserande, reportage i radion. Pierre började också få detaljfrågor, djärvare allteftersom vinet gick åt, om allt från att döda serbiska terrorister till vad Libyens Moammar Khadaffi egentligen haft för ambitioner i Tchad och varför Frankrike satsat så hårt på att besegra honom just där. Men som värd hade han inga svårigheter att först svara kort, sedan skåla med någon av gästerna och via en fråga byta samtalsämne. Det enda som saknades under kvällen var Ewas vanligtvis gladlynta historier om det senaste i ekoförbrytarnas repertoar av fiffiga, eller för dem själva katastrofala, trick. Själv var hon säker på att det märktes alltför tydligt.

Hon försökte gardera sig som Pierre, att då och då fråga Ingalill Grönroos om någonting som hade med tevejournalistik att göra, eller be Anna dra någon av historierna om den galna kannibalprofessorn i Uppsala och feministerna, ett säkert kort även om alla hört de flesta av de historierna förut.

När de röjt undan grillresterna i öppna spisen och förberett brasan och det var dags för kaffe och brännvin, som Acke något respektlöst avfärdade deras förråd av cognac, armagnac, calvados och en lång men besynnerlig variation av olika sorters grappa från antingen Italien eller Korsika, kom frågan om cigarrer. Rökförbud inomhus gällde på grund av Nathalie och ingen gjorde min åt den saken, det blev till att röka ute på terrassen och marskvällen föreföll tack vare det vackra ljuset över Riddarfjärden som mild och vårlig.

Ewa såg chansen när Pierre och Acke kom in genom altandörrarna och Erik Ponti dröjde sig kvar där ute. Det var väl allt vin, annars skulle hon inte ha kastat sig huvudstupa in i problemet.

"Från det ena till det andra", sa hon när hon gick ut och stängde dörren efter sig, "så har jag en god och en dålig nyhet."

"Jag kan leken så vi tar den goda nyheten först", log han aningslöst.

"Låt mej först säga", fortsatte hon lätt forcerat, "att ditt inslag i P 1 i morse var strålande. Du satte verkligen fingret på mer än en öm punkt. Jag vill ha det sagt innan jag kommer till den goda nyheten."

"Tack, jag uppskattar verkligen den recensionen från en sån som du. Och nu till den goda nyheten, kanske?"

"Du har gått ner i vikt, ser mycket smalare ut!" flög det ur henne och hon förbannade samtidigt sig själv.

"Visst", sa han och gjorde en skämtsam pose med indragen mage, "tio kilo till och jag blir den korpral i flottan jag var en gång, men vad var den goda nyheten?"

"Som du vet håller dom på att omplacera en del av oss poliser på

EBM", fortsatte hon fort och nervöst samtidigt som hon huttrade till i kylan och ångrade vad hon gett sig in på.

"Självklart. Skattesmitare är inte längre lika viktiga efter att folket sagt sitt i val, även om jag tvivlar på att det var just det folket sa. Men nu börjar jag bli nyfiken, ska du och Anna jobba tillsammans?"

"Nej, jag är numera anställd på Säkerhetspolisen."

Nu hade hon oåterkalleligen sagt det. Ingenting kunde ändra på det och självklart hade han stelnat till och såg nu forskande på henne som om det varit ett berusat skämt hon kommit med. Hon huttrade till på nytt och vek armarna om kroppen men såg honom stint i ögonen.

"Ursäkta", sa han behärskat. "Men var det där den goda nyheten?"

"Ja", nickade hon.

"Och vad är då den dåliga nyheten?"

"Att jag inte längre kan tipsa dej om något, inte ett ord."

"Du har redan skrivit på alla papper om kvalificerad tystnadsplikt och allt det där?"

"Ja, det gör man första dan."

"Sysslar du med dom så kallade terroristerna?"

"Men snälla Erik!"

"Jag vet. Det var bara ett cyniskt skämt, förlåt. Men vänta nu. Terroristutredningen befinner sig i kris, det förstår alla. I det prekära läget anställs just du. Och du bär inte din höga gradbeteckning för intet. Du sysslar alltså med terroristerna, nej säg inget! Men kära Ewa!"

Han kastade irriterat cigarrstumpen över räcket, sänkte huvudet nästan som i bön eller sorg och dunkade sin högra knytnäve mot pannan några gånger. Ewa frös så att hon höll på att bli tokig.

"Jag tycker du ska fortsätta att granska den där utredningen", vädjade hon med svag röst.

Han svarade inte, stod kvar med slutna ögon och dunkade höger knytnäve mot pannan. Hon kunde inte gå. Han måste säga något och båda visste det.

"Ewa", sa han till slut sammanbitet. "Du är min vän. Du är min vän på riktigt, inte bara för att du är Pierres fru och det vet du. Jag respekterar dej och jag uppskattar dej mer än alla snutar och jag känner en hel del. Avbryt mej inte!"

"Jag tänk...kte in...te avbryta dej", sa hon med hackande tänder. Kylan hade börjat bli outhärdlig.

"Förlåt igen", fortsatte han, lyfte huvudet och såg henne rakt i ögonen. "Du kan vara säker på två saker. Det ena är att jag tänker förfölja er till döddagar för den här terroristhistorien. Det andra är något som krävde mer eftertanke. Men så här. Om det är någonstans vi verkligen behöver landets bästa snutar så är det där du är nu. Vårt professionella umgänge är slut, men inte vår vänskap hoppas jag. Lycka till på nya jobbet! Och det menar jag."

Hon kom intumlande genom altandörren med Erik skämtsamt jagande henne med intensivt gnuggande rörelser över hennes frusna rygg.

Festen fortsatte som om ingenting hade hänt.

* * *

Den måndagen arbetade hon stenhårt, nästan som i en sorts kallt raseri. Och hon fick mycket gjort.

Förmiddagen ägnade hon åt att sätta samman och instruera den analysgrupp som skulle gå igenom de nio häktades ekonomi och skatter. Förutom de rutiner som hon kände väl från sina år som utredare på EBM tillkom en ny möjlighet som aldrig varit tillåten när det gällde jakt på ekonomiska förbrytare, nämligen telefonavlyssning. För inte ens de grövsta ekonomiska svindlarna eller skattesmitarna kunde hamna så högt på straffskalan att lagen tillät ett sådant intrång i den personliga integriteten.

Men för terroristmisstänkta fanns inga som helst spärrar i tillämpningen av så kallade tvångsmedel. För somliga av de häktade fanns så mycket som fyra års arkiverade telefonsamtal, sms och e-mail. Materialet hade naturligtvis redan finkammats på allt som kunde tänkas ha med terrorism att göra. Men nu var det bara att sätta igång och lyssna av banden på nytt och systematisera all information som kunde ha bäring på svart arbete, häleri, bidragsfusk och liknande.

Strax före lunch ringde hon till den häktade Hadi Mohamad Bouhassans föräldrar och bad dem komma upp till henne senare på eftermiddagen för ett samtal. Det blev ett mer komplicerat och delvis mer plågsamt telefonsamtal än hon föreställt sig. Först hade hon fått fru Samira Bouhassan i telefon men när hon vänligt började försöka förklara sitt ärende kastade kvinnan plötsligt på luren i något som närmast föreföll som panik. När hon ringde upp på nytt var det mannen som svarade.

Nej, de skulle inte frihetsberövas, absolut inte. Nej, de var inte misstänkta för brott, ett samtal betydde ett samtal och ingenting annat. Jo, självklart gällde det sonen Hadi Mohamad. Jovisst hade hon kunnat komma ut till Kålsta med blixtrande blåljus och eskort av en halv musikkår om hon så behagade, men just för att undvika den typen av uppmärksamhet var det mycket bättre om föräldrarna kom in till henne i stället. Termen var "att höras upplysningsvis", men det betydde återigen inte att de var misstänkta för någonting. Dessutom kunde de få besöka sin son, även om det kanske var bäst att man talade lite om saken först.

Det sista tog skruv, det var förstås i den änden hon skulle ha börjat. Därefter ringde hon åklagaren som tydligen redan blivit informerad av Ralph Dahlén om kommande lättnader i restriktionerna, exempelvis besöksförbuden, för de häktade. Åklagaren var vänlig nog att omgående bevilja Hadi Mohamads föräldrar besökstillstånd.

Just när hon skulle gå på lunch, hon hade bestämt träff med Anna i stora tjänstematsalen, ringde Terje Lundsten och han lät inte så glad. Han sade sig ha fått bestämda order från Gud, Sonen och Helige Ande samtidigt att han skulle infinna sig för att jobba under henne uppe på Säkerhetspolisen. Det hade han visserligen ingenting emot, alltså att jobba med henne, tvärtom, det var lika hedrande som inspirerande. Men nu var det så att han höll på att fånga en mördare och var nästan klar med den saken. Det gav honom jävligt dåliga vibbar, med tanke på att sist han kommenderats till Ewas trupper så höll han också på med en mördare. Som han sedan, efter avslutat gott samarbete med Ewa, kom för sent till. Eftersom mannen i fråga hade hunnit döda landets utrikesminister. Det var en mardröm som skulle förfölja honom livet ut.

Så kunde han få lite respit? Gud, Sonen och Helige Ande hade nämligen lämnat avgörandet i händerna på polisöverintendent Ewa, gratulerar till befordran förresten.

"Självklart", svarade hon. "Du har en vecka och räcker inte det får du ringa igen. Men skynda dej nu och ta den där jäveln, för du är efterlängtad."

Lunchen med Anna hade hon spänt sig lite inför, men Anna hade inga fördömande synpunkter på en kollega som hamnade på Säkerhetspolisen, hon hade ju själv gjort några vändor där uppe på den tiden hon ingick i kungafamiljens livvaktsskydd. Dessutom hade hon som de flesta andra i huset hört en del rykten om att terroristutredningen kört fast, trots alla smattrande framgångsbulletiner. Så kunde man hjälpa till att reda ut de problemen så var det väl bara bra.

No big deal, konstaterade hon med en axelryckning och övergick till att tala om sonen Nicke som ryckt upp sig högst märkvärdigt de två sista åren i gymnasiet. Han var inte längre vare sig svartklädd eller vegan och hade definitivt slutat kalla sin mor för snutjävel. Så undrens tid var inte förbi.

De bestämde sig för att återuppta sina gemensamma träningspass i gymet och så var det inte mer med det. Ewa kände sig lättad när hon gick tillbaks till jobbet.

På eftermiddagen var det äntligen dags för hennes första förhör, som strängt taget inte skulle bli något förhör. Men det kändes ändå som ett stort steg efter alla förberedelser och inläsning. Nu skulle hon träffa nummer nio, Hadi Mohamad Bouhassan, en tänkbar nyckelfigur i hela utredningen.

Pojken hade stått under konstant elektronisk övervakning sedan han lämnade grundskolan. Alla hans telefonsamtal och all hans dator-kommunikation fanns registrerad, katalogiserad och analyserad. Det fanns en miljon frågor att ställa till honom, men hon förutsatte att det skulle ta lite tid att få honom talbar. De få intetsägande förhörsproto-koll som fanns med honom gav ett mycket oroväckande intryck.

Hon tog med sig en av kriminalinspektörerna i förhörsgruppen till häktet. Avsikten var enbart psykologisk. Hans roll var att uppträda undergivet och åskådliggöra att hon verkligen var högsta chefen. Och det skulle han nog klara av utan några särskilda instruktioner, med tanke på vad som hänt två av hans äldre kolleger i gruppen. Men utan denna biroll skulle teatern inte fungera. En ensam okänd kvinna i samtalsrummet skulle ge ett felaktigt intryck, som att hon var någon sorts sjuksyster eller psykolog. För en gångs skull hade det varit prak-tiskt med uniform.

När Hadi Mohamad, 22 år, leddes in i samtalsrummet blev hennes första intryck definitivt nedslående. Hans uppenbarelse var tragi-komisk, med en liten virkad kalott på huvudet, en klädsel som såg ut som en lång nattskjorta och en mycket ung mans inte helt fram-gångsrika försök att anlägga helskägg.

Ingenting av detta hade någon särskild betydelse, men det illavars-lande var hans irrande och frånvarande blick. När häktesvakterna tog av honom handfängslen, tryckte ner honom i stolen framför förhörs-bordet och lämnade dem tycktes han knappt ha registrerat vilka andra personer som fanns i rummet, eller ens att en av fienderna var kvinna. Sensorisk deprivation, tänkte hon, första gången jag ser resul-tatet så här tydligt i verkligheten. Det här blir tufft.

"Hej Hadi", började hon. "Jag heter Ewa Tanguy…"

I just det ögonblicket bestämde hon sig för att göra sig av med sitt flicknamn och bara heta Tanguy i fortsättningen, vad nu det hade med den pressade situationen att göra.

"… och jag är chef för alla dom killar som sysslar med våra förhör. I fortsättningen är det mej du ska tala med. Ja, du kanske har träffat kriminalinspektören här bredvid mej, men honom får du bara känna till med ett nummer som börjar på trehundra. Ja, det där vet du ju. Får jag till att börja med fråga hur du mår?"

Hon hade åtminstone lyckats väcka hans nyfikenhet, eftersom han faktiskt försökte möta hennes blick.

"Hur jag mår inte är min sak... mitt öde ligga Guds händer."

"Ditt öde ligger också i dina egna händer", försökte hon.

"Nej du inte fatta skit! Gud är stor!"

Hon måste stanna upp och tänka efter. Det gällde förstås att undvika att trassla in sig i Gud.

"Ja, jag tänkte bara att vi skulle börja med att lära känna varandra", fortsatte hon försiktigt. "Så det här är inte riktigt ett förhör, du ser, vi har inte ens bandspelare med oss. Får jag fråga en annan sak. Vill du ha besök? I så fall kan jag ordna det."

Det glimmade först till av intresse i hans ögon men så tycktes han blixtsnabbt slå om till ilska.

"På Guantánamo store Satans soldater låter kvinnor pissa Koranen, dom brinna helvetet! Du också brinna helvetet, jag inte vill träffa några kvinnor!"

Bra, tänkte hon. Vi har åtminstone kontakt. Hon avvaktade några sekunder.

"Du är inte på Guantánamo och dit kommer du aldrig, Hadi. Du är i Sverige och om någon skulle få för sig att... att göra så med Koranen inför dina ögon så ska du anmäla det till mej. Så kommer den personen att bli straffad. Det lovar jag. Men det är väl ingen som har gjort nåt sånt, hoppas jag?"

Gode Gud, tänkte hon, måtte den jäveln svara nej. Vilken helvetes skitsak att behöva utreda!

"Dom hota", svarade han efter lång betänketid. "Dom hota pissa Koranen."

"Har du Koranen i din cell, annars kan jag ordna det", fortsatte hon snabbt för att smita undan från den lilla sidoutredningen om tjänstefel som inte skulle göra någon människa glad.

"Jag vill ha Koranen på svenska", sa han plötsligt alldeles lugn och med klar blick som om han just slitit sig ur sitt halvsovande tillstånd.

"Utmärkt!" svarade hon snabbt. "Det ska jag personligen se till att ordna redan till i morgon. En sak till. Vill du träffa din mor och din far, dom vill väldigt väldigt gärna träffa dej!"

Han blev tydligt och starkt påverkad av beskedet, men förmådde inte svara utan började gunga upp och ned med huvudet och överkroppen som i en sorts bönerörelse.

"Bra!" sa Ewa och reste sig upp. "Då säger vi det. Din far och mor kommer och besöker dej redan i eftermiddag, Koranen på svenska har du i din cell senast i morgon och det var det hela nu. Nej vänta, jag har en fråga till. Är det någon veckodag som inte passar dej när vi ska ha förhör i fortsättningen?"

"Inte på fredagar...", svarade han förvånat men återgick genast till sin nickande bönerörelse.

"Då så. Tack för idag, Hadi och på återseende", sa hon och beordrade sin tyste följeslagare med blicken att gå ut först ur rummet.

De låste efter sig, stannade upp och lutade sig mot korridorväggen, utbytte ett menande ögonkast och pustade ut.

"Ja jävlar", sa kriminalinspektören uppskattande. "Jag trodde vi hade förlorat det där fanskapet, men du fick ju honom åtminstone att snacka. Jag bugar mej, det är bara att medge."

"Tack", sa Ewa. "Men jag hade ju lite att erbjuda honom, det brukar hjälpa. Men du har förhört honom förut, vet jag. Så jag har en fråga som jag vill ha sanningsenligt besvarad."

"Okay, shoot Mam", svarade han med en lätt bugning och lyckades få henne att le åt det engelska sättet att tilltala en kvinnlig överordnad.

"Det gäller det här med religiösa förolämpningar", fortsatte hon kvar i sitt leende. "Ligger det någonting i det? Ringer det någon liten klocka hos dej?"

"Det ringer nog en liten klocka", svarade han med leendet snabbt borttorkat.

"Jag förstår", sa hon. "Då behöver vi inte tala mer om det. Det var Johnson du hette?"

"Yes Mam", svarade han med en upprepad skämtsam bugning.

"Jag har ett ovanligt uppdrag åt dej, Johnson."

"Det låter kul, bara det inte gäller islam."

Men det var just det det gjorde. Medan de var på väg tillbaks genom korridorerna instruerade hon honom att åka ut till imamen i Kålsta för att ta reda på två saker. För det första unge Hadi Mohamads teologiska nivå, alltså om det fanns skäl att ta hans religionssnack på allvar. För det andra om Koranens Gud hade något bud som sade att man inte skulle hjälpa sina målskamrater. Det vill säga, kunde man med något religiöst stöd hävda att den som bara satt och höll käften också drog på sig ansvaret för att sätta kamraterna i svårigheter?

Hon var alltså ute efter en enda teologisk diskussion, en enda. Begick Hadi Mohamad en synd om han satt och teg, spelade Usama bin Ladin och därmed drog olycka över andra människor? Och ville förresten imamen besöka de häktade?

Kriminalinspektör Anders Johnson tycktes inte ha några svårigheter att uppfatta poängerna inför kommande förhör och lovade att omedelbart ta sig an uppgiften.

När hon kom tillbaks till sitt kontor bad hon en av sina två sekreterare att gå ut på stan och inhandla en Koranen på svenska, helst den flottaste varianten och bad den andra att ordna en termos med starkt te och fixa vitt socker någonstans, ändrade sig och beställde både te och kaffe inför Hadi Mohamads föräldrars besök. Hon hade en knapp timme på sig och tog itu med Säkerhetspolisens samlade uppgifter om fadern, kaptenen i Marockos armé Benali Mohamad Bouhassan, som beviljats politisk asyl 1984.

Det var ju ett tag sedan och den tidens granskningskommitté på Säkerhetspolisen hade inte varit särskilt upphetsad över kapten Bouhassans ansökan om asyl eftersom han varken var kurd eller palestinier. Dessutom var han praktiskt taget oanvändbar som informatör eftersom hans politiska bakgrund och flyktingskäl hade att göra med konflikten i Västsahara och opposition mot Marockos dåvarande statschef kung Hassan II. Hans eventuella religiösa böjelser tycktes man varken ha undersökt eller ens intresserat sig för. Det var då det. Det fanns inte en enda notering eller observation i hans dokumentmapp från 1986 när han beviljats svenskt medborgarskap fram till för fyra år sedan när han blivit intressant som far till en misstänkt terrorist. Då hade man genomfört en mer ingående granskning, förutom att gå igenom hans telefonsamtal som praktiskt nog fanns i en nära nog komplett samling eftersom hemtelefonen avlyssnats på grund av yngste sonen Hadis förehavanden. Själv saknade han till skillnad från sina barn mobiltelefon.

Men genomgången hade inte lett till att man kunnat påvisa något anmärkningsvärt. Hans telefonsamtal hade nästan enbart rört angelägenheter som hade att göra med ett tryckeri där han var en av fyra delägare. Eller också hade det handlat om samtal av mer familjär eller privat natur, möjligen med ett litet pikant inslag eftersom en av tolkarna gjort en notering om att det kunde förefalla som kapten Bouhassan hade en otrohetsaffär med en gift kvinna av tunisiskt ursprung som bodde i närheten ute i Kålsta.

Så långt fanns ingenting polisiärt upphetsande. Men därefter kom undantaget, markerat med röda understrykningar. Benali Mohamad Bouhassan hade under de tre senaste åren haft regelbundet återkommande telefonsamtal med häktad nummer tre, Moussa Salameh, som förmodades vara terrorligans organisatör och till och med högste chef. Även om dessa samtal analyserats noga hade man inte kunnat registrera annat än att de hade med bokföringsproblem och skattefrågor att göra. Det var osannolika ämnen att använda för kodspråk. Slutsatsen var därför att objekten talat om det objekten gav sig ut för att tala om.

Ewa nickade glatt instämmande med detta till synes riskfria antagande. Det hade varit frestande att ta upp frågan med Bouhassan själv när han kom om en stund eftersom det var viktigt att förstå vilken roll denne Moussa Salameh egentligen spelade ute i minisamhället i Kålsta. Hade han avbrutit sina juridiska studier av det skäl som han själv uppgav, alltså för att hjälpa sin far undan en sorts myndighetsförföljelse? Hade därefter det ena gett det andra så att han av socialt tvingande skäl förvandlats till en sorts barfotaadvokat för alla och envar där ute? Eller förhöll det sig som åklagarna ansåg, att han använt denna kvasijuridiska verksamhet som ett cover för att muntligen och på plats dirigera terrorplanerna genom direkta kommunikationer som inte gick att avlyssna?

Det var ingen liten fråga, konstaterade hon närmast som i förbigående när hon buntade ihop akterna, klämde in dem i mappen och drog åt gummibanden runt hörnen och signerade ett dokument som fastställde vem och när som tagit del av handlingarna.

När hon skickat tillbaks mappen till sitt brandsäkra dokumentskåp någonstans nere i källarregionerna noterade hon att hon hade tio minuter kvar till mötet med paret Bouhassan. Hon använde tiden till att tänka ett varv till.

Nej, det var ingen liten fråga. Det var en helt avgörande fråga. Enligt den grundhypotes som hela utredningen var uppbyggd på var just denne barfotaadvokat Moussa Salameh terrorligans huvudman. Dels därför att han organiserat förberedelserna för omfattande sabotage genom ett sofistikerat system för att lagra vissa sprängämnen. Dels därför att han gått ner i radarskugga och undvikit praktiskt taget all avlyssning.

Och det hade han i sin tur åstadkommit genom att hålla till vid sin fars grönsaksstånd. Där kunde han träffa alla ligamedlemmarna utan risk för avlyssning och därifrån kunde han då och då ge sig av på olika hembesök för juridisk rådgivning. Intelligent för att inte säga sataniskt skickligt.

Förutsatt förstås att han var skyldig. Men om hans verksamhet bara hade varit just det den gav sig ut för att vara, en sorts civil motståndskamp mot myndighetstrakasserier, så brast en högst väsentlig länk i indiciekedjan.

Det var närmast en underdrift att formulera tanken så, erkände hon motvilligt. Om Moussa Salameh nämligen var en oskyldig hedervärd medborgare så gick hela det kommande terroristmålet åt helvete.

En sak som måste göras var alltså att förhöra alla hans mer eller mindre informella klienter inom invandrargemenskapen ute i Kålsta. Om klienterna bara visade sig bestå av icke ens misstänkta, som hans egen far med frukthandeln eller tydligen Bouhassan med tryckeriverksamheten, vad blev slutsatsen? Jävlar, nästan tillbaks på ruta ett, insåg hon. Ett cover behövde inte nödvändigtvis vara en skenverksamhet för att dölja konspirativa möten. Grönsakshandlare, tryckeriföreståndare, cykelreparatörer och andra kunde vara fullständigt oskyldiga och ovetande, men ändå tjäna som en sorts skydd för brottslingen. Ungefär som att penningtvätt kunde, eller rentav borde, gå genom helt legala verksamheter. Men genom att ständigt vara i rörelse med olika legala uppdrag i Kålsta kunde han ha fått utrymme också för sin konspirativa verksamhet.

Hursomhelst måste det här spåret följas upp och det hade varit frestande att börja omedelbart med Bouhassan som redan satt och väntade med sin fru ute i receptionen. Han skulle ändå förhöras i ämnet förr eller senare.

Nej, det vore fel att hoppa på honom nu. Hon hade ju försäkrat att det skulle bli ett snällt möte och dessutom var avsikten att försöka få föräldrarnas förtroende så att de i sin tur kunde påverka sonen. Det var dags för de där silkesvantarna som den sparkade förhörsledaren så till den milda grad tycktes ha underskattat.

När de kom in i hennes rum låtsades hon sysselsatt med ett dokument bakom det stora moderna chefsskrivbordet, men reste sig genast, hälsade dem välkomna och anvisade plats i den generösa soffgruppen. Hon såg på deras blickar att de noterat rummets storlek och generösa möblemang, förmodligen alla kulturers enklaste markering för att visa chefens betydelse. Det var bra, det behövdes kanske, eftersom en arabisk före detta officer möjligen skulle ha svårt att skilja henne från hennes egen sekreterare.

Paret Bouhassan hade klätt upp sig, om inte till fest men ändå klätt sig med omsorg. Fru Samira hade en ljusblå silkesschal draperad över huvudet. Hon fick sin mans artiga hjälp att hänga av den tillsammans med ytterkläderna. Han hade kavaj och slips och en stickad tröja under kavajen som föreföll alldeles för varm, hon en brun klänning som gick en bit nedanför knäna, högklackade skor och ögonen starkt markerade med eyeliner. Ett prydligt par.

Ewa var bara aningen överdrivet vänlig när hon uttryckte sin tacksamhet för att de hade kunnat komma till detta informella möte med så kort varsel, trots allt hade hon tvingat dem. Hon hörde sig för om te eller kaffe, båda föredrog kaffe, hon fick det serverat och så var preludierna över. Hon räckte över ett av sina visitkort där hon med kulspetspenna klottrat över sitt gamla namn Johnsén, först till frun sedan mannen. Kortet hade tryck på svenska på ena sidan och där var hon det obegripliga Polisöverintendent, men på engelska på baksidan var hon mer ståtligt Commander.

Mannen hajade till när han förstrött ögnade texten.

"Tanguy? Vous parlez français, Madame?" utbrast han glatt.

"Oui Monsieur, mais pas tellement. Je m'appelle Tanguy parce que je suis mariée avec un officier français så jag tror vi måste föra vårt samtal på svenska", svarade hon lite nöjt i tron att hon fått till det alldeles rätt.

"Moi, je suis officier aussi, vous savez?" envisades han.

"Jo, jag vet det, Monsieur Bouhassan, jag har nämligen läst era papper. Jag har all respekt för ert tidigare engagemang för ett fritt Västsahara, Monsieur. Men som ni vet måste vi nu tala om er son."

Båda föräldrarna ryckte till och mulnade. De hade fått ett överraskande positivt första intryck som åtminstone för några ögonblick hade fått mannen att känna sig som en människa med rättigheter. Men nu var de alltså hos Säkerhetspolisen. Visserligen bara i ett europeiskt demokratiskt land, men ändå Säkerhetspolisen. Båda föräldrarna hade blivit mycket allvarliga och satt stela som statyer.

Ewa försökte lägga upp det hela pedagogiskt och lugnt, började med att beskriva hur hon själv nyligen blivit chef för alla förhör och hur viktigt det var för alla parter att förhören gick bra. Dåliga förhör var sannerligen ingen fördel för en misstänkt i terroristmål. Attityden att jag struntar i allt och att allt ligger i Guds händer kunde, i värsta fall helt i onödan, tolkas som rena erkännanden. Och i så fall var riktiga erkännanden att föredra, faktiskt för alla inblandade parter. Det kunde ju inte vara någon större hemlighet för dem som bodde i Kålsta vilka andra som satt frihetsberövade. Som föräldrar hade de ett ansvar inte bara gentemot sin son, utan också för grannar och vänner, moraliserade hon. Först därefter ställde hon sin första fråga som hon planerat noga för att dels överrumpla, dels nalkas det känsliga på ett mjukt sätt.

"Säg, Madame och Monsieur Bouhassan, det är en sak, kanske oviktig, men som jag ändå undrar över. Varför vill er son Hadi ha Koranen på svenska?"

Fru Bouhassan tog sig mot munnen i en förskräckt gest och såg ut som om hon skulle börja gråta. Ewa kunde inte tolka reaktionen och valde att avvakta.

"Därför att han inte kan läsa arabiska", svarade mannen med sammanknipna läppar. "Vi talar franska hemma, det är vårt gemensamma språk. Min fru Samira är berber, jag är arab. Visst kan Hadi arabiska, även om den inte är så bra, hemspråksundervisning, kompisar och så. Men han talar bättre franska och kan inte läsa arabiska…"

Det blev en alldeles utmärkt mjuk start på väg in mot hjärtpunkten, konstaterade Ewa. Mer tur än skicklighet.

Mamman tog över berättelsen, utan att mannen gjorde minsta min. Men så här var det. De hade inte kommit tillsammans från Marocko, utan träffats i Kålsta i unga år, och det var en lång och besvärlig historia innan de fått alla föräldrars tillstånd att gifta sig. Han var en arbetslös före detta kapten i Marockos Kungliga Armé, som han dessutom hade förrått. Hon kom från en familj som hatade arabiska marockaner. Men nu hade de två söner och två döttrar och alla hade lyckats väl i skolan utom den yngste, Hadi Mohamad.

Ewa noterade att båda talade utmärkt svenska, men att de bröt på samma sätt som Pierre hade gjort när hon träffade honom första gången.

Familjen Bouhassan var varken mer eller mindre religiös än andra, snarare mindre eftersom man drack vin till måltiderna och inte var så noga med att tillämpa fastan. Sådana liberala hållningar hade dock blivit socialt allt svårare att upprätthålla under senare år. Också ute i Kålsta hade religionen fått ett starkare grepp om folk och det fanns en obehaglig tendens att man började vakta på varandra och skvallra.

Och så var det då lille Hadi, familjens problembarn. Han hade börjat röka haschisch i nian och fått betyg som mest bestod av streck. I ett första stadium hade han skyllt det på den svenska rasismen. I ett andra stadium hade han börjat gå till moskén och ställa till scener hemma när man drack vin eller när systrarna inte lydde honom. Något som hans äldre syskon hånskrattade åt eller i bästa fall bara avfärdade med en axelryckning.

Efter attacken på tunnelbanan i London 2005 hade det blivit så illa att familjen inte länge kunde umgås. De äldre syskonen menade att Hadi skulle dra dem alla i olycka genom sitt babblande om det rena islam, hjälten Usama bin Ladin och heligt krig.

Äldste brodern var redan gift och arbetade som kock, de två systrarna studerade, den ena mikrobiologi i Uppsala inom ett område som föräldrarna inte förstod, den andra läste till socionom i Stockholm för att bli socialarbetare.

Hadi var alltså familjens olycka, men föräldrarna hade försökt trösta sig med att han var ung och att hoppet om uppryckning i livet måste hållas levande. Han hade förstås bott hemma hela tiden och fått ett eget rum när syskonen flyttat ut. Men mest hade han låst in sig och suttit och lekt vid sin dator. Barnslig och oansvarig var han. Men terrorist? Det var en omöjlig tanke. Om inte saken var så allvarlig, tillfogade fadern, skulle man snarare säga att det var en direkt löjeväckande tanke.

Vilken mor eller far skulle inte försvara sitt barn, tänkte Ewa. Men det var dessvärre inte graden av fånighet och socialt misslyckande som bestämde unga Usama bin Ladin-fantasters ofarlighet. Det kunde lika gärna vara tvärtom, ju värre fånar desto farligare?

Hon släppte tankegången och bytte ämne.

"Ni ska ju snart få träffa er son", sa hon fundersamt. "När ni såg honom sist, var han då religiöst klädd och hade helskägg?"

Deras uppgivna miner och den blick föräldrarna utbytte var svar nog.

"Då ska jag bara upplysa er lite om hur besöket går till", fortsatte hon snabbt. "Alla besökare får gå genom en metalldetektor, det gäller även er. Ni kommer inte att kroppsvisiteras, det kommer däremot Hadi när ni har gått hem. Ni har bara en timme på er, det beror på att besöksrummen har kö, men ni kan i fortsättningen komma en gång i veckan. Ni får ta med tidningar, böcker och kläder, men allt sådant måste ni lämna i vakten. Det måste nämligen undersökas innan det överlämnas till er son. Har ni några frågor?"

"Oui Madame, får man ta med någon mat?" frågade fru Bouhassan så snabbt att hon förekom sin man som tycktes ha en ström av frågor på gång.

"Tyvärr, Madame, det går inte. All förtäring måste i så fall underkastas både kemisk och toxikologisk undersökning och det har vi inte resurser för."

"Är vårt samtal avlyssnat?" frågade mannen.

"Nej, det är det inte. Vi använder samma besöksrum som advokaterna och där skulle det vara ett grovt lagbrott att avlyssna."

"Det är inte så att mamma och pappa tänker sitta och planera brott med sin son", försökte han skämta. "Men det är en... sentiment, vous comprenez, Madame?"

"Ja, naturligtvis. Men jag har inte gett tillstånd till någon avlyssning och jag tvivlar på att det ens vore lagligt möjligt. Och även om så vore så har ni mitt ord på att jag inte tillåter det."

"Kan ni själv bestämma det, är ni en så hög chef, Madame?" frågade han tvivlande.

"Om ni tänker er att en kommissarie, dom chefer ni kanske har träffat på tidigare, är lieutenant så är jag commandant", svarade hon lugnt och sände en tacksamhetens tanke till Pierre som lärt henne alla franska gradbeteckningar. "Fler frågor?"

"Är vår son en kriminell?" förekom frun än en gång mannen.

"Nej, eftersom han inte är dömd för något brott, men han är misstänkt", svarade Ewa med ryggmärgen. "Jag kan säga så mycket som att han inte är överbevisad om brott men att utredningen tar tid därför att han vägrar svara på frågor. Jag hoppas att ert besök går bra och jag beklagar att det dröjt så här länge. Om jag fått det här chefsjobbet tidigare så hade det inte blivit så. *Alors,* Madame et Monsieur Bouhassan, då kanske vi var klara för idag?"

Hon var på väg att resa sig och hade redan tagit på sig avskedsleendet. "En fråga till!" vädjade mannen. "När får jag tillbaka mina böcker?"

Ewa var till en början helt oförstående. Han började förklara att polisen ju haft razzia i hemmet och då hade ett och annat beslagtagits. De mest märkliga ting, för övrigt. Men stora delar av familjens bibliotek hade också konfiskerats. För det första kunde han inte förstå varför, för det andra undrade han när han kunde få tillbaks böckerna.

Ewa fick svårt att dölja sin osäkerhet, frågan var fullkomligt oväntad. Först undrade hon om böckerna fanns noterade i ett beslagsprotokoll. Men det fanns tydligen inget sådant. Det vill säga, det fanns naturligtvis, men makarna Bouhassan hade av någon anledning inte fått ta del av det.

"Jag måste säga precis som det är", medgav hon. "Detta hade jag ingen aning om. Ett beslagsprotokoll måste alltid upprättas och den som varit föremål för beslag skall, utan dröjsmål som det står i lagen, underrättas. Menar ni alltså att detta inte har gjorts?"

Makarna Bouhassan skakade samtidigt på huvudet. Ewa kände sig helt ställd.

"Vilka böcker är det ni saknar?" frågade hon för att vinna lite tid medan hon i minnet försökte snabbrepetera rättegångsbalkens bestämmelser om beslag; det var ju knappast något nytt för henne, kampen mot ekonomiska förbrytare bygger i hög grad på att man hinner ta deras papper ifrån dem i tid.

Han tog upp en maskinskriven lista ur innerfickan. Hon tog emot den, lovade att undersöka frågan om protokoll för beslaget i deras hem och försökte se säker ut när hon påstod att han skulle få tillbaks sina böcker så snart som möjligt.

IV.

ERIK PONTI STIRRADE misstänksamt på sin ringande telefon. Det hade varit ett uselt och förvirrat morgonmöte på redaktionen som mest handlade om hur man skulle följa upp ett obegripligt avslöjarprogram i gårdagens tevesändningar. Han hade själv sett det och förstått så mycket som att avslöjarna klätt ut sig till affärsmän och försökt muta någon, men misslyckats. Vilket ändå på något sätt skulle bevisa att de som inte gick att muta med utklädda reportrar skulle ha kunnat mutas i alla fall. Något i den stilen.

Han hade undvikit att lägga sig i redaktionens diskussion eftersom han var emot idén om uppföljning. Och hade han visat den inställningen hade några av de yngre entusiasterna genast börjat tala om hans höga ålder, hur trött och gnällig han verkade och att han bara var avundsjuk på nutidens tuffare reportrar.

Och då hade risken för uppföljning av idiotavslöjandet bara ökat.

Telefonjäveln fortsatte att ringa. Svarade han inte skulle samtalet bara återkomma, det gick inte att undkomma, bara att förhala.

"Ponti!" svarade han surt och förhoppningsvis avskräckande.

"Så bra att jag får tag på dej, hej Erik, det här är Annika Bengtzon på Kvällspressen."

"Hej du. Och vad förskaffar mej den äran?" svarade han misstänksamt. Om en yngre kvinnlig stjärnreporter från Kvällspressen ringde så bådade det inte gott. Hon ville honom inte väl, frågan var nu bara vilka av hans yttranden på senare tid som var särskilt förgripliga och skulle kunna spetsas till ytterligare.

Hon gav sig in på en smickrande förklaring om att hans viktiga röst saknades i debatten om en del nya ungdomliga inslag i den radiokanal där han själv var en av de mest profilerade rösterna.

Han började ana vartåt det lutade. Radioledningen hade med samma outgrundliga visdom som ledningen för den statliga televisionen kommit på att ungdomar inte lyssnade på eller såg på de mest seriösa nyhets- och aktualitetsprogrammen. Det var förstås sant, men i vad mån ungdom var ett problem så var det ändå övergående.

Den fälla som den rutinerat vänliga reportern på Kvällspressen nu försökte gillra var ändå lite väl tydlig. En av nyheterna i radion var nämligen att man fört över ett prat- och rockprogram med ung, kvinnlig och dessvärre blond snabbpraterska till Kanal 1. Där skulle hennes program "locka unga lyssnare" att av misstag hänga kvar till nästa program, nyhetsredaktionens sammanfattande fördjupning av dagens eller veckans händelser. Erik Ponti var ursinnigt förolämpad över idén.

"Så frågan blir då ganska enkel", konstaterade kvällstidningskollegan och drog omedvetet efter andan när hon skulle sätta in dödsstöten, men sådant hörde en tränad radioreporter.

"Och vad är den enkla frågan?" undrade han oskyldigt och bestämde sig samtidigt för att blåljuga.

"Jo alltså, vad en erfaren radioman som du själv anser om att få draghjälp av en mera ungdomlig stjärna som Kicki Pop? Tanken är ju att hon ska locka unga lyssnare att liksom hamna hos dej också, eller hur?"

"Det är ju en intressant tanke, men vi får väl se om det fungerar", ljög han.

"Vad tycker du själv om hennes program?"

"Det har jag ingen uppfattning om eftersom jag inte har hört det", ljög han.

I själva verket hatade han det där pladderprogrammet lika mycket som själva förolämpningen att det skulle vara "draghjälp" åt bland annat honom själv.

"Va? Men det är ju mycket omdiskuterat och du brukar väl inte fega för kontroversiella frågeställningar?" försökte den yngre kvinnliga och händelsevis blonda kollegan. Hennes vinkel höll på att spricka.

"Nej det är möjligt, men jag tror inte att jag kan räknas in i Kicki Pops målgrupp", svarade han faktiskt helt sanningsenligt.

"Men hennes program sänds ju timmen innan det program där du själv oftast medverkar så då borde du väl ha hört...?"

"Nej, du vet just den timmen är man ju särskilt upptagen med egna förberedelser så jag har inte tänkt så mycket på saken", ljög han.

"Men vad har du för uppfattning om Kicki Pop själv?" satsade kollegan desperat på ett sista vinnande drag.

"Jag tror att hon inom sitt speciella fack är en stor tillgång för Sveriges Radio", fortsatte han lögnen.

"Så du känner ingen oro... alltså som en del av dina äldre, jag menar jämnåriga, kolleger på radion?"

"Vad skulle det vara för oro?" hycklade han.

"Ja alltså, att den seriösa radiokanalen invaderas av tingeltangel, för att citera en av dina kolleger?"

"Det tror jag i så fall är väldigt överdrivna farhågor", ljög han.

När han lade på luren kände han sig betydligt uppiggad. Journalister hade liksom förhörda förbrytare faktiskt ingen absolut skyldighet att tala sanning när de intervjuades av illvilliga kolleger. Dessutom hade han, vis av tidigare skador, just undvikit att hamna på stor bild tillsammans med Kicki Pop på ett mittuppslag, i värsta fall till och med löpsedeln och förstasidan, där det skulle heta att han "rasade" mot Kicki Pop därför att hon var för ung och blond. Kicki Pop skulle göra nöjda uttalanden där hon kallade honom för gubbjävel som var rädd för unga kvinnor som var mer begåvade än han själv och så hade det blivit det vanliga pådraget enligt formulär 1 A Skönheten mot Odjuret. Med glödande debattinlägg på kultursidorna och feministiska analyser på debattsidorna. Allt detta elände om han varit dum nog att tala sanning.

Han återgick till att skriva färdigt sin fredagskommentar som skulle handla om utrikesministerns tidigare engagemang i ett ryskt gangsterföretag och en amerikansk lobbyorganisation som verkat för att få igång det senaste kriget i Irak. De där "kommentarerna" på fredagar liknade egentligen mest tidningarnas kolumnistverksamhet, fältet låg ganska fritt för allmänt tyckande utan de vanliga kraven inom public service på att låtsas vara opartisk. Det var märkligt att det tolererades men var ett praktiskt instrument för äldre trötta reportrar med god formuleringsförmåga.

Just det. Äldre trötta eller något resignerade reportrar med god formuleringsförmåga. Det enda vettiga arbete han uträttat på sista tiden var storyn om de olagliga inslagen i Säkerhetspolisens tillslag mot de misstänkta terroristerna ute i Kålsta.

Han borde följa upp det jobbet, även om det blev impopulärt på redaktionen. Dagens Eko hade rapporterat ungefär samma saker som alla andra i den vanliga ringdansen från Säkerhetspolisen via Kvällspressen och kommersiell television över till alla andra. Att ifrågasätta den rapporteringen var också att ifrågasätta den egna redaktionen och därmed dödssynd. Vad han än nu kunde komma med för idéer eller uppslag till nya jobb på terroristaffären så skulle de fingranskas av misstänksamma redaktionssekreterare och programansvariga. Varje attack på den gällande samfällda mediebilden av terroristaffären skulle automatiskt betraktas som en attack på den egna redaktionen. Ungefär som om man hellre solidariserade sig med ett antal säkert skyldiga svartskallar än med sina egna vita kolleger. Det var ett psykologiskt fenomen som kanske fungerade mer självcensurerande än man kunde ana. Dessutom tillkom den obestridliga journalistiska logiken att skyldiga svartskallar som ville mörda drottningen och sångerskan Carola var en helvetes bra story. Oskyldiga svartskallar var en mycket liten och definitivt ointressant story.

Men för helvete! Uppryckning, inte sitta och gnälla. Det här hade han gjort tusen gånger förut. Fram med papper och penna, rita och tänka.

Stor anklagelse. Värsta händelsen i nationens historia? skrev han som rubrik och drog under den med en vågig linje.

Svag bevisning, mest rundsnack från experter och anonyma påståenden från eventuella källor inom Säkerhetspolisen, fortsatte han.

Vad talade för att Säkerhetspolisens/Kvällspressens bulletiner till allmänheten var sanna? Att så många människor fortfarande efter lång tid satt frihetsberövade.

Vad talade för att Säkerhetspolisens/Kvällspressens bulletiner var osanna? Att det inte kommit några nya saftiga avslöjanden i Kvälls-pressen, att ingenting sakligt sett förändrats efter flera månaders för-hör. Att den tekniska analysen av de ursprungliga fynden inte hade gett något mer, för då skulle det ha offentliggjorts och till och med Dagens Eko hade fyllts av babblande experter.

Ewa Johnsén-Tanguy, skrev han plötsligt på det stora vita pappers-arket nedanför sina snabbklottrade idéer och ritade en ring runt hen-nes namn.

Enligt vännen Anna Holt ansågs Ewa vara en sorts förhörets Ein-stein, en del av hennes förhör användes som undervisningsmaterial på Polishögskolan. Förhör var alltså Ewas stora grej.

Helvete. Deras förhörsverksamhet befann sig i kris, därför den på-tagliga bristen på nya segerkommunikéer i Kvällspressen. Därför plockade de över en av landets absolut bästa förhörare?

En av hans närmaste vänner satt i så fall inne med information om hela terroristaffären. Och Ewa hade ju gett honom många glada tips, liksom hon försett Acke.

Men nu skulle hon begå brott om hon gjorde det, och han själv skulle begå brott om han ens ställde frågor till henne. Om han dess-utom hade källor inne på säpo så fick de efterforskas med alla meto-der inklusive buggning och telefonavlyssning. Själv kände han sig närmast lite stimulerad av tanken på en fängelsedom för att ha avslöjat något viktigt, det var länge sedan nu. Fängelselivet var sportigt, nyk-tert, sunt och intressant. Själv skulle han må utmärkt och dessutom få en del priser han inte fått på länge. Men Ewas liv skulle braka samman.

Aldrig tala i telefon om terrorister med Ewa, skrev han och strök under. I värsta fall aldrig ens tala om sådant hemma hos henne.

Nästa steg. Förhören omöjliga att komma åt. Advokaterna hade yppandeförbud och Säkerhetspolisen gick knappast till Dagens Eko med informationer om nya framsteg i förhören.

Det enda som gick att granska och göra någonting av var beslagen. Det hade ingen gjort, eftersom alla medier nöjt sig med att skriva av Kvällspressen och sen intervjua så kallade experter som intygade, ja vadå?

Vad intygas? skrev han som en ny rubrik på det snart fulla pappersarket.

Att om det som medierna beskrev, som medierna alltså fått från Kvällspressen, som i sin tur fått censurerad och noga planerad information off the record från Säkerhetspolisen, var sant så var fan lös. Då skulle hela idrottsarenor ha kunnat sprängas och känd schlagersångerska varit i allvarlig fara, samt HM Drottningen. Så fruktansvärt betydelsefulla var beslagen.

Vilka kände till beslagen förutom Säkerhetspolisen? Självklart de nio familjer som utsatts för dem. De måste till och med ha fått beslagsprotokoll. Kunde beslagsprotokoll hemligstämplas med hänsyn till rikets säkerhet?

Spontant skulle man kanske svara ja. Allt inklusive soluppgången kan hemligstämplas med hänsyn till rikets säkerhet, numera terrorister.

Men det var praktiskt omöjligt. Bortsett från att alla de nio familjer som utsatts för husrannsakan och beslag måste ha mer än en ungefärlig uppfattning om vad som tagits ifrån dem, så måste de väl ändå ha fått någon form av dokumentation, ett kvitto? Annars skulle det ju se ut som en sorts statlig polisiär stöld och det var väl ändå inte möjligt? Visserligen kunde man inte veta någonting säkert längre när det gällde lagar och terrorister, men nej! Det var inte möjligt.

Beslagsprotokoll måste finnas! skrev han och strök under.

Fast om han bara intervjuade aldrig så många svartskallar om deras påståenden om vad som tagits så skulle konkurrentmedierna inte bry sig om det mer än Säkerhetspolisen själv. Men om han högläste ur dokumenten? Då jävlar.

Vem ringa om detta?

En åklagare som inte hade med terroristerna att göra. Jo, Kärran! Det var hon som åtalade den där unga miljonärsligan för några år sedan, efter Ewas utredning. Och han hade fått tillfälle att göra några kul intervjuer med henne, kunde nästan säga att han kände henne.

Han kopplade upp sig på hennes nummer och ringde och hade osedvanlig fredagstur eftersom hon svarade direkt.

Först tyckte hon att frågeställningen var så självklar att man till och med bland journalister borde ha begripit hur det låg till. Naturligtvis måste beslagsprotokoll alltid upprättas och det fanns inga som helst undantag, inte ens för Säkerhetspolisen.

Men nästa fråga från Erik Ponti blev genast svårare. Fanns det några undantagsregler som gjorde att man tills vidare, på grund av ditt eller datt eller rikets säkerhet, kunde förhindra att den som varit offer för beslagsrazzior finge ta del av själva beslagsprotokollet, alltså dokumentet i sig?

Hon skrattade först åt hans parodi på juristsvenska, men erkände att hon faktiskt måste gå och slå upp några saker för att vara säker. Men hon försäkrade att hennes nyfikenhet var tillräcklig för att hon även en fredagseftermiddag på väg ut till Grisslehamn skulle jobba några minuter längre för sakens skull.

Efter fem minuter ringde hon tillbaks. Nej, det fanns inga undantag. *Däremot* förhöll det sig så, enligt kommentaren till rättegångsbalken, att de personer som varit föremål för beslag måste *begära* att få ut protokollen i vissa fall. Det här var antagligen ett sådant. Men det var en tvingande lagregel. Inget undantag, ens för Säkerhetspolisen.

Begära beslagsprotokoll, skrev Erik Ponti och strök under såfort han avslutat samtalet och önskat trevlig helg ute i Grisslehamn.

Det var naturligtvis nyckeln. Även om Säkerhetspolisen själva via sin åklagare förnekade det så hade de hotat alla de nio familjerna med att det på något sätt skulle vara förbjudet att tala med journalister. En bisarr tanke, att enkla tjänstemän på Säkerhetspolisen genom muntliga order skulle kunna avskaffa grundlagarnas allmänna yttrande- och informationsfrihet.

Men hade det gått så långt så hade de nog knappast heller upplyst om att var och en som så begärde kunde få kvitto på vad som hade beslagtagits. Dessutom ett noga detaljerat kvitto.

Svartskallarnas förtroende, skrev han som ny rubrik på ett nytt stort ark.

När han var där ute i Kålsta och gick från familj till familj hade han lovat och försäkrat att det inte fanns något lagligt möjligt förbud i en västerländsk demokrati mot att tala med journalister. En del hade trott honom och av den anledningen berättat om hur det stora tillslaget gick till och hur de hotats till tystnad. Några hade berättat för att andra hade gjort det. Men när resultatet sändes ut i radion så kom inte en enda polisbil till Kålsta för att gripa någon.

Och alla hade fått höra hur en stackars åklagare vred sig som en mask i radion när han dels gick med på att det inte fanns lagligt stöd för sådana hotelser, dels att de inte kunde ha ägt rum. Av nämnda skäl, nämligen.

Förtroende, alltså. Han kunde gå ett nytt varv där ute, berätta hur man gjorde för att formellt begära sitt beslagsprotokoll och senare samla in dem, kopiera dem och sätta dem i en snygg pärm. Och sen?

Ja, det berodde ju på vad som hade beslagtagits. Fanns det listor på si och så många handgranater av rysk typ, automatkarbiner AK 47, tändhattar, sprängkablar, detonatorer med mobiltelefonutlösning och liknande var det ju inte mycket att be om.

Men så skulle det inte se ut, då hade det stått i Kvällspressen. I verkligheten var beslagen alltså betydligt mer dubiösa, någon *smoking gun* fanns inte.

Varför hade ingen tänkt den här tanken? Dels därför att alla tvingades leka Följa John så fort Säkerhetspolisen portionerade ut några godbitar i utvalda medier. Dels därför att journalister drog sig för att tränga sig på hos terrorister i en förort för att be om att få titta i deras privata papper, dessutom för sent för att hänga med i nyhetsloppet. Så grymt enkelt. Och så genant.

Nu skulle han först läsa in sin text om utrikesministerns pikanta affärer till sin fredagskommentar. Sedan direkt ut till Kålsta för att börja rundan med att övertyga alla om att *begära* beslagsprotokoll, han var redan säker på att ingen av dem fått något. Sedan var det inte långt kvar till en komplett bild av vad som rent konkret bevisade eller inte bevisade att landet stått inför den största katastrofen i historien. Inte ens de yngre kvinnliga redaktionssekreterarna skulle ha något som de formellt kunde invända mot det upplägget. Alla på Dagens Eko var nämligen överens om huvudprincipen, de bästa nyheterna var dem man skapade själva.

Fredag var visserligen inte den idealiska veckodagen att inleda jobbet, insåg han vid närmare eftertanke. Men en del av familjerna där ute var inte så petnoga med religionen, han kunde kanske börja med föräldrarna Bouhassan. Hursomhelst skulle jobbet ta minst två veckor.

* * *

Det var verkligen lätt att avsky Belkassem, konstaterade Ewa när hon repeterade materialet inför sitt första förhör med honom. Redan den sammanställning som den datatekniska sektionen gjort av innehållet i hans hårddisk skulle få nackhåren att resa sig på de flesta domare och nämndemän.

Det fanns tydligen ett outtömligt material där ute på nätet som visade tortyr och avrättningar av islams förmenta fiender. Unge Abdelatif hade redigerat en egen topplista där nummer ett visade tre män på knä med bindlar för ögonen som fick halsarna avskurna av maskerade terrorister som stod bakom dem. På tionde plats halshöggs en kvinna i kamouflageuniform som påstods vara amerikansk soldat i Irak.

Ingen åklagare skulle ha några svårigheter att leda i bevis att Abdelatif Belkassem var en varm anhängare av terroristiskt våld. Efter att domstolen fått se denna fyrtiotvå minuter långa sammanställning kunde advokaten tala sig blå i ansiktet om pojkstreck, videovåldskultur och förvisso obehagliga men i sig inte brottsliga lekar.

Men om man inte kunde binda Abdelatif till några konkreta brott, eller förberedelser eller åtminstone planer på brott, så saknade hans våldspornografiska läggning juridisk betydelse. Då var det bara frågan om en, låt vara grotesk, men ändå inte otillåten politisk uppfattning. Det är inte brottsligt att vara anhängare av dödsstraff, tortyr eller våldtäkt.

En enkel väg, snarast en genväg, mot bindande bevisning för terroristbrott skulle vara om man kunde överbevisa honom om det väpnade rån mot en Seven Eleven som han var misstänkt för. Om man då kunde visa, vilket det fanns underlag för i hans datortrafik, att han avstått rånarbytet till ett terrorprojekt så var det inte längre enbart grovt rån, utan dessutom terroristbrott. Då hade man honom fast redan där, utan att behöva trassla så mycket med det stora bakomliggande materialet.

På så vis fick man ändå en viss arbetsro. Man kunde ägna sig åt all den bevisning som gällde betydligt allvarligare saker än butiksrån utan pressen från åklagarna att få fram en solid häktningsgrund. Och lugn och arbetsro behövdes i högsta grad när de gällde de mer allvarliga men hittills obevisade misstankarna om terroraktioner inom landet. Det materialet var stort, men också osystematiserat. Abdelatif Belkassem tillhörde nämligen redan från början den krets av unga män som kallade sig *Tanzim Qaedat al Jihad fi al Soed*, som enligt översättarsektionen var ett inte helt elegant försök att skriva ungefär "al-Qaidas svenska Heliga krigsstyrka".

Tre medlemmar i organisationen hade redan dömts i en närmast komiskt misslyckad terrorrättegång för två år sedan. De hade fått kontakt med varandra på internetsajten *mujahedin.net* och inom loppet av en vecka lyckats dra på sig uppmärksamhet från fyra utländska underrättelsetjänster och därmed också Säkerhetspolisen. Det var ingen tvekan om var pojkarna haft sin mest uppmärksamma och kanske rentav största publik utanför den egna kretsen.

När Ewa snabbrepeterade materialet frågade hon sig vad hon själv skulle ha trott eller ansett om hon tillhört den spaningsgrupp som fått upp spåret. Skulle hon ha tagit det här på allvar?

Vad skulle hon exempelvis ha trott om planerna på att anfalla den kristna fundamentalistiska sekten Livets Ord? Ursprungsidén, som de alltså satt och chattade helt öppet om, gick ut på att bränna ned sektens kyrkoanläggning utanför Uppsala, en byggnad i samma storlek som IKEA, med fyrverkeripjäser och bensinflaskor. Tanken var att fyrverkerierna skulle ersätta granatgevär som vapen. Raketerna med vidhängande bensinflaskor skulle landa på taket på kyrkoanläggningen, explodera och därmed också antända bensinen. Men ett tekniskt prov hade varit nära att sluta illa, så just den här idén ströks från listan av tänkbara angreppsmetoder.

Så långt skulle hon själv förmodligen bara ha skrattat åt saken. Säkert skulle Pierre få roligt när hon med spelat allvar bett honom att göra en taktisk värdering av upplägget för denna operation.

Men sedan blev det allvar. Nästa mål hade varit en vallokal i Kista den 14 december 05, dagen innan de irakier som bodde i Stockholmsområdet skulle rösta i Iraks första försök till demokratiska val. Nu var metoderna mindre fantasifulla och mer handfasta. Man försökte kasta in brinnande bensinflaskor genom fönstret på vallokalen, men misslyckades. Bara en av bensinflaskorna slog igenom fönstret, men fastnade i en persienn. Dessutom lämnade gärningsmännen flera oanvända flaskor på platsen, med tydliga fingeravtryck för säkerhets skull. Och en av dem glömde en jacka och ett par handskar och hade därmed överlämnat sitt DNA.

Hopplöst töntigt och bara pojkstreck? Det behövde man inte vara advokat för att kunna resonera om.

Men allvaret i mordbrandsförsöket underströks av att "svenska al-Qaida" därefter skickat ut en bulletin på nätet där man i högtidliga ordalag deklarerade att "tre av al-Qaidas lejon" slagit till och att man nu i Guds namn varnade den svenska civilbefolkningen för att befatta sig med eller stödja den imperialistiska ockupationen av Irak. Ett konkret fullbordat brott, med en tydlig viljeförklaring. Inget snack om saken. Graden av framgång hade ingen betydelse för hur man skulle bedöma brottsligheten.

Ett av de tre små lejonen hade dessförinnan gjort en hemvideo där han utklädd och maskerad satt och mimade till islamistiska hotelser. Han hade skickat över scenen till en kompis som i sin tur tyckte att det såg så bra ut att han lade ut bilderna på nätet. Han hade lika gärna kunnat sända dem direkt till Stockholms tingsrätt.

De tre lejonen dömdes till åtta års fängelse i tingsrätten, men överklagade domen till hovrätten. Där lyckades advokaterna så till den milda grad förlöjliga åtalet att en av pojkarna frikändes helt och de andra dömdes till två år respektive ett år och tre månader, enbart för försök till mordbrand. De friades från terroristmisstankar. Hovrätten var visserligen oenig med siffrorna 3-2.

Det var just en sådan motgång, hade både Ralph Dahlén och åklagarna understrukit, som man för död och pina måste undvika nästa gång. Nederlaget i hovrätten var också skälet till att Abdelatif Belkassem fick fortsätta sin verksamhet på fri fot. Till en början som ensamt al-Qaidas lejon i Sverige.

Det var här spåret till hela terroristaffären började. Det här var det ingångsärende Ewa efterlyst när hon bett analytikerna göra ett kronologiskt schema över terrorligans framväxt. Härifrån gick spåret vidare till Mirsad Bektasevic, alias Maximus, som numera satt dömd till ett långt fängelsestraff i Sarajevo. Och spåret till honom från Abdelatif Belkassem gick via de danska palestinierna som ställts inför rätta men bara en dömts. Och sedan löpte trådarna tillbaks till Kålsta, där först Hadi Mohamad chattat sig in på den terroraktivistiska hemsidan och därefter flera av dem som nu satt häktade.

Skälet till att de fick hålla på så länge att bygga upp sin verksamhet utan att gripas, all deras datortrafik följdes ju hela tiden av Säkerhetspolisen, var förstås att man vis av skadan ville ha mer bevis att komma med inför nästa terroristrättegång. Ewa hade inga invändningar mot den taktiken, den tillämpade man också i jakten på ekonomiska förbrytare.

Men det var ett rörigt material att arbeta med i förhör, dessutom tidskrävande. Hon bestämde sig för att omedelbart pröva genvägen på Abdelatif Belkassem, förmå honom att erkänna rånet på Seven Eleven. Lyckades det var åtminstone han ordentligt fast och hon fick arbetsro och kunde övergå till att jobba med några av de andra som ännu inte, såvitt hon kunde se, var överbevisade.

Hon förberedde sitt förhör genom att beställa upp alla handlingar om familjen Belkassems samlade brottslighet och upptäckte snart att här fanns en fälla att gillra.

Sedan gick hon på möte med förhörsgruppen, som hon fortfarande höll borta från de nio häktade. Däremot hade alla fått hjälpa Anders Johnson med att följa upp spåret efter barfotaadvokaten Moussa Salameh ute i Kålsta. De hade lyckats förvånansvärt väl och bemötts mer öppenhjärtigt än man kunnat vänta sig av alla hantverkare och småbutiksinnehavare de hade förhört. Möjligen hade de rentav följt hennes instruktioner att framställa förhören som att det gällde att kanske fria Moussa Salameh från misstankar. Då måste man nämligen kunna visa att det han sysslade med var både tidskrävande och lagligt.

Kartläggningen av Moussa Salameh förefoll nära nog fullständig. Det var i och för sig alldeles utmärkt, ett bra jobb är ett bra jobb. Mer problematiskt var förstås att misstankarna mot honom på intet sätt hade stärkts genom denna sidoutredning, tvärtom.

Förhörarna fick ytterligare några dagar på sig att göra det utredningsavsnittet färdigt och därefter sammanfatta det i en rapport. Med den instruktionen avslutade hon mötet men bad kriminalinspektören Anders Johnson att stanna kvar för att avrapportera sina samtal med de två imamerna ute i Kålsta.

Han hade skrivit en PM, men i huvudsak gick innehållet ut på att man knappast blivit mycket klokare. De två imamerna Abdel Haq och Yussuf ibn Salaam hade för det första varit ytterst besvärade av att ha kontakt med Säkerhetspolisen. De menade att sådant kunde undergräva deras ställning. Och vad beträffade den fråga han fått med sig från Ewa, menade båda två att det knappast var meningsfullt att diskutera herrar Belkassems och Bouhassans "teologiska nivå", eftersom båda var totalt okunniga i trosfrågor och vuxit upp i svenska hem där religionen spelade en ytterst underordnad roll.

"Bra", sa Ewa. "Jag ska finläsa det där senare. Men just nu tänkte jag att du skulle följa med mej upp till häktet. Så ska vi se om det inte går att lura nattskjortan av den där Abdelatif Belkassem."

"Du har klart för dej att han är hopplös", sa den yngre kollegan med en min som antydde att han uttryckt sig klart underdrivet.

"Ja, jag har läst alla förhören med honom flera gånger. Så därför tänkte jag att det var dags att försöka åstadkomma ett genombrott och jag tror jag vet hur", svarade Ewa medan hon såg den andre stint i ögonen. Det var en tuff markering och det visste hon. Inget förhör var någonsin förutsägbart.

"Det var som fan", sa han. "Det ska bli oerhört intressant att se."

De sa inte så mycket på vägen upp till förhörsrummet på häktet eftersom Ewa gick och mumlade för sig själv när hon repeterade sitt upplägg.

Abdelatif Belkassem visade sig omedelbart motsvara till och med högt ställda förväntningar på liten, men säkert mycket svårbemästrad, skitstövel. Han närmast skred in i rummet mellan sina fångvaktare med en kroppshållning som definitivt föreställde schablonen "högburet huvud". Han spelade manligt värdig och ädel motståndshjälte och vände bort huvudet "i förakt" när han lät fångvårdspersonalen befria honom från handfängslen, satte sig ned och "genomborrade" Ewa med sin "iskalla blick".

Ewa tyckte det verkade som en bra start. Hon gillade särskilt hans lilla föraktfulla leende när hon presenterade sig med namn och grad och Anders Johnson med hans nummer som hemlig kriminalinspektör. Hon såg honom hela tiden i ögonen och till hennes tillfredsställelse stirrade han hela tiden "förintande" tillbaks. Han kunde alltså koncentrera sig och hade klarat isoleringen oväntat väl. Hon slog på bandspelaren och läste in de inledande förhörsuppgifterna, fortfarande utan att släppa hans blick. Han tycktes tävla i leken vem blinkar först. Mycket lovande.

Hon började med att fråga hur han mådde. Han lade lugnt upp det ena benet över det andra, strök sig "tankfullt" över sitt glesa helskägg och vände sig demonstrativt men långsamt mot Anders Johnson.

"En mujahedin inte kan förhöras av kvinna, du tala om för kvinnan här!" befallde han "med blixtrande ögon".

"Det blir nog lite svårt är jag rädd", svarade Anders Johnson efter att ha sneglat på Ewa och fått en kort nick. "Polisöverintendent Tanguy är nämligen min chef. Och chef för alla män som håller i förhören här på Säkerhetspolisen."

"Nämligen!" fyllde Ewa blixtsnabbt i den korta paus av häpnad som uppstått. "Det kan kanske vara så Abdelatif, att du som helig krigare aldrig skulle bli förhörd av en kvinna i Afghanistan eller Irak. Men du är fortfarande i Europa och då kan man råka ut för en chef som jag. Men ta nu inte illa upp för den saken, tänk på att det är jag som chef som kan fixa ett radband åt dej. Och vi kan diskutera besök, om du är intresserad av det."

"Dom sa radband omöjligt av säkerhetsskäl!" utbrast han ivrigt.

"Jag vet, jag läste det där i en rapport", suckade Ewa. "Men nu ändrar jag på det beslutet. Är det någon särskild färg eller stil du föredrar, eller ska vi fråga Abdel Haq i Kålsta, han kanske vet?"

"Abdel Haq ingen sanningens muslim!"

"Men radband förstår han sig väl på?"

"Svart vanligt radband!"

"Jaha, då säger vi det", suckade Ewa med en bekymrad rynka i pannan. "Ett svart vanligt enkelt radband kommer till din cell senast i morgon. Vi kan ta det där med besök senare, för jag har några frågor."

"Jag inte har några svar!"

"Det får vi väl se när jag frågar, Abdelatif. Du är ju inte ensam om att begå brott i din familj: en bror fast åtta gånger för snatteri, fyra gånger för olovlig körning och tillgrepp av fortskaffningsmedel. Din äldste bror för stöld, narkotikaförseelser, häleri. Din mor är sjukskriven men jobbar svart med städning, din far är dömd för kvinno-misshandel och så vidare. Har ni ingen heder i er familj?"

Hans raseriutbrott blev till och med bättre än Ewa hade hoppats. Hon lät honom skrika ur sig en serie förolämpningar och hotelser innan hon fortsatte på samma spår.

"Respekt, säger du Abdelatif? Respekt för din far som inte bara är dömd för att ha misshandlat kvinnor. Han deserterade ju också på permission från den marockanska armén. En liten smitare, tycker du inte?"

"Min far mujahedin, krigar heligt för islamstat i Maghreb, du jävla hora inte har respekt!"

"Och ni har ingen heder i din familj, Abdelatif", fortsatte hon kallt i samma spår. "Ni är bara vanliga småförbrytare. Din far smet på permission och deserterade med två andra kompisar till Sverige, det är hela saken. Och du har ingen heder själv Abdelatif, du kan ju inte ens stå som en man för vad du gör, eller hur?"

Hon lät honom gorma på en stund. Det var bra för att hålla honom igång och det var bra för att det tog på hans krafter och för-hoppningsvis också på hans vaksamhet.

"Så du vill att jag ska förklara?" avbröt hon när han hämtade andan och nöjde sig med att "blixtra med ögonen". "Gärna det. Ta en sån sak som när du rånade Seven Eleven i Kista. Vad var det för heder-samt med det?"

"Ni har inga bevis!"

"Nåja, videobilderna från butiken är ganska bra, vittnen finns och du hade ovanligt gott om pengar dagarna efter. Men lugn nu! Det där är ett litet brott, det är inte så viktigt. Men det gäller din heder, Abdelatif. Förstår du inte det?"

"Vad har Seven Eleven göra med heder?" frågade han plötsligt lug-nare och mer intresserad.

"Rätt mycket faktiskt, lugn bara så ska jag förklara", svarade hon med sänkt röst. "Du vet, om man rånar en butik bara för sin egen skull, bara för att köpa sprit eller…"

"Jag aldrig köper sprit, jag är muslim!"

"Jaja. Eller hasch eller annat som bara är till för egoistiska skäl, då är det ett rån utan heder, eller hur?"

Han svarade inte. Där trodde hon att hon var på väg att förlora honom. Det fanns ändå inget annat att göra än att fullfölja attacken.

"Men om man hämtar pengar på Seven Eleven, en amerikansk kedja, för att sända pengarna till en frihetskamp så är det självklart en annan sak. Då är det ett helt annat brott. Om du är en man så måste du förstå en sån enkel sak?"

"Jag är mujahedin, befrielsesoldat, politisk fånge!" skrek han.

"Ja, men om du bara använde pengarna du hämtade i Seven Eleven för att köpa saker åt dej själv så är du väl ingen frihetshjälte?"

"Pengarna gick till friheten!" fnös han. "Tror du jag gick på lyxkrog? Du tror jag gick med horor?"

"Ja, ärligt talat är det ju det man måste tro. Men du menar att du i stället, med hedern i behåll, gav pengarna till ett heligt ändamål? Det tror jag inte på!"

"Jag gav pengarna till Mirsad! I handen, cash. Att Gud inte gjorde seger för Mirsad, kanske hans synder, vad vet jag?"

"Du menar Mirsad Bektasevic? Jaha, när du åkte och träffade honom i Köpenhamn? Men i så fall Abdelatif, måste jag be om ursäkt. Dom där pengarna från Seven Eleven trodde jag du använde själv."

"Du tror jag bara är gangsterrånare som tar själv?"

"Ja, det måste jag medge att jag trodde. Då hade du varit en rånare av samma slag som alla andra rånare. Bad du till Gud innan du genomförde rånet?"

"Självklart, är du helt pundad! Jag alltid ber Gud."

"Och vad svarade Han?"

"Vad frågar du?"

"Jo, när du bad till Gud att Han skulle hjälpa dej med det där rånet, fick du något svar?"

"Gud inte talar så till människa. Vi är som små kryp inför Gud, du fattar inte ett skit."

"Nej tydligen inte, Abdelatif. Men då måste du hjälpa mej. Du bad till Gud för att Han skulle hjälpa dej att råna Seven Eleven för att pengarna skulle gå till en god sak?"

Han nickade, men det kunde inte registreras på bandet.

"Så var det? Gud var på din sida?" envisades hon med höjd röst. "Annars fattar jag inte det här."

"Du fatta inte mycket", log han överlägset. "Men så var det."

"Elvatusensexhundra kronor", suckade Ewa. "Gav du alla dom pengarna till Mirsad eller behöll du inte lite för egen del?"

"Ingenting till mej, allt till Jihad. Fast biljetten till Köpenhamn också."

Det var klart, nu var han fast. Hon kände sig oväntat vemodig när hon betraktade honom. Han var lika teatraliskt utstyrd som sin jämförelsevis sympatiske medbrottsling Hadi Mohamad Bouhassan, vit virkad kalott, lång nattskjorta, snart ett svart radband att dingla med. Det var förstås sant att han var en frihetshjälte, sant i hans huvud. Ju längre fängelsestraff desto större frihetshjälte förmodligen. Han hade just pratat på sig åtta år, men frågan var om det var den största tragedin. De sex år han skulle få sitta av innebar att han skulle vara 25 år när han kom ut, normalt ingen katastrof, livet är långt. Men hur skulle han under de sex åren kunna bli något annat än mycket värre och mycket galnare än han var just nu?

"När vi träffas nästa gång, Abdelatif", sa hon efter den långa tystnad som utbrutit i rummet, "så ska vi tala mer om såna här saker. Jag tror det är bra saker att tala om."

"Du menar hur man strider för Guds sak?" prövade han optimistiskt. "Hur en man med heder kan kriga?"

"Ja, ungefär", svarade hon, avannonserade förhöret och stängde av bandspelaren. "Du vet", fortsatte hon när hon reste sig, "det är en sak att en hård och hängiven man som du kan utstå lidande och straff för Guds sak. Men tänk på alla dom andra. Gud kanske inte har gett dom samma styrka som Han gett dej och då kanske du kan hjälpa dom att inte hamna i fängelse. Hursomhelst, det var bra att jag fick träffa dej, radbandet kommer i morgon. Hej så länge."

"Besök!" avbröt han just som de var på väg ut, precis som Ewa hade hoppats.

"Åh, förlåt det glömde jag", sa hon. "Men visst! Vill du ha besök av dina föräldrar?"

"Jatack", svarade han och böjde faktiskt huvudet i något som kunde påminna om en bugning.

Hon borde ha varit full av triumf på vägen tillbaks till det egna kontoret. Men dels kände hon en svårbeskrivlig och oväntad sorg över 19-åringens tragedi, dels grubblade hon över hur nära gränsen för det tillåtna hon gått när hon knäckte honom. Hon hade börjat med att provocera honom genom att tala om familjens brottslighet. Tillåtet, enligt flera JO-avgöranden.

Hon hade antytt att han redan var överbevisad om rånet på Seven Eleven, vilket var långt ifrån sant.

Men hon hade bara hållit sig till tidigare kända fakta, han hade redan förhörts i ämnet. Fast då hade förhörarna underskattat betydelsen av att få dit honom på den minst spektakulära misstanken, ett vanligt butiksrån.

Jo, det höll. Hon hade bara sanningsenligt sagt att det fanns videobilder och vittnen. Och hittat på att man visste att han hade haft mycket pengar dagarna efter, men det skulle ingen upptäcka. Jo, det höll, han var fast.

Hela vägen tillbaks till kontoret gick Anders Johnson tyst, hon kunde inte riktigt tolka den reaktionen. Men hon tog med honom in på sitt rum och pekade på kaffetermosen och soffgruppen. Han serverade under fortsatt tystnad.

"Du steppar inte, du hoppar inte upp och gör high five", konstaterade han när de skämtsamt skålade i sina kaffekoppar.

"Nej, underligt nog", medgav hon. "Men först gick jag och tänkte igenom hur förhöret skulle hålla inför advokater och JO. Och det gör det. Sen måste jag medge att jag kände mej underligt sorgsen mer än triumferande. Hur är det med dig?"

"Amenförfan Ewa!" utbrast han. "Förlåt, får jag kalla dej Ewa?"

"Absolut, kriminalinspektör Johnson, om jag får kalla dej Anders."

"Amen för fan Ewa igen! Det där var det jävla mest smarta förhöret jag sett eller läst i hela mitt polisliv. Du knäckte han på tjugo röda minuter!"

"Nej", log hon. "Inte tjugo minuter, men två veckors inläsning och vridande och vändande och dålig nattsömn och *sen* tjugo minuter."

"Det var i alla fall det jävla mest knäckande förhöret jag sett. Sick, sack, sick, sack, sick – och så satt han där på tio år. Fy fan alltså!"

"Inte mer än åtta år", rättade Ewa. "Tänk på att han bara är nitton år, fyller tjugo i nästa vecka. Jag tror vi ska fixa föräldrarnas besök till den dagen, vad tror du?"

"Verkar smart. Du fick ju fart på den där Hadi på ett sätt som ingen av grabbarna fixat, med det där med besök. Det tror jag på, verkar effektivt."

"Ja, det är ju lite lustigt det där", funderade Ewa. "Dom flesta av oss snutar tycks tro att isolering är nyttigast. Men somliga bland buset mjuknar ju i stället om dom får besök. Särskilt tonåringar, om man ska vara cynisk."

"Vad var hemligheten?" frågade han plötsligt utan minsta tecken på skämt.

"Det fanns ingen hemlighet, bara en inihelvete orimlig logik", svarade hon nästan resignerat. "Det är inte klokt. Men om nu lille Belkassem, nitton år, hade rånat Seven Eleven med det brottsliga uppsåtet, som man skulle säga i domstol, att berika sig själv, så hade han fått två år. Men nu fick vi honom att gå med på att han rånade av ädla och alls icke egoistiska skäl, eller hur?"

"Just det, han har ett uppsåt som terrorist."

"Precis. Och det uppfattar han närmast som förmildrande omständigheter. Därför pratar han på sig ungefär fyra gånger så långt straff. Det är den lilla hemlighet som hans advokat möjligen hade kunnat begripa men inte gärna han själv. Dystert på ett sätt."

"Var var advokaten? Kan vi torska på att…?"

"Nej, det kan vi inte. Alla förhörstidpunkter kommuniceras till advokaterna. Det är bara det att dom inte tycks ha tid. Dom skiter väl i några unga svartskallar, har väl redan pläderingarna om oskyldiga pojkstreck klara för sig."

"Hade en advokat kunnat rädda honom?"

"Möjligt. Men inte säkert och vi får aldrig veta. Nu sitter i alla fall Abdelatif säkert. Vi har åtta misstänkta kvar."

Hon tittade dystert ner i sin tomma kaffekopp, men bestämde sig för att det var nog, såg demonstrativt på klockan så att Anders Johnson, förhörsexpert på Säkerhetspolisen, omedelbart reste sig och gick iväg för att berätta för grabbarna i förhörsgruppen om det stora genombrottet. En av terroristerna satt äntligen säkert så att det till och med skulle hålla i domstol.

* * *

För första gången gick Ewa lite tidigare från det nya jobbet eftersom hon stämt träff med Anna Holt nere i polishusets gym. Det var ett bra arrangemang, de behövde varandra som påtryckning för att inte hoppa över träningen. Det var lätt gjort att vända några papper till, tänka ytterligare ett varv på ett bevistema eller ett förhörsupplägg, så att det blev dags att gå direkt hem.

Periodvis hade de varit disciplinerat regelbundna besökare nere i gymet, så numera visste alla grabbarna i ordningen och på piketen vilka de var och knep nogsamt käft om formen på deras ändor eller andra kroppsdelar och kom inte längre med några mer eller mindre allvarligt menade erotiska förslag. Det var nästan så att de saknade det. Men det var lätt att säga nu när de båda var så högt överordnade de stönande, stånkande och vrålande bänkpressande piketpoliserna som uteslutande tycktes vara intresserade av att bygga mer armmuskler. Hade de varit två nya tjejer direkt från Polishögskolan skulle sällskapet där nere inte ha varit så kul.

Som vanligt sprang de under tystnad första halvtimmen på varsitt löpband och ägnade andra halvtimmen åt trappmaskiner med hävstång för armarna. Det var optimalt enligt Anna, då fixade man kondition, ändan och gäddhänget i ett svep.

Under andra halvlek i trappmaskinerna körde de inte högre takt än att de kunde samtala under tiden och eftersom Ewa hade verkat lite låg ville Anna veta vad hon behövde tröstas för eller vilka chefshelveten som borde förtalas den här gången.

Men det blev ett egendomligt tröstsamtal. Ewa berättade att hon just varit med om ett genombrott i förhör och satt dit en misstänkt på åtta, eller i värsta fall tio år. Anna var fullständigt oförstående, det var ju bara kul när man gjorde mål på buset.

Det var förstås alldeles sant, på ett sätt. Men nu var det så att det här lilla rånarsnillet bara var 19 år. Anna var småskrattande på väg att invända att då kunde det ju aldrig bli tal om en så lång påföljd, alltså om han bara var 19 år. Men så förstod hon och tystnade. Där uppe hos Säkerhetspolisen såg inte lagen och rättvisan ut på samma sätt som på Annas våldsrotel, där ett rån var ett rån och grov misshandel var grov misshandel. Lade man en terroristanklagelse ovanpå de gamla vanliga brotten så var de inte längre de gamla vanliga brotten. Det kunde förstås vara knepigt. Dessutom kunde de inte stå där högt flåsande och småskrikande för att överrösta maskiner och vrålande piketpoliser och avhandla rikets säkerhet. I stället tystnade de och ökade takten på maskinerna.

När Ewa kom hem hade hon ryckt upp sig och bestämt sig för att hon bara gjorde sitt jobb och dessutom gjorde det bra. Lite hård träning, en dusch och hårtvätt och en kort sval vårpromenad hem med eftersvettning fick henne nästan alltid på bättre humör.

Men nu var det i stället Pierre som behövde tröst. Han stod ute i köket tillsammans med Nathalie och stekte något han påstod var kummelfiléer, så till det yttre var allt som vanligt. Men även om han försökte dölja det så fanns det ett drag av antingen förtvivlan eller raseri i hans ögon, hon kunde inte avgöra vilket eftersom hon inte kände igen honom i den här sinnesstämningen. Och han sa ingenting spontant när de åt, eller ens när de plockade undan disken och gjorde varsin kopp kaffe.

"Du skulle visst gå ut ikväll?" frågade hon oskyldigt när han fått igång Nathalie med någon elektronisk leksak och de satte sig ned i vardagsrummet.

"Ja", sa han dystert. "Det skulle ju bli releaseparty på Gepardförlaget men jag tror festen blir något avslagen."

"Äh!" försökte hon hurtigt. "Att tidningarna inte recenserade den svenska upplagan första dan är väl inte hela världen?"

Han reste sig utan att svara, gick in i arbetsrummet och hämtade en kvällstidning som han utan ett ord lade ner framför henne med kultursidan uppslagen. Hans min och kroppsspråk hade ju varnat henne för att här kom dåliga nyheter, ändå hajade hon till när hon såg bilden på honom i uniform och rubriken i bara ett stort skoningslöst ord över halva sidan: GUBBRUNK.

Hon fnittrade till, kanske nervöst, kanske bara för att hon blev så överrumplad.

"Just nu delar jag nog inte ditt sinne för humor", sa han sårat. "Det finns rätt många ord i den där recensionen som vi inte kan läsa högt för vår dotter."

Hon bestämde sig snabbt för att det bästa var överseende nonchalans. Vad som än stod i den där texten måste det bagatelliseras.

"Men kom igen, Pierre!" försökte hon, vek ihop tidningen med ena handen och släppte den bara rakt ned på glasbordet mellan dem. "Du har tydligen fått skäll i en liten svensk kvällstidning. Då lägger vi den i den ena vågskålen, okej? Och vad har vi i den andra vågskålen? Le Monde, Le Figaro, Nouvel Observateur, Libération, Le Canard Enchaîné och till och med Nice-Matin har jag för mej. Tungt, skulle jag vilja säga. Eller?"

"Jovars", muttrade han. "Och en drös till, dom har en stor klippsamling nere på Gepard, skulle klistra upp dom på en skärm till kvällen."

"Ja? Och så kommer det en liten tjej i en liten svensk kvällstidning.

Och inför henne får hela den franska pressen, från långt ut till höger till ganska långt ut till vänster, om jag förstått saken rätt... bara vika ner sig? Kom igen, Pierre!"

"Det är bara det att det är så fruktansvärt förolämpande. Det är något av det värsta jag varit med om för att man känner sig så förbannat försvarslös. Det går ju inte att försvara sig", fortsatte han att ynka sig. Det var mycket olikt honom.

"Visst", försökte hon med en ny taktik. "Visst, men det är alldeles utmärkt. Jag menar, om såna som du skulle ha rätt att *försvara sig* mot små svenska journalister, tänk bara! Förlusterna inom den svenska journalistkåren skulle bli överjävliga och vi poliser skulle dessutom få väldigt mycket övertid. Så jag noterar med tacksamhet att du avstår från försvar den här gången."

Det fungerade. Hon hade lockat honom till skratt.

"Bon!" log han och slog ut med armarna. "Jag kapitulerar!"

"Berätta i stället om böckerna på den där listan", passade hon på medan de fortfarande skrattade. "Vad var det rikets säkerhetstjänst hade konfiskerat i Capitaine Bouhassans bokhylla?"

Distraktionen fungerade, han sken upp och gjorde en svepande gest över en liten hög med böcker som han staplat upp på glasbordet.

"Den där Capitaine Bouhassan skulle jag vilja bjuda på middag", sa han. "Jag inser att det kanske är lite olämpligt just nu, men i alla fall. Så här ligger det till med hans bibliotek ... "

Han gjorde en medvetet parodisk militär avrapportering och började med de sex böcker han lagt fram i en liten hög på glasbordet. Dem hade han nämligen hittat i sina egna bokhyllor.

Han höll upp bokomslagen alleftersom han redogjorde för författare och innehåll. De första titlarna rörde en marockansk motståndsman som hette Ben Barka som enligt Pierre närmast var att betrakta som en sorts socialdemokratisk politiker, knappast upphetsande och definitivt inte terroristiskt, även om Ben Barka mördats av den franska underrättelsetjänsten 1965.

Mer uppiggande var nästa storhet som således fanns i såväl hans egen boksamling som hos officerskollegan Bouhassan. Det var Marockos internationellt mest kände författare Tahar Ben Jelloun, som fått Goncourtpriset 1987 för romanen *L'enfant de sable*, som mycket riktigt beslagtagits. Förmodligen därför att ordet *sable*, sand, förde tanken till någonting skumt som hade med araber eller islam att göra. Mer begripliga var kanske misstankarna mot Jellouns andra verk i beslagssamlingen, Korstågen sedda ur arabisk synvinkel, i ungefärlig svensk översättning. Det hörde man ju direkt att det lät skumt.

Men så kom vi till beslagslistans verkliga *pièce de résistance*, Pierres absoluta favoriter. Nämligen två verk av Frankrikes sannolikt näste Nobelpristagare J M G Le Clézio. Den ena boken hette *La guerre*, misstänkt titel onekligen, även om texten knappast handlade om krig. Den andra hette rätt och slätt *Désert*, och där hade vi förstås den där misstänkta öknen igen.

Mer rörande var beslaget av Nobelpristagaren Albert Camus, Pierres egen gamla favorit, åtminstone nostalgiska favorit. Men titeln den här gången var mindre uppenbart misstänkt, nämligen *Le mythe de Sisyphe*.

Det var ett moralfilosofiskt verk som diskuterade Sisyfos utomordentligt dystra men ofrånkomliga läge. Han rullade den där stenen uppför backen varje dag och stenen rullade ner igen, själva sinnebilden för det hopplösa och meningslösa. Ändå är tillvaron inte meningslös, man uthärdar och lever vidare med bibehållen mänsklig värdighet, ungefär så.

Så långt alltså de böcker som säkerhetstjänsten kunde ha beslagtagit i deras eget hem.

I övrigt fanns mycket på listan som han inte kände till, men med hjälp av sin Larousse hade han slagit upp det mesta. Sammanfattningsvis rörde det sig om respektabel politisk historia från avkoloniseringen och framåt i Maghreb, alltså Marocko, Algeriet och Tunisien, anständiga verk för det mesta utgivna i Paris, och slutligen en del enklare underhållningslitteratur och några barnböcker, dock inte Babar. Däremot Tintin.

Ewa hade gjort sitt bästa för att se road ut under den lika långa som pinsamma föredragningen, men ju längre bort han pratade sig från den där förfärliga kvällstidningen desto bättre.

"Bravo!" sa hon och markerade en ironisk applåd. 'Dix points du jury suédois!"

"Merci Madame", sa han, tog upp bokpacken och började sortera in den i hyllorna. "Men hur många poäng får din säkerhetstjänst?"

"Noll poäng i fransk litteraturkunskap skulle jag tro", svarade hon i lätt ton som om hon alls inte var skakad. "Men gör dej inte till, du vet hur det är."

Han svarade inte först, stoppade in de två sista böckerna som skulle upp på C så att han måste använda den lilla biblioteksstegen, gick sedan och satte sig och gav henne en retsam blick.

"Nej", sa han. "Jag vet faktiskt inte alls hur det är att göra razzior i folks bokhyllor. Jag menar med ett nationellt säkerhetsperspektiv i grunden. Jag vet ju inte ens om dina kolleger skulle kunna slå till här hos oss."

"Jo, du vet hur det är", envisades hon. "Du har själv berättat om det i din bok. Du arbetade själv i en säkerhetsstyrka som gjorde olika tillslag när…"

"Vi ägnade oss inte åt misstänkt litteratur, särskilt inte av Nobelpristagare!" avbröt han.

"Neej, det gjorde ni inte", envisades hon på nytt. "Möjligen beroende på att ni inte slog till mot läskunniga terrorister."

"Du kan väl inte försvara det här?" undrade han med en tvivlande gest mot bokhylleväggen bakom sig.

"Nej, men låt mej tala till punkt. Okej?"

"Okej."

"Alltså det hade underlättat om personalen som skötte dom här beslagen haft en franskspråkig officer med sig. Men nu hade dom inte det. Dom gjorde ett extensivt beslag, analysen kunde ju inte gärna ske på platsen. Tanken är att hitta anteckningar, understrykningar, undanstoppade meddelanden och liknande. Det är en både svårbemästrad och chansartad typ av operation."

"Men…"

"Du skulle inte avbryta mej! Jag håller med om att det här beslaget ter sig löjeväckande med facit i hand. Så vi är helt överens så långt. Men jag är väldigt kritisk på en helt annan punkt än du."

"Vilken då? Förlåt, får jag…"

"Larva dej inte! Du passar inte för rollen som den hunsade mannen precis. Jo, jag blir vansinnig vid tanken på att officerskollega Bouhassan inte fått igen sina böcker när det gått över ett halvår. Men det ska jag ordna. Detta om detta och tack än en gång för hjälpen."

Det blev tyst. Ewa insåg att hon för första gången talat till Pierre som till en underordnad i behov av uppläxning. Det var så pinsamt att det nästan gjorde ont.

"Ja, detta om detta", sa han och reste sig och gick mot sovrummet. "Jag ska ju på fest, dagen för min triumfatoriska debut på den svenska bokmarknaden, du vet."

Ewa satt stilla en stund utan att kunna tänka, det kändes som bomull i huvudet. Från Nathalies rum hördes elektroniska blippanden och då och då ett surrande ljud, förmodligen när man träffade monstret. Av alla de värsta idiotuttryck som existerade hade hon dragit till med "låt mej tala till punkt". Det här var ingen bra dag.

När Pierre kom ut var han alldeles för överklädd, mörk kostym och med den lilla röda pluppen i knapphålet son för den invigde visade att han belönats med hederslegionen. Först tänkte hon inte lägga sig i, men ångrade sig och började vänligt övertala honom att klä sig mer till förlagsparty än till bankett. Inte för att hon sprungit mycket på vare sig förlagspartyn eller banketter, men det räckte med att föreställa sig hur Gepardförläggarna själva skulle se ut. Och inte skulle väl Erik Ponti och Acke dra på sig kostym och slips?

Hon ville att han skulle förstå att det var kärleksfulla omsorger och inte tillrättavisningar, hans första reaktion blev ändå en sorts uppgiven och kvävd ilska.

Men när han skulle gå hade han samma gamla mossgröna kavaj på sig som han haft första gången de träffades, fast han väl inte själv mindes den detaljen, och ett par manchesterjeans och polotröja. Hon kysste honom i tamburen och berömde honom för att han nu åtminstone såg ut som en sorts intellektuell, trots sin strikta och kortklippta frisyr. Då tinade han äntligen upp och kramade om henne.

Det borde ha stannat där. Men hon kunde helt enkelt inte hejda sig.

"En sista liten sak, mon amour", viskade hon och kysste honom på örat. "En sista liten förmaning om du inte misstycker?"

"Nejdå", log han glatt eftersom han gissat fel. "Jag ska komma hem som en snäll man, även om jag inte vet när."

"Jag vet", viskade hon. "Allt annat skulle förvåna mej mycket, chéri. Men det är det här med den franska litteraturen, alltså beslaget hemma hos Bouhassan."

"Jaa?" sa han och stramade omedvetet upp sig och sköt henne försiktigt ifrån sig så att han kunde se henne i ögonen.

"Jo, jag inser ju att det kunde vara en ganska kul historia på en förlagsfest, alltså det här med Säkerhetspolisens litterära spårsinne."

"Den har sina tragikomiska poänger, ja", svarade han stelt.

Hon ångrade att hon gett sig in i frågan, samtidigt var det omöjligt att inte göra det.

"Det är bara det att, hur oviktigt det än kan vara, så är det faktiskt hemlig information", hasplade hon fort ur sig. "Ingen får ens misstänka att jag fortfarande förser Erik med tips. Då begår vi alla brott."

"Bra att du varnade mej, faktiskt mycket bra", sa han med en tankfull nick, tog henne om axlarna och såg henne rakt in i ögonen innan han fortsatte. "Men berätta aldrig mer någonting för mej som jag måste hålla hemligt för Erik. Och tänk på att det är Babar-kväll i kväll."

Det var deras kyligaste avsked någonsin.

Hon gick in i vardagsrummet, sjönk ner i läsfåtöljen och svor tyst för sig själv medan hon hamrade med knytnävarna mot sina knän. Hon kastade en fientlig blick på teven och såg på klockan. Nej, det var snart läggdags för Nathalie som fortfarande bearbetade sitt blippspel. Så kom hon att tänka på den där recensionen som hon låtsats inte bry sig om och gick fram till glasbordet och slog upp den på nytt.

Den var skriven av en kvinna hon inte kände till, men rubriken GUBBRUNK slog emot henne på nytt som en örfil. Hon läste några stycken men tappade koncentrationen och måste börja om. Texten var så hatisk och föraktfull att hon häpnade, det var så mycket sexistiska attacker att hon hade svårt att tro att det var en kultursida hon läste. Det var "runklitteratur för krigskåta små och stora pojkar", eller "en tröst för machogubbar som inte kan få upp den", eller "en omisskännlig doft av fotsvett och otvättad kuk" och trots detta "oändligt tröttsamt och 500 sidor för långt" och dessutom anmärkningsvärt att det så kallade vänsterförlaget Gepard gett sig in i S & M, vilket bara kunde förklaras som en följd av den totalt manliga dominansen inom förlaget.

Och Pierre som är så pryd, tänkte hon och försökte le genom sina tårar.

V.

DET SÅG UT som ett konseljmöte, tänkte Ewa. Det hade varit helt rätt att klä upp sig extra, även om Pierre skämtat något om *flamboyante* till frukosten. Hon hade sin nya pistagefärgade dräkt med små svarta applikationer från Prada; om Djävulen bar Prada så varför inte?

Det ellipsformade ljusa ekbordet med ben i rostfritt stål i största sammanträdesrummet intill Ralph Dahléns tjänstekvarter tvingade isär parterna på långt avstånd. Det kändes så, som om de var parter, alltså motparter.

I andra änden av ellipsen satt överåklagaren von Schüffel som var utredningens förundersökningsledare och därmed i juridisk mening chef för hela verksamheten. Lagligt sett skulle polisen helt enkelt expediera vad åklageriet bestämde och lagen gjorde inget känt undantag ens för Säkerhetspolisen. Vid sin sida hade von Schüffel två kvinnor som presenterades som biträdande överåklagare och chefsåklagare inom avdelningen för brott mot rikets säkerhet. En sorts järngäng alltså, åtminstone om man såg till deras tjänsteställning och befogenheter.

Fem meter därifrån satt chefen för Säkerhetspolisen Ralph Dahlén, med Ewa på sin högra sida, som om han hade henne till bordet på middag, och de andra två avdelningscheferna på sin vänstra sida. Bakom dem längs väggarna satt en del assisterande personal beredda att dela ut olika PM och pedagogiskt bildmaterial, färgplanscher på kommunikationslinjer mellan de häktade och utländskt utrednings-material.

Hur männen hade gjort upp hackordningen var oklart. Men Ralph Dahlén uppträdde som självklar ordförande. Möjligen för att han var före detta JK och det smäller högre än till och med överåklagare på specialroteln för rikets säkerhet, oavsett vem som i lagens mening var förundersökningsledare. Skit samma, tänkte Ewa. Hon var både spänd inför mötet, eftersom det bara genomfördes en gång i månaden och det här var hennes första, och misstänksam inför själva den byråkratiska ordningen och den sannolika mängden rundsnack.

Och rundsnack blev det omedelbart. Ralph Dahlén gav först ordet till den avdelningschef på hans vänstra sida som ansvarade för teknisk analys och bearbetning. Ewa gjorde som alla andra, plockade upp en penna och slätade till det tomma anteckningsblocket framför sig.

Polisöverintendent Nils Hansén inledde med en sorts tekniskt vetenskaplig sammanfattning av senaste rön från Quantico, FBI:s högkvarter, när det gällde kemiska komponenter i så kallade fattigmansbomber, från sådant som kunde spränga en bankbox till sådant som kunde förgifta en hel storstad. Där blev han ytterst olycksbådande och sade sig veta att det inte var en fråga *om*, utan *när*, en sådan attack skulle inträffa. En konventionell sprängladdning kunde exempelvis sprida kärnkraftsavfall över ett område stort som Stockholm, med ett förväntat dödstal inom de närmaste månaderna som skulle överstiga 30 000.

Ewa noterade att folk runt omkring henne satt och antecknade. Själv hade hon inte ens ritat en rolig gubbe. Förmodligen var det en sorts artighet att anteckna. Tveksamt lyfte hon pennan.

Hennes kollega gav sig därefter in på en uppräkning, eller om det snarare var uppskattning, av vilka kända islamistiska terrororganisationer som ansågs vara verksamma i Sverige. Han läste från manus i det här avsnittet, det var "al-Qaida-besläktade strukturer" som Ansar al-Islam, Ansar al-Sunna, Al Aqsabrigaderna, Hizb ut-Tahrir, Egyptiska Islamiska Jihad, Hizbollah, Hamas, marockanska islamister och al hit och al dit i oändlighet och alla hade de "kopplingar" till varandras "strukturer". Åklagarassistenter och de medhjälpare hon och de andra avdelningscheferna hade tagit med sig antecknade febrilt. Själv hade hon nu ritat en rolig gubbe som hon generat klottrade över.

Äntligen kom kollegan till sak, beslag av diverse konstgödning och hushållskemikalier som hade direkt samband med de nio häktade. Han berättade om en serie experiment som genomförts av de brittiska kollegerna och som visade att man med tillräcklig kunskap och rätt, men icke på något sätt svåröverkomlig, teknisk apparatur hade kunnat åstadkomma förödande verkan med det material som beslagtagits vid Kålsta-tillslaget.

Nu antecknade Ewa. Är det ny kunskap? frågade hon sig. Och vad betyder "icke på något sätt svåröverkomlig"? Att de misstänkta *kunde* ha kommit över denna apparatur men att det inte var bevisat? Eller att det inte ens inträffat?

Papper med olika sorters beräkningar och tabeller delades ut, de flesta dokumenten var märkta FOI, Försvarets forskningsinstitut. Där hade man tydligen suttit och räknat en hel del.

Därefter var det den operative avdelningschefens tur. Hans framställning blev i jämförelse med kollegans föredömligt kort. Han började med att ursäkta sig för att avlyssningsmaterialet var relativt magert under den senaste perioden. Det kunde förklaras med två skäl. För det första satt de centralt misstänkta personerna häktade och kunde därför inte använda sina telefoner. För det andra hade man kunnat iaktta ett alltmer reserverat sätt att handskas med telefoner inom de häktades familjer.

Genialisk iakttagelse, antecknade Ewa.

Men viss information hade ändå kunnat inhämtas med metoder som riksdagen inom överskådlig tid skulle komma att sanktionera. Så med detta förfarande, i överensstämmelse med *lege ferenda*, hade en del ny information kunnat säkerställas. Bland annat fanns det orovväckande belägg för en viss journalistisk störning.

Ewa repeterade tyst för sig själv att hon hört rätt och inte missförstått. Lege ferenda betydde framtida lagar, sådant som säkert, eller kanske, skulle *bli* lagligt. I det här fallet buggning. Den dåvarande borgerliga oppositionen hade försinkat socialdemokraternas förslag till nya buggningslagar. Den nuvarande oppositionen hade hämnats genom att försinka den nya borgerliga regeringens lagförslag om att FRA, Försvarets radioanstalt, likt NSA i USA skulle ha rätt att avlyssna all telefon- och datortrafik över gränserna. Det var förstås fullt möjligt att riksdagen i sinom tid skulle godkänna även dessa nya avlyssningsformer, liksom riksdagen antagit alla andra förslag om skydd för demokratin i kriget mot terrorismen. Men skulle man vara petig så var buggning fortfarande inte lagligt.

Ändå hade man alltså installerat mikrofoner hemma hos de nio häktades familjer, det var ju vad kollegan helt ogenerat sagt praktiskt taget rent ut.

Hon sneglade försiktigt mot de tre höjdaråklagarna. Men ingen av dem verkade ha reagerat det minsta över att en polischef just berättat att han begick brott.

Och vad menades med "viss journalistisk störning"? Man hade alltså buggat samtal mellan journalister och de misstänktas familjer.

Erik, insåg hon. De har buggat Erik Ponti som har grundlagsskyddade privilegier när han talar med sina källor. Hon hörde inte längre vad hennes chefskollega sade. Hon rörde handen över papperet framför sig medan det stod still i huvudet, men så slet hon sig med en kraftansträngning ur förlamningen och antecknade att i bevishänseende fanns ingenting nytt.

Så blev det hennes tur att föredra. Hon hade bestämt sig för att klara av sin framställning på tio minuter, inget rundsnack, inga utläggningar om den misslyckade förhörsverksamheten tidigare, inget struntprat om förhör i allmänhet och FBI:s senaste idéer om förhörspsykologi, inget sådant.

Den goda nyheten först. Från och med nu var prognosen säker när det gällde fängelsestraff överstigande tre år för såväl Abdelatif Belkassem som Hadi Mohamad Bouhassan, nummer ett och nummer två således. Belkassem var bunden av sitt eget erkännande av rånet mot Seven Eleven i Kista och hade dessutom medgivit att motivet var att finansiera Mirsad "Maximus" Bektasevics expedition till Sarajevo.

Bouhassan var bunden vid sin medverkan, eftersom han rest i sällskap med Belkassem till Köpenhamn för att sammanstråla med såväl Bektasevic som danska och sedermera lagförda terrorister.

Beträffande Belkassem och Bouhassan måste man följaktligen göra bedömningen att det inte längre förelåg några tveksamheter inför kommande häktningsförhandlingar.

Eftersom undersökningar rörande ekonomisk brottslighet också sorterade under förhörsenheten hade avsevärd möda lagts ned på att kartlägga familjerna Belkassems och Bouhassans allmänna vandel. Utfallet hade blivit mycket olika.

Mot familjen Bouhassan fanns få angreppspunkter. En av döttrarna studerade i Uppsala och försörjde sig dels på studielån och dels på en del extraarbete som tycktes ha inbringat mer pengar än vad man hade rätt till när man uppbar studielån, en enklare form av bedrägeri. Visst svartarbete hade förekommit vid det tryckeri där familjefadern ägde en fjärdedel. I vad mån denna brottslighet kunde ledas i bevis skulle den knappast medföra fängelsestraff.

Men familjen Belkassem kunde vid det här laget misstänkas för en lång serie brott rörande häleri, bidragsfusk och narkotikabrottslighet, det senare gällde närmast den äldre brodern i familjen. Om detta tämligen omfattande material skulle ingå i terroristutredningen eller om det skulle lyftas ut till en separat utredning med en följande separat huvudförhandling i domstol, var givetvis åklagarsidans sak att avgöra.

Efter att ha konstaterat bindande bevisning mot nummer ett och nummer två i terroristutredningen hade förhörsenheten koncentrerat sig någon tid på nummer åtta och nummer nio, turkiske medborgaren Goran Abdullah och statslöse Robin Ahmad, båda av kurdisk nationalitet. Förhören med dessa två hade inte, trots avsevärda ansträngningar, lett till något förändrat läge vad gällde bevisningen. De var fortfarande misstänkta för att ha samlat in pengar till Ansar al-Islam, en organisation som både av FN och EU klassats som terroristisk. Deras inställning var densamma, att de medgav sin penninginsamling men bestred brott på den grunden att de inte haft något brottsligt uppsåt. Ingenting hade alltså förändrats när det gällde misstankarna mot Abdullah och Ahmad. Kort sagt var läget detsamma som när Svea hovrätt konstaterat att det inte längre förelåg några häktningsskäl för dessa två.

Det sista var möjligen ett onödigt sötsurt tillägg, insåg Ewa. Men det var svårt att motstå. Utan terroristlagar hade de två inte ens kunnat frihetsberövas.

Hon gjorde ett uppehåll medan hennes assistenter delade ut pärmar som innehöll grafiska bilder över alla elektroniska förbindelser inom gruppen av häktade och de två som omhändertagits med hänvisning till terroristlagstiftningen.

När alla fått sin grafik och nyfiket började bläddra i den försökte Ewa så kort och enkelt som möjligt förklara vad man kunde utläsa av bilderna. Exempelvis framstod de redan överbevisade Belkassem och Bouhassan som de två mest intensivt verksamma vad gällde telefoner och datorer. Från deras figurer löpte blåa och röda trådar tjockt till de flesta andra i gruppen.

Men slog man upp sidorna tolv och tretton framgick att linjerna mellan de två kurderna Abdullah och Ahmad och de andra i gruppen var trådsmala, för att inte säga närmast obefintliga. Det kunde ses som en grafisk bekräftelse på deras egna påståenden att de som politiskt verksamma kurder haft en helt annan agenda än olika arabiska grupperingar ute i Kålsta. Därtill kom att ingenting i förhörsmaterialet kunde binda dessa två samman med vare sig Belkassem eller Bouhassan.

Detta faktum föranledde två frågeställningar som var åklagarsidans sak att ta ställning till. Skulle de två kurderna helt enkelt avföras från utredningen och behandlas separat? Och skulle de försättas på fri fot?

I övrigt var förhörsgruppens avsikt nu att den närmaste tiden med full kraft koncentrera sig på misstänkta nummer tre till sju. Den övergripande frågan var självklart om dessa fem häktade kunde bindas vid den planering och de förberedelser som belagts, inte minst i Belkassems dator.

Så var läget och tack för ordet.

Åklagarna såg inte det minsta nöjda ut, deras chef von Schüffel betraktade henne närmast fientligt när han nu yttrade sig för första gången.

"Vi har noterat kommissarie *Táng ujjs* smått rörande omsorger i häktningsfrågor och liknande som väl ändå ligger kvar på vårt bord", började han med att helt säkert avsiktligt kalla henne för kommissarie och förlöjliga uttalet av hennes efternamn.

Det var en krigsförklaring och det kändes som om alla runt bordet drog efter andan. Ewa måste blixtsnabbt bestämma sig för om hon skulle ta skiten eller slå tillbaks.

"Naturligtvis ligger häktningsfrågan på chefsåklagare *won Skyffélls* bord och det var väl ändå det jag sa?" klippte hon till utan att blinka.

"Överåklagare faktiskt", rättade han och gick i fällan. "Överåklagare von Schüffel närmare bestämt."

"Polisöverintendent faktiskt", svarade hon i samma tonfall. "Polisöverintendent Tanguy närmare bestämt. Så då är vi väl kvitt?"

Först blev det mycket stilla runt bordet, men så spred sig leendena från den ene till den andre med start hos Ralph Dahlén. Det var bara för von Schüffel att acceptera och så försöka ta nya tag.

Det gjorde han också. Men nu handlade det om hans oro för något som han kallade "en viss aktivism" bland de anhöriga som orsakat en del besvär. Plötsligt hade nämligen hela församlingen där ute i Kålsta fått för sig att de skulle inkomma med skriftliga förfrågningar om att få ut beslagsprotokoll. Aktionen verkade närmast samordnad men upphovet till trafiken i fråga tycktes ha att göra med *polisöverintendenten* Tanguys rekommendationer till en viss herr Bouhassan, far till nummer två närmare bestämt.

Det lät som en sakframställan i brottmål. Ewa undrade om hon nu skulle förklara sig skyldig eller oskyldig eller helt enkelt vänta på förhör med den tilltalade, det vill säga hon själv. Hon bestämde sig för att avvakta. Alla satt blickstilla runt bordet.

Det blev förhör.

"Ja, det var en implicit fråga?" fortsatte von Schüffel.

"Jag träffade paret Bouhassan, alltså Hadi Mohamads föräldrar, för att förbereda dom på besöket hos sin son. Ett besök som kunde genomföras med åklagarnas benägna stöd. Därefter gjorde som bekant pojken såna medgivanden att han nu är fast", svarade Ewa undvikande för att först få detta sagt innan hon måste svara på följdfrågan.

"Jo, så långt gott och väl", fortsatte von Schüffel utan att kunna dölja sin irritation. "Och vi är icke på något sätt missnöjda med resultaten i dom där förhören, tvärtom. Men nu gällde det alltså om det förekommit någon uppmuntran från din sida till herr Bouhassan att tjata till sig ett beslagsprotokoll. Har du uppfattat frågan den här gången eller ska jag förtydliga?"

"Nej tack, jag har uppfattat frågan", svarade Ewa utan att kunna hålla tillbaks ett småleende över det absurda i att plötsligt själv vara den förhörda parten.

"Så här enkelt ligger det till", fortsatte hon. "Jag svarade på en direkt förfrågan från Bouhassan. Han undrade om han hade rätt att få ut ett beslagsprotokoll och på det kunde jag ju inte gärna svara annat än vad lagen faktiskt föreskriver. Det kan tyckas märkligt att han inte redan underrättats på denna punkt, men så var det alltså."

"Nå, men då uppstår frågan om vad som så plötsligen åstadkommit detta uppvaknande intresse för legala formaliteter hos herr Bouhassan. Han hade ju hållit sig lugn i ett halvt år innan han träffade dej?" fortsatte von Schüffel med aningen höjd röst och lutade sig framåt på armbågarna.

Fel, tänkte Ewa. Insinuera inte utan ställ hellre raka frågor, provocera inte objektet i onödan utan bara om du är bergis på att ta hem spelet. Och se inte arg ut när du verkligen är det. Amatör!

"Han oroade sig för sina böcker", svarade Ewa avsiktligt överrumplande efter att ha låtsats tänka efter.

"Böcker, vadå för böcker?" frågade von Schüffel, just som Ewa avsett.

"Han hade faktiskt en lista med sig, den finns som bilaga i diarieprotokollet bland allmänna handlingar. Listan innehöll bland annat författare som Nobelpristagaren Albert Camus, den ledande nutida marockanske författaren Tahar Ben Jelloun och den kanske blivande franske Nobelpristagaren Le Clézio. Jag blev mycket förvånad över detta, måste jag medge och jag lovade Bouhassan att undersöka möjligheten att få tillbaks sitt bibliotek."

Den här gången blev småleendena runt bordet både tydligare och mer ogenerade. Nu måste den jäveln ge sig eller byta spår, tänkte Ewa och sände Pierre en varm tacksamhetens tanke för hans lilla litterära föredrag.

"Men nu är det också så här dessvärre", fortsatte von Schüffel, "att en viss, icke helt okänd journalist har suttit där ute hos flera av dom här familjerna och övertygat dom om det kloka och lagliga i att dels begära ut beslagsprotokoll, vilket dom nu gjort den ena efter den andra. Och dels har han argumenterat anmärkningsvärt korrekt i sak. Jag menar, han tycks besitta en del för journalister ovanliga kunskaper i rättegångsbalkens kommentarer till frågan om rätten att få ut beslagsprotokoll..."

Nu insinuerar du igen utan att ställa frågan, tänkte Ewa. Tur att det inte är du själv som förhör buset. Men okej, jag spelar med.

"Du syftar förstås på Erik Ponti", konstaterade hon lugnt.

"Just det!" sa von Schüffel och sken upp som om han fått in sin länge och tydligt annonserade fetsmäll. "Men jag tänkte att du skulle säga namnet. Du är alltså medveten om att det är Erik Ponti som håller på att röra om i grytan där ute. Hur kan det komma sig?"

"Han rörde om i grytan redan för tre veckor sen, som vi alla vet. Man får väl konstatera att det låg i farans riktning att han var där igen. Vem skulle du annars ha avsett som var så känd?"

"Men ni är ju goda vänner, du och den där Ponti. Inte sant?" frågade von Schüffel, med alldeles för hög röst tyckte Ewa.

Nu fanns inga småleenden i rummet längre. Nu var det ett direkt anfall så här gällde det att varken ducka eller blinka.

"Det är sant att Erik Ponti ingår i mitt privata umgänge", inledde hon motattacken. "Han och min man är nämligen bästa vänner. Men därav följer *icke*, att jag på minsta sätt, varken med tal, åtbörder eller miner, försett Erik Ponti med några informationer om utredningen. Eller ens tips om särskilda kommentarer i rättegångsbalken. För övrigt är jag övertygad om att betydligt mindre journalistiska förmågor än han skulle kunna komma på en såpass enkel sak som det där med beslagsprotokollen."

"Så du har alltså inte på något sätt samverkat med Ponti i denna sak?" försökte von Schüffel dumt nog en sista gång.

Ewa tittade ner i bordet och kvävde sin ilska så gott det gick innan hon svarade.

"Hör nu överåklagare von Schüffel", började hon mellan sammanbitna tänder. "Din fråga implicerar att jag skulle ha begått brott i tjänsten. Det är inte sant och för det finns följaktligen inte minsta belägg."

"Det var ju skönt...", försökte han börja släta över.

"Nej vänta nu! Det var inte alls skönt. Du är skyldig mej en ursäkt!"

Nu vändes alla blickar mot von Schüffel och ingen gjorde minsta min av att komma till hans hjälp. Ralph Dahlén satt blickstilla med händerna knäppta framför sig på bordet. Det var en tydlig markering. Nu hade den jävla åklagaren inte mycket att välja mellan.

"Jahaa!" började han med en utdragen suck när tystnaden redan blivit alldeles för lång. "Det var ju ett starkt klargörande från polisöverintendenten *Táng ujj*..."

"Tanguy!" rättade Ewa blixtsnabbt.

"Ja jag ber om ursäkt... Tanguy alltså. Men vår verksamhet är ju grannlaga och ibland måste som bekant även obehagliga frågor ställas... men alltså, om jag i denna min tunga ämbetsplikt varit alltför oförsynt... så vill jag naturligtvis gärna be polisöverintendent Tanguy om ursäkt."

Så var det sagt, men därmed var också sammanträdet punkterat. Det fanns ingen fortsättning nu. Ralph Dahlén avslutade mötet med några vanliga fraser om tack för allas uppmärksamhet, ut på nya tag och tänka på att det var farligt där ute.

I den allmänna uppbrottsstämningen behövde han och Ewa bara utbyta ett kort ögonkast för att bestämma att omedelbart ha ett enskilt samtal.

"Jaha", sa han när han stängde dörren bakom dem i sitt stora hörnrum. "Det där gjorde du jävligt bra. Kaffe? Det som står i termosen är kanske inte helt fräscht men…"

"Det är okej", sa Ewa. "Jag har druckit mycket poliskaffe i mina dar. Du?"

"Jatack, men låt mej hämta lite mjölk."

Medan han var borta serverade Ewa två koppar åt dem och försökte snabbt värdera läget. Han hade mycket väl kunnat ta in henne på sitt rum för att sparka henne. Men då hade han inte börjat med att säga att hon plockade ner dummerjönsen på ett jävligt bra sätt. Men sedan då?

"Jo, låt oss växla några ord om din förbindelse med Erik Ponti", sa han rakt på sak men vänligt när de kommit i ordning med sina kaffekoppar. "Ditt vänskapsförhållande med Ponti är ingen nyhet som exploderade idag, om du till äventyrs tror det. Jag kände till det, jag övervägde det och anställde dej med öppna ögon så att säga. Vad har du sagt till honom?"

"Att jag numera jobbar på Säkerhetspolisen, men ingenting om var eller med vad. Och förstås att den … ska vi säga lättvindighet som kanske fanns när vi talade om varandras jobb … ja … yrkesmässigt kan man väl säga att vi har gjort slut."

"Vad tyckte han om det?"

"Först blev han sur, du vet ju vad han tycker om Säkerhetspolisen. Sen sa han okej och lycka till och något om att det förstås är bättre om bra snutar jobbar här. Nåt sånt. Sen har vi aldrig yttrat ett ljud om saken. Men hur visste du att vi var vänner?"

"Pinsamt enkelt dessvärre", log hennes chef. "Det finns ju en akt på honom här på firman och bland annat noteras i en sån sammanställning en hel del om umgänge och där finns förstås du och din man med. Så slår man ditt namn på sökregistret så kommer hans namn upp. Så enkelt. Men som sagt, jag står fast vid mitt beslut att värva dej, tro inget annat. Och den effektivitet i förhörsverksamheten som uppstått sen du kom hit har bara bekräftat det riktiga i mitt beslut. Och så tyckte jag du plattade till den där von Schüffel på ett... vad ska jag säga? På ett föredömligt sätt."

"Tack. Men får jag ställa en fråga om Erik Ponti?"

"Om du får ta del av hans akt? Ja det får du, den rätten följer automatiskt med din chefsbefattning. Men jag råder dej att avstå."

"Varför det?"

"I all vänskaplighet. Jag har försökt föreställa mej din situation. Låt oss säga att en av mina närmaste vänner har en akt här på Säkerhetspolisen. Jag har rätt att läsa den. Men ska jag verkligen det, såvida inte tjänsten tvingar mej? Nej, det tycker jag inte."

"Varför inte det?"

"Därför att en säpoakt innehåller allsköns hugskott, gissningar, gammal skåpmat, rent strunt, misstankar av obsolet slag, huller om buller med en eller annan misstanke som kanske är, eller var, befogad. Pontis akt stämmer för övrigt rätt väl på den beskrivningen. Men det vore orimligt... jag menar vänskapsförhållandet skulle sättas på ett orimligt prov. Skulle man inte nån gång vid kaffet och konjaken säga att från det ena till det andra så..."

"Och därmed begå brott. Jag förstår, men nu var det inte det jag tänkt fråga om Ponti men tack för tipset i alla fall. Det var bra att vi fick det där sagt."

"Vad tänkte du fråga om Ponti?"

Det borde han ha insett, tyckte Ewa. För nu hade det ju visat sig vid den tekniska delen av föredragningen under morgonen att man inte bara buggade de häktades hem, och därmed bevisligen personer som inte ens var misstänkta för brott. Man hade buggat en journalist under tjänsteutövning, det som alla buggningsentusiaster bland politikerna försäkrat aldrig skulle kunna hända.

Det var inte hennes ansvar, det visste hon. Det där låg under den operative avdelningschefen och Ralph Dahlén själv. Men herrejävlar om en sån sak kom ut!

Överskottsinformation, försökte han förklara. Vid all avlyssning riskerade man att få in överskottsinformation. Plötsligt dök det upp någon präst som tog emot någons bikt per telefon. Eller, som i det här fallet, fick man en tjänsteutövande journalist på bandet. All sådan överskottsinformation skall alltid förstöras. Och så hade skett även i det här fallet.

"Visst, självklart och utmärkt", sa Ewa. "Journalistens samtal finns inte på band längre och inte i några utskrifter. Men det finns ju ingen deleteknapp i våra huvuden. Vi kan inte glömma bort vad vi vet, på grund av ännu inte laglig buggning. Du vet, jag vet och till och med von Schüffel har uppenbarligen fått ta del av överskottsinformationen innan den blev överskottsinformation. Så då vet vi till exempel att Ponti och Dagens Eko just nu förbereder en attack mot oss. Fast vi egentligen inte vet, eller åtminstone borde ha glömt bort?"

"Nej, just det", instämde han och nickade ivrigt. "Det är faktiskt ett jävligt intressant problem. Du vet under min tid som JK sysslade jag mycket med tryckfrihet och journalistproblem, låt vara mest av enklare slag, förtal och sånt där. Men dom här frågorna dök ju upp då och då. JK är en remissinstans så jag har till och med yttrat mej i tjänsten om en del av dom här lagförslagen."

"Och vad sa du då?"

"Att jag för det första bestämt avrådde från sådan avlyssning som kunde komma i konflikt med grundlagarna, journalisters meddelarfrihet eller sånt som till exempel rörde förtroende under bikt."

"Men för det andra?"

"Men för det andra att jag bedömde det som utomordentligt osannolikt att sådana legala kollisioner skulle uppstå i praktiken. Så aningslös var jag."

* * *

När attacken mot den halvt avsomnade terroristaffären väl kom från Dagens Eko hade den en våldsam kraft, som säkert överraskade en stor del av allmänheten. Det var länge sedan det stått något nytt om de där terroristerna i tidningarna och historien hade redan hunnit sjunka undan i det allmänna medvetandet.

Någon överraskning blev det knappast på Säkerhetspolisen, där ingen av cheferna hade lyckats glömma att man haft tillgång till inspelade samtal med reportern Erik Ponti, även om alla band hade förstörts lagenligt och inga utskrifter ställts samman. Varken på Säkerhetspolisen eller inom den särskilda sektion av åklagarmyndigheten som hanterade terroristerna, hade det varit frågan *om* den kritiska attacken skulle komma, bara *när* och hur den skulle se ut. Man hade haft en del sammanträden för att diskutera hur man skulle bemöta kritiken eller anlägga moteld, men där hade Ewa aldrig deltagit, eftersom frågor som rörde den offentliga kommunikationen sorterade direkt under säpochefen, hans informationsenhet och i viss mån den operativa sektionen.

Ewa hade under den senaste tiden haft radion påslagen medan de åt frukost hemma, lågt i bakgrunden. När det väl brakade loss som en blixt från en klar himmel var Pierre lika angelägen som hon att skruva upp ljudet, men också han verkade lika lite överraskad av det som plötsligt skedde. De lade undan sina tidningar utan att säga något.

Denna första dags reportage i Dagens Eko koncentrerade sig helt på vad som hade beslagtagits hemma hos de misstänkta terroristerna när det gällde vapen och sprängämnen. Allt enligt de officiella beslagsprotokoll som Dagens Eko nu hade tillgång till. Den kommande uppräkningen gjorde ett häpnadsväckande, för att inte säga rent löjeväckande, intryck.

Bortsett från en pistol som för övrigt antogs ha använts vid ett vanligt butiksrån mot Seven Eleven (Hur hade de kommit på det? undrade Ewa) så fanns inga vapen i det samlade beslaget hos de påstådda terroristerna i Kålsta. Ekoredaktionen hade alltså bestämt sig för att använda uttrycket "de påstådda terroristerna" till skillnad från alla andra medier där domen redan var avkunnad. Det kunde bara uppfattas som en starkt kritisk markering.

Utöver denna pistol, som alltså förekommit i mer konventionell brottslighet, kunde Dagens Ekos reportrar, som lät som yngre personer, alla okända för Ewa, redovisa följande beslag hos de påstådda terroristerna:

Fyrahundratolv kilo konstgödning beslagtagen i det angränsande kolonistugeområdet, sexton flaskor nagellack i olika nyanser av rött med två undantag, grönt och svart, tre större flaskor borttagningsmedel för nagellack där huvudingrediensen var aceton, sex flaskor tändvätska, fyra flaskor T-sprit, en literflaska innehållande glycerin, det vill säga fiskleverolja, samt ett antal sjukvårdsartiklar där man bland annat funnit väteperoxid, som i vissa länder i Mellanöstern användes för sårrengöring.

Efter den uppräkningen presenterades en rad experter från Försvarsmaktens forskningsinstitut och kemister från Stockholms universitet. Det experterna sa i intervjuerna var enkelt och klart sammanfattat på en och en halv minut:

Detta beslag hade kunnat äga rum i vilken som helst förort. Teoretiskt hade man kunnat tillverka olika bomber av materialet, men för att exempelvis åstadkomma någon skada på idrottsarenan Globen så hade det krävts minst tio gånger så mycket konstgödning. Experternas viktigaste invändning var att det för det första skulle krävas kemikunskaper på hög akademisk nivå för att sätta samman sprängämnen av det beslagtagna materialet. Och för det andra fanns ingen teknisk apparatur för att få igång den högst eventuella detonationen.

Därefter intervjuades en advokat och en professor i processrätt, som snabbt enades om att ifall detta verkligen var det samlade beslaget hos de misstänkta och häktade terroristerna så saknade det bevisvärde i en rättegång. I så fall hade ju Säkerhetspolisen kunnat slå till i vilket som helst förortsområde och startat terroristaffär, då gick ju ingen medborgare säker.

Nu först kom Erik Pontis röst in i sändningen. Han summerade dagens innehåll och lovade återkomma nästa dag med en ovanligt intressant studie i beslag av misstänkt litteratur. Därefter övergick nyhetssändningen till en attack på amerikanska helikoptrar och en bilbomb i Bagdad som sammanlagt skördat mer än etthundratjugo människoliv.

"Ja, jag antar att det där var ord och inga visor", sa Pierre när han reste sig för att slå av radion och återvände till köksbordet med en trasa i handen för att se till vad Nathalie hade lyckats ställa till med när föräldrarna hade uppmärksamheten på annat håll.

"Jo, så skulle man kanske ha sagt 1960, ibland låter du alldeles för gammalmodig i ditt språk", svarade hon undvikande.

"Det var ju därför jag skrev min bok på franska", sa han utan att verka det minsta sårad. "Men hur skulle du vilja uttrycka det mer modernt?"

"På modern svenska skulle man nog säga *that was no fucking bullshit, they really kicked some ass there*", försökte hon skämta med stenansikte.

"Ja, du ser. Den moderna svenskan kan ibland te sig främmande för mej", sa han också utan att röra en min. "Men jag har en sak att bekänna och det är lika bra jag gör det nu och här."

Hon svarade inte, han såg ut som om han bytte samtalsämne.

"Det är Erik som ligger bakom dom här reportagen, även om han höll en låg profil i inslaget. Jag råkar veta det", fortsatte han. "Han har kommit över beslagsprotokollet ute i Kålsta, det var därför Dagens Eko kunde vara så detaljerade. Idag låg han lågt, men i morgon kommer hans uppföljning. Och den blir rätt häftig, på modern svenska, och det vet jag därför att jag själv är med i den."

"Det var värst! Och i vilken egenskap då?" frågade hon och lyckades se äkta förvånad ut fastän hon redan anade svaret.

"Som, ska vi säga, svensk-fransk författare. Det var ärligt talat en märklig sorts déjà vu, men Erik la fram delvis samma litteraturlista för mej som du redan hade visat. Och jag kommenterade den på ungefär samma sätt som inför dej. Vad annat kunde jag göra?"

"Så mycket annat kunde du inte göra, så det var väl utmärkt. Då är vi av med den där grejen."

"Hur menar du nu?"

"Men Pierre, det är väl självklart? Du bad mej att aldrig mer säga något till dej som du måste hålla hemligt för Erik. Nu är vi i alla fall av med Capitaine Bouhassans bibliotek. Så då är vi tillbaks på noll, det var det jag menade och det är väl bra?"

"Fast nu har jag i gengäld förrått Erik."

"Nej hurdå, det förstår jag inte."

"Genom att varna dej för morgondagen, när dom ska gå igenom bokbeslagen. Jag hamnar mellan dej och Erik, mellan min hustru och min bäste vän, och det är inte moraliskt acceptabelt. Ditt jobb är att sätta fast dom där araberna. Eriks jobb är att befria dom. Jag hamnar i en lojalitetskonflikt."

"Nej Pierre, det gör du inte. Erik har redan räknat ut att jag jobbar med dom terroristmisstänkta. Men han skulle aldrig drömma om att försöka locka ur dej vad jag kan ha sagt om saken. Han hade väl ingen aning om att jag bett dej titta på den där litteraturlistan innan han själv kom med den. Hemskt lessen, men nu måste jag ila, jag kan inte komma försent till möten där jag själv är chef."

Fylld av obehagskänslor jäktade hon uppför Hantverkargatan. Hon hade försökt bagatellisera Pierres dilemma. Han hade dessutom trott att han gett henne en nyhet när han berättade att den redan grundligt avlyssnade Erik låg bakom Dagens Ekos rapportering och då hade hon tvingats hålla masken. Det var en absurd situation, förhoppningsvis något att skämta om i framtiden. Och det som nu hade hänt kunde ju inte gärna hända igen, sådana här tillfälligheter kunde kanske klibba ihop sig en gång. Men inte gärna två, det var om inte annat matematiskt osannolikt.

Hon såg fram emot sitt möte med Terje Lundsten, det var en lättnad att äntligen samarbeta med någon som hon kunde lita på, någon som liksom hon själv kom från den riktiga polisen.

Terje hade infunnit sig blek och trött men nöjd för två dagar sedan. Han hade fångat sin mördare, även om det tagit en vecka längre än han först utlovat. Men där hade de varit överens. Hellre en försenad ankomst till Säkerhetspolisen än ännu en mördare som slank ur nätet därför att Terje kallades in under hennes befäl. När Ewa försvarat sitt beslut om ytterligare respit för kommissarie Lundsten hade hennes chef Ralph Dahlén förvånat muttrat någonting om att en mördare hit eller dit väl ändå inte var lika viktigt som den stora terroristutredningen. Han hade verkat alldeles uppriktig när han sa det. Till en början hade Ewa översett med kommentaren i tron ett det bara var något som sades i trötthet, distraktion eller rentav som cyniskt skämt. Men det var ändå något som inte hade kunnat lämna hennes bakhuvud. Kanske var det bara vanlig organisationsegoism, tänkte hon först. Det vi jobbar med på vår avdelning är mycket viktigare än vad alla andra håller på med, ungefär så.

Men ju mer hon hade funderat, desto säkrare blev hon på att han verkligen menat vad han sade och att det var något annat i bakgrunden än bara det där självklara att ställa upp för de egna. Han ansåg helt enkelt att terrorister var viktigare än allt annat, också mördare. Eller om det var hans uppdragsgivare, regeringen, som hade förmedlat den uppfattningen. Han hade ju regelbundna föredragningar för justitieministern. Och hon hade utlovat att den här utredningen innehöll den största katastrofen i nationens historia, vilket självklart inte var sant. Men det var lätt att föreställa sig att justitieministern var angelägen att veta hur utredningen om katastrofen utvecklade sig. Och lika lätt var det att föreställa sig hur en ämbetsman som Ralph då elegant slingrade sig, gjorde utfästelser och reservationer i samma andetag.

Så det som blev angeläget för justitieministern blev också angeläget för Ralph? Så såg förstås psykologin ut och därför var vanliga mördare något mindre viktigt. Det var helt enkelt politik.

Terje Lundsten satt utanför hennes kontor när hon kom in trettio sekunder för sent, vilket hon ansåg godkänt, och han såg glad ut när han vecklade ut sin långa smärta kropp för att hälsa. Helst hade hon velat krama om honom, men besinnade sig inför sekreterarens stränga blick. Så behandlade inte chefer på Säkerhetspolisen sina underlydande.

Hans föredragning tog prick en timme, som hon hade föreslagit. Det gällde hans allra första uppgift, att med nya ögon gå igenom allt material som rörde misstänkt nummer tre, Moussa Salameh, barfotaadvokaten. Ewas idé hade varit att låta en skicklig krimmare gå igenom en enda misstänkt utan att först ha den konspiratoriska helhetsbilden klar för sig, med en sorts skygglappar alltså. Hon hade själv försökt läsa materialet om Salameh på det sättet men var osäker på om hon hade lyckats. Allteftersom Terje betade av sina uppställda problem och slutsatser började hon ändå tro att hennes idé hade fungerat ganska väl. Såvida hon och han inte var någon hittills okänd form av polisiära kloner.

Han började med det tekniska, och skämtade en del om vad som sagts i det ämnet under morgonens Dagens Eko, som hon låtsades att hon inte hade hört för att undvika en alltför partisk sidodiskussion.

De tekniska beslagen hos Salameh bestod av konstgödning, som kunde förklaras av hans och familjens dokumenterade odlingsverksamhet. Av nagellack och nagellacksborttagningsmedel hos hans mor, som kunde förklaras med ett normalt kvinnligt behov, eftersom kvantiteterna föreföll svenskt genomsnittliga. Av ett fåtal fotanglar som inte kunde ha ställt till större skada. Och som mycket väl kunde förklaras med småsyskonens samlarintresse.

Detta var såvitt framgick hela den tekniska bevisningen som fanns mot Salameh. Inte ens värste latmasken bland landets offentliga försvarare borde ha några större svårigheter med den bevisningen. Vilket nämligen berodde på att den var ren skit.

Vad gällde hypotesen att Salameh inlett en verksamhet avsedd som "cover" ute i Kålsta, alltså hans mer eller mindre privata, mer eller mindre svartbetalda bokföringstekniska och skattejuridiska rådgivning, så höll inte heller den. Bland annat hade ju den ambitiösa sidoutredning som Ewa själv beordrat, steg för steg och klient för klient, benat upp hela det scenariot. Slutsatsen var att Salameh gjort ett uppehåll i sina framgångsrika juridikstudier för att i första hand hjälpa sin far i kampen mot övernitiska myndigheter. Precis som han själv uppgett.

Av handlingarna framgick dessutom, till Terje Lundstens förvåning, att Säkerhetspolisen faktiskt låg bakom denna specialgranskning av familjen Salamehs grönsaksaffärer. Om den riktiga polisen tagit sådana initiativ skulle det ha betraktats som myndighetstrakasseri och tjänstefel. Men nu kanske det fanns andra regler i sådana situationer för just Säkerhetspolisen, vanliga snutar hade riskerat att åka dit. Hursomhelst stärkte det här Salamehs version. Utan myndighetstrakasserierna hade han varit jur kand vid det här laget.

Det tredje bevistemat mot Salameh var enligt Terje ren cirkelbevisning. Enligt grundhypotesen, som i sin tur byggde på elektroniskt material från misstänkta nummer ett och nummer två, skulle Salameh alltså vara huvudman i den påstådda terrororganisationen. Hur han nu skulle haft tid med det.

Just eftersom han var huvudman, spindeln i nätet, fanns det inte, enligt grundhypotesen något elektroniskt bevismaterial mot honom. Man hade inte hans röst på band när han beordrade eller ens diskuterade terroristbrott. Av detta faktum kunde man dra två slutsatser. Den ena var den som gällde i utredningen och som åklagarna hade köpt, nämligen att frånvaron av telefonavlyssningsbevis och graverande innehåll på hans hårddisk bevisade vilken särskilt farlig och slug förbrytare han var.

Problemet var förstås att det fanns ännu en tänkbar slutsats. Nämligen att man aldrig lyckats banda Salameh i något graverande sammanhang av det enkla skälet att han aldrig sagt någonting graverande. Bara för att han var oskyldig.

Slutligen. Förhörsmaterialet med Salameh hade övertolkats. Han hade inte, enligt Terje, gjort några medgivanden om brott. Att killen gjorde medgivanden i sak, exempelvis beträffande olika beslag, kunde bero på att han som jurist faktiskt hade full koll på vad som var erkännande och inte erkännande. Och enligt egen uppfattning, en uppfattning som Terje delade, hade han alltså aldrig erkänt brott. Han hade aldrig vägrat svara på en fråga. Ändå hade han aldrig kunnat beslås med någon lögn. Det var extremt ovanligt när det gällde förhör om grov brottslighet.

Slutsatsen var ofrånkomlig. Mannen föreföll helt enkelt oskyldig. Mot detta talade i nuläget bara ett antal mer eller mindre virriga och knappast diskreta funderingar på internet från andra än han själv. Fortfarande gällde att det knappast skulle behövas någon stjärnadvokat för att få loss Salameh. Hade han varit vit och misstänkt för vanlig enkel våldsbrottslighet hade det, åtminstone såvitt Terje kunde se, inte varit möjligt att hålla honom häktad, han hade varit på fri fot för länge sedan. Det var förstås möjligt att det låg annorlunda till för den som var muslim och misstänkt för terrorism. Men det var domstolens sak att avgöra, inte polisens.

Ewa satt tyst och tankfull när Terje Lundsten avslutat sin en timme långa föredragning.

"Har jag på något sätt gjort dej besviken?" frågade han oroligt när det gått en halv minut, en mycket lång halv minut.

"Nej, inte alls", svarade hon och växlade för första gången under den senaste timmen kroppsställning. Hon hade suttit helt stilla och bara lyssnat, uppmärksamt men utan att visa några reaktioner.

"Tvärtom Terje", fortsatte hon och sken upp lite, "om jag verkar högtidlig beror det bara på att du just övertygat mej om att jag inte är tokig. Och det är jag förstås tacksam för."

"Nu är jag inte helt säker på att jag hänger med. Hurså tokig?"

"Enkelt, rätt enkelt i alla fall", sa hon. "Det du har kommit fram till är i detalj det jag har kommit fram till. Nästan allt talar för att den här killen är oskyldig, nästan inget talar för att han är skyldig. Men hela utredningen, hela Säkerhetspolisen, alla åklagarna för att inte tala om medierna, förutsätter att han är skyldig. Mer än så, att han är hjärnan i en terroristorganisation och alltså ska ha minst femton års fängelse, möjligen livstid. Och här sitter du och jag."

"Och anser att han är oskyldig och borde ha försatts på fri fot för länge sen?"

"Ja, för det är väl vad vi anser båda två?"

"Javisst. Om det inte tillkommer nåt nytt bevismaterial så kan åtminstone inte jag komma ifrån den slutsatsen."

"Då gör vi så här när det gäller Salameh. En sammanställning på allt elektroniskt material från häktade nummer ett Belkassem och nummer två Bouhassan, 'al-Qaida i Sverige', du vet. Rubb som stubb där dom anklagar honom direkt eller indirekt för att vara deras ledare. Och så kör du och jag dom avgörande förhören med honom. Jag kommunicerar våra slutsatser och vårt upplägg till åklagarna. Jag ber vår elektroniska expertis förbereda ett underlag, du anar inte vilka resurser man har på det här stället. Och så lämnar vi Salameh tills vidare, i nuläget är vår förhörskonst meningslös när det gäller honom."

"Det låter okej för mej, så vad blir nästa grej?"

Nästa steg gällde terrorist nummer fyra, som Ewa hittills inte hade träffat, eftersom det fanns mycket att förbereda när det gällde honom, Eduar Khoury, palestinier, 25 år gammal. Han var en nyckelfigur i själva grundhypotesen om terroristorganisationens största aktion, så när man gick på honom fick man inte komma in snett från början. Det tidigare förhörsmaterialet med honom var undermåligt i alla avseenden, mest därför att förhörarna lagt ner stora ansträngningar på att skrämma honom. Det fanns alltför många avbrott i bandinspelningarna, så man kunde ana att det varit en del otrevligheter.

Eduar Khoury hade gått ut gymnasiet i Kålsta på en teknisk linje men inte fortsatt till högre utbildning. Han var sedan tonåren känd som Palestinaaktivist och hade vid något tillfälle åkt fast för våldsamt upplopp och skadegörelse, men tydligen hållit sig lugn under senare år. Han hade haft ströjobb som byggnadsarbetare men var nu extraanställd på ett företag med det något underliga namnet Great God Show.

Företaget var specialiserat på att bygga scener åt olika artistframträdanden, alltså att montera rörställningar till ett regelverk som kunde bära upp en mer eller mindre komplicerad scen. Företagets namn som anspelade på den Store Guden var inte så skumt som det lät, eftersom den gud som avsågs var den kristne guden. Great God Show var inriktade mot en kristen kundkrets, och det fanns betydligt fler kristna showframträdanden i landet än vad man skulle kunna tro. Det centrala i sammanhanget var att Great God Show gjort en hel del jobb åt den kristna sekten Livets Ord. Och det var där som såväl sångerskan Carola som terroristmisstänkt nummer fyra Eduar Khoury kom in i bilden.

Eduar Khoury skulle, enligt de beslagtagna planerna från "al-Qaida i Sverige", vara med om att under en natt och en dag bygga upp hela scenen i Globen inför Carolas framträdande för en publik som förväntades bli omkring 15 000. Det var där han hade sin uppgift att transportera in en flera ton tung bomb baserad på konstgödning. I den stora trafiken av skottkärror med allehanda material skulle säckarna kunna döljas bland andra säckar som var till för att stadga stålställningarna. Bombmaterialet skulle helt enkelt blandas med säckar som innehöll ren sand eller cement. Ingen skulle tänka på att det mitt bland cementsäckarna fanns en del andra säckar med avvikande text. Det var planen, nedtecknad moment för moment och inhämtad från Abdelatif Belkassems hårddisk. Där fanns också en löpande diskussion mellan den misstänkte Eduar Khoury och såväl Abdelatif Belkassem som Hadi Mohamad där de finslipade planen moment för moment.

De förhör som hållits med Eduar Khoury hade gått ut på att fastställa att han deltagit i planläggningen och att det var han som från sin egen dator skrivit under pseudonymen Abu Ghul.

Man hade utrett att Abu Ghul syftade på en tidigare chef för den palestinska underrättelsetjänstens operativa verksamhet, som israelerna eliminerade med en riktad aktion någon gång på 1980-talet.

Eduar Khoury hade onekligen "gjort vissa medgivanden", som termen lyder. Han hade erkänt att det var han som deltagit i planläggningen under pseudonymen Abu Ghul. Han hade också erkänt att han mycket väl visste vem den verklige Abu Ghul varit, en ökänd terrorist som legat bakom en serie mord på israeler i Europa.

Där någonstans hade förhören med Eduar Khoury avstannat, mest därför att man ansåg honom klart bunden vid brott och förmodligen valt att koncentrera sig på andra och ännu inte överbevisade förhörsobjekt. Ett problem var de ständigt återkommande häktningsförhandlingarna där åklagarsidan måste kunna leverera nya skäl för att förlänga utredningen före åtal, och samtidigt hävda att denna förlängning krävde att terroristerna hölls inlåsta så att man hade permanent tillgång till dem.

Häktad var han hursomhelst, och med beskrivningen av hur han var den som skulle placera själva bomben under Carola, för vilket det till och med fanns dokumentation från hans egen dator så skulle han i och för sig förbli häktad i evighet om så behövdes.

Ewa hade beskrivit misstankarna mot nummer fyra Eduar Khoury lätt rapsodiskt för Terje Lundsten och på vägen upp till förhörsrummet i häktet bestämde de att inte köra särskilt hårt första gången. De skulle känna på honom, improvisera lite och Ewa föreslog att de skulle växeldra allteftersom associationerna rann till. Det var närmast ett övningsförhör.

Till Ewas förvåning hade objektet varken kalott, helskägg eller nattskjorta, han var klädd i jeans och en T-shirt med Palestinas karta. Han var blek och lite räddhågsen men hade inte brutit samman mentalt eftersom han var proper och rentvättad. Han var betydligt längre och smalare än nummer två och nummer ett och hade en tatuering på vänster överarmsmuskel som enligt papprena föreställde den kommunistiskt extrema terrororganisationen PFLP:s insignium.

Verkar rätt okej, tänkte Ewa, hälsade och presenterade både sig själv och Terje Lundsten med namn och läste in förhörsuppgifterna såfort de satt sig.

”Jaha du, Eduar, är det förresten rätt uttal?” började hon.

”Ja nästan”, log han blekt och upprepade sitt namn med något som lät som fransk betoning.

"Vi har en lång resa framför oss, Terje och jag är dina nya förhörare, så jag tänkte vi skulle bekanta oss lite först", fortsatte hon.

"Så ni är dom snälla poliserna och nu slipper jag dom elaka poliserna?" ironiserade han.

"Ja, det kan man kanske säga", svarade Ewa mekaniskt vänligt enligt sitt uttänkta formulär. "Du hade väldigt fina betyg när du slutade gymnasiet. Varför fortsatte du inte din utbildning?"

"Ville tjäna pengar, ville ha en egen kvart."

"Men du hade ju kunnat komma in både här och där med dom betygen?"

"Ja det är möjligt, men vad har det med saken att göra?"

"Saken?"

"Ja? Det jag är åtalad för."

"Du är inte åtalad, du är häktad. Du är misstänkt, det är därför vi ska förhöra dej."

"Jag är redan förhörd. Fett förhörd."

"Jo, men jag är inte nöjd med dom förhören."

"Därför att jag inte erkänt?"

"Nej, därför att vi inte vet sanningen."

Han slängde käft, han kunde koncentrera sig, han var inte knäckt och allt det tyckte Ewa var utmärkt. Intressant nog tycktes han också ha uppfattningen att han inte erkänt och gav sig raskt in på en diskussion om sanningens natur, han var helt enkelt svältfödd på mänsklig kontakt och tycktes vilja prata om vad som helst bara han fick någon att umgås med. Ännu en intressant effekt av lång tids isolering.

"Du verkar rätt pigg, hur kommer det sig att du inte är mer knäckt?" vidtog Terje Lundsten lugnt och vänligt.

"Därför att jag är oskyldig och den som är oskyldig i sitt hjärta kan sova lugnt om natten."

"Om det vore så enkelt", suckade Terje Lundsten. "Jag är såvitt jag kan förstå typiskt oskyldig, jag är ju i alla fall polis. Men inte sover jag alltid så gott om natten."

"Du kanske inte har något att tro på eller kämpa för?" föreslog

Eduar Khoury, nummer fyra.

Det här är ju lysande, tänkte Ewa, den här killen kommer vi att knäcka förr eller senare.

"Tror du på något?" fortsatte Terje Lundsten obesvärat.

"Ja. På Gud till exempel."

"Kunde just tänka mej det. Gud är ständigt närvarande i den här utredningen tycks det. Men Carola tror ju också på Gud, väldigt mycket till och med. Vad har du emot henne?"

Han föll i skratt, alldeles spontant. Strålande, noterade Ewa. Nu är det plötsligt raka spåret mot mordet på Carola, vem hade kunnat tro det?

"Det jag har emot Carola", log Eduar Khoury när han hämtat sig, "är möjligen hennes intolerans mot bögar, särskilt när hon är ikon för schlager."

"Men hon är ju kristen", invände Terje Lundsten efter en lång tanke-paus.

"Jamen, det är ju jag också", log den misstänkte terroristen. "Det hörs på mitt namn, det vet alla."

"Hurså?" frågade Terje Lundsten neutralt.

"Eduar? Ni vet, Edward på engelska, som i Edward Said. Och så Khoury, som författaren Elias Khoury?" invände den misstänkte nummer fyra troskyldigt.

Söte Jesus, tänkte Ewa. Hur i helvete ska vi släta över det här? Hon snarare kände än såg att Terje var lika perplex som hon.

"Ja du, Eduar", fortsatte hon själv. "Vi hade ju mest tänkt bekanta oss idag, utan att gå in på några hårdare frågor. Vi har mycket att göra som du kanske förstår. Men jag tänkte så här, om du får ta emot ett begränsat antal besök från och med nu. Vem skulle du helst vilja träffa?"

Han föreslog först en flickvän, som var kurdisk fast kristen också hon, upplyste han för säkerhets skull. Ewa gjorde några undanflykter och fick honom att i första hand vilja träffa sin mor. Hon lovade att försöka ordna saken och avslutade förhöret.

Hon och Terje återvände vilt diskuterande till hennes kontor. Herredjävlar, menade Terje, vad betydde det här?

För hela avdelningen av tolkar och översättare måste det ha varit fullkomligt uppenbart hela tiden att misstänkt nummer fyra var kristen. Hade ingen av dem förstått att det kanske var en upplysning som borde ha skickats vidare? Eller hade de gjort det och tagit för givet att förhörare och andra skulle ha begripit innebörden?

Eller var det bara hon och Terje som var fördomsfulla? Vad var det som sa att inte en person född kristen, men ändå tatuerad med symbolen för en terroristorganisation listad av både FN och EU, skulle kunna vara terrorist?

Hur som helst var det ny information och det hade varit helt rätt att avbryta förhöret just där. En sak var i alla fall fullkomligt säker. I inget enda av de tidigare förhören hade det funnits så mycket som en antydan om att Eduar betydde Edward och därmed kristendom. Tvärtom fanns där både den ena och den andra anspelningen på islam och islamistisk terror. Hade kollegerna bara sett en blatte framför sig och därmed en muslim? Eller hade de i värsta fall förstått hur det låg till och helt enkelt censurerat den delen?

"Ja, jag är ju inte särskilt kristen", funderade Terje Lundsten, "men jag har möjligen, men inte helt säkert och i vart fall inte bevisbart, funderat över mord på Carola ibland. När min trettonåriga dotter kör 'Evighet' för femtielfte gången på allt vad min fina och alldeles för dyra stereo förmår."

"Det håller inte som motiv", konstaterade Ewa torrt. "Vad spelar du själv om du får dottertillstånd?"

"Inget särskilt. Tradjazz, Gerry Mulligan, that sort of things. Vad gör vi nu?"

"Studerar lite teologi."

"Jag förstår inte hur..."

"Inte jag heller. Så nu studerar vi alltså lite teologi."

* * *

Ibland är journalistiken kul, ibland är gränserna mellan satir och ny-hetsförmedling rent underbart otydliga, tänkte Erik Ponti. Han var på sitt bästa humör, mest därför att han fått med sig hela redaktionen på Dagens Eko, vilket numera inte var lika vanligt som förr. Men när de äkta beslagslistorna fanns på redaktionen så tvekade inte ens de yngre kolleger som tidigare gjort spekulativa intervjuer med så kallade terroristexperter för att fastställa vad som vore värsta tänkbara scenario. För nu fanns plötsligt ett konkret underlag i form av exakt antal kilo konstgödsel och till och med färgen på beslagtaget nagellack. Det hade varit en gemensam fröjd att såga andra mediers hotfulla beskriv-ningar av dessa beslag längs med fotknölarna, i vad mån hotfulla be-skrivningar hade fotknölar.

Ändå hade gårdagens arbete genomförts i en sorts gravallvarlig anda som om allt var mycket seriöst och som om Dagens Eko "av-slöjade". Icke ett skämt hade gått ut i sändning, fastän det varit mycket fniss och rentav öppna skratt i kontrollrum under sändning och på redaktionsmöten.

Men idag skulle det bli öppet roligt, rentav med avsikt. Litteratur-beslagen hos de nio misstänkta familjerna i Kålsta innehöll fler guld-korn än man ens med väl tilltagen optimism hade kunnat föreställa sig.

Också denna dag hade man delat upp jobbet på många händer så att det inte skulle verka som om det var Erik Ponti som låg bakom hela knäcket. Han hade goda skäl för sin generositet att dela med sig av godbitarna, det var helt rätt taktik.

Den statliga radion var enligt lag ålagd att vara opartisk. Erik Pontis förflutna i ungdomen som mötestalare och Palestinaaktivist var ingen hemlighet, så ofta som den saken påpekades i indignerade ledarartik-lar i den liberala pressen när någon på Dagens Eko exempelvis råkat använda ordet "lönnmord" i stället för "riktade avrättningar". Eller någon annan riktat underförstådd kritik mot det sätt som den ameri-kanska armén skötte ockupationen någonstans i världen.

Men idag var dagen för kul subtiliteter och Erik Ponti hade tagit på sig två uppgifter. Den ena bestod i att intervjua Svenska Akademiens ständige sekreterare om det märkliga förhållandet att rikets säkerhetstjänst hade behagat att såsom misstänkt litteratur konfiskera inte mindre än fyra Nobelpristagare i de påstådda terroristernas bibliotek. Det var den sortens lätt sirliga språkbruk han använde i intervjun och den ständige sekreteraren var inte sen att haka på.

Skämtsamt gravallvarligt påpekade mannen som hade makten över ett par kommande decenniers Nobelpris att det vore ett bekymmer, därest rikets säkerhetstjänst skulle tendera att betrakta kommande eller tidigare Nobelpristagare i litteratur som terroristagitatorer. Det vore i så fall en grav missuppfattning och uttryck för en litterär läsart som saknade verklighetsförankring.

Vad gällde Albert Camus var denne Nobelpristagare förvisso icke politiskt okontroversiell, särskilt inte i Frankrike, eftersom han icke intagit en klar ståndpunkt när det gällde Algeriets frihet och därför blivit ovän med sedermera Nobelpristagaren Jean-Paul Sartre. Men detta gjorde ändå Albert Camus till en ytterst dubiös säkerhetsrisk.

Vad Nobelpristagaren André Gide beträffade så erkände sig den ständige sekreteraren snarast famla i det litterära mörkret när det gällde att försöka begripa denne författares terroristiska karaktär, eftersom Gide varit en utrerad individualist och snarast pacifistisk moralpredikant.

Nobelpristagaren Naguib Mafouz var förvisso arab och så långt kunde den ständige sekreteraren åtminstone ana grunden till Säkerhetspolisens misstankar mot honom. Men Mafouz hade ju varit mål för en misslyckad terroristaktion så Säkerhetspolisen hade kanske förväxlat gärningsman och offer?

Den senaste Nobelpristagaren bland misstänkt beslagtagen litteratur, Orhan Pamuk, hade möjligen passat in i en razzia av den turkiska säkerhetstjänsten. Men den ständige sekreteraren medgav uppgivet att han hade mycket svårt att förstå hur svensk säkerhetspolis på något naturligt sätt hade kunnat dela sina turkiska kollegers misstankar, eller snarare antipatier.

Det var en ren fest! Kollegerna i kontrollrummet vred sig av skratt, vilket den ständige sekreteraren naturligtvis såg, vilket eldade upp honom till än fler giftigheter.

Därefter låtsades man bli mer allvarlig i sändningen och ägnade några minuter åt beslag av Karl Marx i en bokhylla där emellertid Vladimir Iljitj Lenin fått stå kvar som omisstänkt. Eller Khadaffis "Gröna Bok", som var en ytterst förvirrad skrift om folkstyre, men utan bäring på terrorism.

Så återkom Erik Ponti själv med en formellt allvarlig intervju med den fransk-svenske författaren Pierre Tanguy för att diskutera beslaget av författarna Tahar Ben Jelloun och Jean-Marie Gustave Le Clézio.

Pierre, som givetvis hade hört det tidigare samtalet med Svenska Akademiens ständige sekreterare, började med att konstatera att dessa två förvisso inte hade fått Nobelpriset, även om särskilt Le Clézio var en trolig pristagare i den nära framtiden. Men han hade fått Prix Fémina redan för sin debutroman, som hette Rapport om Adam på svenska. Och Tahar Ben Jelloun hade fått Frankrikes finaste litterära utmärkelse, Prix Goncourt.

Knorren på slutet var oemotståndlig: även seriefiguren Tintin hade beslagtagits som misstänkt terroristlitteratur.

Pierre föreslog att det kunde tänkas bero på att kapten Haddock ibland uttalade konstiga arabiska svordomar.

Det där hade dom gjort upp, tänkte Ewa när hon hörde sändningen. Men kul var det , det måste man medge. Även om det inte förändrade sakläget. Beslagen var inte den avgörande bevisningen.

VI.

DEN HALVT AVSOMNADE terroristaffären hade fått nytt liv, åtminstone i medierna eller snarare på ledar- och kultursidor. Framträdandet av Svenska Akademiens ständige sekreterare var avgjort en succé och hälsades med ovationer på kultursidorna, där mer eller mindre långsökta skämt om vådan av att belönas med Nobelpriset radades upp. Särskilt förtjusta var kulturredaktörerna över terroristmisstankar mot André Gide.

Ledarsidorna splittrades politiskt och förutsägbart. "Själv är jag ganska glad över att Mirsad Bektasevic, som drömde om att bli Sveriges förste självmordsbombare, faktiskt dömdes till femton års fängelse innan han hann begå något terrordåd. Vilket knappast hänt om han inte varit föremål för övervakning i det fördolda", skrev en kolumnist på den största högertidningens ledarsida. Därmed kopplades diskussionen in på en omdiskuterad proposition till riksdagen om att utöka de elektroniska avlyssningsmöjligheterna för Försvarets radioanstalt. Det tidigare regeringspartiet hade oväntat och plötsligt satt sig på tvären, som för att hämnas för att den tidigare borgerliga oppositionen varit alltför misstänksam mot socialdemokratiska lagförslag av samma, eller ännu mer långtgående, karaktär.

Den förre socialdemokratiske justitieministern hade exempelvis kämpat hårt för att Säkerhetspolisen skulle kunna installera avlyssningsmikrofoner på skumma tidningsredaktioner och det hade den dåvarande oppositionen motsatt sig. Nu var det alltså omvända roller.

Ledarsidorna följde i stort sett sin partipolitiska linje. Socialdemokratisk press var för socialdemokratiska förslag till utökad avlyssning och inskränkta medborgerliga rättigheter i kriget mot terrorismen. I den borgerliga pressen var man enbart för borgerliga avlyssningslagar. Alla var således i princip för mer avlyssning och skärpta, uppstramade, tuffare, robustare eller moderniserade (ordvalet växlade) terroristlagar. Men i egen politisk regi.

Den partipolitiska trätan gjorde emellertid att den konkreta terroristaffär som man faktiskt hade till hands blev ett mindre hett diskussionsämne. Oppositionspressen anslöt sig efterhand på ledarsidorna till framför allt kulturredaktörernas skämt om terroristiska Nobelpristagare. Regeringspressen kunde inte gärna avvika från den egna justitieministerns påstående att säkerhetsorganen, med eller utan tillfredsställande avlyssningskapacitet, hade avvärjt den största terroristattacken någonsin. Där låste sig positionerna.

Det var därmed en tidsfråga innan nyhetsjournalisterna från det ena eller det andra lägret skulle komma med avslöjanden.

Det nya stora avslöjandet kom inte oväntat i Kvällspressen, med närmast identisk uppföljning i den av Säkerhetspolisen särskilt betrodda kommersiella tevekanalen.

Kvällspressens åttasidiga reportage var mycket välgjort och innehöll två olika avdelningar. De första sidorna ägnades åt en detaljerad beskrivning av hur det rent praktiskt skulle ha gått till när Carola och något tiotusental åskådare skulle massmördas under en konsert i Globen. På ett uppslag med tecknade planritningar över hela anläggningen beskrevs hur infiltrerade scenarbetare med hjälp av skottkärror forslade in bomben säck för säck under det pågående scenbygget. Små svarta figurer följde vita streckade linjer med skottkärror. Andra figurer sysslade samtidigt med själva bombtillverkningen.

Det planerade mordet på Hennes Majestät Drottningen skildrades lika ingående på det följande uppslaget. Den här gången var tekniken lånad från terroristtaktiken i Irak. De flesta amerikanska soldater som mördats av terrorister i Irak hade fallit offer för bomber som apterats längs vägarna och utlöstes elektroniskt när en amerikansk pansarvagn eller jeep passerade. Fyra sådana bomber skulle ha placerats längs en allé vid Drottningholms slott, så att terroristerna kunde slå ut såväl drottningens bil som den åtföljande bilen från Säkerhetspolisen. De tecknade förklaringarna var mycket illusoriska, med vältande svarta bilar och stora sprängstjärnor i rött och gult. Avslöjandet kompletterades med fotografiska bevis på hur sådana attacker genomförts i Irak. Experter uttalade sig och bekräftade att denna typ av terroristvapen var såväl billig som enkel att framställa och fruktansvärd i effekt, eftersom sprängkraften kom från sidan och inte som förr i världen underifrån. Attacken riktades därmed mot bilarnas svagaste punkt, de förstärkta glasrutorna, men inte mot de pansrade bottenplattorna.

Bevisningen mot terrorligan var därtill överväldigande. Inte mindre än sex av terroristerna var redan bundna vid sina egna bekännelser, som hade suttit hårt inne. Men erfarenheten från stora brottmål mot organiserade ligor var att det kunde gå trögt i början, men att ju flera som fallit till föga och erkänt, desto fortare skulle det gå att klara av de återstående, för närvarande tre stycken.

Den tyngst vägande bevisningen som hade gjort denna framgångsrika förhörsverksamhet möjlig fanns i det stora elektroniska materialet av avlyssnade datakommunikationer och mobiltelefonsamtal. Åklagarna i målet räknade med att kunna inleda själva processen efter sommarsemestern och att då få samtliga nio häktade terrorister fällda. Straffen skulle komma att variera mellan åtta års fängelse och livstid.

Ewa Tanguy var ingen kvällstidningsläsare. Men hon hade naturligtvis inte kunnat undgå att se Kvällspressens löpsedel när hon var ute på lunch med Anna Holt för att försöka komponera en födelsedagssång till Ingalill, Acke Grönroos fru, som skulle fylla femtio. Men extra stora sensationella avslöjanden om TERRORISTERNAS PLAN FÖR ATT MÖRDA SILVIA angick ju inte henne. Det kunde knappast stå någonting i tidningen, förutom rena påhitt, som hon inte redan kände till, eller framför allt hade mycket bättre koll på.

Det hade gått trögt i författaransträngningarna med födelsedagssången. Annas idé byggde på att man på något sätt borde väva samman begreppen snut/polis/byling/tant blå med sådant som hade att göra med Ingalill, vilket alltså var teve/kändis/recension/boktant. Rimorden infann sig inte naturligt eller enkelt, det enda de kommit på var recension-repression. Och det hade inte lett så långt. De beslöt att ta nya tag med hjälp av rödvin senare på kvällen.

Hennes och Annas poetiska misslyckande hade åtminstone det goda med sig att hon inte kom försent tillbaks från lunchen. Först skulle hon och Terje Lundsten ha ett möte med fyra personer från översättarsektionen för att få veta mer om sannolikheten för att någon som hette Eduar Khoury, och självklart var kristen för den som visste något om Mellanöstern, skulle vilja delta i en islamistisk terroraktion mot en kristen sektshow i Globen.

Terje Lundsten väntade utanför hennes rum, han hade ett exemplar av Kvällspressen under armen och såg bister ut.

"Har du sett det här?" frågade han när de stängt dörren efter sig och lade upp tidningen framför henne.

"Nej", svarade hon. "Jag läser normalt inte kvällstidningar, särskilt inte den där och särskilt inte deras sexistiska kultursida."

"Det borde du nog, åtminstone i tjänsten", sa han med en lätt huvudskakning som antydde att han inte var överens. "Och du kommer att se att vi har en del bekymmer."

Hon bestämde sig snabbt för att inte käfta emot. Om Terje sa att något var viktigt så var det säkert sant. Det var därför hon hade anställt honom. Hon pekade på soffan, slätade ilsket ut tidningen framför sig och började snabbläsa medan han lugnt avvaktade tillbakalutad med det ena benet över det andra.

"Ja, du har rätt", konstaterade hon när hon vek ihop tidningen, tog den mellan tummen och pekfingret och släppte den rakt ned i papperskorgen intill skrivbordet. "Vi har ett bekymmer", fortsatte hon. "Den här informationen kommer från huset. Fel och överdrifter här och var, men i sak korrekt. Åtminstone enligt här gällande hypotes. Du som är krimmare vet mer om sånt här än jag, så hur kan man förklara dom här artiklarna?"

"Att det här är den version som Säkerhetspolisen vill ska stå i tid-

ningarna, ingen enskild person under din chefsnivå har sån här över-
blick i utredningen. Det här är inte vilken snut som helst som vill ha
tipspengar, det här kommer från dej, eller från någon av dina två kol-
leger avdelningscheferna, eller från högste chefen."

"Inte från mej."

"Jag vet, så då kan vi stryka en misstänkt från den korta listan.
Men det här är alltså ett sanktionerat läckage."

Ewa tänkte en stund för att försöka förstå avsikten bakom den
polisiärt organiserade journalistiken men förstod inte och blev dess-
utom irriterad av att känna sig dum.

"När man jagar mördare och sånt som ni krimmare håller på med",
prövade hon lite trevande, "vilka skäl finns det då för att fixa publicitet?"

"Från snutperspektiv är det ganska enkelt", svarade han glatt. "Vi
kan till exempel läcka ut falsk information för att dom vi jagar ska gå
vilse, och vi kan läcka ut lite sann information för att se vad den väl
övervakade misstänkte gör nu. Sånt förekommer."

"Jamen, våra misstänkta sitter ju redan i häktet, sen lång tid dess-
utom?"

"Ja, det är just det som är problemet tycker jag. I krimsamman-
hang är sån här publicitet, alltså en väldigt optimistisk version av be-
visläget, i regel nånting som kommer från åklagarsidan. Dom vill
göra reklam för sitt kommande brottmål, dom vill få nämndemännen
på sin sida ifall bevisningen är svag. Fast nu vet jag inte så mycket om
Säkerhetspolisen, problemet här borde ju vara att den som läcker sånt
här inte bara begår brott, han eller hon kan dessutom efterforskas
som källa. Med buggar i sovrummet om så behövs. Om jag förstått
alla papper som jag skrev på."

"Du har förstått pappren rätt. Okej! Vad är värst ur din och min
synvinkel när det gäller det där?" frågade Ewa och pekade mot pap-
perskorgen.

"Påståendet att sex av dom skulle ha erkänt, eller i vart fall vara
bundna av medgivanden i sina förhör", sa han i en enda lång utand-
ning. "Jag får fanimej inte ihop sex."

"Dom två marockanerna", började Ewa räkna på fingrarna. "Belkassem fixade jag själv. Då åkte hans kompis Bouhassan med automatiskt, det är två."

"Sen har vi dom två kurderna, dom med särskilt olaga insamling av pengar eller vad det var?" föreslog Terje Lundsten.

"I så fall har vi fyra", konstaterade Ewa. "Men sen?"

"Det tycks råda nån uppfattning om att Moussa Salameh, han barfotaadvokaten, har gjort vissa medgivanden", prövade Terje Lundsten.

"Han som du och jag menar är oskyldig?"

"Ja, just det."

"Då är vi uppe i fem. Och om han är skyldig ska han naturligtvis ha livstid, så då har vi i hastigheten löst den gåtan. Men vem är den sjätte som har erkänt?"

"Den vi ska träffa i eftermiddag, vår kristne vän Eduar Khoury. Om det var han som skulle skotta ihop bomben under Globen så är det stämpling till, eller förberedelse till, mord. I så fall livstid där också."

Ewa kom på sig själv med ett rent tankefel. Det var inte särskilt ofta, och hon tyckte inte om det, särskilt inte inför kolleger och i all synnerhet inte om hon var deras chef. Naturligtvis räknades Eduar Khoury bland de erkända och överbevisade. Men hon hade varit så inställd på att dagens förhör med honom sannolikt skulle leda till att misstankarna försvagades att hon i hastigheten redan räknat bort honom från raden av överbevisade terrorister. Hon övervägde om hon skulle försöka skämta bort misstaget och urskulda sig men kom snabbt fram till att göra motsatsen.

Hon lyfte telefonluren och beordrade kriminalinspektören Anders Johnson att släppa vadhelst han hade för händer och omedelbart infinna sig på hennes rum och bad sedan Terje att vänta lite, ta en kaffe om han ville.

Anders Johnson kom som ett skott, med andan i halsen och såg ut som om han trodde att han skulle få sparken.

Ewa förklarade kort vad saken gällde. Han skulle ta kontakt med Great God Show och med högsta prioritet utreda hur den misstänkte Eduar Khoury hade kunnat infiltrera företaget, hur anställningen hade gått till, varför ingen hade misstänkt något trots att han var palestinier och så vidare. Hon ville ha en nedskriven rapport på sitt skrivbord klockan 09:00 nästa morgon om det så tog hela natten att åstadkomma den saken.

Hon måste ha sett mycket beslutsam ut när hon gav ordern, för Anders Johnson försvann med en lätt bugning utan att protestera och utan att ens fråga något.

Utanför hennes dörr satt vid det här laget de fyra anställda vid översättarsektionen och väntade sedan tio minuter. Ewa ogillade att låta folk vänta, det kunde lätt missuppfattas som en alltför vanlig typ av maktdemonstration och hon ursäktade sig onödigt mycket när de kom in och tog plats efter att ha hälsat på Terje Lundsten.

Hon lyckades hindra en spontan replik med någon anspelning på de fyras gäng. De fyra översättarna såg onekligen ut som ett ganska sällsamt gäng, särskilt på Säkerhetspolisen där klädstilen var enhetligt trist. Det var inte bara det att de var svartskallar, för det var de natur-ligtvis. Hade de klätt sig som de vita tjänstemännen med polisgrad hade de smält in bättre i miljön. Men nu var de civilanställda med högst varierade och ganska fantasifulla befattningsbeskrivningar och knappast klädda i kavaj och grå byxor. En av dem hade turban och alla hade de svarta undrande ögon.

Hennes första fråga var enkelt och snabbt avklarad. Jo, självklart var en man som hette Eduar Khoury kristen och självklart hade man informerat förhörarna om den saken.

Och så genast på 10 000-kronorsfrågan. Hur rimligt var det att tänka sig att en kristen palestinier skulle ingå i ett team som i Guds namn tänkte mörda något tiotusental svenskar?

Det var orimligt men inte omöjligt, blev slutsatsen efter tjugo minuters mer och mer livlig diskussion.

Nästa fråga. En palestinier som sympatiserade med den kommunistiska terrororganisationen PFLP, var han mer sannolik i ett islamistiskt terrordåd än om han exempelvis hade varit anhängare av den enligt svensk säkerhetspolis godkända organisationen al-Fatah?

Nu var det bara en av de fyra översättarna som kände sig manad att ta sig an frågan. Han började med att bekänna att han faktiskt själv hade varit med i PFLP i sin ungdom. Men att han givetvis redovisat det i samband med sin anställning och ändå klarat sig igenom säkerhetskontrollen.

Ewa lyckades hålla tillbaks ett spontant skratt och tvingade ansiktsmusklerna till ett leende.

Det fanns något underligt i hela situationen som var svårt att sätta fingret på, en spöklik blandning mellan komik och tragik. De fyra översättarna var tydligt tagna och stelt högtidliga av att konsulteras som experter. Kanske var de helt enkelt inte vana att behandlas som en sorts jämlika arbetskamrater, trots att deras insatser givetvis var av grundläggande betydelse. Så stor som avlyssningskapaciteten blivit med modern teknik, och så liberal som lagstiftningen blivit efter den 11 september, var tolkning och översättning av samtal på arabiska med alla dialekter, kurdiska, turkiska och persiska en växande flaskhals i Säkerhetspolisens krig mot terrorismen. Numera kunde man alltså till och med anställa en person som varit aktiv i en terroriststämplad organisation. Ewa snuddade vid den obehagliga tanken på vad dessa förmodligen högst hedervärda, genomlysta och kontrollerade män förklarade i sin omgivning om sitt jobb och förmodligen rätt hyggliga lön. Just nu ville hon inte veta det utan koncentrerade sig på den allvarlige libanes-palestinierns föredrag om PFLP, Popular Front for the Liberation of Palestine.

Den alldeles övervägande logiken talade emot att en PFLPanhängare skulle ge sig i lag med islamistiska terrorister, menade han. PFLP hade ingen religiös agenda, eftersom man från början betraktat sig som en marxist-leninistisk organisation, religionen var alltså opium för folken. Organisationens grundare George Habash och de flesta i den ursprungliga ledningen kom visserligen från en kristen miljö, men man avvisade än idag varje sammanblandning mellan religion och politik,

PFLP hade på sätt och vis varit först med terrorism i den palestinska befrielserörelsen, när man i slutet av 60-talet började kapa flygplan. Det var på den tiden vem som helst, var som helst kunde gå ombord med ett par pistoler och handgranater i kavajfickorna. Det hade blivit en del spektakulära aktioner, som när man sprängde tre passagerarplan utanför Amman i Jordanien 1970. Men den politiken övergav man redan efter några år, när den negativa effekten av sådana aktioner övervägde reklamvärdet. Och några självmordsbombare från PFLP hade aldrig förekommit. Lika lite som proklamationer med religiöst innehåll efter någon väpnad aktion, som PFLP dessutom uteslutande riktade mot militära mål.

Så långt det som talade emot att någon PFLP-aktivist skulle vara med om en aktion som riktade sig mot tusentals civila offer, dessutom européer.

Men det fanns en möjlig komplikation. Det var det här med att målet var tänkt att bli den extremistiska sekten Livets Ord.

För man kunde utan vidare beskriva dessa kristna fundamentalister som den palestinska sakens mest benhårda eller snarare fanatiska fiender. Livets Ord hade till och med någon sorts ambassad i Israel som verkade för att stödja den israeliska ockupationen. Deras utgångspunkt var densamma som för den kristna högern i USA, man tolkade Bibeln som en klar instruktion för hur Messias skulle återkomma för att döma oss alla, skilja agnarna från vetet och så vidare. Först måste dock judarna återsamlas i Israel. När det var klart kom Antikrist tillbaks för själva slutstriden vid Harmagedon. Och när det goda segrat skulle judarna få välja mellan att bli kristna eller skickas direkt till helvetet. Livets Ord och George W Bush och deras likar hade alltså en vision som var antisemitisk. Men på väg mot Messias återkomst och Harmagedon ändå fanatiskt proisraelisk.

Om man ville döda tiotusen av den palestinska sakens mest förhärdade fiender på en gång så var en jättesammankomst av Livets

Ord-anhängare ett perverst logiskt mål. Det hade ju till och med de små ljushuvudena Belkassem och Bouhassan, "al-Qaida i Sverige", räknat ut.

Ewa började känna sig alltmer beklämd och otålig. Som vanligt tycktes sådana här politiska analyser mynna ut i ett ingenting om att å ena sidan var det fullt möjligt, å andra sidan omöjligt. Kanske saknade hon någon sorts politisk talang för att uppleva ideologi också med sitt känsloliv, men helt säkert var hon alldeles för ointresserad, dårar från Livets Ord eller dårar från "al-Qaida i Sverige" kunde kvitta lika. Det hade nog med snuttänket att göra: vad kan bevisas, vad kan inte bevisas? Moral och ideologi låg på ett annat plan och var oftast irrelevant.

Hon försökte att inte visa någon besvikelse när hon tackade översättargruppen för hjälpen och skickade tillbaks dem ner bland sladdar och datorer i sina avlyssningshålor i källaren.

Till sin förvåning upptäckte hon att Terje till skillnad från henne själv såg påtagligt uppmuntrad ut, som om det politiska föredraget faktiskt gett honom en eller annan matnyttig idé. Hon frågade honom försiktigt och han nickade glatt bekräftande att han hade ett upplägg på gång nu när de skulle ta sig an den här Eduar Khoury lite bättre förberedda än första gången. De bestämde att Terje skulle börja i den ideologiska änden och så skulle hon ta vid när det gällde det rent tekniska avsnittet. Utredningsavdelningen var klara med den sortering hon hade begärt, där man samlat allt avlyssningsmaterial som hade att göra med planerna på att bomba Globen för sig. Och allt annat material som mest var krigsspel och andra lekar separat för sig. Uppdelat så, visade materialet att det fanns en klar övervikt för avlyssnade lekar, eller åtminstone material som bedömdes som ren lek. Även om gränsdragningen ibland tycktes svår.

Till deras förvåning hade Eduar Khourys advokat behagat infinna sig till förhöret. Det var kanske de senaste dagarnas publicitet som hade påmint honom om att han faktiskt hade en lönsam klient som åtminstone enligt Kvällspressen riskerade mellan åtta års fängelse och livstid. Advokaten hette Arvid Jutesand, var rätt ung och saknade såväl sidenslips som ankstjärtsfrisyr.

Ewa noterade en misslynt min hos Terje inför den oväntade deltagaren vid förhöret men själv hade hon inga bekymmer med att hälsa advokaten välkommen och snabbt förklara det ungefärliga upplägget för dagens förhör. När det gällde advokater kom hon och Terje nog från två helt olika poliskulturer. Ur Terjes kriminalpolisiära perspektiv var advokater mest till besvär eftersom de ville att deras klienter skulle snacka så lite som möjligt.

Ur hennes ekobrottsperspektiv var det tvärtom. De förbrytare hon hade förhört de senaste åren hade praktiskt taget aldrig saknat en advokat vid sin sida, garanterat med sidenslips och vanligtvis med ankstjärtsfrisyr. Och för ekobrottslingar rådde det omvända psykologiska förhållandet när det gällde att besvara frågor. De ansåg sig nästan alltid vara så mycket smartare än den förhörande snuten, särskilt om snuten var kvinna, att de trodde sig kunna snacka sig ur problemen. Och ju mer de pratade, desto bättre. Sedan var det bara att gå tillbaks i protokollen, börja om och sortera lögner och självmotsägelser.

Vad unga terroristmisstänkta beträffade fanns väl knappast några vedertagna rutiner eftersom anklagelsen än så länge var mycket sällsynt. Men hon utgick från att advokaterna knappast ansåg att knipa käft var det som var smartast. Och i så fall var advokaten mer till hjälp än till besvär eftersom hans närvaro gjorde att den misstänkte lätt kände sig för säker.

Eduar Khoury hade piggnat till betydligt. Han hade fått håret klippt, var snyggt välkammad med lockarna nedtonade i några snitsiga vågor, hade nya fräscha kläder som hans besökande mor tydligen haft med sig och han var nyduschad. Det enda lilla orostecknet var att han först inte kände igen sin advokat, trots att de måste ha träffats åtminstone på de korta och rutinmässiga häktningsförhandlingarna. Nej förresten, då kunde advokatbyråerna skicka någon ung notarie på övning, åtminstone om det rörde sig om redan på förhand förlorade häktningsförhandlingar. Exempelvis om misstanken gällde terroristbrott.

När Ewa hade läst in deras namn och de övriga förhörsuppgifterna på bandet lämnade hon genast över ordet åt Terje och lutade sig nyfiket tillbaka. Hon hade egentligen ingen aning om vad han hade för upplägg när han började med att be Eduar Khoury berätta hur han valt att sympatisera med just PFLP av alla palestinska organisationer.

Det tog en stund för både henne och tydligen också advokaten att inse att ett förhör som mer liknade ett politiskt samtal faktiskt kunde ha relevans. Men Eduar verkade närmast road, kanske rentav lite överlägset road, av resonemangen.

Från början hade PFLP haft som mål att genom någon sorts revolution för både judar och araber uppnå en sekulär socialistisk stat med lika rättigheter för alla, till och med kvinnor, där alltså gränserna mellan Palestina och Israel inte längre hade någon betydelse. Det var inget fel på det målet som dröm eller politisk vision. Det var bara det att det med tiden visade sig vara fruktansvärt orealistiskt. Bland annat, skämtade den terroristmisstänkte Eduar obesvärat, visade sig de israeliska judarna väldigt ovilliga att ansluta sig till just den palestinska revolutionen.

Än värre blev det när Hamas och andra religiösa dårar började med sina självmordsattacker. Varje självmordsbombare gav israelerna chansen att bygga nya bosättningar, och till slut en hel mur, och ge fan i allt vad fredsförhandlingar hette.

Så långt in i samtalet hade både Ewa och advokaten fattat galoppen och lyssnade spänt uppmärksamt. De frågor som nu skulle komma var så uppenbara att också Ewa själv, som uppfattade sig som politisk idiot när det gällde Mellanöstern, till nöds hade kunnat formulera dem. Hon nickade uppmuntrande åt Terje att fortsätta.

”Fattar jag dej rätt, Eduar, att självmordsbombare och den sortens attacker skadar den palestinska saken mer än att... hur ska jag säga? Mer än att föra den framåt?”

”Jamen alltså, det trodde jag ju att jag hade förklarat så att till och med en Svenne på säpo kunde förstå”, svarade han med en resignerad suck.

"Och vad skulle i så fall en sån här aktion mot Globen med 10 000 döda åstadkomma?" fortsatte Terje med en min som om han verkligen undrade över den saken.

Ewa och advokaten utbytte ett kort menande ögonkast. Det var ett spännande ögonblick, här låg kanske nyckeln för både försvaret och åklagarna när det gällde att föra de avgörande resonemangen om brottsligt uppsåt eller ej.

"Är du dum eller är du fett dum?" stönade den unge mannen och skakade uppgivet på huvudet som om frågan inte ens var värd att ta på allvar. Det syntes inte på bandet och själv hade han tydligen ingen aning om hur viktigt hans svar var.

"Jo, det kanske jag är, åtminstone när det gäller såna här saker", medgav Terje som naturligtvis inte ville ställa om frågan så att den blev ledande och svaret därmed mindre värt. "Men försök att ha överseende med min dumhet om du kan vara så hygglig. Svara bara på vad det skulle betyda med tusentals döda kristna fanatiker i Globen?"

"Det skulle vara värsta jävla katastrofen nånsin", svarade den misstänkte till slut med en långsam utdragen huvudskakning.

"Du menar för alla dom döda och deras anhöriga?" fortsatte Terje med garanterat avsiktligt fåraktig min.

"Nej, inte dom!" svarade Eduar med spontan hetta men tycktes snabbt besinna sig. "Jo, alltså för dom också. Men när jag tänker värsta katastrofen så tänker jag på Palestina. Ingen mer demonstration i den här stan, man fick väl säga att man var kurd om nån fråga, aldrig vifta med en palestinsk flagga mer, om man säger så va?"

"Så om nånting sånt inträffade, vem tror du skulle ligga bakom det?" fortsatte Terje ett varv till för att hamra in poängen än tydligare.

"Jag kan inte tänka på en sån stor jävla fet katastrof", svarade han för första gången något osäker. "Inte ens Usama bin Ladin skulle… alltså Sverige är inte fiende som USA och England, va? Men en sån grej skulle göra Sverige till sån fiende och bara USA eller Israel skulle kunna göra nåt sånt för att fixa den där grejen och bli fiender. Bara dom skulle tjäna på det."

"Men då inställer sig ju en mycket intressant fråga", fortsatte Terje med en kort nick åt dokumenthögarna framför Ewa som betydde att det snart var hennes tur att ta över. "Om det vore en sån katastrof som du säger, om det nu skulle skada den palestinska saken så mycket som du säger, och till och med dej själv, hur kommer det sig då att vi har bevis för att du har planerat den här attacken mot Globen?"

Nu blev han för första gången aggressiv och förnekade ihärdigt det till synes helt uppenbara, att det fanns sådana bevis. Ewa lät honom hållas en stund innan hon demonstrativt ordnade pappersbuntarna framför sig och tog över förhöret.

"Titta på den här pappersbunten Eduar", började hon. "Det är fyrtio-sju sidor utskrift av telefonsamtal och e-mailkontakt där du är den ena parten. Allt finns på band när det gäller telefonsamtalen och på din hårddisk när det gäller mailkontakterna. Allt det här handlar om attacken på Globen. Hur ska vi förstå det om det inte är sant?"

"Det där är inte verkligt, det är bara jidder, bara cyberverklighet", började han uppgivet.

Det blev en lång fortsättning och såvitt Ewa förstod ett av de märkligaste förhör hon någonsin upplevt.

Om man exempelvis spelade Wargame på Playstation II så måste man följa vissa mallar. Variationsrikedomen var stor ändå, det var många sätt man kunde oskadliggöra fienden på och man kunde förlora lika plötsligt som man vann.

Men man kan uppfinna egna spel och lägga ut dem i den verklighet man själv befinner sig, exempelvis varulvsjakt i Kålsta, eller hur man skulle slå till med den största jävla terrorattacken någonsin. Men då var det mot reglerna att säga att man plötsligt hade en massa Qassamraketer eller tanks eller helikoptrar eller något annat lika orealistiskt. Det var inte mot reglerna att säga att man var den svenska frivilliga grenen till al-Qaida, även om bin Ladin eller Al Zarqawi och dom andra höjdarna förmodligen skulle garva på sig om dom hörde talas om saken. Hadi och Abdelatif var kanske lite knäppa så att de inte kunde skilja mellan verklighet och spelet, men det var inget regelbrott att vara lite knäpp eller röka hasch när man spelade.

Själv hade Eduar rollen som Abu Ghul, och var en terrorist som hade infiltrerat Great God Show och det stämde ju, eftersom han hade koll på den verkligheten. Fast det var inte helt realistiskt att han skulle kunna köra in fem ton säckar med gödningsmedel, för att göra det måste han ha medhjälpare och kanske också fixa en gaffeltruck, kunna jobba längre på natten med något påhittat sista och extra viktigt jobb eller något i den stilen. Så i det här avsnittet var planen långtifrån färdig. Ibland kroknade man ju också på det hemmagjorda rollspelet allteftersom svårigheterna tornade upp sig, men då var det bara att lägga hela köret åt sidan och gå tillbaks till de färdiga spelen på Playstation II.

Ewa tröskade på i mer än en och en halv timme för att så långt som möjligt få en klarare bild av vad som var verklighet, eller bara elektroniskt komponerat rollspel, eller ett egettillverkat rollspel som byggde på verklighet.

Allt handlade om Eduar Khourys uppsåt, vilket han själv knappast förstod men som hans hela tiden spänt uppmärksamme advokat givetvis förstod mer än väl. Det skulle inte bli så lätt för advokaten inför en misstänksam tingsrätt som just proppats full med de mest fasansfulla gärningsbeskrivningar och satt med autentiska våldsvideor upp till halsen. Där skulle han, pedagogiskt enkelt och klart, redogöra för de olika formerna av verklighet. Men det var hans, föga avundsvärda, jobb och gudskelov inte hennes.

När hon kände att hon började tappa koncentrationen gav hon upp. Under de följande dagarna fick hon väl läsa på i protokollen, anteckna, stryka under och komma igen med nya frågor. Hon plockade ihop alla papper som hon använt för att visa Eduar och hans advokat sitt myller av exempel och överlämnade ordet åt Terje för den sista delen de hade på dagens schema.

Det gällde frågan hur en palestinier som Eduar hade kunnat få jobb på ett företag i kristen regi som Great God Show. Hur hade han sökt jobbet? Vem hade han träffat? Vad hade han sagt? Hade det varit ett plus att han var kristen?

Både Eduar och hans advokat tycktes anse att det här förhörs-
avsnittet var tämligen oviktigt, bland annat därför att svaren på frågorna
var så vardagligt enkla. Men ingen av dem visste ju att en viss kriminal-
inspektör Anders Johnson samtidigt satt och bearbetade personalchefen
och andra på Great God Show. Fanns det minsta lilla lögn i Eduars
berättelse om hans jobb på företaget så skulle de hitta den.

När Ewa avslutade förhöret och skickade efter fångvaktarna, tog
farväl av Eduar och förhörde sig om nya önskemål om besök bad ad-
vokaten på stående fot att få ett samtal dem emellan.

Ewa var först motvillig. Dels var det byråkratiskt krångligt att ta in
besökare på Säkerhetspolisen och de fick inte behålla förhörsrummet
där de nu satt eftersom de redan gått över sin bokade tid. Dels skulle
hon hem till Anna för att med hjälp av rödvin försöka hitta på snut-
flickornas hyllningssång på Ingalills femtioårsfest. Men inget av dessa
förhinder var av den karaktären att de dög. Det fick bli den krångliga
varianten, att ta med advokaten ner till hennes kontor, trots den löje-
väckande procedur han då måste gå igenom innan han släpptes in
med sin till slut surt förvärvade besöksbricka, åthutad att bära den väl
synlig. Hon hade mycket hellre haft ett kort utvärderingsmöte med
Terje och berömt honom för det smarta upplägget i uppsåtsfrågan,
som han hittat utifrån någon sorts politiska utgångspunkter. Det var
just på det viset, fast tvärtom, som åklagarna tycktes arbeta i sådana
här mål.

Samtalet med Terje fick anstå till deras nästa morgonmöte, förkla-
rade hon snabbt i mungipan när hon föreslog att han skulle gå för
dagen medan hon ensam tog mötet med den påstridige advokaten.

"Jag har varit närvarande vid en hel del förhör med olika klienter",
började han när han satt på plats i hennes besökssoffa med kaffekop-
pen i handen. "Men det här var nog ett av de märkligaste jag sett."

"Det förvånar mej inte det minsta", svarade Ewa svalt. "Jag har
själv aldrig varit med om något liknande. Men vad var det du ville
tala om?"

"Du inser väl att du just lett ett förhör som friar min klient?"

"Nej, faktiskt inte. Men det där borde egentligen du begripa bättre än jag", svarade Ewa misstänksamt. "Jag menar, om du och jag och kommissarie Lundsten hade varit dom tre domarna i hovrätten tror jag nog vi hade funnit en påtaglig brist på bevisat brottsligt uppsåt. Det spelar ingen roll. Det där blir ditt jobb när mitt är avslutat. Så än en gång, vart vill du komma, vad kan jag med andra ord göra för Eduar Khourys offentlige försvarare?"

"Jag har ju som du kanske vet yppandeförbud av åklagaren. Omfattar det yppandeförbudet även vårt samtal?"

"Vårt samtal är en del av utredningen så det utgår jag från. Hurså?"

"Kan jag kalla dej som vittne till huvudförhandlingen?"

"Du kan som du mycket väl vet kalla Fan själv som vittne, bara tingsrätten godkänner saken. Men det var väl inte för den enkla upplysningen du ville ha ett möte?"

"Nej, det där var bara ett hugskott, förlåt. Men jag tänkte på det där med utredningsmaterialet som du använde dej av idag, uppdelningen mellan... tja, terroristfantasier och konventionella våldsfantasier eller vad vi ska kalla det. Kan jag få ut dom handlingarna?"

"Naturligtvis, men om du ursäktar måste jag bli lite formell. För närvarande är dom här pappren ett internt arbetsmaterial på Säkerhetspolisen..."

"Men..."

"Lugn! Idag, nej i morgon, kommer jag att foga den här dokumentationen till dagens förhör som bilaga och diarieföra det i förundersökningsprotokollet. Då kan du som Eduar Khourys offentlige försvarare i vanlig ordning ansöka hos överåklagare von Schüffel att få ut senaste förhörsprotokoll. Och då har du väl pappren om två, tre dagar skulle jag tro."

"Är det inte att vara lite väl petig?" fnös han irriterat.

Så långt hade Ewa förhållit sig medvetet kall och kort, men blev nu ohjälpligt förbannad, fast hon behöll ilskan inom sig.

"Nej, jag är inte petig", svarade hon sammanbitet med sänkt röst. "Men nu är det så att ditt yppandeförbud inte gäller yppanden inför åklagaren, min förundersökningsledare. Tänk efter nu. Om jag inte bestämt mej för att bilägga den där komplicerade men högst intressanta utredningen till dagens förhör så hade den också i fortsättningen varit hemlig, även för dej. Överåklagare von Schüffel skulle möjligen vara kritisk mot metoden jag valde att lösa det problemet. Har jag uttryckt mej alldeles för klart nu?"

Han såg häpet på henne medan han begrundade innebörden i det hon hade sagt. Hon hade hjälpt honom, men tagit en risk. Och hon hade indirekt bett honom att hålla käften om saken.

"Jag tror vi förstår varandra fullkomligt", sa han när han reste sig och ställde undan sin kaffekopp. "Det skulle vara oerhört intressant att träffas nån gång efter den här processen för att ventilera ett och annat. Tills vidare kan jag bara uttrycka min beundran, även om du sabbade mitt upplägg för hela försvaret."

"Det har jag svårt att tro att jag gjorde", svarade hon kort och sträckte fram handen till avsked men drabbades samtidigt av spontan nyfikenhet och kunde inte hålla sig. "Hur i all världen skulle jag ha kunnat sabba?" fortsatte hon.

"Jo", sa han roat när han gick mot rockhängaren. "Dom tidigare grobianförhören med min klient gick ju ut på att han var fundamentalistisk muslim. Så då hade jag min så kallade bomb i rättssalen när jag skulle göra om honom till kristen martyr. Fantasifull visserligen, som många pojkar, men definitivt kristen martyr."

"Och nu är den genialiska men kanske något våghalsiga taktiken sabbad?" undrade Ewa ironiskt.

"Rättegångar med Säkerhetspolisen och klienter med rötter i Mellanöstern är inte som vanliga rättegångar", sa han med en axelryckning. "Hursomhelst är det nya spelregler för mej och Eduar från och med nu, jag förstår dom som säger att du är landets smartaste förhörare. Och jag skulle fortfarande vilja snacka om det hela när det är över. Tack i alla fall för din vänlighet! Och ditt jobb, jag borde ha sagt det först."

"Men du vet, allt det här förblir nog hemligt och vem vet om von

Schüffel någonsin häver ditt yppandeförbud", retades hon när han var på väg ut genom dörren.

För i så fall blev ju inte mycket sagt, fortsatte hon tankegången när hon ordnat med lots ut från lokalerna åt advokaten. Hon kände på sig att det inte var bra att ha advokater springande på jobbet, det medförde antagligen misstankar åt hållet kollaboratör eller sleeping with the enemy.

Hon såg på klockan. Anna hade lovat att inhandla två engelska poliskaskar på Buttericks och så långt var allt under kontroll. Men hon kände sig tom i huvudet och skulle ändå komma lite för sent eftersom det fanns papper och band att diarieföra och låsa in. Hon hade inte kommit på ett enda rimord ens på snuten. Truten? Skjuten?

* * *

Överåklagare von Schüffel var, fullt märkbart för hela omgivningen, på ett strålande humör. Det låg i sakens natur eftersom han öppet och oblygt älskade presskonferenser med sig själv i huvudrollen och alltid hade gjort det. Men det hade blivit mer tunnsått med sådana glädjestunder på senare år sedan han fått ansvaret för brott mot rikets säkerhet. Det var ovanligt med infångade spioner, högst en vartannat år, och spioneri var därtill ett brott som var så reglerat av sekretess att det inte gav särskilt stort utrymme för solonummer på presskonferenser.

Och vad gällde kriget mot terrorismen så var det förstås mycket framgångsrikt när det gällde ökade resurser till olika säkerhetstjänster, uppstramad lagstiftning som undanröjde diverse spaningshinder och synnerligen förstärkta resurser både på Säkerhetspolisen och på åklagarsidan. Det enda som hittills saknats i det framgångsrika kriget mot terrorismen var terrorister.

Men nu var det dags, äntligen, och von Schüffel gnuggade händerna i glad förväntan över att få träffa hundra journalister på en gång. Det stående skämtet om honom var, inte för inte, att han sprang såfort han såg en journalist. För att hinna ikapp.

Presskonferensen ägde rum i Polishusets stora hörsal, den enda av rättsväsendets lokaler som var tillräckligt stor för att kunna ta emot den väntade anstormningen efter den temperaturhöjning som nyligen inträffat i den halvt avsomnade gamla terroristaffären. Dessutom hade de ansedda radiojournalisterna på Dagens Eko hamnat på direkt kollisionskurs med de betydligt mindre ansedda kollegerna på Kvällspressen. Någon hade följaktligen fel, så den journalistiska skadeglädjen skulle hur än presskonferensen gick få något att gotta sig åt.

von Schüffel gjorde en perfekt entré precis på minuten och gick omedelbart mot talarstolen medan han med en konungslig gest hänvisade sin ende följeslagare, chefen för Säkerhetspolisen Ralph Dahlén, mot sittplatserna vid podiet. Så gjorde han en rutinerad konstpaus för att få upp spänningen och få tystnad innan han började. Det här hade han gjort många gånger, åtminstone förr i världen, och han visste väl med sig att det bästa var att börja med en så kallad nyhet.

Efter att ha hälsat massmedias ärade representanter välkomna, och presenterat chefen för Säkerhetspolisen som om han vore någon sorts underställd medhjälpare, gick han direkt på nyheten.

Åtal mot de nio häktade kunde väntas före midsommarhelgen. Ändå kunde huvudförhandling inte genomföras förrän efter sommarsemestern, eftersom det skulle bli en ytterst personalkrävande insats för polisen. Stora säkerhetssalen i Stockholms tingsrätt måste, vid den här typen av rättegång, omgärdas med rigorösa säkerhetsåtgärder.

Från åklagarsidan räknade man givetvis med fällande dom för alla som åtalades, annars vore det för övrigt tjänstefel att åtala, och vad gällde strafflatituder skulle yrkandena komma att ligga mellan åtta års fängelse och livstid.

"Och därefter till något helt annat", mös han nöjd över att ha parodierat den kända tevefrasen.

De rent fysiska beslag som fanns i utredningen kunde nu hävas sånär som på enstaka undantag, exempelvis skjutvapen. Men allt sådant som rörde vissa hushållskemikalier, gödningsmedel, vissa skriftliga dokument, inklusive ett antal böcker, skulle från och med nästa dag återställas till ägarna. Skälet var enkelt, allt detta material hade visat sig sakna bevisvärde.

Man kunde möjligen anse att tidsutdräkten tedde sig något lång, att dessa beslag borde ha kunnat återställas tidigare. Men det berodde på att materialet i sin helhet var gigantiskt i denna den största terroristutredning som någonsin ägt rum i landet.

Den seriösa bevisning som målet däremot vilade på bestod delvis av elektronisk information, alltså uppsnappad och analyserad datortrafik, konspirativa telefonsamtal och framför allt de häktades medgivanden i förhör. Här hade det funnits en flaskhals, det fick man faktiskt medge. Men sedan landets förnämsta förhörsexpertis hade kunnat knytas till utredningen hade resultaten droppat in desto snabbare. Inte mindre än sex av de nio terroristerna var nu bundna vid erkännanden som hade stöd i övrig utredning eller faktiska medgivanden som kommit i förhör. Vad de övriga tre beträffade var de överbevisade antingen av elektronisk dokumentation eller i två fall dessutom av ekonomisk dokumentation där banksekretessen hade kunnat hävas.

"Och därmed, höll jag på att säga, är jag beredd att överlämna målet", log han glatt. "Med andra ord, finns det några frågor?"

Det fanns det, nämligen hundratals frågor som efter några sekunders häpen tystnad haglade in mot podiet från alla håll.

För den makthavare som från och med denna punkt vill behålla initiativet på en presskonferens krävs inte *split vision*, konsten att ha ögon i nacken, utan snarare *split hearing*, konsten att bara höra de frågor i bruset som passar. Också i denna konst var von Schüffel väl förfaren.

"Ja alltså, frågan om vilka terroraktioner som de rättsvårdande myndigheterna har omintetgjort är delvis känslig på det här stadiet, delvis omgiven av en viss sekretess med hänsyn till rikets säkerhet. Men jag kan säga så mycket som så, att ett tungt inslag i den kommande huvudförhandlingen kommer att bli planer och förberedelser på att slå till mot ett stort arrangemang på en idrottsarena… ja, det är väl lika bra att säga B när man sagt A. Det gäller alltså den planerade attacken mot Globen när Carola skulle sjunga. Nya frågor?"

Kakofonin bröt ut på nytt. Nu valde von Schüffel att höra frågan om drottningens liv varit i fara.

"När det gäller vissa anslag mot kungafamiljens liv!" började han högt och fick som han avsett omedelbart tyst i larmet. "Så är det en av flera åtalspunkter som kommer att gå in under rubriken stämpling till mord, grovt olaga frihetsberövande, tagande av gisslan och så vidare. Mer kan jag inte säga just nu."

"Så de fyra beslagtagna Nobelpristagarna i litteratur utgör inte längre ett hot mot rikets säkerhet!" ropade Erik Ponti i precis rätt ögonblick innan larmet skulle börja om. Journalisterna tystnade och avvaktade, inte för att de hade någon särskild respekt för Pontis stjärnstatus utan bara av den enkla anledningen att det var en både giftig och rolig fråga.

"Vad gäller Dagens Ekos redogörelser för beslag av viss skriftlig dokumentation", svarade von Schüffel närmast njutningsfullt långsamt för att driva upp spänningen, "så rör det sig visserligen om en ytterst liten och marginell del av den text som varit föremål för beslag och analys. Men jag får medge att det var ett kul inslag i Dagens Eko, faktiskt mycket underhållande. Även om man i och för sig kan ifrågasätta lämpligheten av skämt i sådana här allvarliga sammanhang."

Han fick genast en skadeglad skrattarmajoritet med sig och så startade frågestormen på nytt.

Nästa fråga som von Schüffel låtsades höra bättre än alla andra mitt i kacklet var mer överraskande och kunde te sig nästan marginell för den oinvigde.

"Jaaa", svarade von Schüffel utdraget som om han tänkte efter, "det tillkommer ju knappast mej att bedöma om just Kvällspressen har haft rätt i sina redovisningar, jag är inte ens säker på att jag läst mer än några enstaka artiklar. Det får ju ni journalister avgöra själva, det är bara att jämföra med vad jag har sagt här och nu. För det är nämligen den information som dels är korrekt, dels vad allmänheten så här dags har en oeftergivlig rätt att känna till."

Med den högtidliga reverensen till den fria och självständiga pressen, som samtidigt innebar guldstjärna i kanten för Kvällspressen, avslutade von Schüffel plötsligt första akten av presskonferensen. Så långt hade allt gått hans väg och han hade fått fram exakt det han ville få fram och undvikit allt otrevligt.

Andra akten i en presskonferens går till så att huvudpersonen låtsas gå, men då jagas ikapp av etermedierna, de finaste teveprogrammen i underförstådd rangordning, och ger dem en och en halv minut vardera, medan han för varje intervju flyttar sig några steg bortåt mot utgången. Metoden är mycket effektiv, de stressade tevereportrarna har inte tid och vill inte ta risken att i sina till synes exklusiva intervjuer chansa på helt nya frågor. De upprepar därför de frågor som redan har besvarats, och får samma svar som tidigare. Effekten blir att det i varje teveprogram ser ut som om reportern ställt sina egna, alltså självständigt valda och därmed "exklusiva" frågor. Det ökar trovärdigheten för båda inblandade parter.

På Dagens Eko hade man gjort upp taktiken så att en av de yngre kvinnliga medarbetarna skulle ansluta till svansen av de radioreportrar som alltid trängdes kring tevekamerorna i andra akten. En liten blå mikrofon märkt SR med blått svampgummi omkring väckte inte samma uppmärksamhet som en känd gammal reporter. Hade Erik Ponti försökt ansluta till mikrofondansen hade von Schüffel bara tagit tillfället i akt att skälla ut honom inför tevekamerorna och inget Erik eventuellt svarat hade ändå kommit med i nyhetssändningarna, varken från den statliga televisionen eller den särskilt gynnade kommersiella kanalen.

I stället satte han omedelbart kurs på den mitt i kaoset till synes övergivne chefen för Säkerhetspolisen, som ingen brydde sig om när von Schüffel bjöd upp till den obligatoriska menuetten i andra akten.

"Hej Ralph, du tycks ha det lugnt och skönt, får jag ställa en fråga? Nämligen följande", började Erik snabbt och avvaktade hej tillbaks innan han frågade. "Vad är din bedömning, kommer det att finnas säkerhetsskäl för att göra den kommande rättegången hemlig, alltså inför stängda dörrar?"

"Det är inte lätt att ta ställning till så här omedelbart", svarade Ralph Dahlén något perplex, han hade väntat sig en helt annan attack.

"Men som före detta justitiekansler måste du väl ändå kunna överväga betydelsen av att en sån här rättegång inte blir hemlig?"

"Ja, självklart. Det är av stor betydelse att allmänheten får så stor insyn som möjligt i ett så stort och dramatiskt mål", svarade Ralph Dahlén.

Han förbannade sin långsamhet, han hade inte hunnit resa sig och gå mot utgången samtidigt som överåklagaren. Nu satt han ner. Han var kvar på presskonferensen och fick frågor från ett av landets viktigaste medier. Då var det inte längre läge att resa sig.

"Tror du att advokaternas munkavle, alltså yppandeförbudet, kommer att bestå under hela den rättsliga prövningen?" fortsatte Erik obevekligt vänligt, närmast kollegialt bekymrad i tonen.

"Det är ju närmast åklagarens, alltså förundersökningsledarens, sak att avgöra", försökte Ralph Dahlén smita undan.

"Ja, men finns det några säkerhetsskäl att behålla munkavlen, det är ju din sak att avgöra, eller hur?"

Jävlar, tänkte Ralph Dahlén. Det finns det naturligtvis inte. Ljuga? Nej. Slingra sig? Går inte.

"Personligen kan jag inte se några skäl att bibehålla advokaternas yppandeförbud. Det skulle inte vara i överensstämmelse med rättssäkerheten", svarade han.

"Vore det inte bra för rättssäkerheten om vi redan idag skulle ha rätt att fråga försvaret om den tvärsäkra prognosen om fällande domar mellan åtta års fängelse och livstid?" fortsatte Erik.

"Personligen är jag osäker på om medierna är rätt forum att processa i", försökte Ralph Dahlén ducka undan, men ändå med en ärlig uppfattning.

"Men vad är det vi varit med om just nu på den här presskonferensen?" kom följdfrågan bara aningen snabbare än Ralph Dahlén hann bita sig i tungan.

"Det vi har varit med om nu...", upprepade han för att få tid att tänka efter, "är såvitt jag kan bedöma sakligt korrekt information från åklagarämbetet och en information som allmänheten har rätt till."

"Men i varje rättegång finns två sidor, varför har den andra sidan munkavle?" envisades Erik. "Är inte det olyckligt för både rättssäkerheten och tilltron till åklagarämbetet?"

Ralph Dahlén, den före detta Justitiekanslern med ansvar för bland annat rättssäkerheten, var fullkomligt överens. På nytt måste han fråga sig om han skulle ljuga? Nej, absolut inte tala mot sin övertygelse! Slingra sig? Ingen bra taktik mot en reporter som Ponti, dessutom med Sveriges Radios mikrofon i handen.

"Jo", svarade han. "Det är ett dilemma ur rättssäkerhetssynpunkt."

"Tack!" sa Erik.

Överraskad av det abrupta slutet reste sig Ralph Dahlén, såg demonstrativt på klockan och gick med långa steg mot utgången. De journalister som fortfarande var kvar i salen var antingen på väg att troppa av eller trängdes runt den förtjuste von Schüffel. Ingen brydde sig om chefen för Säkerhetspolisen och det var han just nu närmast tacksam för.

Damage control, begränsa skadorna, blev ledorden för den eftermiddagens redaktionsmöte på Dagens Eko.

De beslagtagna Nobelpristagarna, som varit kul när de var en nyhet, var nu överspelade av von Schüffel, det var bara att erkänna.

Nästa fråga var då om man helt skulle skippa den gamla, men egna, nyheten. Det var ett förslag. I så fall skulle man gå direkt på huvudnyheten, att åtal skulle vara klart till midsommar och att åklagarsidan räknade med mellan åtta års fängelse och livstid för alla häktade terrorister. Nej, för alla häktade *terroristmisstänkta*. Den distinktionen måste man behålla.

Det sorterade ut sig rätt fort, logiken var uppenbar. Huvudnyheten först. Men därefter, redan som tvåa, nyheten att de beslagtagna Nobelpristagarna, efter Dagens Ekos avslöjande etcetera etcetera nu inte längre var ett hot mot rikets säkerhet och skulle återbördas till de bokhyllor där de, tydligen helt i onödan, konfiskerats av Säkerhetspolisen.

Som tredje inslag kunde man då köra åklagarversionen av den nya, men påstått tunga bevisningen, hemliga förhör och hemlig avlyssning om framför allt en attack på Globen och Carola.

Och sedan ändå till slut utså lite tvivel inför hela skiten med hjälp av Eriks intervju med chefen för Säkerhetspolisen, som gick med på att allt detta bara var en partsinlaga och att varken de misstänkta eller deras advokater hade rätt att försvara sig i medierna, där åklagaren nu gått till attack. Vilket alltså var betänkligt ur rättssäkerhetssynpunkt.

Ungefär så. På sju minuter. Därefter inrikes, folkpartipolitikern som åkt fast för rattfylla och sedan ett amerikanskt bombanfall mot ett bröllop i Afghanistan.

Erik Ponti hade över en timme på sig för sitt enda bidrag, att redigera intervjun med chefen för Säkerhetspolisen och skriva en påannons till inslaget, och det skulle bara ta honom en halvtimme att sno ihop. Han gick ut till kaffeautomaten och tryckte fram det han och Acke ville ha. De höll på med *nån saatans tjiit till boordsplacering* till Ingalills kalas. Formuleringen var Ackes. Erik, som dessutom skulle vara toastmaster vid middagen, hade mycket lättare än Acke för den sortens problem i tillvaron.

* * *

Ewa våndades så att hon fick handsvett, hela situationen föreföll henne olidlig. Ändå fanns ingenting att skylla på, hon hade med öppna ögon åtagit sig något som inte bara översteg hennes förmåga utan dessutom var dömt att sluta med fiasko.

Inte ens två flaskor rödvin hade hjälpt. Anna och hon själv hade ändå tvingats inse sina poetiska begränsningar och i desperation gjort ett framträdande som började med en urfånig sångstump som i original var en snapsvisa som handlade om små humlor. Efter den pinsamheten skulle de övergå till ett om möjligt ännu fånigare tal som de skulle hålla växelvis. Ett tag hade hon velat hoppa av, men Erik Ponti som var toastmaster och därmed påstod sig ha makten över talarordningen hade försäkrat dem om säker succé, bara han placerade deras nummer rätt sent i middagen, till exempel i början av efterrätten när publiken hunnit fyllna till. Det var, påstod han tvärsäkert, närmast en garanti för såväl en ytterst tolerant och låg humortröskel som stormande jubel och applåder.

Ingalill Grönroos femtioårskalas hölls uppe i festvåningen på Ulla Winbladh, en av innerestaurangerna på Djurgården. De var ett fyrtiotal gäster som till överväldigande majoritet bestod av äldre journalister, några som man kände igen från teve, andra som man kände igen när man hörde deras röst och blev förvånad över att de inte såg ut som de lät i radio, dominansen av radio- och tevefolk var stor i Ingalills och Ackes bekantskapskrets.

I början av festen trängdes alla kring en bar där det till en början stod en så stor mängd champagneflaskor uppställda i ishinkar att Ewa ironiskt föreställde sig att det hade behövts poliser från ordningen och piketen för att kunna dricka så mycket innan middagen ens börjat. Snabbt insåg hon att journalister åtminstone i det här avseendet var polisers fullständiga jämlikar.

När det äntligen blev dags att leta upp sin plats vid något av de tre långborden hade ljudnivån stigit avsevärt och Ewa fann till sin lättnad att hon fått Acke Grönroos till bordet, hon hade oroat sig för hur det skulle ha gått med någon obekant stjärnreporter som börjat fråga henne var hon jobbade och sedan hur det var med terrorister och annat. Acke visste ju redan.

Till förrätt serverades en variation på lättrökt och gravad hälleflundra med en vit bourgogne som genast påminde henne om att det var hon och Pierre som stod för vin och mat, det var deras femtioårspresent, lätt avklarad men dyr. Vilket numera inte drabbade någon fattig. Pierre skulle tjäna miljoner på sin bok.

Hon och Acke sa inte så mycket till en början, mest kanske för att hon på nytt börjat våndas över den förbannade idén till hennes och Annas idiotframträdande senare. Anna satt en bit bort, utom hörhåll, tillsammans med Erik Ponti och när Ewa sneglade åt det hållet fångade han hennes blick, lyfte det vita vinglaset mot henne, pekade på det och mimade C-H-A-R-D-O-N-N-A-Y och blinkade menande.

Det var en både varm och hemlighetsfull hälsning. När hon och Pierre hade träffats de första gångerna för några år sedan så hade både Erik och Pierre skämtat en del om chardonnay och Ewas hastigt utvecklade förtjusning över just den druvan. Vilket möjligen berodde på att de tävlade om att bräcka varandra med att servera henne vit bourgogne som var om möjligt ännu bättre än den de drack nu. Hon blev varmt glad av hans lilla hälsning, eftersom den var så personlig. Han hade kanske förlåtit henne för det där med det nya jobbet, trots att han verkat så stel mot henne på senaste tiden.

Genast på bättre humör kände hon sig också mer otvungen bredvid Acke och började prata om Dagens Eko och gårdagens stora presskonferens. Det var ett samtalsämne som genast engagerade Acke och han inledde en drastisk beskrivning av hur Dagens Eko *torrskat* mot en *saatans kvällstidning*. Något som hans gamla kolleger, han hade faktiskt själv jobbat där en gång på stenåldern, gjort ett oblygt stort nummer av i dagens tidning.

Ewa hade som vanligt inte läst några kvällstidningar, men eftersom hon lärt sig att den attityden inte imponerade det minsta på journalister så slingrade hon sig snabbt undan med den enkla frågan hur det kunde komma sig. Alltså hur det kunde komma sig att en kvällstidning kunde vinna över självaste Dagens Eko.

Acke skålade roat misstänksamt mot henne, som om han trodde att hennes fråga bara var retorisk, så hon envisades med att upprepa den.

"Joo men för helvitte", skrattade han. "Det är ju bara frågan om vad romarna en gång i tiden kallade ett *pactum turpe*, ett nesligt avtal. I sak mycket enkelt. Du och jag våldtar en kvinna. Hon är då bevisligen våldtagen. Sen skyller vi hela tjiiten på någon gemensam ovän. Två saatans flugor i en smäll!"

"Jaha?" frågade Ewa. "Det låter förstås trist, men för att återgå till Kvällspressen, vem var det nu som våldtog vem?"

"Joo men så här, va?" fortsatte han ivrigt. "Kvällspressen får en förhandspresentation av antigen Säkerhetspolisen eller åklageriet om vad von Schüffel ska säga på sin presskonferens. Då verkar det som om tidningen har alldeles rätt. Och eftersom von Schüffel sen bara berättar vad som har stått i tidningen så verkar det som om också han har rätt, det är ju för helvitte enkelt som affärsidé."

De avbröts av att Erik Ponti reste sig upp och blåste i en visselpipa och presenterade dagens förste talare, en kulturjournalist som redan var påtagligt berusad. Men han hade vackra ord att säga om Ingalill, som han menade gjorde stora insatser för litteraturen genom sina återkommande bokpresentationer för en miljonpublik i ett av den statliga televisionens tidiga kvällsprogram. Sedan drog han ett plumpt skämt om hur han en gång utan framgång gjort ett sexuellt närmande som Ingalill ampert avvisat, men tog sig på något sätt ur eländet genom att säga att även om detta inträffat för tjugofem år sedan kunde han inte, nu när han såg det strålande födelsedagsbarnet, hålla frestelsen borta, alltså att försöka igen senare på kvällen. Det blev skratt och vänliga applåder, Ingalill log med hela ansiktet och skålade tillbaks mot talaren och Ewa kände sig något uppmuntrad av publikreaktionerna, hon och Anna skulle kanske komma undan med blotta förskräckelsen, trots allt.

"Jo", fortsatte hon samtalet med Acke, "om nu Kvällspressen och Säkerhetspolisen eller åklageriet var dom som ingick det nesliga avtalet, vem är den våldtagna kvinnan?"

"Joo men det är ju dom påstådda terroristerna!" utbrast han som om det förvånade honom att ens få frågan. "Och så här kommer hela tjiiten att rattas fram till rättegången. Allmänheten kommer inte att sakna information om hur inihelvitte skyldiga dom här mänskorna är. Och nämndemän läser ju också tidningar. Ju svagare bevisning, desto mera Kvällspressen, en enkel tumregel."

Ewa var osäker på om hon skulle fortsätta i det spåret, bevisningen kunde hon ju inte börja diskutera. Men hon räddades av en ny vissel-pipssignal.

Den här gången var det fyra väninnor som reste sig upp och sjöng en oblyg sång om vilka män som Ingalill avverkat under åren innan hon hamnat i Ackes trygga famn. Sången var fylld av finurliga små rim, journalister var bättre på sånt, konstaterade Ewa avundsjukt. Nytt jubel följde.

Till huvudrätt serverades en kalvrätt med ett av Pierres favoritviner från Pomerol och Ewa passade på att skåla tillbaks mot Erik och mima merlot och cabernet sauvignon, som om också det skulle ha varit en hemlighet vänner emellan. Han skrattade gott åt skämtet.

Talen rullade på i allt stridare takt, en del lyckade, något obegripligt och andra mycket kärvänliga men svamliga. Ewa konstaterade att vän-nen Ingalill måste vara en mycket uppskattad kollega bland alla jour-nalisterna, så många skiftande talanger som hon tillskrevs. En uppen-bar skillnad mellan poliser och journalister på kalas, alkoholintaget lika, var helt klart att journalister hade betydligt fler intressen i livet.

Mitt i desserten var stunden obevekligen kommen. Efter Eriks vissel-pipssignal reste sig Ewa på darriga ben, tog sin plastpåse med polis-kasken som hon dolt under stolen och arbetade sig fram mellan borden och stolarna tillsammans med Anna så att de till slut stod rakt bakom den förväntansfulla Ingalill.

I en samtidig, faktiskt väl repeterad, rörelse tog de på sig sina polis-kaskar och stirrade först strängt ut mot församlingen, där det förvän-tansfulla sorlet nästan lade sig. Och så, med stenansikten, sjöng de först sin ohyggligt töntiga sång:

Vi äro små snutar vi – tut, tut:

Vi äro små snutar vi – tut, tut!

Vi äro små snutar vi äro små snutar

vi äro små snutar vi – tut, tuut!

Församlingen vred sig märkligt nog av skratt.

"Den där inledningen var bara till för att understryka allvaret i det vi har att säga!" började Anna. "För Ingalill är en av våra varmaste, närmaste och bästa vänner. Så henne beskyddar vi med våra liv."

"Och för att ni inte ska tro att det här är ett skämt, exempelvis du där nere som hotade med sexuellt ofredande, så vill vi enkelt klargöra skillnaden mellan poliser och journalister. Det finns nämligen skillnader, om inte när det gäller alkoholintaget!"

Nya skrattsalvor gjorde att Anna måste vänta lite innan hon fortsatte.

"För om journalister alltid är i tjänst, så gäller faktiskt detsamma för oss snutar. Men då måste vi först göra så här!"

Som de repeterat tog de nu upp sina svarta dubbelvikta fodral med polislegitimationen, fällde med en samtidig och snitsig handledssnärt upp dem så att de gula polisbrickorna syntes och försökte, inte helt framgångsrikt, spänna onda polisögat i publiken.

"Från och med nu, när vi alltså klargjort läget, har vi i stort sett laglig rätt att döda den som så mycket som kröker ett hår på Ingalills huvud!" fortsatte Ewa men misslyckades med att hålla stenansikte och fnittrade till, vilket bara ökade publikens förtjusning.

"Allt detta klargjort enbart för att Ingalill är en så sällsynt bra människa, dessutom tämligen ostraffad, att hon tillhör dom ytterst få som alltid ska ha polisbeskydd", fortsatte Anna.

"Och för att ingen i fyllan och villan ska glömma sig, hänger vi nu dom här symbolerna hos Ingalill. Tack för ordet!" avslutade Ewa.

De hängde upp sina löjliga små poliskaskar på Ingalills stol och gick varma av upphetsning och förtjusning och satte sig under visslingar, jubel och applåder.

"Helvete, vilken lättnad!" stönade Ewa med en djup utandning när hon sjönk ner på stolen bredvid Acke. "Men tänk om publiken varit nykter, vilken fasa!"

"Äh! Ids nu int vara ute med håven, det där gjorde ni saatans kul", sa Acke och höjde sitt dessertvinsglas mot henne. En rätt dyr sauternes, konstaterade Ewa.

Vad hon inte tänkt på var att eftersom Pierre hade Ingalill till bordet var det alltså han som skulle hålla sista tacktalet, han hade inte ens antytt det för henne när de var på väg till festen.

Han gjorde det förstås helt utan skämt, men elegant. Han berättade hur han lärt känna Ingalill när hon och Acke kom ner till honom och Ewa på Korsika och hur hon varje dag lärde sig att säga något nytt på franska, som hon för det mesta fick till helt rätt. Utom just vid detta tillfälle... och så drog han en kort historia, delvis på franska, knöt ihop det med att svårigheter att förstå måste vara det som goda journalister alltid kämpar mot och i så fall var Ingalill en mycket kämpande, åtminstone på franska, och god journalist. Och en förtjusande vän med ett mycket sunt och dessbättre tilltagande intresse för franskt vin. Skål!

Ewa kände en varm våg av stolthet och kärlek till Pierre och hon längtade plötsligt starkt efter Korsika. Synd att det var så långt kvar till semestern.

Senare på kvällen träffade hon Erik i baren och insåg att hon måste säga något vänligt för att hålla tag i den goda stämning som han hade inbjudit till med sitt skålande vid middagsbordet.

"Det var faktiskt ett fenomenalt inslag du gjorde i Ekot om det där med Nobelpristagarna", log hon och höjde glaset mot honom.

"Tack det var snällt sagt", svarade han med en lite forskande blick. "Men sen fick vi ju av outgrundliga skäl stryk av Kvällspressen."

Ewa tänkte efter. Jo, visst fiskade han efter något. Hon tvekade innan hon bestämde sig för att nappa åtminstone lite.

"Såvitt jag kan bedöma, men jag är ju bara en vanlig lyssnare", började hon avsiktligt tvetydigt, "så var det som sas i Dagens Eko fullständigt korrekt. Medan det som stod i Kvällspressen hade åtskilliga fel och brister."

Hon såg honom i ögonen när hon sa det och han missförstod inte.

"Tack igen", sa han. "Det var en mycket intressant reaktion från en inte särskilt vanlig lyssnare."

Hon sa inget mer, hon hade redan gett sig ut på djupt vatten. I stället gjorde hon sin specialare, några snabba menande lyftningar upp och ned med ögonbrynen för att locka honom till skratt. Det lyckades och de skålade på nytt, nästan som de gamla goda vänner de en gång varit.

VII.

SÄKERHETSPOLISENS TILLSLAG mot den kurdiska kulturtidskriften Newroz kom som en total överraskning också för den lilla redaktionen som jobbade sent på kvällen med att lägga sista handen vid sitt kommande nummer. Minuterna innan deras liv skulle förändras för alltid satt redaktionsmedlemmarna fortfarande i gladlynt samspråk vid sina datorer och skämtade om vilka journalistpriser de skulle få när det stora avslöjandet publicerades.

I efterhand var det lätt, också för dem själva, att konstatera hur aningslösa de hade varit. De trodde att de var säkra bara för att de var väletablerade intellektuella, för att de som journalister skulle vara skyddade av de vanliga grundlagarna i en västerländsk demokrati. Att de var immigranter i en eller annan mening trodde de inte hade någon betydelse. Tryckfrihetsgrundlagen skiljde inte mellan blåögda och brunögda journalister. Det var mer än trettio år sedan myndigheterna hade slagit till mot en tidning för att stoppa obehaglig publicitet och det hade också lett till en trettio år lång skandal som orsakat inte bara ett förstärkt grundlagsskydd för samhällskritisk journalistik utan också en oändlig serie statliga utredningar där den förmodligen sista och mest betydelsefulla publicerats så sent som för ett år sedan. Kort sagt var det otänkbart att det som hände kunde hända.

Vad journalisterna också hade skojat om var att de snart bara var en knapptryckning från att rädda sitt material om det otänkbara skulle hända. De kunde ju lägga ut allting på nätet ifall dörren plötsligt slogs in.

Det hade bara varit ett skämt. Men de som avlyssnade redaktionen uppfattade möjligen inte den nyansen i språk eller tonfall. Det var troligen därför som tillslaget blev mer våldsamt än nödvändigt.

Redaktionen för Newroz låg i källarplanet i en före detta second hand-butik på Regeringsgatan, mitt i en av de mindre fashionabla stadsdelarna i Stockholms city. Den före detta butiken och numera redaktionen som delade lokal med det kurdiska bokkaféet hade därför fönster mot gatan där man aldrig såg annat än ben passera. Någon av redaktionsmedlemmarna mindes svagt efteråt att han just före smällen tyckte sig se en rad svartklädda byxben springa förbi ett av fönstren mot gatan. Det var det sista han mindes.

Säkerhetspolisens anfall inleddes med en serie chockgranater som sköts in genom fönsterrutorna i ett moln av glassplitter. Det var specialister från den Nationella insatsstyrkan som ansvarade för den mycket viktiga inledningsfasen. Chockgranater är inte avsedda att döda, bara att med en kombination av ljud och ljus göra objekten medvetslösa.

Operationen blev en fullständig framgång. Inget enda av objekten hade hunnit så mycket som vidröra en datortangent innan de alla låg ner på golvet, förblindade och spastiskt skälvande i chock. Objekten kunde fint och stillsamt förses med handfängsel och svarta huvor, läkarkontrolleras och föras undan. Allt material på redaktionen kunde säkras, vilket betydde att den tömdes på alla datorer och allt arkivmaterial under de tidiga morgontimmarna.

Följande dag kunde tidningen Kvällspressen som enda nyhetsorgan beskriva exakt vad som hänt.

NY TERRORLIGA
i Stockholm
SPRÄNGD AV SÄPO

Så stod det på löpsedeln. Inne i tidningen upptog reportaget åtta sidor som mest bestod av stora bilder på svartklädda maskerade poliser som ledde bort terrorister, framåtböjda med huva över ansiktet, och en sönderslagen tidningsredaktion ("terrorligans högkvarter") i ett hav av glassplitter.

Vad som hänt var enligt Kvällspressens särskilde terroristexpert, som råkat vara närvarande vid tillslaget, att en sambandslänk mellan den kurdiska terroristorganisationen PKK och den islamistiska al-Qaida hade oskadliggjorts i sista ögonblicket. Terrorligan hade stått i begrepp att attackera en viktig svensk myndighet och med säkerhet hade nu åtskilliga människoliv räddats. En redaktion för en extremistisk kulturtidskrift hade fungerat som kamouflage för terroraktiviteterna. Det var tack vare en skickligt genomförd avlyssningsoperation som Säkerhetspolisen kommit ligan på spåren och lyckats slå till innan de hann genomföra sina planer, vilket hade varit frågan om timmar.

Detta var den konkreta nyheten. Resten av reportaget innehöll dramatiska vittnesberättelser från grannar och andra som råkat befinna sig i närheten. "Jag trodde det var krig ... det var som i en agentfilm ... hela kvarteret sken som en fackla ... jag har aldrig varit så rädd i hela mitt liv ... "

Om allt detta var Ewa fullkomligt omedveten där hon satt vid sitt skrivbord överhopad av nya förhörsutskrifter och pärmar med utredningar om jämförelsevis bagatellartad ekonomisk brottslighet som belastade de nio misstänkta terroristernas familjer. Det rörde allt från bidragsfusk till försenade momsinbetalningar och smärre bokföringsbrott, ingenting som i sig skulle kunna medföra andra påföljder än böter och straffavgifter. Utfallet kunde tyckas väl magert med hänsyn till vilka resurser som lagts ned, både från hennes personal på Säkerhetspolisen och assisterande tjänstemän på Ekobrottsmyndigheten. Ingenting man fått fram i dessa utredningar skulle vara häktningsgrundande, vilket åtminstone från början varit åklagarsidans förhoppning när terroristanklagelserna fortfarande var något svajiga.

Hela den här sidoverksamheten hade i stort sett varit onödig, ett rent resursslöseri. Staten skulle kanske komma att driva in ett par hundratusen kronor i avgifter och bötesbelopp, men utredningskostnaderna var skyhögt högre. Det var lika tidskrävande att utreda en miljonsvindlande skatteflykting i Djursholm som en sjukbidragsfuskande hemmafru i Kålsta.

Dessutom hade Ewa svårt att frigöra sig från den cyniska reflektionen att vilket som helst urval småföretagare i landet, varsomhelst och oavsett etnicitet eller religion, skulle haft svårt att klara sig helskinnade från en så här ytterligt pedantisk och resursstark utredning.

Men två av de nio familjernas ekonomi avvek bestämt från genomsnittet. Det var familjen Salameh, grönsakshandlarna, som skulle komma undan med en ren skitsak om för sent inlämnad momsdeklaration vid ett av årets tolv deklarationstillfällen. Och så var det familjen Belkassem, som helt enkelt sysslade med brott av både det ena och det andra slaget. Narkotikapolisen låg i full beredskap att göra ett större tillslag men väntade in någon smuggelleverans innan det var dags.

Som helhet hade utredningsberget ändå bara fött en mus. Den utredda "ekonomiska brottsligheten" borde knappast få något utrymme alls i den kommande terroristrättegången, det mesta kunde klaras av rent administrativt med bötesföreläggande och andra pålagor. Men det var förstås åklagarnas sak att avgöra.

Den betydligt viktigare förhörsverksamheten började däremot närma sig slutet. Ewa och Terje Lundsten hade lagt ned ett stenhårt arbete veckorna före påsk för att kunna ta ledigt med gott samvete. Och fyra alldeles för korta dagar nere på Korsika hade fungerat som en koncentrerad injektion av bekymmerslöst familjeliv med bad och sol, vin och grillad fisk. Hon och Pierre hade äntligen fått nätterna för sig själva; när Nathalie somnat på kvällarna smög de ut som tonåringar till det nybyggda gästhuset. Det var något särskilt med att älska varandra just på Korsika, antagligen för att det var där som den första passionen flammat upp. Om ett par månader skulle de vara tillbaka på riktig semester, bara hon blev av med den här helvetesutredningen.

Ur åklagarnas synvinkel var alla de nio häktade redan bundna vid brott genom förhören. Det var visserligen en uppfattning som Ewa inte delade, för egen del ansåg hon till exempel att barfotaadvokaten Moussa Salameh och den kristna martyren, som hans advokat hade velat göra honom till, Eduar Khoury, helt enkelt var oskyldiga och att det bara var det som förhören visade.

Men före minisemestern på Korsika hade hon också bearbetat några av dem som hon till en början lämnat åt sidan, Ghassan Al Khalili, 23 år och Khalid Moubarak, 21 år, båda av palestinskt ursprung. Problemet med just de två var att de var i så dåligt psykiskt skick att de knappast kunde kommunicera vettigt. De hade brutits ned av något som Ewa förmodade var en kombination av den långa isoleringen och brutaliteten i de inledande förhören. Hade de varit misstänkta för någon vanlig form av brottslighet så hade förhören i sitt nuvarande skick inte räckt långt ens vid en häktningsförhandling. Men terroristbrottet var mer komplicerat och erbjöd en del enkla genvägar för den förhörare som ville skrapa ihop till ett fullgott häktningsskäl. Och det hade hon utnyttjat så långt det gick.

Även om det hade varit svårt att föra några ordnade samtal med såväl den tjugotreårige Al Khalili som hans två år yngre målskamrat Moubarak hade hon till slut lyckats få ned några begripliga meningar i protokollet där båda medgav att de kände till både "al-Qaida i Sverige" och det där snacket om att bomba Globen.

Det räckte som häktningsskäl. För den som känner till stämpling eller förberedelse till terroristbrott och inte anmäler det till polisen begår själv terroristbrott. Det kunde bli en åtalspunkt i sig.

Hon hade snärjt dem med en lag som de inte hade en möjlighet att känna till eller ens begripa, särskilt inte nu i sitt skakiga psykiska tillstånd. Det var ingenting att känna sig stolt över, men hon hade ursäktat sig med att hon behövde vinna tid för att få arbetsro. Frågan var närmast vad hon skulle använda den tiden till med de här två som inte längre kunde kommunicera. De var i betydligt större behov av någon form av psykiatrisk vård än av listiga förhörare.

Det var en punkt som hon tänkte ta upp på eftermiddagens stora möte, den månatliga genomgången med alla cheferna på Säkerhetspolisen och von Schüffel och hans åklagargäng.

Men när Terje Lundsten kom in på hennes rum med ett exemplar av dagens Kvällspressen, som han höll fram mot henne i ett skämtsamt äcklat grepp mellan tummen och pekfingret, förstod hon snabbt att dagens stora möte knappast skulle ge utrymme åt någonting så marginellt som den psykiska hälsan hos två av de gamla terrorist-misstänkta. För här var en ny laddning misstänkta på ingång.

Hon läste under tystnad medan Terje avvaktade i besökssoffan.

"Jaha", sa hon när hon vek ihop tidningen och slängde den i papperskorgen, "då får vi färskt kött till förhörskvarnen. Fast det här kommer som en total överraskning för mej."

"Hur är det möjligt?" frågade Terje misstroget. "Du är ju en av höjdarna här."

"Jo, det kan man tycka", sa hon. "Men Säkerhetspolisen är inte som den riktiga polisen. Här är verksamheten strikt sektionerad, det heter faktiskt så, och det kan till exempel betyda att förhörsavdelningen inte ska känna till vad operationsavdelningen sysslar med."

"Så du har ingen aning om dom här nya gripna har något samband med dom som vi redan jobbar med?" frågade han med tvivlet målat över hela ansiktet.

"Nej, faktiskt inte. Kvällspressen vet mer än jag om det här. Och deras undersökande reportrar antyder visserligen, om jag fattar dom rätt, att det finns något samband mellan dom här nya kurderna och våra gamla vänner i al-Qaida. Vi får väl snart se om dom erkänner det."

Terje Lundsten bara skakade på huvudet åt hennes sarkasm om högst eventuella erkännanden.

"Det är i alla fall mycket enkelt att bestämma sig för vad vi förhörare ska göra nu", fortsatte hon mer eftertänksamt. "Hela ledningen för Säkerhetspolisen träffar åklagargruppen klockan 13:00. Då kommer förhoppningsvis Kvällspressens förundersökning att kompletteras. Och då har vi alltså ett nytt gäng på ingång som ska förhöras och ett första förhör ska vi ju ha redan idag. Du vet, mest formalia om hur dom ställer sig till anklagelsen, om dom vill ha advokat och så där."

"Jo, jag vet. Men om dom vill ha advokat! Gissa en gång, det här är nog inte vilka svartskallar som helst."

"Nej, den tanken har också slagit mej, en hel inburad tidningsredaktion, söte Jesus! Men försök att se det från den soliga sidan, det här kan bli väldigt intressant och omväxling behöver vi ju."

"Jo, men vad gör vi dom närmaste timmarna?"

"Ingenting särskilt. Jag föreslår att förhörsgruppen träffas klockan 15:00 i sammanträdesrummet, jag antar att det stora mötet är slut då. Och så är det bara att ta nya friska tag."

Terje Lundsten nickade och reste sig för att gå. Han sa att han skulle fördriva tiden med att gå över sin lilla klockarkärlek ännu ett varv. Han syftade på antingen barfotaadvokaten Moussa Salameh eller den kristne martyren Eduar Khoury, som både han själv och Ewa betraktade som oskyldiga. Men frågan var hur man med hjälp av ytterligare förhör ovanpå alla tidigare förhör skulle kunna leda den saken i bevis.

Ewa gick igenom sina förberedelser på nytt inför det stora sammanträdet och kortade ner sin planerade föredragning. Om det som stod i Kvällspressen var sant skulle mötet definitivt komma att handla mest om dagens nya fångst.

Och så blev det i högsta grad. Det var inga små nyheter som presenterades från en stolt och ivrig chefskollega på den operativa avdelningen när han redovisade en avlyssningsoperation långt utöver det vanliga. Under två månaders tid hade den tekniska op-sektionen kunnat följa vartenda ord som yttrades på redaktionen för den kurdiska tidningen Newroz. Den nya avlyssningstekniken kompenserade för brus och störningar och levererade perfekt ljudkvalitet i någon sorts stereo, så att man till exempel kunde följa samtal som fördes från helt olika platser i ett rum.

Därför hade man alltså iskallt kunnat vänta med tillslaget till sista ögonblicket, så att man garanterat skulle få tidningens kompletta material i håven.

Åtminstone var det så Ewa förstod den tekniska föredragningen. Men medan hon tänkte ordet *redaktion* använde hennes chefskollega orden terrorligan eller ligahögkvarteret och när han talade om ligans uppsåt att vidarebefordra uppgifterna till tredje man, tänkte hon *jour-*

nalister som haft för avsikt att *publicera.* För trots alla omskrivningar föreföll henne en sak kristallklar. Säkerhetspolisen hade för första gången på över trettio år slagit till mot en tidningsredaktion, gripit redaktörer och journalister, beslagtagit deras artiklar och hemligstämplat dem som bevismaterial i terroristmål. Det var verkligen inga småsaker. Dessutom förstod hon inte hur den journalistiska eventuella brottsligheten skulle kunna döljas i en sluten terroristutredning i stället för att förvandlas till ett högst offentligt tryckfrihetsmål. Hon såg otåligt fram emot von Schüffels gärningsbeskrivning, liksom hans önskemål om vad som skulle utredas med förhör. Skulle hon och hennes medarbetare bara förhöra journalisterna/terroristerna om de skrivit vad de skrivit? I rent praktiskt avseende föreföll det i så fall som snabbt avklarade förhör.

von Schüffel frustade av otålighet för att få överta ordet och beskriva den intrikata juridik som låg till grund för dagens anhållanden. Han var på mycket gott humör och verkade, med tanke på det juridiska gungfly som Ewa ansåg att han befann sig på, förvånansvärt självsäker.

Fem personer satt anhållna, berättade von Schüffel. Övriga frihetsberövade hade släppts efter sina obligatoriska sex timmar, vilket varit tillräckligt för att hålla dem borta från de bostäder som var föremål för husrannsakan. Det var av största vikt att se till så att det inte fanns något spill i hemdatorer till exempel, rubb som stubb av det säkerhetshotande materialet måste säkras.

Bland de fem som anhållits och tämligen omgående skulle begäras häktade fanns de så kallade redaktörerna Nedim Demirbag och Azad Dagdeviren, som var hjärnorna bakom den attack mot bland annat Säkerhetspolisen som förberetts länge och alltså nästan hunnit genomföras.

Den tredje anhållne var ett betydligt mer sorgligt fall, eftersom han var anställd som översättare på Säkerhetspolisen. Hans namn var Rizgar Serdest och han hade låtit sig tubbas att förse de två så kallade redaktörerna med hemligstämplat material, bland annat om ett antal civilanställda eller frilansande informatörer som opererade i islamistiska och liknande kretsar. Om deras namn hade offentliggjorts hade de svävat i livsfara, eftersom somliga extremister då skulle ha uppfattat dem som angivare och förrädare.

Detta måste de så kallade redaktörerna ha insett och kunde därför inte ta skydd bakom någon sorts rättsvillfarelse, okunnighet eller naivitet.

En inte oväsentlig del av det så kallade avslöjande som Demirbag och Dagdeviren konspirerat om rörde två av de häktade i den gamla terroristutredningen, föga förvånansvärt de två kurder som var överbevisade om att ha samlat in pengar till terroristorganisationen Ansar al-Islam. Här fanns alltså en koppling mellan de två utredningarna.

Den här aspekten krävde en kortare förklarande utvikning. Våren 2005 dömdes två irakiska kurder för just detta brott till sex, respektive sju, års fängelse och utvisning på livstid till Irak. På något sätt, förmodligen genom sin källa på Säkerhetspolisen, hade man på terrorcentralen Newroz listat ut att samma brottsmisstankar belastade de två kurderna i den nu pågående utredningen.

Därför hade man förberett en uppviglingsaktion till brott och gjort en lista på ett antal kändisar som skulle solidarisera sig med brottslingarna genom att medverka till en gemensam penninginsamling.

Tanken med detta var att de rättsvårdande myndigheterna inte gärna skulle kunna bura in en stor del av nationens mest kända författare och journalister på samma grunder som de tidigare dömda kurderna från 2005 och de två som skulle komma att dömas i nästa omgång.

Dessvärre var konspiratörernas bedömning därvidlag fullt riktig. Men inte därför att, som de själva avsett att framföra i sin agitation, vita människor av europeisk nationalitet behandlades annorlunda av lagen än kurder. Däremot skulle diverse kändisars ekonomiska stöd till en terrorstämplad organisation kunna uppfattas som en meningsyttring snarare än brott. Någonting som man dock kunde befara att såväl allmänheten som socialdemokratiska ledarskribenter skulle ha svårt att förstå. Här fanns ett klart pedagogiskt problem.

Det hindrade emellertid inte bedömningen att de så kallade redaktörerna haft ett direkt uppsåt att uppvigla till brott, vilket för övrigt vore önskvärt att höra dem erkänna i förhören.

Summa summarum kunde brottsmisstankarna sammanfattas på följande sätt. Först och främst gällde det en form av anstiftan till mord på den personal inom Säkerhetspolisen vars identiteter uppsåtligen skulle röjas. Det gällde givetvis grov olaga befattning med hemlig uppgift och uppvigling till terroristbrott. Sett i sitt sammanhang var hela denna brottslighet att anse som terroristbrott, eftersom det var det demokratiska samhället som var under attack.

Och här kom vi till själva finessen i kråksången, myste von Schüffel nöjt i sin avslutning. För även om det skett en del lagändringar för många herrans år sen när Säkerhetspolisen slog till mot en liknande publikation som allvarligt skadat det svenska försvarets underrättelsetjänst, så kunde de nya lagarna inte träda i funktion i det här fallet.

Innebörden i den grundlagsändring som genomförts var att om journalister genom att skriva begick brott som tidigare betraktats som spioneri, så skulle det i fortsättningen behandlas dels som obehörig befattning med hemlig uppgift, dels bli föremål för ett tryckfrihetsmål i stället för vanligt brottmål.

Men. Terroristbrott var ett helt nytt brott, som det inte stod en rad om i tryckfrihetsgrundlagen. Ergo slapp man det problemet. Herrar Dagdeviren och Demirbag kunde alltså lagföras som vanliga kriminella, utan allt det besvär med offentlighet och annat som ett tryckfrihetsmål innebar.

Överåklagare von Schüffel såg ut som om han väntade sig applåder och stämningen i rummet kändes som om det var mycket nära att han fick det.

Det var som fan, tänkte Ewa. Spionerijournalistik avskaffades redan på 1970-talet, i stället har vi i all diskretion fått terroristjournalistik. Det låter dessvärre som om den där paddan har rätt. Och vad ska vi nu förhöra redaktörerna om?

Om deras nästan publicerade tidningsartiklar, visade det sig mot slutet av mötet, efter att man högst summariskt gått igenom läget i den gamla utredningen och Ewa fått en del beröm som hon inte var odelat förtjust i över sitt "handfasta sätt att knyta ihop säcken". Hon tyckte intuitivt illa om formuleringen.

Det kommande numret av Newroz hade legat färdigt i redaktionens datorer. Så vad hon fick med sig från mötet var helt enkelt några utskrivna artiklar som, absurt nog, blivit hemligstämplade, till och med kvalificerat hemliga.

Mötet hade gått mycket fortare än hon väntat sig och hon hade fortfarande god tid på sig innan hon skulle träffa sin förhörsgrupp. Men Ralph Dahlén, som inte sagt något på hela mötet förutom det lilla som behövdes för att spela ordförande och fördela ordet, såg inte särskilt jäktad ut när han reste sig. Också han hade väl väntat sig en längre sammankomst.

Hon tog chansen, gick fram till honom när de var på väg ut och bad om en stund på tu man hand. Hon ångrade formuleringen samtidigt med hans förtjusta leende när han överdrivet chevalereskt visade henne vägen mot sin avdelning.

"Jag har tjugo minuter för tu man hand", sa han när de satte sig i de eleganta Carl Malmstenstolarna.

"Jag med", sa hon när hon sträckte sig mot hans permanent parkerade kaffetermos och serverade sig själv först.

"Nå", sa han när han tog emot sin kopp, "vad har du på hjärtat? Väldigt effektiva förhör förresten, min komplimang. Men vad ville du tala om?"

"Ett intressant tryckfrihetsproblem", svarade hon med ett tveksamt leende som fick honom att missförstå.

"För det första tror jag att von Schüffel har ordning på fåren när det gäller det vi har hört idag. För det andra tror jag att jag som justitiekansler möjligen hade blivit vansinnig, men nu är jag gudskelov inte det längre. Det kommande åtalet är befogat, inte minst eftersom det gäller läckage från vår egen avdelning. Pinsamt nog."

"Där ser inte jag heller några alltför stora svårigheter", fortsatte hon inte helt sanningsenligt. "Det är en annan liten detalj som jag undrar över."

"Som vadå?" motfrågade han plötsligt vaksam, som om han anade hennes ironi.

"Vissa för mej obegripliga skillnader mellan läckage och läckage", fortsatte hon mer rakt på sak. "Någon här hos oss förser Kvällspressen med sovrade men korrekta informationer. Denne någon har då röjt hemligstämplad information. Eller hur?"

"Ja, onekligen. Men vad är det du grubblar över?" motfrågade han på nytt.

"Om en liten stund ska jag skicka mina värsta förhörsbusar på en av våra före detta anställda översättare. Han är så gott som överbevisad, framgick det av avlyssningsrapporteringen. Han har läckt information från oss till en tidning och för detta kommer han att åka in."

"Den prognosen ansluter jag mej till. Men vad är din fråga?"

"Vad är skillnaden mellan vår översättare som kommer att åka in och Kvällspressens informatör som tydligen inte kommer att åka in? Det är min enkla fråga."

"Är du kränkt över att du fick nyheten om nattens tillslag i tidningen och inte från mej?"

"Inte alls. Och jag är inte hysterisk. Vad menar du med det där? Tror du inte jag förstår att man håller vissa tillslag hemliga för alla icke inblandade?"

"Förlåt, det tror jag helt säkert att du gör. Men låt mej svara så här. Det är en väldig skillnad mellan läckage och ventilage."

"Ventilage?"

"Ja, vi använder den termen internt. I extremt hemliga utredningar är det av vikt att massmedia inte far iväg i spekulationer, av en mängd skäl. Därför reglerar vi i viss mån det där själva."

"Vilka är vi i det sammanhanget?"

"Jag själv och avdelningscheferna, i princip du också. Om du vidarebefordrar sovrad information så är det inte läckage utan ventilage, en säkerhetsventil för att se till så att inte allmänheten får en förvriden bild av vad vi sysslar med. Det är ytterst en demokratifråga."

Ewa var förstummad för första gången på mycket länge. Hon var inte ens säker på att hon tagit till sig hela innebörden av det hon nu så rakt och till synes bekymmerslöst hade blivit upplyst om. Samma gärning, flera års fängelse i det ena fallet och, om inte lagligt, så ändå straffritt i det andra fallet.

"Är du chockerad, Ewa?" frågade han vänligt medan han serverade dem båda nytt kaffe och såg på klockan.

"Ärligt talat ja, åtminstone överraskad", svarade hon dröjande. "Låt mej göra en jämförelse?"

"Så gärna, sätt igång!"

"Du har läst mina förhör och dom kommenterande bilagorna?"

"Ja, med största intresse dessutom. Allt dom sa om dej var sant och jag är väldigt nöjd med att ha dej som medarbetare. Och?"

"Förhören med två av dom häktade är mer till fördel för försvaret än för åklagarsidan, eller hur?"

"Ja, den uppfattningen delar jag faktiskt som gammal domare. Du tänker på den där kristne göken och vår vän juris studeranden?"

"Naturligtvis. Och då måste jag nog säga att ventilagerandet i Kvällspressen när det gäller dom två inte varit... vad var det du sa? En demokratifråga. So what if?"

"So what if vadå?"

"Om jag ventilagerade din och min uppfattning om dom här två?"

"Jag har inte tänkt på vad det blir för verbform av ventilage, men jag tror vi säger ventilera. Förlåt, språkpolisen sitter i ryggmärgen på mej. Nej, ärligt talat, det tror jag inte skulle vara så lyckat."

"Varför det, vad är skillnaden mellan att ventilera och ventilera?"

"En fråga om arbetsro, bland annat. von Schüffel skulle leva djävulen och i värsta fall hota med att inleda förundersökning mot dej. För att det här systemet ska fungera behövs samförstånd, vi får inte hamna i luven på varandra och nu måste jag snart gå."

"Jag med. Så ventilaget är fel om det tjänar försvarets intressen men rätt om det tjänar åklagarens?"

"Det tycker jag var ett väldigt brutalt sätt att uttrycka saken, men som sagt, jag har ett möte."

Och det hade ju Ewa också. De skiljdes hastigt och Ewa stressade genom korridorerna på sina höga klackar, hon hade klätt upp sig lite för det stora mötet. Och hon ville inte komma försent till sin väntande förhörsgrupp.

Hon var lätt andfådd när hon kom in i sammanträdesrummet och de fem männen reste sig. Det första hon gjorde var att dela ut underlaget, tre hemligstämplade tidningsartiklar där varje kopia var numrerad.

"Tekniskt sett har vi enkla förhör framför oss", började hon. "Det där är nämligen hela underlaget. Det är icke publicerade tidningsartiklar och vår uppgift är att få författarna att erkänna att de är författarna och källan att erkänna att han är källan."

Först när hon beskrivit arbetsuppgiften insåg hon hur absurt det måste ha låtit även om det var fullkomligt sant. Själv hade hon ju redan hunnit vänja sig vid tanken.

Alltså samlade hon sig och gjorde en preciserad redovisning av vad som hade sagts i ledningsgruppen både när det gällde bevisning genom hemlig ännu inte helt laglig avlyssning av tidningsredaktion och juridiken kring frågan om terroristbrott som vägde tyngre än tryckfrihetsgrundlagen.

Därefter fördelade hon arbetsuppgifterna. Hon avdelade de två kommissarier som hon uppfattade som de mest obehagliga att ta sig an källan på Säkerhetspolisen, den kurdiske översättaren. Hon instruerade dem sötsurt att helst inte omedelbart skrämma skiten ur före detta kollegan så att han tystnade och bad om advokat. Cyniskt eller inte, tänkte hon, men en kurd som har förrått Säkerhetspolisen och åkt fast tänker knappast iskallt, ju fortare han erkänner, desto bättre.

Den springande punkten, instruerade hon vidare, var om läckan inte "insett eller borde ha insett", med lagens formulering, att han satte andra människors liv i fara genom att förråda dem. Sak samma om det gällde hans egna översättarkolleger eller informatörerna ute på stan.

Anders Johnson och den kommissarie som tydligen stod honom närmast fick i uppdrag att jämföra tidningsartiklarna med förhörsmaterialet från de två kurderna som satt häktade i den stora utredningen och se vilka uppslag och idéer som kunde komma ut av det. Och eftersom arbetsmaterialet var försett med kvalificerad hemligstämpel måste det återlämnas på hennes kontor vid arbetsdagens slut för att kvitteras och låsas in.

Själv var hon fast besluten att ingen annan än hon själv och Terje skulle komma i närheten av de två redaktörerna. Det klargjorde hon också mycket bestämt. Ingen jävel skulle så mycket som vidröra Dagdeviren och Demirbag utom hon och Terje Lundsten.

För de två skulle nämligen inte kontamineras av några idiotiska hotelser och islamofobiska skämt så att de blev otalbara, tänkte hon.

"Det är väl bara ett första enkelt formaliaförhör vi tänker oss, annars kan jag verkligen inte påstå att jag är förberedd", muttrade Terje på väg upp till förhörsrummen i häktet.

"Nejdå", försäkrade hon. "Vi ska bara fråga hur dom mår, hur dom ställer sig till anklagelsen och vilken advokat dom vill ha. Vi är på tunn is, tror jag åtminstone och här får inte begås ett enda jävla fel."

"Skönt", suckade Terje. "Jag har alltid haft svårt att slänga käft med journalister. Fast jag har ju å andra sidan aldrig haft det här överläget."

Den förste de träffade var chefredaktören för Newroz, Azad Dagdeviren. De blev båda lika överraskade av hans utseende, antagligen därför att de undermedvetet var inställda på att träffa en terroristmisstänkt som såg likadan ut som dem de var vana vid.

Men Azad Dagdeviren var en gentleman i dryga femtioårsåldern, med engelsk tweedkavaj med läderbeslag och modejeans av något slag. Han hade en del plåster i ansiktet men hans svarta blick verkade koncentrerad och beslutsam. Han var gråhårig, kortklippt, hade en välansad stor mustasch och föreföll intressant nog inte det minsta rädd eller osäker.

"Jag är polisöverintendent Ewa Tanguy, chef för förhörsenheten här på Säkerhetspolisen, och det här är kommissarie Terje Lundsten som är här som förhörsvittne", inledde Ewa såfort hon slagit på bandspelaren.

"Vi äro små snutar vi – tut, tut!" rosslade han, det verkade som om han hade en del kvardröjande andningssvårigheter efter tårgasen.

"Förlåt!" sa Ewa. "Vad menar du med det där?"

"Bara att jag tyckte att det där framträdandet som du och Anna Holt gjorde på Ingalills fest var strålande. Men då kunde jag inte föreställa mej att vi skulle ses så snart igen. Och framför allt inte under dom här omständigheterna", svarade han entonigt utan att på något sätt understryka sin ironi.

"Vi var alltså båda på Ingalills femtioårskalas", konstaterade Ewa och kvävde samtidigt sin impuls att stänga av bandspelaren. "Det kanske innebär ett problem, en fråga om jäv", fortsatte hon. "Men det kan vi lämna därhän just nu. Det här är ett kort och ganska formellt förhör som man håller första gången. Först vill jag veta om du har fått adekvat läkarvård, sen hur du ställer dej till dom misstankar som riktas mot dej, och till sist vilken advokat du vill ha. Kan vi genomföra det?"

"Absolut", svarade han med en första antydan till leende. "Jag har fått läkarvård för en del skärsår i ansiktet och på händerna och jag har fått behålla den medicin jag behöver för ett hjärtproblem. Jag vill ha en offentlig försvarare, nämligen advokaten Peter Silbermann. Och vad var anklagelsen?"

"Jag ska kontakta advokaten Silbermann och framföra ditt önskemål", svarade Ewa med stark koncentration på att hålla en absolut mask fastän hon inom sig befann sig i en sorts minneskaos där hon letade efter hans ansikte på festen. "Och vad gäller anhållningsskälen har du väl redan hört dem, det gäller terroristbrott i första hand. Hur ställer du dej till det?"

"Jag förnekar brott", svarade han kort och formellt, precis som formuläret krävde, nästan som om han vore en av Ewas gamla bekanta bland ekoförbrytarna.

"Okej, då har jag bara en fråga kvar", fortsatte Ewa jäktat. "Har du skrivit eller är du ansvarig för dom här artiklarna?"

Hon öppnade en mapp och lade upp tre hemligstämplade tidningsartiklar i anonym utskrift framför honom. Han tog dem häpet i sin hand, ögnade lite i texten här och var och nickade bekräftande.

"Naturligtvis är jag ansvarig för dom här artiklarna", svarade han närmast sorgset. "Jag är chefredaktör och ansvarig utgivare på Newroz, det här är vårt stora avslöjande. Och det vill jag svara för i ett tryckfrihetsmål."

"Det är varken din eller min sak att avgöra, Azad. Men det vi nu sagt är allt vi behöver klara av i det här förhöret. Jag utgår från att du vill ha din advokat vid din sida i fortsättningen?"

"Ja, och om inte Silbermann kan eller vill så vill jag ha advokaten Leif Alphin som alternativ."

"Det är noterat", svarade Ewa och avslutade formellt förhöret med klockslag och noteringen att bandspelaren inte vid något tillfälle varit avstängd och nickade åt Terje att gå ut i korridoren och vinka in plitarna.

"Jag vet uppriktigt sagt inte vad det betyder att vi har varit på samma fest du och jag", sa hon när de var ensamma. "Hur känner du Ingalill?"

"Det är snarare hennes man jag känner", svarade han med ett svagt leende. "Vi har gjort en del jobb tillsammans, vi är ungdomsvänner kan man säga."

"Den vänskapen tror jag kan visa sig mycket värdefull", svarade hon kort och tänkte samtidigt att hela hennes sociala liv höll på att rasa samman.

"Vafan var det där om små snutar och tut tut?" frågade Terje omåttligt road när de gick vidare för att klara av nästa formaliaförhör med andreredaktören på Newroz.

"Det ska jag berätta en annan gång men definitivt inte just nu", svarade hon nästan ilsket. "Tror du vi har ett jävsproblem?"

"Nä inte fan", svarade han med en axelryckning. "Vi är ett litet land, skulle var och en som varit på samma kalas som var eller varannan belastas med jäv så kom vi ju ingen vart. Men tut, tut?"

"Vi tar det en annan gång!" fräste Ewa.

* * *

Den varma och tidiga våren hade lockat Skansens björnungar ur idet och Nathalie hade oundvikligen nåtts av nyheten på dagis. Det blev avgörande för hur den långa söndagspromenaden skulle sträcka sig. På vägen till småbjörnarna kunde de dessutom passera fågelmatningsplatsen nere vid Strömmen där hela familjen blev vittnen till ett kuriöst brott. En äldre rundlagd dam i schalett trängde sig plötsligt ut på fågelmatningsflotten med en stor gul Ikeakasse i handen och tillfångatog resolut en sprattlande och skrikande ungsvan, knöt ihop kassen över ryggen på sitt byte, kilade upp till en felparkerad bil, stoppade svanfångsten i baksätet och försvann med något som faktiskt påminde om en rivstart.

Operationen var genomförd på mindre än nittio sekunder, konstaterade Pierre, snarare häpet beundrande än indignerad. Nathalie var desto mer upprörd eftersom hon föreställde sig att elaka tanten tänkte äta stekt svan till söndagsmiddag. Ewa som börjat läsa kvällstidningar på senare tid och därmed också utökat sin kunskap om bland annat oviktiga men bisarra brott visste dock besked som bara nödtorftigt tröstade den misstänksamma dottern. Det rörde sig om en känd tokig tant som ville rädda skadade och sjuka svanar. Polisen hade nyligen gjort ett tillslag hemma i tantens lägenhet och hittat åtta svanar som tanten pysslat om efter bästa förstånd. Fast bland hennes omsorger ingick olyckligtvis metoden att låta svanarna bada i ett badkar fyllt med diskmedel. Om man diskade svanar blev de avfettade i sina fjädrar och kunde varken flyga eller simma. Men alla svanarna hade räddats av polisen och lämnats till folk som visste bättre och sedan ett par veckor var svanarna tillbaks ute i friheten igen. Fast tydligen hade tanten inte gett upp, utan slagit till på nytt. Äta svanen skulle hon i alla fall inte, möjligen bara diska den.

Nathalie var inte helt nöjd och frågade om man fick stjäla svanar. På den frågan kunde svaret bara bli nej, även om Ewa anade en besvärlig fortsättning. Mycket riktigt. Om mamma var polis borde mamma ingripa mot svantjuven.

Pierre hade omåttligt roligt när Nathalie vände sig till honom för moraliskt och juridiskt stöd. Och givetvis bekräftade han skrattande mammas skyldighet att ingripa mot olaga enlevering av svan.

Ewa övervägde vad som skulle ta längst tid, att försöka argumentera sig ur problemet eller att helt enkelt göra ett ingripande. Det senare skulle säkert gå fortast och bli mest gynnsamt för stämningen.

"Okej", sa hon, tog upp sin mobiltelefon och slog numret till citypolisens sambandscentral. "Mamma ska ordna det här på ett litet tjillevipp... Hallå? Ja hej, det här är polisöverintendent Ewa Tanguy på Säk", presenterade hon sig och såg framför sig hur den unga kollegan på sambandscentralen halvt reste sig beredd på något oerhört. "Det är ingen stor sak", fortsatte hon och sjönk ner på knä så att Nathalie skulle höra att hon verkligen talade med någon. "Men jag och min dotter har just iakttagit ett brott mot jaktlagstiftningen vid fågelmatningsflotten vid Strömmen, nedanför Kungsträdgården. En viss känd förövare har slagit till mot svanarna igen. Hon flydde från brottsplatsen i en Volvo 740 med regnummer COX 746. Kan du säga åt dom kolleger som hämtade dom förra svanarna att dom har ett nytt jobb på gång?"

Hon lät Nathalie förtjust lyssna på svaret som förstås gick ut på att ordern var uppfattad och skulle verkställas.

Som polisingripande var detta i riskzonen att bli en rolig historia om Säkerhetspolisen. Men som stämningshöjare inom familjen var det succé.

Också Pierre tycktes bli på extra gott humör och skämtade något om fördelarna som infann sig i livet när man nådde över majors grad. Samtalet kom därefter att en stund vingla oregerligt mellan svanar och *francophonie.*

Begreppet frankofoni var just nu det hetaste debattämnet inom den franska litterära världen. Pierre hade varit en av fyrtiofyra undertecknare av ett upprop i Le Mondes litterära sektion, bland de andra undertecknarna fanns för övrigt två tidigare terroristmisstänkta kolleger, Tahar Ben Jelloun och Le Clézio. Det handlade om att den franska litteraturen och det franska språket var en kultur i sig som inte nödvändigtvis måste knytas till moderlandet. En författare i exempelvis Elfenbenskusten var förstås med i frankofonin, men för den sakens skull inte fransman och behövde framför allt inte låtsas vara fransman. Det var en frågeställning som dessutom blev extra het eftersom alla de tre viktigaste presidentkandidaterna i sina kampanjer börjat betona det franska på ett sätt som liknade gammaldags nationalism, det gällde alltså inte bara rasisten Le Pen, högermannen Sarkozy utan faktiskt också socialdemokraten Ségolène Royal. Hursomhelst hade Pierre dessutom själv fått tjäna som exempel på en frankofon kulturyttring i världen som ändå inte var nationalistiskt fransk, särskilt omnämnd av en känd litteraturprofessor som menat att Pierre borde vara en stark kandidat för Goncourtpriset.

Hon lyckades reparera sin försenade hyllning genom att först lösa ett ornitologiskt problem åt Nathalie, att fåglarna med tofs i nacken heter vigg, en vigg två viggar.

Sedan kramade hon om honom och berättade helt sanningsenligt hur oändligt stolt hon var över honom och passade på att påminna honom om att till och med de svenska tidningarna hade börjat skriva positivt om hans bok, som den där jätteartikeln i den konservativa morgontidningen.

Jo, medgav Pierre generat. Det hade känts fruktansvärt ett tag när... ja när det enda som sagts var det där om... han sänkte rösten och viskade *masturbation de bonhomme.* Vilket ändå bara blev en halvt lyckad avledningsmanöver eftersom Nathalie förstod ordet *gub-*

ben och genast frågade om det där andra konstiga. Ewa skrattade glatt ut honom för att försöka med just franska som hemligt språk inför Nathalie och föreslog engelska nästa gång han skulle komma med hemligstämplad information inför dottern.

Småbjörnarna på Skansen levde upp till alla Nathalies högt ställda förväntningar på urgullighet, vädret var strålande och överallt på Djurgården drillade bofinkarna.

Ewa njöt av att bara vara hustru och mor och att fullständigt ha kopplat bort alla terroristförhör ur hjärnan. Det var en förmåga som många kolleger sade sig sakna, att bara hänga av sig jobbet som om det vore arbetskläder när man kom hem för dagen.

Men just denna söndagseftermiddag havererade den väl intränade förmågan. På hemvägen när de på nytt skulle passera Kungsträdgården anlände en jättedemonstration, säkert mer än sju, åttatusen människor. Hela Kungsträdgården var på väg att fyllas av ett hav av folk i alla åldrar och av de mest skiftande utseenden och klädstilar. Demonstranternas slagord var flera, men det man genast uppfattade var SLÄPP DE POLITISKA FÅNGARNA FRIA!

Ewas första och något panikartade reaktion var att vilja fly därifrån såfort som möjligt, som om det var hon som var fienden och som om demonstrationen riktade sig mot henne personligen. Men både Pierre och Nathalie hade blivit nyfikna och han drog barnvagnen och hade därmed det automatiska befälet. Hon gick motvilligt snett bakom dem och kände sig som en spion från statsmakten.

Folk vällde fortfarande in uppifrån Hamngatan och den stora scenen var centrum för allas uppmärksamhet, där skulle förstås ett och annat protesttal hållas.

Pierre nappade åt sig ett flygblad från en demonstrant, läste en stund, nickade tankfullt och instämde, som det såg ut, innan han räckte över det åt henne och pekade på de nedersta raderna där alla undertecknarna radades upp.

Det började med en lång rad kända författare och journalister, fast varken Acke eller Erik, noterade hon. Så följde alla organisationer som ställde sig bakom protesterna och det var utan tvivel imponerande. Författarförbundet, Journalistförbundet, Publicistklubben, Sveriges Tidskrifter, Kristna Broderskapsrörelsen, Svenska Kyrkan, Socialdemokratiska kvinnoförbundet, SSU, Vänsterns ungdomsförbund, Centerns ungdomsförbund, Palestinagrupperna i Sverige, Afghanistankommittén, uppräkningen tycktes oändlig.

Medan folk fortfarande strömmade in från Hamngatan började en av de kända författarna tala med dånande stämma från scenen. Han gick ut hårt med att vi nu befann oss i en mörk stund för yttrande- och tryckfriheten, att klockan hade vridits trettio år tillbaks i tiden när Säkerhetspolisen än en gång fått statsmaktens befogenhet att storma olämpliga tidningar och omintetgöra deras kritik av de raslagar som, under förevändning av krig mot terrorismen, var på väg att växa fram i hela Europa under parollen att det gällde att avskaffa demokratin för att kunna försvara den. Men den här gången skulle statsmakten inte komma undan och ingen författare eller journalist skulle kunna hängas i tysthet, ty det var vi många som skulle sätta stopp för!

Stormande applåder följde, jubel och några talkörer som upprepade demonstrationens paroller om att släppa de politiska fångarna och försvara yttrande- och tryckfriheten.

Ewa kände sig plötsligt rädd och illamående. Inte för att hon var emot någon yttrande- och tryckfrihet utan därför att hon kände sig fullständigt fel, som en fiende. Eller som om hon hade fienden inom sig.

Hon vädjade lite ynkligt inför Pierre och då förstod han plötsligt, lade armen beskyddande om hennes axlar och styrde barnvagnen ut mot Strömmen igen.

"Jag vet att du inte vill tänka på jobb över helgerna", sa han efter en stund när de var uppe vid Gustaf Adolfs torg och bara hörde demonstrationen dåna i bakgrunden. "Men den här gången kanske ni har hoppat i galen tunna, det där vi såg var nog bara början."

"Ja, det hoppas jag", svarade hon trotsigt. "Men jag var helt enkelt *malplacée* där, som du skulle ha sagt. En enda bild på mej skulle förvandlas till 'Här står SÄPO och SPIONERAR' eller något i den stilen. Det var det jag blev rädd för."

"Jag förstår", sa han kort. "Men som du också förstår är både Erik och Acke förmodligen halvt vansinniga just nu. Dom kommer att slå tillbaks hårt den här gången."

"Det hoppas jag också", svarade hon. "Men jag tycker fortfarande vi ska bjuda ner dom som vanligt till Korsika i sommar."

Han såg lättad ut, vilket sårade henne eftersom hon var den som minst av alla ville att hennes jobb skulle förstöra deras privatliv.

* * *

"Förhör med Azad Dagdeviren, chefredaktör och ansvarig utgivare för kulturtidskriften Newroz. Förhörsvittne kriminalkommissarie Terje Lundsten. Närvarande också advokat Peter Silbermann. Klockan är nu 10:04. Jaha Azad. Då börjar jag med att fråga hur du mår, om du har tillgång till dina hjärtmediciner och om du har några önskemål i det avseendet?"

"Tack, men jag mår efter omständigheterna bra och jag har mina mediciner och en bra kontakt med häktesläkaren."

"Det var skönt att höra. Ja, som din advokat väl redan har förklarat för dej har vi ett ganska enkelt och formellt förhör framför oss. Får jag till att börja med upprepa den fråga jag ställde första gången. Är du ansvarig för de här tre tidningsartiklarna, diarienummer TE-26, TE-27 och TE-28?"

"Ja, jag har skrivit en av dom, det står mitt namn under och jag har som ansvarig utgivare godkänt innehållet i alla artiklarna."

"Om vi då tittar på den artikel som här kallas TE-28, så innehåller den en förteckning över civilanställd personal på Säkerhetspolisen och ett antal frivilliga källor som förser Säkerhetspolisen med information. Avsikten var att publicera också den artikeln, med porträttbilder och allt?"

"Ja, det var avsikten."

"Vad anser du att det hade inneburit för dom utpekade?"

"Att dom hade fått sluta med sitt jobb och att Säkerhetspolisen skulle få svårt att anställa ersättare."

"Du ville avsiktligt tillfoga Säkerhetspolisen den skadan?"

"Nej, den publicistiska avsikten var att avslöja ett korrupt angivarsystem. Vilka följder det kunde få är inte publicistens sak, *publish and be damned.*"

"Vad hade avslöjandet mer kunnat innebära för dom utpekade, alltså mer än att dom tvingats sluta sitt jobb?"

"Sociala svårigheter förstås. Det är en risk angivarna tar."

"Två av Säkerhetspolisens tidigare informatörer har mördats av agenter från PKK. Du känner till det, eftersom det står i artikeln. Fanns inte den risken nu också?"

"Vad som står i artikeln är att Säkerhetspolisen för snart tjugo år sen tvingade folk att bli angivare och att två av dom som ville dra sej ur straffades av Säkerhetspolisen. Genom att man läckte ut deras namn till PKK. Då blev dom mördade."

"Då inser du att det skulle kunna gå så också den här gången?"

"När Säkerhetspolisen läckte ut namnen på två av sina angivare så var det lagligt. Eftersom ingen har straffats. Vi skulle göra samma sak."

"Du inser alltså att publicera namn och bild på dom innebar en fara för deras liv?"

"Teoretiskt, ja."

"Rizgar Serdest, som är anställd på Säkerhetspolisen som översättare, har varit uppgiftslämnare till Newroz. Stämmer det?"

"Jag uttalar mej inte om vilka källor vi har."

"Han har redan erkänt, vi har honom på band, vi har honom tillsammans med dej på band när ni talar om hemligstämplad information. Och jag får inte lämna falska uppgifter i förhör. Det kanske advokaten vill vara så vänlig att bekräfta?"

"Ja, det stämmer Azad. Ewa här får inte ljuga och allt vi säger spelas in", bekräftade stjärnadvokaten.

"Då upprepar jag frågan", fortsatte Ewa. "Rizgar Serdest har varit din källa?"

"Jag uttalar mej av princip inte om vilka källor vi har."

"Har du haft några andra källor än Rizgar som försett dej med informationer av hemligstämplad natur?"

"Det svarar jag förstås fortfarande inte på och du har inte ens rätt att ställa mej den frågan."

"Där har du fel, Azad. Myndigheter får generellt inte efterforska tidningars källor, det är huvudprincipen. Men det gäller inte oss här och nu. Allt som rör Säkerhetspolisen är kvalificerat hemligt och därför undantaget från det där källskyddet du tänker på. Jag både får och bör alltså ställa frågan. Eller hur, advokat Silbermann?"

"Det stämmer i och för sig", instämde advokaten. "Frågan får ställas, men det finns ingen lag som säger att man måste svara på den."

"Då ställer jag om frågan", fortsatte Ewa med en tacksam nick mot advokaten, "har du haft andra källor än Rizgar Serdest som försett dej med hemlig information?"

"Och då svarar jag igen att det tänker jag aldrig svara på, ens om ni skickar mej till Guantánamo."

"Tack! Då avslutar vi förhöret där, klockan är 10:13 när bandspelaren stängs av."

De tre männen stirrade snopet på henne, de tycktes alla haft helt andra förväntningar.

"Var det allt?" frågade den misstänkte redaktören tvivlande.

"Ja, såvitt jag begriper", sa Ewa. "Vi befinner oss i en mycket ovanlig situation och det tror jag advokat Silbermann håller med om, rätta mej gärna om jag har fel. Men det är bara det här som ska fastställas i förhör. Du och jag är överens om allt väsentligt. Och så finns det vissa frågor som, om jag förstår dej rätt, du aldrig kommer att svara på. Eller hur?"

"Jo, jamen får jag inte motivera mej?"

"Du menar hålla dina försvarstal redan i förhören? Visst, men det är inte mej du ska övertyga, jag har redan gjort mitt jobb. Nu väntar domstolen och ju snabbare förundersökningen klaras av, desto snabbare kommer du dit. Eller vad anser du, advokaten?"

Den kände stjärnadvokaten slog ut med armarna i en närmast uppgiven gest och nickade instämmande. Han resonerade högt en stund om att alla var överens om vad som hade hänt. För en gångs skull, för det var inte särskilt vanligt i brottmål. Då återstod bara att tolka vad som hänt. Var det terrorism, som åklagare von Schüffel påstod? Eller var det gedigen journalistik och samhällskritik inom grundlagarnas ram? Det var det man skulle göra upp inför domstolen och inte, som polisöverintendenten så riktigt påpekat, i förhörsrummet.

Dock förbehöll sig advokaten rätten att, om han och hans klient fann det påkallat, begära kompletterande förhör om de ville framföra något den vägen.

Och Ewa sa att eftersom hela förhörsverksamheten nu var avslutad så skulle de egentligen inte ses mer, om inte försvaret särskilt begärde det. Men hon skulle ändå boka in ett kort möte med Azad en gång i veckan för att se om det fanns något praktiskt problem att lösa.

Så var ett av de kortaste förhören någonsin i terroristepoken avslutat. Det var ju inte så mycket brottslighet som skulle utredas, bara några enkla demokratifrågor om tryckfrihet och yttrandefrihet och rätten att i rikets tjänst tjuvlyssna på tidningsredaktioner. Och varken Ewa eller Terje hade med den saken att göra.

De skulle faktiskt, som det såg ut just nu, hinna avsluta samtliga förhör i hela den nya terroristutredningen inom en enda dag. Det måste vara nytt världsrekord.

VIII.

NÄR DEN NYA terroristaffären exploderade i Kvällspressen reagerade redaktionen på Dagens Eko först med en ren ryggmärgsreflex. Man fick tidningens förstaupplaga redan före åtta på morgonen och hade därför gott om tid att kalla in de vanliga terroristexperterna. Redan till lunchsändningen var de där i full styrka och höll sina standardföredrag om hur terroristerna hade "kopplingar" till varandra, hur de blivit allt skickligare på att utnyttja media för sina syften, särskilt internet, och hur en så välplanerad medieattack som det nu hade varit frågan om hade kunnat få förödande konsekvenser för det demokratiska samhället, att Säkerhetspolisens ingripande med säkerhet hade räddat ett antal människoliv och att de, experterna själva, sedan länge insett att det som nu nästan hade skett skulle komma att ske. Det hade inte varit en fråga *om*, utan bara *när*. Och att den så kallade tidningsredaktionen försökte krypa undan i skydd av tryckfrihetsförordningen visade på ännu en ny, men av expertisen förutsedd, terrorisstaktik avsedd att skapa osäkerhet och splittring i det demokratiska samhälle man hatade och ville undergräva. För både al-Qaida och den kurdiska terroristorganisationen PKK, mellan vilka det som bekant fanns åtskilliga kopplingar, var detta en metod att utnyttja det demokratiska samhällets svagheter som yttrandefrihet och tryckfrihet.

Acke Grönroos kom indånande på redaktionen med motorcykelhjälmen under armen strax efter lunchsändningen trots att han egentligen var ledig. Och han var arg som ett bi över att ha "torterats av ett gäng ljugande spekulerande psykopater från Försvarets forskningsinstitut och liknande hålor" som om redaktionen bara reagerat på

234

årtiondets kanske största skandal med att *round up the usual suspects.* Hans vredesutbrott var lika magnifikt som ovanligt och hans finlandssvenska klang slog igenom lika kraftfullt på engelska som på svenska.

Men den här gången hade han en personlig förbindelse till händelsen, vilket förstås både var en styrka och en belastning. Han kände chefredaktören på Newroz, Azad Dagdeviren, mycket väl och på vägen till redaktionen hade han passerat Dagdevirens hem och talat med hustrun Amar, i ett hem som för övrigt var sönderslaget och plundrat. Hon hade fått talförbud från Säkerhetspolisen men hade ändå berättat vad det var som skulle ha stått i nästa nummer av Newroz och hon var beredd att säga det i en intervju on the record.

I så fall var det självklart frågan om ett scoop. Men det var ett scoop med juridiska komplikationer, varför juristerna på Sveriges Radio kallades in för att bedöma om man kunde eller inte kunde publicera nyheten. Som väntat fann de en stor mängd invändningar mot idén att publicera. Det var bevisligen frågan om hemligstämplat material, alltså tog Sveriges Radio risken att begå brott om man lät henne komma till tals.

Redaktionsledningen såg lättad ut. Om man lät redaktörens fru berätta vad som var förbjudet att säga kunde det ju verka som om man tog avstånd från de nyheter man redan gått ut med. Sånt var aldrig bra.

Motförslaget blev att skildra den krossade och tömda redaktionen på Newroz, vilket visserligen alla andra skulle göra, men att också få några jurister att tala om konsekvenserna av att Säkerhetspolisen kunde beslagta allt som över huvud taget fanns på en redaktion. Vad betydde det för källskyddet? Vilken sorts tidning kunde, och kunde inte, utsättas för en sådan aktion?

Redaktionsledningens, och i detta fall också den högsta ledningens för Sveriges Radio, motförslag, accepterades inte utan vidare av redaktionen, som snart var djupt splittrad. Men eftersom man snabbt fattade en sorts kompromissbeslut om att åtminstone inte låta terroristexperterna dansa ett varv till på Dagens Eko, så lutade det alltså åt jurister. Också de *the usual suspects*, fast åt andra hållet.

Okej, vinkeln med den sönderslagna redaktionen och tanken på vad som skulle ha hänt om Säkerhetspolisen slagit till på samma sätt mot Dagens Eko eller Kvällspressen kunde man köra. Det lät som ett jobb för Erik Ponti, var var han förresten?

Han kom en halvtimme senare och hade då med sig en av de texter som Säkerhetspolisen hade beslagtagit och hemligstämplat. Det var ett upprop där ett stort antal författare och journalister förband sig att skicka pengar till den terroriststämplade organisationen Ansar al-Islam. I texten till uppropet påstods att det var just det brottet som två av nio häktade i den gamla terroristaffären anklagades för. Hela uppropet skulle för övrigt publiceras nästa dag i oppositionstidningen Aftonposten, som ju vanligtvis hamnade långt på efterkälken i alla terroristaffärer gentemot sin konkurrent Kvällspressen.

Nu blev det svårare för radioledningen och dess jurister att spjärna emot. Det var inte särskilt troligt att Säkerhetspolisen skulle våga slå till mot landets största tidning. Herrejösses vilket kaos i så fall! Men när nu Aftonposten skulle publicera det här materialet så kunde Dagens Eko också göra det riskfritt.

Möjligen var det ändå någon sorts etablissemangsfaktor som fick radioledningens publiceringsmotstånd att rasa ihop. Bland undertecknarna till uppropet fanns på författarsidan två medlemmar av Svenska Akademien, plus de fyra författare som var kända som dem som grämde sig mest för att ännu inte ha blivit invalda. Och i övrigt ett tjugotal av landets trettio mest kända författare.

Ungefär likadant såg det ut på journalistsidan, de enda kända namnen som saknades var sådana journalister som arbetade på den statliga radion eller televisionen eftersom de enligt lag måste vara opartiska. I annat fall hade förmodligen en hygglig majoritet av Dagens Ekos egna medarbetare funnits med.

Motståndet från radioledningen och dess jurister föll därmed. Det var en orimlig tanke att Dagens Eko skulle förtiga vad ett hundratal av landets ledande opinionsbildare ansåg. Uppropet skulle med i sändningen, några av de kändaste kändisarna skulle intervjuas.

Frågan om vad man skulle säga om det övriga hemligstämplade innehållet i det material som beslagtagits kunde man fundera ytterligare ett dygn på. Storyn sprang ju knappast ifrån vare sig den här eller andra redaktioner.

Och så skulle man försöka utreda juridiken redan till kvällssändningarna. Varför skulle det bli brottmål i stället för tryckfrihetsmål, till exempel? Det var det seriösa och lite mer coola sättet att hantera en svår situation, påstod den pressade redaktionsledningen.

Det höll Erik inte med om, men han sa ingenting. Det fanns ingen anledning att slösa krut på den här typen av diskussioner i början på en affär som var så stor att den snart skulle få sin egen dynamik där inga radiochefer i världen kunde stoppa journalistiken.

När han hade satt sig ned på redaktionsmötet omgavs han snart av någon sorts generad kyla som var mycket enkel att förklara. Alla visste och alla förstod. En gång i ungdomen hade han varit redaktör på en vänstertidning som avslöjat ett omfattande statligt spioneri mot egna medborgare med politiskt olämpliga uppfattningar om bland annat kriget i Vietnam. Den rent journalistiska framgången hade snabbt växlat över till en rättsskandal när Säkerhetspolisen gjorde razzia mot redaktionen och efter någon tid fick honom själv, ytterligare en journalist och deras viktigaste insiderkälla dömda för spioneri. Det hade lett till ett utdraget nederlag för både den regim som beordrat razzian och den säkerhetspolis som effektuerat den.

Om det fanns någon skillnad mellan då och nu var det en skillnad som dagens säkerhetstjänst hade överskattat. Redaktörerna på hans tidning Kulturfront hade varit vita och redaktörerna på Newroz var förstås svartskallar, åtminstone ur Säkerhetspolisens perspektiv. Det var väl därför de gett sig in i katastrofen, för katastrof skulle det bli.

Ytterligare en skillnad mellan då och nu var nämligen att på den tiden var redaktörerna på statsradion en del av totalförsvaret. Idag satt till och med han själv här, och en mängd personer med samma vänsterbakgrund som han själv.

Och till detta kom att Säkerhetspolisen i sin allmänna iver att beteckna alla "muslimer" som terrorister inte begrep att det fanns vissa skillnader.

Hade de buntat ihop några somalier hade inget hänt. Men kurderna var inga somalier. Bland dem fanns minst två av landets mest kända popsångare, bara en sån sak. Och författare, journalister, kulturdebattörer, till och med en som anslutit sig till högern och gjort karriär, en ordförande i det socialdemokratiska kvinnoförbundet, advokater, kommunalpolitiker, riksdagsmän och till och med en minister i den förra regeringen. Den här rättsskandalen skulle ta åratal att reda ut och det var närmast otänkbart att det blev Säkerhetspolisen och den nya regeringen, som rimligtvis inte kunde ha varit okunnig om vad som var på gång, som skulle ta hem segern.

Erik Ponti skulle få mycket att göra, men han skulle arbeta närmast njutningsfullt långsamt. Här fanns ändå inte utrymme för minsta misstag, kylan runt honom på redaktionsmötet berodde på att alla yngre kolleger ansåg honom partisk. Och det var förstås sant. Denna självklara partiskhet skulle belasta Dagens Eko, vilket alla kände på sig men ingen vågade säga högt. Det var ändå rätt enkelt att hantera. Bara arbeta långsamt och metodiskt och hålla grytan kokande. Till slut skulle ett antal huvuden rulla. Säkerhetspolisen hade för en gångs skull hoppat på fel sorts svartskallar.

Och dagens enkla uppgift var att ställa lite frågor till Riksåklagaren eller, om han gick på det, tussa ihop honom med några brottmålsadvokater. Ju enklare upplägg desto bättre, tålamod var just nu det viktigaste.

* * *

Säsongen för utomhus löpträning hade äntligen kommit för att stanna och renhållningen hade, försenad som vanligt, sopat upp allt grus och damm som gjorde våren i Stockholm hälsovådlig också för den som bara promenerade. Ewa och Pierre turades om på morgnarna, den ene var ute och sprang medan den andre gjorde frukost. Egentligen var det inte helt rättvist, menade Ewa. Pierre kunde ju använda löpbandet i deras hemmagym senare på dagen när somliga extremt lyhörda eller lättstörda grannar hade gått till jobbet.

Hon tyckte om att ta ut sig när hon sprang och hon använde aldrig ordet jogga som betydde något helt annat. Bland andra fördelar var det aggressionshämmande att köra fysiskt hårt, särskilt nyttigt inför något möte där hon riskerade att tappa humöret. Idag var en sådan dag.

När hon kom ut från duschen i morgonrock och handduksturban runt det våta håret fann hon Pierre djupt försjunken i den liberala morgontidningens kultursida medan Nathalie obekymrat lekte med en portion äggröra som hon hade smetat ut över köksbordet och byggde små vägar med. Ewa var mer full i skratt än irriterad när hon torkade upp och ställde till rätta och skämtade något om en märklig brist på observationsförmåga hos den som ändå tjänstgjort många år som chef för framskjutna spaningsförband i Afrika. Han ursäktade sig generat, men också lite stolt när han sköt över den uppslagna kultursidan mot henne.

Det var en något sen men ändå otvetydig revansch för Pierre, ingen tvekan om det. Nu hade äntligen de svenska kulturjournalisterna börjat upptäcka att en svensk författare gjort dånande succé i Frankrike och låg långt före både Nicolas Sarkozy och Ségolène Royal, de två återstående presidentkandidaterna, på bestsellerlistorna. Artikeln var på en och en halv sida och citerade mängder av beröm från den franska pressen.

"Dom ringde och förvarnade mej", förklarade han medan han ställde fram hennes frukost med nypressad juice och yoghurt, "dom kommer hem för att göra en intervju senare idag."

Det var rörande att se hur nonchalant oberörd han försökte verka. Hon kramade om honom och gratulerade och avstod i sista ögonblicket från att skämta om den nu grundligt överspelade kvällstidningsrecensionen som handlat om något onämnbart.

Han blev glad förstås men hon kunde se att det var något mer han ville säga som han drog sig för. Hon trodde först att det handlade om det som tycktes fylla resten av kultursidorna, upprop och protester mot Säkerhetspolisen.

Men det var inte alls det, insåg hon lättad när han började förklara att det franska förlaget ville att han skulle komma ner på en kombinerad intervju- och föredragsturné. De hade föreslagit två veckor, men han hade svarat att det aldrig kunde komma ifråga och att han måste tala med sin fru först.

Hon övertygade honom genast att han skulle ringa tillbaks och säga att frun alls inte hade några invändningar mot en fjortondagarsturné. Det var inte mer än rättvist, fast det skulle de kanske inte förstå i Frankrike så det var lika bra att avstå från den förklaringen. Alltså att Ewa ändå hade den svenska poliskårens garanterat bästa markservice under årets alla andra veckor. Hon skulle mycket väl kunna lämna och hämta Nathalie på dagis. Det hade till exempel Anna gjort som ensam mamma under Nickes hela dagisperiod. Inga problem, pas de problème! Tvärtom, grattis!

Den morgonen följdes hela familjen åt till dagis, det var så ovanligt att det nästan kändes högtidligt. Dessutom var det ett perfekt tillfälle för Ewa att bekanta sig lite mer med dagis, hon hade ju inte varit där på länge. Och hon skulle ändå fortsätta åt det hållet efteråt. Promenaden med Nathalie tog bara lite mer än en kvart, men under hela vägen höll sig Ewa fast i samtalet om bokens framgångar i Frankrike och boklanseringens mysterier. Förlagsfolket där nere hade tydligen varit angelägna och tjatat en hel del om att man måste hålla liv i en succé när den väl var igång och att det just nu gällde att inte drunkna i presidentvalskampanjen. I varje stad han skulle besöka väntade en publik på någon av de största boklådorna och den lokala pressen, ju mer han reste desto fler böcker skulle det säljas. Och nu hade han dessutom utnämnts till en av de intressantaste av de fyrtiofyra undertecknarna av uppropet om francophonie i Le Monde. Hans pensionärstillvaro hade verkligen tagit en oväntad vändning, skämtade han.

Ewa invände genast att det verkligen inte var någonting att skoja bort eller bagatellisera. Hon hade ju lite drygt tjugo års yrkesliv kvar, Nathalie skulle komma att sköta sig själv fortare än man kunde föreställa sig så länge hon var så liten och det var ju en fantastisk möjlighet som öppnade sig för dem, att han skulle kunna ha ett nytt yrkesliv bland böckerna. Han såg orolig ut när hon nämnde det men medgav att han själv faktiskt fantiserat åt det hållet. Det kändes åtminstone inte som om han skulle passa i rollen att bara mata duvorna hela dagarna tills hon kom hem från jobbet.

På daghemmet Baddaren väckte Nathalies i stort sett okända mamma en närmast pinsam uppståndelse och Pierre presenterade henne artigt för den ena efter den andra av dagisfröknarna som han utan att tveka kände till både förnamn och efternamn. De granskade henne nyfiket och förlängde alla små synpunkter på Nathalie så att hon började få ont om tid. Det verkade som om det var någonting de ville veta men inte riktigt vågade fråga tills hon för andra gången demonstrativt tittade på klockan och för tredje gången kysste Nathalie till avsked. Då tog äntligen en av dem mod till sig och ställde en mycket inlindad fråga om det där med svanen. Hon fick tänka efter något ögonblick innan hon förstod sammanhanget, Nathalie hade förstås berättat att mamma polisen räddat en svan. Småskrattande bekräftade hon att ett av hennes mer ovanliga polisingripanden på senare tid faktiskt gått ut på att få en svan omhändertagen. Ett par av fröknarna tycktes förtjusta över bekräftelsen, ett par verkade lite besvikna. Möjligen hade de slagit vad. Huvudsaken var ändå att Nathalies förmodligen starkt ifrågasatta sanningsenlighet var äreräddad.

Hon fick skynda sig de sista kvarteren till åklageriets tillfälliga lokaler nere vid Centralen. Terje Lundsten väntade utanför som de hade kommit överens, och han låtsades inte om att hon var fem minuter sen.

Det spelade ändå ingen roll. Överåklagare von Schüffel lät dem vänta ytterligare fem minuter medan han spelade strängt upptagen. Det stämde rätt väl med hennes förväntningar, liksom nästa trick att han själv satt kvar vid skrivbordet med en av de kvinnliga chefsåklagarna när de hade hälsat. Hon och Terje fick alltså sitta i de små och trånga besöksstolarna framför skrivbordet i stället för i soffgruppen. Allt för att de skulle veta sin plats. För bara några år sedan skulle hon ha låtit sig provoceras av sådana små maktspelstrick. Men inte nu längre. Det var ändå han som hade kallat till mötet och det var han som måste ha ett upplägg. Hon skulle bara slå tillbaks bollen.

Han började med att myndigt berömma henne för skickligt arbete, innan hon hade kommit in i förhörsverksamheten hade man knappt haft tillräckligt underlag för häktningarna. Men numera satt alla de häktade gudskelov säkert i sadeln. Efter någon eftertanke rättade han till den något misslyckade bilden av säkert i sadeln, men både Ewa och Terje lyckades hålla masken.

Fast problem fanns ju, fortsatte han som väntat. Och vad gällde den gamla terroristutredningen var problemet egentligen bara Moussa Salameh, men det ville von Schüffel nu till en början lämna därhän. Ett mer akut problem var snarare de blixtsnabbt avslutade förhören i den nya utredningen, den med de så kallade journalisterna. Härvidlag hade delar av den allmänna opinionen visat sig förvånansvärt oförstående. Att det fanns gott om kurdkramare bland vänsterinriktade kulturredaktörer hade man kanske kunnat tänka sig, men tyvärr stormade det en hel del på ledarsidorna också.

Nu kunde varken Ewa eller Terje hålla masken lika enkelt som vid överåklagarens roliga felsägning om att sitta häktad i en sadel. Båda frågade sig samtidigt vad i helvete de hade att göra med någon allmän opinion eller kulturredaktörer. Skulle också de tas in på förhör?

Deras förvånade miner fick den dittills självsäkre von Schüffel att komma av sig. Ewa passade genast på tillfället att släta över med en rak och enkel fråga, förhoppningsvis utan minsta spår av ironi.

"Dom fyra journalisterna och deras källa har erkänt allt i sak, trodde jag. Så vad tycker du vi ska försöka ta fram ytterligare?" frågade hon.

"Ja, det gäller närmast uppsåtsproblematiken", svarade han svävande.

Uppsåtsproblematiken var ett ord som täckte en ocean av möjligheter.

"Hur menar du då?" frågade Ewa.

"Ja, jag ska ju inför rätten kunna visa att dom här så kallade journalisterna haft ett uppsåt, åtminstone ett indirekt uppsåt, att skada Säkerhetspolisen", fortsatte han i lite snabbare tempo och lutade sig aningen framåt. "Jag ska gärna förklara det lite närmare."

"Det låter intressant", ljög Ewa.

Han gav sig iväg ut på ett litet föredrag om den senaste grundlagsändringen när det gällde brott genom journalistik. För några år sedan hade en kvällstidning publicerat bilder där ungnazister poserade utanför dörren hos den dåvarande pressofficeren vid Stockholmspolisen och likaså utanför dörren hos en känd grekisk programledarinna vid televisionen. Den lagstiftande församlingen hade då upptäckt att brottet olaga hot inte fanns omnämnt i tryckfrihetslagstiftningen. Fram till dess hade det inte varit tekniskt möjligt att begå det brottet genom journalistik. Men nu hade politikerna åtgärdat den saken.

Om man numera kunde begå olaga hot med journalistiska metoder så kunde man alltså, enligt samma logik, begå terroristbrott genom journalistik. Även om riksdagen ännu inte upptäckt den möjligheten och täppt till luckan i tryckfrihetslagstiftningen. Vilket kanske inte ens var önskvärt, det skulle ju bli mycket smidigare att få dom här gökarna dömda i ett vanligt brottmål än om man tvingats till ett tryckfrihetsmål med allt vad det innebar av politiska sidodiskussioner. Och dessutom en jury med en massa tryckfrihetsvurmande politiker.

Men för att fortsätta på det parallellspåret. Olaga hot genom journalistik var ett brott som enligt nuvarande lagstiftning tyvärr måste behandlas i tryckfrihetsmål.

Frågan var alltså om de kurdiska så kallade journalisterna kunde bindas vid ett annat brott än olaga hot, så att man åtminstone slapp ett tryckfrihetsmål. Det var det som vissa ledarskribenter till och med i regeringspressen tycktes ha fått på hjärnan. Trillade polletten ner nu kanske?

"Inte så säkert", medgav Ewa. "Redaktörerna på tidskriften Newroz hade för avsikt att publicera namn och bild på viss kurdisk eller arabisk personal vid Säkerhetspolisen. Det har dom erkänt. En given effekt av sådant publicerande var att sätta dom utpekades liv i fara. Det har dom också erkänt, liksom obehörig befattning med hemlig uppgift. Resten trodde jag var din sak. Och föralldel domstolens."

Hon ångrade den sista ironin men han tycktes inte ha uppfattat den.

"Jag kan inte bara åtala dom för obehörig befattning med hemlig uppgift för det är inte med i förteckningen av terroristbrott", fortsatte han oberört. "Hur säkra var dom på att dom utpekade riskerade att mördas? *Ville* dom att dom skulle mördas?"

Han lutade sig tillbaka och andades ut, som om han äntligen kommit fram till pudelns kärna.

Ewa måste tänka efter. Här satt hon inför en politiskt utnämnd ämbetsman som tydligen befann sig under någon sorts press från de politiker som skulle kunna ge honom en ännu högre befattning. Men då måste han få alla de här journalisterna inlåsta på tid och evighet, allt annat var ett politiskt misslyckande. Och det var överväganden som hon själv gav fullständigt fan i. Vilket skulle vara svårt att framföra artigt.

"Eftersom jag inte kan se att det finns någon hittills känd metod att mörda med journalistik, åtminstone inte bokstavligen, kan jag inte heller se hur vi skulle kunna få till något annat än indirekt uppsåt", prövade hon försiktigt.

"Såvida man inte kan visa att det indirekta uppsåtet är så starkt att det i praktiken närmar sig ett direkt uppsåt!" utropade han triumferande och lutade sig på nytt fram över skrivbordet.

Karlfan är inte riktigt klok, tänkte hon. Men vad kan jag göra åt det? Hon sneglade försiktigt mot Terje, men han visade inte med en min vad han tänkte. Också överåklagaren bredvid von Schüffel såg ut som en sfinx. Fullt klart hade ingen av sekundanterna minsta lust att lägga sig i duellen.

"Okej, låt mej pröva en tankekedja", började hon resonerande. "Redaktörerna Dagdeviren och Demirbag hade för avsikt att avslöja ett antal anställda och informatörer, källor åt Säkerhetspolisen. Deras direkta uppsåt var journalistiskt, ett så kallat scoop som de betraktar som berättigad samhällskritik. Försvaret kommer säkert som amen i kyrkan att hävda det, så det är lika bra att du vänjer dej vid tanken. Men dom hade också ett direkt uppsåt att skada Säkerhetspolisen, nämligen genom att försvåra för vår personal och försvåra vår rekrytering och vår inhämtning. Det är också erkänt. Och det kan jämföras med sabotage, antar jag. Dom har avsiktligen tillfogat myndigheten skada och om det kan jämföras med sabotage, är det kanske det du behöver för att uppgradera deras obehöriga befattning med hemlig uppgift till terroristbrott. Och då slipper du tryckfrihetsmålet, vilket jag uppfattar som huvudproblemet."

"Det är ju en lysande idé, fortsätt!" utbrast von Schüffel entusiastiskt.

"Ja, alltså... det är vad jag kan se att man kan få ut av förhören. Däremot har jag svårt att tänka mej att någon av dom var så dum att han sa ja, vi *ville* att dom skulle mördas. Det är för det första inte ens sannolikt. För det andra är dom inga dumskallar och har Alphin och Silbermann vid sin sida. Som jag bedömer det är den väg du föreslog helt enkelt inte framkomlig."

"Men nu vill jag, som förundersökningsledare, att ni går tillbaks till dom och prövar den möjligheten!"

"Jag tror inte på den. Men om du gör det, så är det ju bättre att du själv genomför dom förhören", svarade Ewa sammanbitet. Det var på gränsen till ordervägran, men också en utmaning som han kanske skulle gå på.

Det gjorde han inte, han bara suckade och skakade på huvudet och gjorde en lång konstpaus.

"Du har fått en direkt instruktion från förundersökningsledaren, verkställ den!" sa han till slut.

En direkt order, med andra ord. Det fanns ingen möjlighet att argumentera emot.

"Det är uppfattat", svarade Ewa efter någon tvekan. "Men menar du att vi ska pröva den här frågeställningen på alla dom fem kurderna? Jag menar, kulturredaktören Ana Celepli eller grafikern Ismet Erdogan är väl kanske inte lika aktuella? Dom är fortfarande häktade förstås, men..."

"Nej, där kan du ha rätt!" avbröt von Schüffel. "Men kör det där spåret i botten på dom andra tre."

"Okej, då gör vi det. Och när det gäller den gamla terroristutredningen så skulle du återkomma till Moussa Salameh. Vad vill du att vi ska göra med honom?"

"Nita honom också!"

"Förlåt?"

"Ja. Han är en hal ål, det medges. Men beklagligtvis har jag ännu så länge inte tillräckligt på fötterna för att gå in i en huvudförhandling och hävda att han är ledaren i hela ligan."

"Det kan bero på att han inte är det", invände Ewa utan att röra en min.

"Dumheter! Vi har tung elektronisk bevisning mot honom, som du väl ändå borde vara väl medveten om? Ta honom på att han åtminstone kände till planerna, då åker han på sin positiva anmälningsskyldighet. Vi måste åtminstone ha det i påsen. Får jag honom bara dömd i första omgången så åker han definitivt i hovrätten."

"På livstid i så fall", konstaterade Ewa med rynkad panna som om hon verkligen tänkte efter.

"Givetvis!" triumferade von Schüffel.

Det fanns inget mer att säga. Duellen var avklarad och sekundanterna på ömse sidor hade inte ens behövt öppna munnen. Det var förstås en ovanlig duell såtillvida att den åklagare som är förundersökningsledare är chef över alla poliser i en förundersökning. Det hade alltså varit en kraftmätning där bara den ene hade haft ett skarpladdat vapen i sin hand. Det var bara att lyda. Och dessutom vänligt ta i hand och tacka för samtalet och det intressanta tankeutbytet.

"Fy fan!" utbrast Terje spontant när de kommit ut på gatan.

"Instämmer", sa Ewa. "Var vill du börja?"

"Ingenstans. Det här är förnedrande uppdrag. En journalistisk term, om du undrar."

"Ja? Kan dom förnedra sig, det trodde jag inte var möjligt."

"Jo. Dom har en sorts facklig klausul om att man kan vägra förnedrande uppdrag, det skulle vi också behöva."

"Skitsamma. Nu måste vi gilla läget, var vill du börja?"

De promenerade sakta resonerande uppför Kungsholmsgatan på väg tillbaks mot jobbet. Läget var enkelt att förstå. Vid det här laget begrep till och med von Schüffel att barfotaadvokaten Salameh var oskyldig. Den sista desperata möjligheten att få fast honom var på regeln att den som kände till "al-Qaida i Sverige", nämligen två haschrökande snorungar, var skyldig att anmäla det för Säkerhetspolisen. Det hade Moussa Salameh bevisligen inte gjort. Alltså var han skyldig till terroristbrott?

Men det läget var ändå inte så dumt, resonerade Terje. Han hade aldrig träffat Moussa Salameh, bara läst varenda rad som fanns om honom i utredningen och tänkt en helvetes massa. Vad han också tänkt var att i ett sista förhör spela ut just det där kortet om att känna till eller att inte känna till. Frågan var förstås om en juris studerande såg den fällan. Men om nu Salameh klarade av det där sataniska testet som skulle ha fällt dom flesta, skyldiga eller inte, så var ju saken klar. Kunde man inte hoppas på ett gott slut?

Ewa hade tänkt länge i de banorna. Det var det knepet hon tog till med de två palestinierna som var i så dåligt psykiskt skick efter isoleringen att det knappt gick att tala med dem. Det hade inte direkt överraskande fungerat och nu satt de två tryggt häktade.

Det var inte precis någon triumf, bara ett praktiskt och i värsta fall cyniskt sätt att vinna tid. Om hon dragit sig för att vända samma trick mot Salameh, och det sa hon också ärligt till Terje, så var det för att det fanns en märklig frestelse att varna den oskyldige innan man slog på bandspelaren. I värsta fall var han ju en felsägning eller obetänksam formulering från livstids fängelse, utan att vara skyldig.

Terje hade tänkt samma tanke, men inte vågat erkänna den förrän nu. Gjorde man så, begick man brott. Det var den enkla sanningen. Men det var en märklig lagstiftning i så fall, om den fick två snutar att samtidigt tänka att man kanske borde begå lite brott i rättvisans namn. Inte klokt, egentligen.

"Vi kan ändå inte komma undan, Terje. Vi tar Salameh det första vi gör när vi är tillbaks på jobbet. Och vi fuskar inte!" sa Ewa plötsligt, hårt och befallande, mitt i deras svävande och fundersamma diskussion. De var nästan framme vid de stora polishusen, passerade just Rådhuset.

"Varför kan vi inte fuska åtminstone lite, tänk på att han är oskyldig?" prövade Terje försiktigt.

"Nej, det kan vi inte! Och det ska jag förklara efter förhöret", svarade Ewa mellan sammanbitna tänder.

De hade båda viss möda att verka avspända och inte stirra nyfiket när de nu gick in till sitt första men ändå avgörande förhör med Moussa Salameh. Han såg gudskelov ut att vara i fin form, välklädd, nytvättad och välrakad och till och med med några pärlor av eftersvettning i pannan, åtminstone tolkade Ewa det så och det var också det första hon frågade när de hade klarat av formalia och fått igång bandspelaren.

Jo, han tränade stenhårt den där enda timmen han hade till förfogande ute i häktets tårtbitsformade rastgårdar. En äldre fångvaktare hade förklarat för honom att det var viktigt för dem som satt långtidshäktade. Man skulle helst vara lite hungrig också, aldrig äta sig mätt, aldrig begära in mer bröd eller något sådant. Och man måste gå upp tidigt på morgonen och inte börja sova sig ifrån sina svårigheter. Det fanns häktade fångar som åt som galningar och sov uppemot tio, tolv timmar varje dygn. Bortsett från att de blev feta så blev de också dumma av det, hade fångvaktaren, som själv var påtagligt fet, förklarat. Det var i alla fall ett alldeles perfekt råd.

Dessutom måste man läsa mycket. Men biblioteket som kom på

en vagn då och då innehöll mest spionromaner, deckare och någon sorts riddarromaner, så han hade i stället återupptagit sina studier.

Han hade tentat av internationell rätt och civilrätt III under den tid han suttit i häktet. Stockholms universitet hade gått med på att låta honom genomföra de skriftliga proven under fångvaktarbevakning, och för en muntlig tenta hade en docent faktiskt masat sig upp till häktet och de hade genomfört tentan i ett av besöksrummen. Nu hade han bara uppsatsen kvar för att göra färdigt sin jur kand-examen och den skrev han om gissa vad?

"Om terroristlagstiftningen i EU?" föreslog Terje Lundsten halvt på skämt.

Moussa Salamehs spontant häpet förtjusta reaktion övergick snabbt i misstänksamhet.

"Kollar ni vad jag skriver i cellen?" frågade han.

Hans livliga och rätt glada blick hade släckts och nu fanns där bara svarta misstänksamma ögon. Från att ha sett ut som och verkat som den oskyldige svenske invandraren i andra generationen som både Ewa och Terje föreställde sig, dessutom en välutbildad svartskalle som talade perfekt universitetssvenska, såg han plötsligt ut som en typisk terroristmisstänkt, tänkte Ewa ironiskt.

"Nej, vi har faktiskt inte spionerat på dej", suckade Terje. "Det var bara en inte alltför långsökt gissning."

"Ja, så är det", intygade Ewa. "Jag är högsta chef för all förhörsverksamhet. Inget sånt skulle kunna ske bakom ryggen på mej. Dessutom är det märkligt nog så att det behövs ett åklagarbeslut för att göra husrannsakan i cellen. Den räknas nämligen som din privata bostad. Och ett sånt åklagarbeslut skulle jag ha känt till."

"Husrannsakan i cellen?" frågade han konfunderad. "Det verkar ju inte klokt."

"Instämmer", sa Ewa. "Men jag sysslade med ekobrottslighet förut och somliga direktörer hade en del fuffens för sig i cellen, jag har till och med varit med om att hitta bevis för fortsatt brottslig verksamhet på det sättet. Efter åklagarbeslut, alltså."

"Fantastiskt!" utbrast han glatt. "Vi har en bit kvar till Guantánamo i alla fall. Men vad gäller förhöret idag, jag trodde alla förhör för min del var avslutade? Min advokat säger att det bara handlar om att vänta på huvudförhandling."

"Apropos advokat", hängde Ewa på, "så kunde han inte komma idag med så kort varsel. Om du vill så avbryter vi förhöret här och väntar på ett tillfälle när han har tid."

"Nej, jag vill hellre höra vad saken gäller. Jag avsäger mej alltså min rätt att ha advokat närvarande. Okej?"

"Javisst", fortsatte Ewa. "Vi ska tala om två personer ute i Kålsta som du säkert känner till, Abdelatif Belkassem och Hadi Bouhassan."

"Må Gud vara deras själar nådiga, dom två knäppgökarna som går omkring och kallar sig al-Qaida i Sverige?"

"Ja just dom", fortsatte Ewa tonlöst. "Du känner till dom och du känner till att dom kallar sig al-Qaida i Sverige?"

"Det kan man inte undgå om man bor i Kålsta", stönade han med ansiktet förvridet i en ironisk grimas. "Det finns inte en människa i Kålsta som inte känner till dom, särskilt inte Abdelatif som börjat klä ut sig till muslim och pestar imamen om påhittade synder fast han inte ens kan arabiska och aldrig läst ett ord i Koranen. Och vad är det jag ska svara på nu?"

"Frågan var bara om du kände till dom och det gör du tydligen?"

"Ja, och genom min advokat så vet jag också att dom två är häktade i samma förundersökning som jag själv. Vi skulle alltså bli målskamrater om det gick så långt."

"Då inställer sig nästa fråga", fortsatte Ewa spelat uttråkad men med bultande puls. "Känner du till något om deras sabotageplaner?"

"Självklart", svarade han misstänksamt.

"Hurså självklart", fortsatte Ewa med hjärtat bankande än hårdare.

"Det gör nämligen alla som bor i Kålsta", fortsatte juristkollegan, plötsligt tänkte hon på honom som juristkollegan, med en undrande rynka i pannan.

"Vad är det alla i Kålsta känner till?" frågade hon tonlöst vidare.

"Nä, men vänta nu lite", svarade han till synes spontant häpet. "Är det här en seriös fråga?"

"Ja."

"Om något som alla i Kålsta känner till?"

"Det vet jag inget om, frågan är just nu vad du känner till."

Han såg ut att ha tappat fattningen, lutade sig bakåt och såg häpet från den ena till den andre av dem och skakade på huvudet. Ewa bestämde sig för att avvakta och inte fråga vidare, hellre låta honom bryta tystnaden utan minsta hjälp från hennes sida, tystnaden syntes ändå inte på bandutskriften.

"Då ska jag försöka besvara er fråga som en seriös fråga", sa han till slut. "Det är lätt motbjudande, eftersom det är så dumt. Men i alla fall, så här ligger det till med frihetskämparna, Kålstas ledande mujahedin, Hadi och framför allt Abdelatif. Dom är våra byfånar, kan man säga. Dom springer omkring på torget då och då bland hederligt arbetande folk och predikar islamism. Fast på bruten svenska, vilket ju gör saken ännu mer tragikomisk. Det finns inte en människa i Kålsta som inte vet om att dom där två dels är haschrökande idioter, dels Usama bin Ladins närmaste män. Dom skulle visst spränga Globen med Carola, dom skulle tillfångata den svenska regeringen eller om det var kungen för att få till en utväxling mot fångarna på Guantánamo, dom skulle slå till stenhårt mot Lill-Babs och kapa flygplan på Arlanda. Visst, fråga vem som helst på grönsakstorget i Kålsta."

"Du har alltså en betydande kunskap om deras planläggning?" frågade Ewa vidare med en närmast övermänsklig ansträngning att inte börja gapskratta. Tvärtom försökte hon prestera det onda polisögat.

Han stirrade tvivlande på henne, lät blicken vandra vidare till Terje Lundsten som också han visade polisiärt stenansikte och så skakade han på nytt på huvudet.

"Hörni", sa han till slut. "Det här är inte klokt. Jag förklarade förut att jag höll på att göra mitt examensarbete om terroristlagstiftningen. Jag är väl medveten om att det är brottsligt att känna till planer på terroristdåd utan att ange dom misstänkta. Och det var det som låg i dina frågor. Men det förutsätter väl ändå att det är verkliga terrorist-planer? Den som anmält dom här två dårfinkarna hade inte bara gjort sig själv löjlig, han hade gjort en falsk anmälan, han hade aktiverat polisen i onödan, vilket också i vissa fall kan vara brottsligt. Alltså. Nej. Jag anmälde inte dom två fantasiterroristerna, lika lite som jag skulle ha anmält Spindelmannen. Och den högst eventuella brottslig-heten delar jag i så fall med dom flesta som bor i Kålsta."

Ewa tänkte först att hon skulle ironisera med en sista fråga i det här redan avklarade avsnittet (Så då är det inte sant att du är terrorligans hemlige ledare?) men insåg att den ironin aldrig skulle gå fram i en förhörsutskrift utan bara se mer än lovligt idiotisk ut.

Han hade klarat testet med MVG, som hans snart färdiga jurist-examen ändå var fullproppad med.

Återstod åklagarsidans sista hopp, den elektroniska bevisningen.

"Då byter vi ämne", fortsatte hon, förhoppningsvis utan att med en min avslöja hur nöjd hon var.

"Du har haft en hel del datorkommunikation med dom här två. Hur kan det komma sig?"

"Dom här två? Du talar fortfarande om Abdelatif Belkassem och Hadi Bouhassan?"

"Ja, just dom."

"Det där trodde jag var färdigtragglat för flera månader sen."

"Men jag är rädd att vi måste traggla lite till."

"Då får du vara snäll att specificera dina frågor. Vad är det egent-ligen jag ska svara på?"

"Fram till den 7 juni förra året", fortsatte Ewa spelat uttråkad, "hade du rätt intensiva diskussioner med såväl Hadi och Abdelatif som andra på deras hemsida. Sen dess träffades ni bara för muntliga samtal. Varför detta plötsliga byte av kommunikation?"

Han satt tyst och tänkte efter en stund innan han tog ett djupt andetag och började förklara det som han trodde att hans förhörare var ute efter den här gången.

"Jag har glömt vem det var som tipsade mej först", började han sammanbitet. "Men jag fick alltså ett tips från någon där ute i Kålsta om att killarna lekte terrorister på nätet. När jag tog mej in på deras sajt såg det föralldel bara ut som en rätt oförarglig lek och jag till och med spelade med några gånger, försökte sätta käppar i hjulet, införa komplikationer som gjorde att de hjältemodiga aktionerna misslyckades, påstod att aktivisterna redan var avslöjade av telefonavlyssning och lite så där. Men rätt snart visade det sig att mina försök att ironisera eller skoja bort deras krigsspel inte hade den... vad ska jag säga? Inte hade den pedagogiska effekt jag hade hoppats på."

"Och det var då du föreslog att ni skulle träffas för muntliga överläggningar?" avbröt Ewa.

"Alldeles riktigt och om ni säger att det var den 7 juni förra året så är det säkert helt korrekt. Men..."

"Vad talade ni om när ni träffades?" avbröt Ewa på nytt.

Han bet ihop och såg ut som om han måste anstränga sig hårt för att inte tappa humöret.

"Så här var alltså läget", fortsatte han. "Dom här två stollarna hade börjat dra till sig uppmärksamhet från alla möjliga håll, det började bland annat komma in inlägg som författats antingen av rena vettvillingar eller också av någon säkerhetstjänst som ville provocera fram brott. Vad jag alltså försökte förklara för dom här ljushuvena när vi träffades, vi tog en lång promenad tillsammans runt Kålsta, var alltså att dom riskerade att ställa till det ordentligt både för sig själva och andra om dom fortsatte den där leken. Vid det här laget måste man utgå från att dom nog hade Säkerhetspolisen som sin mest intresserade publik."

"Varför måste man utgå från det?" frågade Ewa uttryckslöst.

"Det behöver man bara läsa tidningarna eller lyssna på terroristexperterna i Sveriges Radio för att inse", fortsatte han irriterat. "Det är ju bara ett par år sen vi hade en rättegång med nästan samma förutsättningar, några kompisar till Belkassem som faktiskt gick från lek till åtminstone försök till handling."

"Du tänker på dom där killarna som försökte brandbomba den irakiska vallokalen i Tensta", konstaterade Ewa.

"Precis. Vid rättegången som följde blev ju såna här datorlekar den avgörande bevisningen. Det var alltså det jag ville påminna Hadi och Abdelatif om, att dom bokstavligen talat lekte med elden, att dom riskerade att försätta rätt många av oss i svårigheter om dom inte la av. Man kan väl lugnt säga att jag blev sannspådd på den punkten."

"Men därefter tog du ingen ny kontakt med dom via datorn?" frågade Ewa.

"Nej, och det förklarade jag också när vi träffades den där gången. Att från och med nu ville jag inte ha en enda förbindelse med dom, varken via datorerna eller på annat sätt."

"Så du träffade dom inte heller personligen efter den 7 juni förra året?"

"Nej."

"Så man kan närmast säga att du sa upp bekantskapen med dom?" fortsatte Ewa efter någon tvekan. För egen del ansåg hon det här spåret kört i botten, men ytterligare något förtydligande skulle inte skada, även om det möjligen fick förhöraren att framstå som något trögfattad.

"Det går knappast i ett litet etniskt avgränsat samhälle som Kålsta", svarade han småleende. "Men jag har ju ett visst anseende bland ungdomarna där ute. Där är jag ju palestinier och jag är son till frihetshjälten Abu Moussa. När jag tar tunnelbanan till juridiska fakulteten inne i Stockholm är jag en annan, en svensk i andra invandrargenerationen vilken som helst, utan andra skyldigheter än mina studentkamrater. Men ute i Kålsta har jag ett visst ansvar, det kan man inte komma ifrån."

"Och hur använde du det ansvaret i förhållande till Abdelatif och Hadi?" fortsatte Ewa plötsligt mer intresserad.

"Genom att för alla och envar visa mitt avståndstagande och förakt både för Abdelatifs sätt att leka muslimsk fundamentalist, han som inte ens kan läsa Koranen på arabiska, och genom att öppet håna såna där mujahedinfantasier så ofta jag kom åt. Men allt det här har jag ju berättat i tidigare förhör."

Det sista påpekandet gjorde Ewa alldeles iskall och hon utbytte en frågande blick med Terje Lundsten, som rynkat pannan och skakade på huvudet. Både hon och han hade läst varenda rad i Moussa Salamehs förhörsprotokoll, men de resonemang de just hört fanns definitivt inte med i någon utskrift. Slutsatsen var lika enkel som oroande. Hans förhörsutskrifter var censurerade till hans nackdel.

"Låt mej ställa en helt annan fråga", fortsatte Ewa när hon hunnit samla sig efter upptäckten av något så ovanligt och förfärligt som manipulerade förhör. "Är Abdelatif och Hadi farliga?"

"Både och", svarade han fundersamt. "Som muslimska frihetshjältar med vapen i hand är dom ett skämt. Dom är inte fysiskt farliga, men politiskt."

"Hur menar du då?"

"Dom har varken materiella eller intellektuella resurser att genomföra någon väpnad aktion, så det är inte det. Men särskilt Abdelatif skulle nog gärna vilja bli betydelsefull på något enklare sätt, genom att till exempel bli martyr. Prata på sig ett tioårigt fängelsestraff till exempel. Då skulle han få papper på att han var oerhört farlig. Samtidigt skulle han ju faktiskt bli martyr på riktigt, genom att han blev felaktigt dömd som terrorist. Två flugor i en smäll som det heter på svenska."

"Men då är han ju bara farlig för sig själv?" invände Ewa.

"Inte alls, han blir farlig för oss alla! Fattar du inte?"

"Nej", ljög Ewa. "Men du kanske kan förklara?"

"Visst, bara det att det är så självklart", suckade han.

"Vad är det som är så självklart?" frågade Ewa automatiskt.

"Abdelatif är en fullkomlig nolla i det verkliga livet, det är självklart för alla utom möjligen för honom själv. Men lyckas han prata på sig ett långt fängelsestraff som terrorist, och det tror jag inte han har någonting emot, så blir han farlig. Dessutom blir vi ju många som förstår att han utsatts för ett justitiemord, det blir slutsatsen inte bara ute i Kålsta utan i varenda liknande förort. Tiotusen likadana snorungar som han själv får för sig att nu är det verkligen bevisat att samhället förföljer oss alla."

"Så nu gäller det bara att hämnas?"

"Javisst. Och för alla dom liberala politiker som drivit fram en terroristlagstiftning så blir hans långa fängelsedom bevis på att såna lagar var nödvändiga. Och äntligen fått komma till användning. På så vis är Abdelatif mycket farligare än han ens själv har förstånd att föreställa sig."

Det här räcker gott och väl, tänkte Ewa. Om inte hans advokat hoppar upp och steppar av glädje över det här förhörsavsnittet, vilket han borde, så har Moussa själv tillräckligt med förstånd inför mötet med von Schüffel i tingsrätten. Hon läste in klockslaget, påpekade att bandspelaren aldrig varit avslagen under förhöret och avslutade, samlade ihop sina pinaler och reste sig upp.

"Jag tror nog, Moussa, att det här var vårt sista förhör, jag hoppas det i alla fall. Det tror också min kollega kommissarie Lundsten här", sa hon med ansträngd behärskning att inte verka för översvallande och räckte fram handen. "Resten är upp till dej och din advokat."

Terje övertog handskakningen och markerade den kraftfullt. Den nästan färdige juris kandidaten Moussa Salameh stirrade häpet på dem, inte ens han kunde rimligtvis förstå vad som hänt. Han visste ju inte ens i vilken terroristorganisation han påstods vara ledaren och hjärnan.

De gick ut och stängde dörren efter sig och vinkade på fångvaktarna. Så kramade de spontant om varandra.

"Jag visste det, jag visste det hela tiden", viskade Terje hest. "Men fy fan vad bra att vi gjorde det hela schysst, utan att tipsa honom."

"Ja, det var det jag hoppades kunna säga till dej efteråt", viskade hon tillbaks.

Fångvaktarna missförstod förmodligen deras ömma scen, men låtsades diskret som om de ingenting såg när de rasslade med sina nyckelknippor och handfängsel.

På vägen hem nedför Hantverkargatan föll hon plötsligt i gråt utan att riktigt förstå varför. Kanske var det någon sorts överväldigande lättnad.

*   *   *

Skalkeskjul, vilket underbart ord tänkte Erik Ponti. Även om man kunde fråga sig hur många av dagens tidningsläsare som förstod att det betydde täckmantel. "Tryckfrihetslagstiftningen får inte bli ett skalkeskjul för brott mot staten och terrorism", hävdade i alla fall den största högertidningen på sin ledarsida. Man ställde sig helt bakom Säkerhetspolisens tillslag mot tidningen Newroz.

Erik Ponti satt och sorterade tidningsklipp på redaktionen för att hjälpa till med den dagliga rutinen att i en krönika redovisa de olika ledarsidornas ståndpunkter i dagspolitiken. Den här dagen skulle hela tidningskrönikan byggas på för eller emot tillslaget mot den kurdiska kulturtidskriften och dess redaktörer. Någon av de yngre medarbetarna fick läsa upp krönikan, eftersom det gällde att hushålla med Erik Pontis framträdanden i en fråga där han räknades som partisk.

Det var en absurd form av självcensur, för vem av medarbetarna på Dagens Eko skulle inte vara partisk i den här frågan? Vem skulle vara *för* Säkerhetspolisens rätt att installera mikrofoner på en redaktion, invadera redaktionen, slå sönder den och beslagta allt källmaterial? Naturligtvis ingen.

Ändå "måste vi tänka på vårt regelverk" hade självaste verkställande direktören på Sveriges Radio hävdat när han gjort en lov ned på redaktionen för att varna för alltför aktivistisk journalistik. Formuleringen betydde nästan i klarspråk att det gällde att hålla Ponti borta så mycket som möjligt från ämnet, eftersom alla visste att han var partisk, vilket var mot lagen, åtminstone var det mot den statliga radions sändningsavtal.

Sant var förstås att han tillhörde en mycket liten och exklusiv skara journalister som verkligen fått uppleva att gripas av Säkerhetspolisen i gryningen samtidigt som hans hem plundrades och hans tidningsredaktion demolerades och tömdes på allt material och alla arkiv. Men en del yngre kolleger på Dagens Eko hade för sig att sådana händelser hörde forntiden till, ungefär som Gestaporazzior under andra världskriget. Då och då hade han muttrat att vi var på väg tillbaks mot sådana tider och nu hade han fått rätt.

Men därigenom var han också delvis diskvalificerad som reporter eftersom han bevisligen var emot de nya terroristlagarna. Det var inte värt att bråka om, den här affären skulle hålla på länge, möjligen flera år, och erbjöd mängder av "opartiskt" arbete. Som just nu när han sorterade högerpressens ledarkommentarer i en hög och den socialdemokratiska pressens i en annan hög. Mellan de två politiska blocken, regeringskoalitionen och den socialdemokratiska oppositionen, var motsättningarna rena och klara. Högerpressen försvarade och applåderade tillslaget mot terroristerna. Den socialdemokratiska pressen attackerade tillslaget mot journalisterna. Och den liberala pressen platsade inte i tidningskrönikan eftersom de var för, å ena sidan, och emot å andra sidan.

Det skulle bli en kul tidningskrönika. Intressantast var nog huvudledaren i den viktigaste socialdemokratiska tidningen Aftonposten, eftersom man bland annat var våldsamt kritisk mot sin egen före detta justitieminister, som till Erik Pontis förnöjelse fick sina fiskar varma.

Det var nämligen han som slagits hårt för att Säkerhetspolisen måste kunna avlyssna tidningsredaktioner och telefonavlyssna journalister. "För annars kunde ju till exempel Hells Angels börja kalla sig för journalister och utnämna sina klubblokaler till redaktioner." Nu hade den grovt populistiska agitationen avslöjats av verkligheten, dundrade den rasande ledarskribenten i Aftonposten.

Att ställa samman en drastisk och motsägelsefull sammanfattning av vad de politiska skribenterna i pressen ansåg var en jämförelsevis enkel uppgift. Det var betydligt svårare att hitta vinklar för rena nyhetsinslag, särskilt "opartiska" nyhetsinslag.

På Kvällspressens nyhetssidor hävdade deras terroristexpert med eftertryck att de kurdiska terroristerna hade erkänt både grov obehörig befattning med hemlig uppgift och terroristbrott och att de haft en källa på Säkerhetspolisen. Också denna källa skulle ha erkänt och förhören hade avslutats på rekordtid. Mycket talade därför för att rättegången mot de kurdiska terroristerna kunde tas upp innan det blev dags för den stora terrorligan med kopplingar till al-Qaida.

I en eller annan mening var förstås det som stod i Kvällspressen sant, det var åtminstone Säkerhetspolisens version. Svårigheten var att komma vidare och förstå vad som rent konkret hade erkänts. Redaktörerna Demirbag och Dagdeviren hade inte direkt oväntat haft vett att begära de två stjärnadvokaterna Peter Silbermann och Leif Alphin som sina offentliga försvarare. Och varken Alphin eller Silbermann skulle normalt vara det minsta ovilliga att inför medierna förklara varför deras klienter var oskyldiga. Men nu var den vägen stängd, eftersom alla advokaterna i kurdmålet som väntat belagts med yppandeförbud av åklagaren. De skulle inte ens våga säga något off the record, inte ens på telefon trots att advokatkontor till den förre justitieministerns irritation hade undantagits från Säkerhetspolisens rätt till såväl installation av dolda mikrofoner som telefonavlyssning. Fast vad hjälpte det när den uppringande journalisten kunde vara avlyssnad? Och den advokat som åkte fast för brott mot sitt yppandeförbud skulle omedelbart förlora sin advokattitel och kanske till och med åka i fängelse.

Att förhören och tydligen stora delar av förundersökningen hade kunnat genomföras rekordsnabbt berodde nog ändå inte, som Kvällspressen påstod, på att "Säkerhetspolisen numera hade tillgång till landets skickligaste förhörare". Det måste bero på något helt annat eftersom varken Dagdeviren eller Demirbag var några mjukisar eller dumskallar.

Egentligen visste Erik Ponti av egen erfarenhet vad förhören handlade om. Ska landets säkerhetstjänst förhöra journalister så är det enkelt, det behövs bara tre frågor: Har du skrivit det här? Är du medveten om att det är hemlig information du tänkte publicera? Är du medveten om att det kunde ha skadat Säkerhetspolisen?

Tre självklara frågor som det inte går annat än att svara ja på, och så var det klart. Resten handlade bara om att komma åt journalisternas källor, men det var tydligen också redan färdigt, förmodligen genom avlyssningen. Den källa kollegerna haft tillgång till var rimligtvis den anställde på Säkerhetspolisen som också anhållits. Det behövdes ingen Ewa Tanguy för att snabbt klara av sådana förhör.

Den stora frågan var alltså vad som skulle ha publicerats, förutom det kändisupprop som redan stått att läsa på Aftonpostens kultursidor och refererats i Dagens Eko tillsammans med flammande protester från Författarförbundet, Journalistförbundet och alla andra.

Man måste anta att kändisuppropet var det minst känsliga, eller eventuellt brottsliga, i det som skulle ha blivit det stora scoopet i nästa nummer av Newroz. Så vad stod det i de andra och numera hemligstämplade artiklarna? Det var den springande punkten.

Var det frågan om i högsta grad berättigad samhällskritik som statsapparaten beslutat stoppa med våld? Det var vad försvaret skulle hävda.

Eller var det frågan om offentliggörande av statshemligheter som skulle ha skadat landets säkerhetstjänst om publiceringen lyckats? Det var vad åklagarsidan måste hävda.

Om man skulle ta Kvällspressens halvofficiella bulletiner från Säkerhetspolisen bokstavligt skulle dessutom det perfekta tillslaget mot terroristjournalisterna ha räddat människoliv. Var det bara en lösnummersäljande tidnings självpåtagna rätt att överdramatisera verkligheten, eller låg det något i den allvarliga anklagelsen?

Mördande journalistik? fnissade Erik Ponti. Det var inte lätt att föreställa sig denna nya journalistiska genre i praktiken. Även om han i ett eller annat svagt ögonblick i yrkeslivet önskat att journalistik kunde mörda också bokstavligen så var det trots allt fysiskt omöjligt. Kvällspressen/Säkerhetspolisen måste ha fört fram begreppet som en sorts metafor.

Men strunt i det just nu. Frågan var vad som vore matnyttigast för en partisk journalist på statsradion att gå vidare med.

Han rensade upp i den väldiga tidningshögen, sorterade undan de klipp med understrykningar som skulle iväg till redaktören för tidningskrönikan och gick ut med tio kilo landsortstidningar till sopsorteringen, återvände, städade hastigt skrivbordet och buntade ihop den tidningshög han hade kvar. Klockan var strax efter sju på morgonen, om han skulle nå folk hemma innan de gick till jobbet hade han en timme på sig. Han bläddrade blixtsnabbt igenom de största tidningarnas debatt- och kultursidor där den nya terroristaffären redan vuxit fram som det dominerande ämnet. Det tog inte lång stund innan han fann det som kunde bli hans vinkel för dagen.

På den största liberala morgontidningens debattsida skrev en professor i det diffusa ämnet mediejuridik en oändligt lång och invecklad artikel om problemet med att avväga frågan om tryckfrihetsmål eller brottmål. Det lät mycket mindre intressant än det var och rubriken var dessutom lång som sju svåra år och full av garderingar. Debattredaktören var tydligen rädd för det han publicerade, alltid ett gott tecken.

Erik vek till tidningen, lade upp fötterna på bordet och började läsa med roat höjda ögonbryn. Professorn var övermåttan pedagogisk och tog saker och ting i tur och ordning, vilket gjorde honom lika vetenskaplig som oläst.

Men översatte man det skrivna föredraget till vanligt journalistiskt språk blev ämnet tillräckligt explosivt för att kunna bilda stomme till ett inslag i Dagens Eko.

Första avhandlingsavsnittet gällde skillnaden mellan ett tryckfrihetsmål och ett brottmål. Om polisen slog till mot en tidning kunde man tänka sig båda varianterna.

I ett tryckfrihetsmål skulle redaktörerna för Newroz kunna försvara sig med att det de avsett att avslöja var sant och en väsentlig kunskap som borde spridas till medborgarna. Vidare skulle de ha rätt att jämföra den skada de tillfogat staten, i det här fallet Säkerhetspolisen, med nyttan av att avslöja olagliga eller åtminstone ytterst tvivelaktiga eller omoraliska arbetsmetoder.

I ett brottmål däremot spelade det ingen roll om det de försökt skriva var sant eller inte. Den frågan skulle inte ens prövas. Redan det faktum att de inhämtat hemliga uppgifter var ett fullbordat brott.

Med andra ord var journalister i den här situationen praktiskt taget utan möjlighet att försvara sig i ett brottmål.

Den långa snåriga artikeln som få människor skulle läsa, och än färre begripa, var fylld med facktermer och inskjutna bisatser. Men det var som musik i Erik Pontis huvud. Det var just sådant här han kunde och det var just sådant här han med några intervjupersoner och en mikrofon kunde omvandla till en begriplig konflikt. Han skulle ordna till en ordentlig juriststrid inom två dagar och började med att ringa professorn, som blev glad och smickrad över att få vara med i Dagens Eko. Nästa steg skulle bli att ringa von Schüffel, som skulle vägra att vara med, men man måste ringa honom i alla fall. Sveriges Radios opartiskhet var i stort sett uppfylld om man bara erbjudit en motpart att vara med. Han kunde till och med erbjuda utrymme åt någon av von Schüffels assistenter, som för övrigt inte var vilka assistenter som helst, den ena var biträdande överåklagare och den andra chefsåklagare. Ville de vara med skulle de få frågor som de knappast kunde besvara vettigt. Då sände man det. Ville de inte, så meddelade man det. En mycket enkel arbetsdag tycktes det. Men åklagare kom inte till jobbet förrän tidigast klockan nio, så de nödvändiga men meningslösa telefonsamtalen fick anstå.

Erik Ponti började på nytt städa sitt skrivbord, tömde papperskorgen, bar ut gamla kaffemuggar och annat som behövdes för att nödtorftigt restaurera tjänsterummet så att han till och med skulle kunna ta emot besök. Som seniorreporter på Dagens Eko hade han fått behålla sitt gamla chefsrum och slapp sitta ute på en centralredaktion i snatter och rockmusik. Egendomligt nog hade han det snyggt och ordnat i sitt hem, även om han förstås inte var i närheten av Pierres militära ordning där gränsen till pedanteri låg oroväckande nära. Men hans tjänsterum förföll med jämna mellanrum till ett kaos av tidningsklipp, utländska tidskrifter och uppslagna böcker i en oreda som han inför andra påstod sig ha under fullständig kontroll. Vilket inte var helt sant. Vilket var att förbise huvudsaken. Vilket var att ställa fel fråga. Vilket på intet sätt hindrade att han gjorde ett bra jobb. Vilket var att se väl pessimistiskt på saken med tanke på de stora fördelarna. Vilket...

Han avbröts i sin ironiska repetition av intervjuade makthavares vanligaste undanflykter av att Acke Grönroos plötsligt ryckte upp dörren utan att knacka.

"Nu har vi dom saatans skuurkarna", sa Acke och höll upp en packe manusblad mot Erik. Han hade något vilt och triumferande i sin blick som påminde Erik om den glada journalistungdomen då man alltid skulle avslöja skurkar.

"Det gläder mej kamrat", sa han. "Jag hämtar kaffe och du hämtar andan."

När han kom tillbaks till sitt rum med deras stora kaffemuggar låg två manuskriptbuntar mitt på hans såsom av en händelse rena skrivbordsyta.

"Läs!" kommenderade Acke när han tog emot sin kaffemugg.

Erik gick och satte sig på sin plats vid skrivbordet medan Acke tog plats i den minimala besökssoffan där stoppningen stack ut på två ställen.

"Hur har du fått tag på det här?" frågade Erik, som om de gamla chefsfasonerna fortfarande satt i, så fort han sett rubrikerna på de två manushögarna. "Lagligt hoppas jag?"

"Det finns förstås ingenting lagligt i det där!" konstaterade Acke förtrytsamt. "Det är ju för saatan rikets mest hemligstämplade tidningsartiklar, dom är förbjudna att inneha och dom är ännu mer förbjudna att läsa."

"Det gör ju läsningen desto intressantare, jag ämnar omedelbart begå brott. Men om du inte kan säga hur du fick tag på materialet...?"

"Azad Dagdevirens hustru. Han hade sagt åt henne att stoppa undan ett kuvert hos en väninna hon kunde lita på. Ifall det värsta skulle hända."

"Bra", sa Erik. "Så gjorde vi på Kulturfront också en gång i världen, man ska åtminstone inte låta sig hängas i tysthet."

Han läste koncentrerat en halvtimme, utan att Acke sa ett ord mer än något kort mummel när han gick ut och hämtade en ny omgång kaffe.

Det de nu hade i händerna var alltså det som tidningen Newroz skulle ha publicerat, den av staten förbjudna sanningen.

En av artiklarna handlade om hur Säkerhetspolisen utpressade politiska flyktingar till att bli angivare och därför fick en ström av opålitlig eller ibland till och med avsiktligt förfalskad information, som därefter blev underlag för beslut om telefonavlyssning i lindrigaste fall och omedelbar utvisning i värsta fall.

Den andra artikeln handlade om mer professionella angivare bland araber, kurder och iranier som levde gott på att vara agenter och fick särskilda förmåner som bostäder eller tillstånd att hämta hem släktingar till Sverige. Här nämndes en rad namn och det var naturligtvis brottsligt. Såvida man inte fick svara för saken i ett tryckfrihetsmål, antecknade Erik i minnet.

Bland de giftigaste uppgifterna fanns en redogörelse för hur de två kurder som satt häktade i den pågående terroristutredningen för det första inte hade ett skvatt att göra med de andra misstänkta, "al-Qaidas svenska avdelning". För det andra att de hade skickat pengar till en underavdelning till den terroriststämplade organisationen Ansar al-Islam som enbart sysslade med daghem, äldreomsorg, distribution av mat och liknande civila verksamheter. Men en av Säkerhetspolisens betalda angivare hade snärjt dem i ett telefonsamtal som han själv sedan redigerat. Och för detta häftiga påstående fanns det faktiskt otvetydiga bevis.

I originalsamtalet framgick att penninginsamlingen åtminstone varit avsedd att vara laglig. I den förfalskade versionen saknades den avgörande informationen. Båda samtalen var återgivna i utskrift där man lätt kunde se den högst väsentliga skillnaden. Angivaren var namngiven. Hans exakta löneförhöjning till följd av att ha satt fast sina två landsmän var angiven exakt på kronan.

"Det var som fan", sa Erik när han läst färdigt och försiktigt ordnade pappren framför sig. "Vi sitter på självaste sanningen om terroristaffären 2. Och dessutom har vi fått veta något helt avgörande om terroristaffären 1. Bara du och jag, det är ju tur på sätt och vis. För nu gäller det att ta det jävligt kallt. För det första kan ingen komma före oss med den här nyheten, eller hur?"

"Nej, men det är int faan problemet. Problemet är ju hur vi över huvud taget ska kunna publicera den här tjiiten", konstaterade Acke förvånansvärt lugnt.

Det första de enades om var att de knappast kunde rusa ned till redaktionsledningen och i triumf meddela att de hade sanningen. Det skulle inte betraktas som särskilt relevant eftersom det var förbjuden sanning. Juristernas publiceringsförbud var närmast självklart.

Det andra de enades om, nästan lika snabbt, var att redaktionen på Newroz hade begått ett misstag. De hade nämnt personal vid Säkerhetspolisen vid namn. Det var dels brottsligt, också för en tidning, dels var det att utsätta de utpekade för livsfara, som angivare i ett invandrarsamhälle. Tjallare, råttor, förrädare, de mest föraktliga av föraktliga.

Synd att redaktionen på Newroz inte klarat sig undan den fällan. Särskilt som ett av reportagen innehöll starka belägg för en hittills icke publicerad men närmast officiell hemlighet, att Säkerhetspolisen en gång bestraffat två kurdiska angivare som ville dra sig ur genom att tipsa terrororganisationen PKK om deras identitet. Deras från PKK utsända mördare satt fortfarande inne i något svenskt fängelse.

Mitt i det resonemanget förstod Erik Ponti plötsligt vad som avsetts med bokstavligen mördande journalistik. Nämligen att göra som Säkerhetspolisen hade gjort. Men att ange angivare var brottsligt om man inte var säkerhetspolis.

Dagdeviren och Demirbag och framför allt deras källa på Säkerhetspolisen riskerade alltså mycket långa fängelsestraff. Såvida de inte fick ett tryckfrihetsmål, då skulle de antagligen frikännas helt.

Men nu skulle de åtminstone inte hängas i tysthet. Oavsett alla hemligstämplar fanns det åtminstone två man på Dagens Eko som visste sanningen.

Frågan var bara hur de skulle kunna gå runt både lagen och radioföretagets jurister. Antagligen genom att stycka upp materialet och köra ut det bit för bit. Vad som exempelvis inte kunde vara brottsligt att publicera var historien om hur en agent på Säkerhetspolisen hade förfalskat ett telefonsamtal, och hur det lett till att två män satt häktade sedan åtta månader i väntan på att buntas ihop med en jättelik terroristhärva som de över huvud taget inte hade med att göra.

Rätt taktik var nog att sätta in första stöten just där. För det fanns ett sataniskt enkelt knep att gå runt alla hemligstämplarna. Man kunde utsätta den där angivaren för hans egen medicin.

Det var egentligen bara att ringa upp honom och överrumpla honom med att det framgick av vissa handlingar i Newroz-utredningen att han förfalskat ett telefonsamtal. Det enda sätt han då skulle klara sig undan var att omedelbart lägga på luren utan att ha sagt ett ljud. Men den sinnesnärvaron hade ingen, både överraskningen och nyfikenheten skulle bli för stor. Och vad han än försökte säga så skulle han trassla in sig. Kul intervju att göra. Och med den intervjun som en sorts täckmantel kunde man köra ut hela storyn om de två kurderna som satt häktade fastän oskyldiga, offer för en olaglig manipulation från Säkerhetspolisen. Det behövdes inte en enda hänvisning till de hemligstämplade tidningsartiklarna för att genomföra tricket.

Och därefter hade man etablerat ett intressant faktum, att Dagens Eko hade minst lika bra hemliga källor som Kvällspressen. Fast oändligt mycket större trovärdighet och tyngd i publiceringen.

Sedan fick man tänka ut nästa steg. Det gällde att skala den här löken lugnt och försiktigt, utan att vare sig företagsledningen eller dess jurister någonsin begrep att Dagens Eko var i olaglig besittning av hela det hemliga bevismaterialet.

"Tur att vi inte hade den här diskussionen för tjugofem år sen", småskrattade Acke. "Nu kopierar vi den här tjiiten och sprider den lämpligt så att den aldrig kan beslagtas. Ska du eller jag sen lura skjortan av den där förfalskande angivaren?"

"Vi är lika bra på sånt och vi vill lika mycket, eller hur?" retades Erik.

"Jo. Och angivaren känner igen båda våra röster, din lika mycket som min", funderade Acke. "Så vem av oss som än ringer så borde han lägga på luren och genast skjuta sig."

"Ja, det borde han kanske. Men han kommer att vara smart och käfta emot och då tar vi honom. Vi singlar slant om nöjet!"

Acke vann.

IX.

PIERRE MEJLADE HENNE sent på kvällarna från sina olika hotell-
rum och hans reserapporter hade snart börjat likna en sorts Tour de
France med början i Nancy, sedan vidare söderut över Besançon,
Dijon, Lyon, Montpellier och Nice, där han vände norrut igen. Nu
hade han avverkat Bordeaux, Nantes, Rennes och Brest. Det som
återstod var Caen, Le Havre, Amiens och Reims, allt prydligt inritat
på en karta där den heldragna blåa linjen växte undan för undan och
en streckad fortsättning visade vad som återstod. Fast som grande
finale skulle hela touren avslutas med fem dagar i Paris.

Han verkade lycklig, det gick tydligen långt över förväntan för
honom och han hade till och med lyckats bli indragen i president-
valskampanjen när högerkandidaten Nicolas Sarkozy hänvisat till
hans bok för att argumentera för det universella i fransk kultur. Vilket
Pierre hade fått rikliga tillfällen att grundligt avfärda som en närmast
förolämpande och troligen avsiktlig missuppfattning av vad han skri-
vit. Kul hade han i alla fall. Den där boken hade förändrat deras liv,
och hittills bara till det bättre.

Själv var hon pinsamt orutinerad i rollen som ensam mamma med
barn. Det var mycket värre att handla, städa, hämta och lämna på
dagis och laga mat än vad hon föreställt sig och vännen Anna Holt
hade då och då haft hjärtligt och skoningslöst roligt åt hennes olika
planeringsmissar. De hade båda en period med rätt lugnt arbete så att
de kunde avsluta sina arbetsdagar i polisens gym innan Ewa skulle
hämta Nathalie. Då och då följde förstås Anna med hem så att de
kunde prata skit om chefer och åklagare i lugn och ro. Och dricka vin
och äta osund mat för att, som Anna sa, kompensera all fysisk träning.

Överåklagare von Schüffel hade snabbt visat sig vara bådas favorit när det gällde att prata skit. Anna hade haft en del att göra med honom förr om åren när han sysslade med brott som låg närmare hennes jobb, våld och mord, och enligt Anna spelade det ingen roll om man överlämnade buset med en säck forensiska bevis i handen och en skriven bekännelse i munnen. von Schüffel hade ändå lätt att försvara sin position som den åklagare som förlorade flest mål. Vilket gjorde att han befordrades till att hantera ekonomisk brottslighet så att det blev Ewas tur att se hur till synes vattentäta utredningar rann ut i sanden när det blev huvudförhandling och glada direktörer dansade ut ur rättssalen lika överraskade som Ewa av den friande domen. Något politiskt beskydd måste mannen i alla fall ha, eftersom han hela tiden stigit i graderna trots sina misslyckanden i rättssalen. Det kunde vara en trösterik tanke, påpekade Anna när Ewa bekymrade sig över att hon höll på med något som åtminstone delvis såg ut att kunna sluta i justitiemord.

Det var en tanke som kommit smygande inpå henne och det var först när hon började träffa Anna var och varannan kväll som hon försiktigt började formulera den, till och med använde det fula ordet. Hon hade förstås berättat om framför allt Moussa Salameh som både hon själv och Terje Lundsten betraktade som fullständigt oskyldig, en man mot vilken det inte ens fanns hållbara häktningsskäl. Ändå satt han där, snart på nionde månaden i händerna på en åklagare som på fullständigt och obekymrat allvar menade sig kunna få honom dömd till livstid.

Anna kände Terje från förr i världen, de hade under några år varit arbetskamrater på citypolisens våldsrotel, och hon menade att om Terje och Ewa var överens om att killen var oskyldig så var han förstås det. Nu var det ju lurigt med de där terroristbrotten, eftersom beviskraven ibland verkade underligt låga, ungefär som när narkotikabrottsligheten drabbade samhället med panik på 80-talet. Då hade det ibland räckt med att visa upp en plastpåse och påstå att där hade det legat minst fem kilo heroin för att få någon jävel inlåst på åtta år. Domarkåren var lite underlig. Ibland tycktes de ha en uppfattning om att de tjänade samhället bäst genom att låsa in så många som möjligt av de förbrytare som detta samhälle för tillfället ansåg vara farligast. Förr knarkförbrytare, idag terrorister och under det kalla kriget spioner.

Men det var inte mycket vi snutar kunde göra åt sånt, konkluderade Anna. Det var bara att gilla läget, samla in bevisen och stjälpa upp dem på åklagarens bord och rusa vidare till nästa utredning.

Ewa hade dragit sig länge för att genomföra det direkta uppdraget från von Schüffel att hålla idiotförhör med de två kurdiska redaktörerna. Anna hade haft elakt roligt åt tanken att man skulle fråga journalisterna, bredvid Alphin eller Silbermann, om de haft ett direkt uttalat syfte att få Säkerhetspolisens källor mördade. Man skulle ju lika gärna kunna fråga: Vad skulle herrarna tycka om att få ett litet trevligt livstidsstraff bara genom att svara idiotiskt på en idiotisk fråga?

Anna skrek av skratt när hon föreslog att Ewa kunde bli av med problemet just genom att ställa frågan så. Bara att få se advokaternas min just då borde bli en obetalbar scen.

Ewa invände surt att även om det var en diffus gräns mellan tjänstefel och sabotage av en utredning å ena sidan, och direkt dumhet å andra sidan, så låg den där frågan alltför tydligt på fel sida om gränsen. von Schüffel skulle förmodligen inte dra sig för att åtala henne. Och dessutom, vilket var värre, skylla ett eventuellt nederlag på henne.

Hon kunde inte medvetet sabba på det där viset. Kanske var det något kvinnligt att vara så där präktigt plikttrogen, att alltid niga för fröken, att alltid se till att få guldstjärna, att alltid göra läxorna innan man såg på teve. När hon inte längre kunde skjuta upp de oundvikliga slutförhören med de kurdiska redaktörerna inskränkte sig hennes uppror till en subtil och förmodligen knappt märkbar liten markering.

”Det här förhöret är särskilt påkallat av överåklagare von Schüffel.” Bara den meningen. Som om hon därmed tvådde sina händer.

I gengäld hade hon beställt in förarbetena till terroristlagstiftningen från riksdagstrycket och studerat allt det som von Schüffel borde ha studerat, vilket han kanske hade gjort, fast tydligen utan att förstå. Det hade blivit en svettig och delvis förnedrande eftermiddag. De båda stjärnadvokaterna hade inte dolt vare sig sin förvåning eller sitt löje när hon jobbade med den omöjliga linje som von Schüffel beordrat henne. Båda advokaterna var på hugget, hon fick en känsla av att det här var ett mål de absolut ville vinna och där de inte ens skulle lämna minsta rutinförhör i händerna på någon av sina unga notarier. Och de hade drillat sina klienter. Det gick därmed ännu fortare än väntat att stånga pannan blodig för Ewa.

"Men Nedim, om det till och med skulle ha stått i din egen tidning att den som blir utpekad som informatör åt Säkerhetspolisen kan bli mördad, så var du ju klart medveten om riskerna med att sätta ut namn och bild på dom. Eller hur?"

"Självklart. Min advokat har också förklarat för mej att olaga hot numera kan begås genom journalistik. Den brottsrubriceringen vill vi gärna pröva. Men i ett tryckfrihetsmål i så fall."

"Jag talar inte om olaga hot. Du ville med vett och vilja peka ut möjliga mordoffer, det kan du väl inte förneka?"

"Jag är motståndare till dödsstraff, jag ville verkligen inte att dom skulle bli mördade. Dessutom har väl Säkerhetspolisen avsevärda resurser för att skydda sin personal och sina källor."

Nöjd suck från advokaten. Där rök varje möjlighet att få till det som von Schüffel hade funderat över, en sorts anstiftan till mord.

Men nu hade hon så flitigt studerat lagens förarbeten och nu var hon så förbannat duktig och därför hade hon kommit på en helt annan och betydligt giftigare fråga.

"Du sa förut att du ville försvåra Säkerhetspolisens rekrytering av nya informatörer?"

Frågan lät oskyldig, nästan som ett litet diskussionsinlägg. Men det spåret ledde raka vägen till Golgata för redaktör Dagdeviren och redaktör Demirbag och inte ens de två stjärnadvokaterna kunde göra mycket åt saken, om de ens upptäckte faran innan det var försent.

Det blev hennes trumfkort när hon kallades ner till överåklagare von Schüffel och stoiskt uthärdade en tio minuter lång utskällning för sitt misslyckande. Hon avstod till och med från att värja sig med den självklara invändningen att han väl ändå själv hade kunnat pröva det där förhörstemat om han nu trodde att det var så enkelt att få två högutbildade journalister vid sidan av advokaterna Alphin och Silbermann att hänga sig själva. Hon sa ingenting alls, bara väntade ut honom.

Han var stressad, aggressiv och orakad och Ewa gissade att den juridiska debatt som Dagens Eko startat, genom Erik faktiskt, och som nu rasade i alla medier tärde hårt på von Schüffel. Han förekom till och med i karikatyrteckningar på vissa ledarsidor, avbildad med horn i pannan, han var i desperat behov av ett trick för att klara sig ifrån ett tryckfrihetsmål. Journalisterna måste bli terrorister, annars var det kört.

”Det finns en möjlighet som jag tycker du ska begrunda”, sa hon när han äntligen skällt andan ur sig själv. ”Olaga hot mot Säkerhetspolisen är ett brott riktat mot samhällets institutioner. Samma sak om man vill försvåra arbetet för Säkerhetspolisen, exempelvis genom att sabotera rekryteringen av källor. Det uppsåtet, attacken mot samhället, förvandlar brotten till terroristbrott. Och terroristbrott avhandlas i vanlig brottmålsprocess, inte som tryckfrihetsmål. Jag har förarbetena till lagen här, du kan läsa det jag har markerat med orange.”

Först satt han blick stilla utan att ens vända sig mot henne. Det såg ut som om han grubblade och det gjorde han väl. Sedan ryckte han åt sig de papper som Ewa skjutit fram mot honom över skrivbordet och läste intensivt i fem minuter, fem minuter som kändes som fem timmar för Ewa.

”Det här är ju alldeles lysande, Ewa du har faktiskt räddat hela målet åt mej”, sa han samtidigt som han reste sig och med lång rak arm sträckte fram en svettig och köttig hand mot henne.

* * *

272

Den som sett von Schüffel när han i frustration skällde ut polisöverintendenten Ewa Tanguy skulle aldrig kunnat tro att det var samme man han såg nu och här på presskonferensen i polishusets stora hörsal. Han var än en gång ute på triumfmarsch när han redogjorde för åtalet mot de fem kurder som med en tidningsredaktion som cover förberett en attack mot Säkerhetspolisen som skulle ha fått katastrofala följder om den lyckats. Åtalspunkterna var obehörig befattning med hemlig uppgift och terroristbrott för alla fem och för en av dem, som beklagligtvis varit anställd på Säkerhetspolisen, en infiltratör alltså, tillkom tjänstefel och brott mot tystnadsplikten. Beträffande alla de kannstöperier som förekommit i pressen till frågan om detta borde ha blivit ett tryckfrihetsmål i stället för brottmål fanns förvisso ett och annat att säga. Enklast och kortast att terroristbrott inte kunde behandlas i tryckfrihetsmål, det brottet fanns så att säga inte med i katalogen över brott som journalister, riktiga journalister eller journalister i kapprock, kunde tänkas begå. Bevisningen mot de tilltalade var hundraprocentig, i vad mån bevisning någonsin kunde bli det. Men prognosen var enkel, från åklagarsidan skulle man yrka på fängelsestraff som icke skulle understiga tio år, för de huvudsakligen ansvariga. För en del av deras kollaboratörer kunde man möjligen gå ned lite grann i straffskalan, men det fick bli en senare fråga.

Därefter genomfördes resten av presskonferensen till punkt och pricka efter von Schüffels vanliga dramaturgi i två akter. Inklusive det traditionella berömmet för tidningen Kvällspressen, som en dag före alla andra kunnat beskriva hur de överbevisade terroristerna som satt människoliv i fara genom sin planerade attack mot samhället nu hade att se fram emot fängelsestraff på mellan åtta och tolv år.

Ewa och Anna hade underförstått bestämt att äta onyttig polismat och dricka vin när de var klara i gymet och hade hämtat Nathalie. Ingen av dem hade ens behövt säga varför, men de ville absolut inte missa Dagens Eko och höra hur von Schüffels presskonferens framställdes. Erik och Acke måste ju hitta på någonting.

Men när Ekosändningen började lät det som om det bara skulle bli en rak återgivning av von Schüffels olika utspel och när de hade lyssnat några minuter slog Ewa ut med armarna i en närmast hopplös gest.

"Ibland känns det som man håller på ett bli galen", konstaterade hon mer resignerat än förbannad. "Det här är min utredning, jag kan den in i minsta detalj, men det jag hör nu är något helt annat."

"Som när man läser tidningen om sina egna utredningar?" föreslog Anna.

"Jovisst. Men jag menar, tidningar har ju en, vad ska man säga, en helt annan rätt att ha fel. Det här är för fan inga terrorister, det är några journalister som ville avslöja något som kanske förtjänar att avslöjas, vad vet jag? Brott har dom kanske begått i ett eller annat avseende, men terrorister är dom banne mej inte!"

"Då får vi hoppas att von Schüffel klantar till det som vanligt", tröstade Anna.

De trodde att terroristämnet var avslutat i och med att de hörde von Schüffels sista triumferande trumpetsignaler om kriget mot terrorismen och det heliga uppdraget att skydda nationen och demokratin.

Men det var ingalunda över. Plötsligt kom Eriks röst. Han intervjuade advokaterna Alphin och Silbermann, vilket ju egentligen borde vara omöjligt.

"Nå, advokat Silbermann, skulle du haft en avvikande uppfattning gentemot överåklagare von Schüffel om du haft rätt att framföra den?" löd Eriks inledningsfråga när han rivit av sin ingress och presenterat de två advokaterna med yppandeförbud.

"Ja, om inte överåklagare von Schüffel hade förbjudit mej att tala så skulle jag haft en väldigt avvikande uppfattning", tillstod advokaten Silbermann.

"Det är beklagligtvis så att vi advokater inte kan tysta åklagaren, även om det uppriktigt sagt hade blivit väsentligt mindre struntprat i så fall", tillfogade advokaten Alphin.

"Ja, överåklagare von Schüffel beskrev ju här hur han hade fällande domar i det kommande terroristmålet som i en liten ask", fortsatte Erik. "Men advokat Alphin, hade du hållit med om det ifall du haft hans tillåtelse att svara på mina frågor?"

"Definitivt inte! Då hade jag med intill visshet gränsande sannolikhet haft en del avgörande invändningar att komma med", försäkrade advokaten Alphin, hörbart muntert.

Erik gjorde ett kort uppehåll i intervjun där han spelade upp den nuvarande chefen för Säkerhetspolisen och förre Justitiekanslern när denne bekymrat höll med om att det var en fara för rättssäkerheten att lägga munkavle på advokater.

"Jag kunde inte ha sagt det bättre själv", intygade advokaten Silbermann.

"Inte ens jag", tillfogade advokaten Alphin.

"Så vad hade ni sagt om ni haft överåklagare von Schüffels tillstånd att säga nåt, du först advokat Silbermann?" frågade Erik vidare.

"Om vi fått säga något hade vi sagt att bevisningen var svag, att vi står inför en rättsskandal och risken för justitiemord, men att det här kommer att bli mycket svårt för överåklagare von Schüffel att vinna", svarade Silbermann.

"Instämmer helt. Om jag fått säga det skulle jag ha sagt att allmänheten bör varnas för att ta överåklagare von Schüffels lättsinniga juridik på allvar. Men det sa jag inte eftersom von Schüffel förbjudit mej att säga det", tillfogade advokaten Alphin.

"Hur bedömer ni era möjligheter att vinna det här målet?" frågade Erik.

"Vi kommer att vinna det här målet. Terroristlagstiftningen har ju ännu inte förbjudit advokater att tala i rättssalen och där ska vi ta itu med alla dom, ska vi säga något fantasifulla, eller om man ska vara vänlig, överoptimistiska prognoser som von Schüffel låtit oss höra idag", svarade advokaten Silbermann.

"Jag vill bara tillfoga att var och en fortfarande i vårt samhälle, oavsett vad överåklagare von Schüffel tycks tro, är oskyldig tills motsatsen är bevisad", lade advokaten Alphin till.

"Tack för att ni inte svarade på några frågor eftersom ni var förbjudna att svara", avslutade Erik.

Därmed övergick nyhetssändningen till Irak, 38 amerikanska soldater hade dödats på en och samma dag, vilket var nytt rekord.

Ewa och Anna tittade storögt häpet på varandra någon sekund innan de stängde av radion, reste sig och slog ihop händerna i en hög baskethälsning och brast i fnitter och jubel.

"Fy fan vilken fräckis! Jag älskar verkligen Erik!" jublade Anna, tömde i sig sista slatten i sitt vinglas och sträckte det med en ny jubelgest upp mot taket. Ewa klövs mellan sin oundvikliga nyfikenhet på den juridiska aspekten på att låtsas att man inte besvarade frågor och Annas tonfall när hon sa att hon älskade Erik. Det hade låtit som mer än bara glädjen över en väns fenomenalt fräcka inslag i en Ekosändning.

* * *

Ibland är telefonen en dödsfiende. Kassem Sarikaya insåg inte förrän det var för sent att när mobilen ringde och han sträckte sig efter den på det tomma passagerarsätet hade han lika gärna kunnat plocka upp en skallerorm. Efteråt slog det honom att det hade varit att föredra.

Kanske var det för att det var en alldeles för fin dag och att han var på alldeles för gott humör som han gick i fällan. Han hade cabbat ner för första gången sedan han köpt sin nya läckra BMW i mörkgrön metallic. Det var en sorts evig förortsdröm som äntligen gått i uppfyllelse, men till skillnad från somliga andra som han dumt nog beundrat som liten grabb, hade han tjänat ihop till sin dröm helt lagligt. Han hade till och med fått en rejäl löneförhöjning den här månaden och vore det inte för att arbetsgivaren ansåg att han borde bo kvar ute i Kålsta, för att så att säga ligga tätt inpå objekten, så hade han haft en lägenhet inne i city för länge sedan. Nu hade han dessutom råd att gifta sig utan att ta några som helst andra hänsyn än att hon och han ville, också det var en lyx som inte alla kunde unna sig.

Och just i denna stund när han satt och adderade sin sammanlagda lycka slogs hans liv i spillror på några korta ögonblick, lika ohjälpligt som om han plötsligt hade rammats av en lastbil.

"Kassem speaking!" svarade han i ett tonfall som föreställde den jäktade internationelle businessmannen.

"Kassem Sarikaya?"

"Yes sir!" fortsatte han lika förbannat aningslöst även om han redan nu borde ha känt igen den finlandssvenska rösten.

"Jo hej, det här är Acke Grönroos på Dagens Eko och jag har några små frågor?"

"Jasså, till mej?" fortsatte han fåraktigt i stället för att omedelbart stänga av telefonen och kasta ut den genom sidorutan.

"Jo. Det är ju så att din insats inför det nya terroristmålet tycks ha varit avgörande. Jag sitter nämligen med åtalsunderlaget framför mej, du vet överåklagare von Schüffel åtalade ju några kurder igår."

"Ja, det vet väl alla. Men vad har jag med det att göra?"

"En hel del tycks det. För det var ju du som per telefon satte fast dom två kurdiska terroristerna och det är väl därför du har fått löneförhöjning?"

"Det kan jag inte kommentera", svarade han samtidigt som han undrade över hur i helvete Dagens Eko kunde veta något om den saken.

"Nej, men jag har bara en liten fråga", fortsatte den lugna bekymrade finlandssvenska rösten, "varför redigerade du det inspelade telefonsamtalet, är inte det en sorts fusk?"

"Det här har ni inte rätt att fråga om!" fortsatte han i stället för att blåneka.

"Jo, men nu har jag ju dom här uppgifterna. Är det inte underligt att personal på Säkerhetspolisen kan redigera såna här bevis? Det ser ju ut som en manipulation?"

"Jag har inte manipulerat något!"

"Men du har förändrat, redigerat kan vi väl säga, det där telefonsamtalet och det är det jag tycker verkar underligt. Är det en vanlig rutin?"

"Våra rutiner är hemliga!"

"Inte i just det här fallet, som framgår. Menar du att det är lagligt att redigera i den här typen av bevisning?"

"Det är klart att det är lagligt, allt jag gör är lagligt!"

"Jo det förstår jag. Men jag förstår inte varför man gör så här."

"Därför att telefonsamtal måste redigeras! Annars blir det ett enda virrvarr av allting, off the record kan jag ju säga att det här ingår i våra rutiner och då måste det vara lagligt."

"Det låter som cirkelbevisning."

"Det har du eller andra journalister inte med att göra! Du får inte publicera det här, det är brottsligt! Och nu har jag inte tid längre!"

Nu, men först nu och alldeles för sent, knäppte han av samtalet och stängde av sin telefon. Han körde in till trottoarkanten och parkerade och såg på sina händer. De darrade. Nu började paniken bubbla upp inom honom och det slog honom att den där kände journalisten naturligtvis haft en bandspelare påslagen. Det borde just han av alla varit den förste att inse, så många som han satt fast med hjälp av bandade telefonsamtal.

Nu gällde det liv eller död, han måste tvinga sig att tänka kallt. Vad hade han egentligen sagt och vad borde han göra?

Det förvirrande var att journalisten i början talat om den nya terroristutredningen, den mot Newroz. Och det lät ju bara som någon sorts missförstånd, för den hade han ingenting med att göra. Därför hade han kanske slappnat av lite och inte hängt med tillräckligt snabbt när journalisten kom in på det där med telefonsamtalet. För det hade ju att göra med den gamla terroristutredningen. Hade han bara blivit lurad?

Det var ändå förbjudet enligt lag att offentliggöra namn på Säkerhetspolisens personal, det var rentav ett allvarligt brott som kunde ge flera års fängelse och det var något sånt som Dagdeviren och Demirbag och de andra torskat på. Men det som var förbjudet för Newroz måste väl vara lika förbjudet för Dagens Eko?

Han måste omedelbart ringa sin chef på op-sektionen. Det var inget roligt samtal men ju längre han dröjde desto sämre. Det var enda vägen till räddning, för Säkerhetspolisen kunde väl ändå förbjuda Dagens Eko att gå ut med hans namn?

Om inte skulle han vara en jagad man för resten av sitt liv, lika dödshotad i Kurdistan som i Sverige. Han måste alltså få hjälp att fly utomlands någonstans. England? Tyskland? Vadsomhelst utom Sverige och Kurdistan.

* * *

"Sanningen har som vanligt korta ben, men i vårt fall till och med fotbojor", skojade Erik Ponti när han hört Ackes inspelade samtal med angivaren Kassem Sarikaya.

Angivarens oförståndiga erkännande, och till och med ofrivilligt roliga argument om att förfalskade bevis var lagliga om de förfalskades på Säkerhetspolisen, var deras avgörande pusselbit. Bakom den intervjun kunde de dölja det känsliga sakförhållandet att de hade tillgång till de beslagtagna och hemligstämplade artiklarna på Newroz, där bland andra angivaren Sarikaya skulle ha avslöjats. De hade inte laglig rätt att ha de bevisen i sin hand och sa de något om den saken så skulle i värsta fall Säkerhetspolisen göra husrannsakan på Dagens Eko.

Det vore förvisso en upplevelse. Men dessförinnan skulle ledningen för Sveriges Radio ha ingripit, krävt att få deras dokument och genast överlämnat dem till Säkerhetspolisen och belagt dem med munkavle i ämnet.

Alltså måste de åstadkomma en kringgående rörelse, dela upp materialet i två delar så att varken Säkerhetspolisen eller Sveriges Radio fattade hela sammanhanget förrän det var försent.

I första avsnittet skulle de koncentrera sig på de två kurder som satt fängslade i den gamla terroristutredningen, misstänkta för att ha samlat in pengar till terrorism. Den som hade satt fast dem var angivaren Sarikaya och det hade han erkänt på band. Han hade också indirekt erkänt att han förfalskat inspelningen, men inte exakt hur han hade gjort det.

Men det visste Acke och Erik, tack vare de hemligstämplade och opublicerade artiklarna från Newroz. Den källan kunde man visserligen inte uppge, eftersom den var förbjuden. "Men enligt vad Dagens Eko erfar från en auktoritativ källa inom Säkerhetspolisen" var det bevisligen så det förhöll sig.

Alltså. De två kurderna hade satts fast med hjälp av förfalskad bevisning. Det var obestridligt och det var en sjuhelvetes anklagelse. Och storyn blev inte mindre dramatisk av att de två misstänkta en gång försatts på fri fot av hovrätten. Och sedan lik förbannat fängslats på nytt, nu med hänvisning till terroristlagarna, "tagits i förvar" som det hette.

Och så hade de buntats ihop med helt andra misstänkta i ett helt annat ärende, för att liksom genom guilt by association verka mer skyldiga.

Detta var vad man skulle lägga fram i första avsnittet. Fick man väl igenom det kunde man i andra avsnittet följande dag göra det till synes oskyldiga tillägget att "enligt vad Dagens Eko erfar" så var gårdagens avslöjande exakt vad journalisterna på Newroz hade haft för avsikt att publicera. Därmed var anden ute ur flaskan. Då var det för sent för juristerna att komma springande och försöka stoppa någonting, då var de redan överspelade.

Bäst taktik nu var helt enkelt att tillverka hela det första inslaget från början till slut, fast utan kommentarer från advokater och liknande så att det inte kunde sägas bli "för långt". Allt sådant kunde man spara till uppföljningen dag två, då man liksom i förbigående kunde släppa bomben att det var för den här sanningens skull som de kurdiska redaktörerna på Newroz hade åtalats för terroristbrott.

När de gjort inslaget färdigt så var det bara att spela upp det för redaktionsledningen, som skulle kalla på juristerna, som i sin tur skulle kalla på företagsledningen och så gick det väl några timmars diskussion för eller emot. Frågan var förstås hur ens en jurist skulle kunna hitta på argument mot publicering. Två människor satt oskyldigt inspärrade och den avgörande bevisningen mot dem hade förfalskats av en av Säkerhetspolisens anställda angivare. Det var en oerhörd skandal. Hur kunde man argumentera emot ett sådant avslöjande?

Med juridiska formalia, visade det sig. Och striden för eller emot publicering blev mycket hårdare än vad Acke och Erik till och med i sina mest cyniska stunder hade kunnat föreställa sig.

Högste chefen för Sveriges Radio deltog personligen, med två aggressiva jurister vid sin sida, i de timslånga diskussioner som följde. Redan detta var i sig exceptionellt, det hade aldrig förekommit tidigare. Vilket var tur för den verkställande direktören själv, muttrade Acke, eftersom herr direktören bara var en saatans politiker som inte begrep sig på journalistik.

Men högste chef var han och den slutliga makten att publicera eller censurera hade han också.

Han hade haft ett långt telefonsamtal med Ralph Dahlén, chefen för Säkerhetspolisen, berättade han förvånansvärt ogenerat som inledning till sin argumentation för att förbjuda publicering. Ralph Dahlén hade påpekat att det vore lika brottsligt för Dagens Eko som för vilken som helst obskyr kulturtidskrift att avslöja identiteten hos personal på Säkerhetspolisen. Och Dagens Eko kunde naturligtvis inte begå brott.

Därav följde att intervjun med Säkerhetspolisens informatör Kassem Sarikaya inte kunde sändas. Och då förefoll det ju som en konsekvens att hela inslaget föll, inte sant? Intervjun med informatören där han, intressant nog, det måste medges, erkände att han manipulerat bevismaterial var ju det belägg som hela reportaget hängde på. Så om man av lagligt tvingande skäl måste ta bort den intervjun ur inslaget så återstod väl ändå bara lösa påståenden?

Det var inte helt lätt att förstå varför en före detta liberal politiker ville stoppa kritik mot ett pågående justitiemord, men det spelade ingen roll, det hade väl med islam att göra, och nu var det som det var.

Om vi haft ett material som visat att två vita liberala politiker riskerade att dömas oskyldiga för att polisen förfalskat bevisningen skulle ingen radiochef ha suttit här och gnällt, tänkte Erik Ponti ursinnigt. Men han behärskade sig, som Acke och han lovat varandra. De var båda alldeles för gamla i gården för att schabbla bort sig på ren taktik. Det här materialet skulle antingen sändas eller publiceras någon annanstans, och i så fall med förklaringen att radiochefen hade stoppat det. Om så behövdes skulle de båda säga upp sig, vilket vore en sensation i sig, och därmed få rikliga tillfällen att berätta hela historien.

Om det nu skulle behöva gå så långt. Det var ingalunda avgjort. Mycket hängde på den unga redaktionsledningen. Här satt de på rad tre stycken och hade hittills inte kommit med några protester mot det censurbeslut som låg i förlängningen av radiochefens resonemang. Det fanns en tid när somliga chefer på Dagens Eko tvelöst skulle ha vikit ner sig. Det var när en chefsposition på Dagens Eko tjänade som en perfekt språngbräda upp i de högre karriärsfärerna, tevechef, diplomat, statsråd eller vafan som helst. För sådana människor gick naturligtvis den egna karriären alltid före några oskyldigt dömda svartskallar. Men både Erik och Acke visste för lite om den nya chefsgenerationen, de hade aldrig sett dem testade i en kris ens i närheten av den storleksordning där man nu befann sig. Men både artigheten och taktiken krävde att Erik och Acke höll käften till sista ögonblicket. De unga cheferna måste få chansen först.

"Jaha?" sa radiochefen och greppade demonstrativt bordskanten med båda händerna för att visa att han var beredd att resa sig och gå. "Komplicerad historia det här, synd på ett alldeles utmärkt journalistiskt arbete för övrigt. Men då är vi kanske klara?"

Han såg sig vänligt frågande omkring och verkade lättad. Det här var sanningens ögonblick, om fem sekunder skulle Erik säga upp sig från Dagens Eko.

"Inte riktigt!" sa inrikeschefen Katarina Bloom.

Det blev knäpp tyst kring sammanträdesbordet. Katarina Bloom var under 40 år och dessutom otvivelaktigt blond, vilket enligt Erik var ett misstänkt drag, särskilt i kombination med ungdom. Acke hade aldrig riktigt fått klart för sig om det där blondinsnacket bara var skämtsam jargong från Eriks sida eller om han verkligen på allvar trodde att blondiner var sämre journalister.

"Men lagen är lagen..." försökte en av juristerna vid radiochefens sida.

"Snicksnack!" fortsatte Katarina Bloom. "Vi har bevis för ett pågående justitiemord. Två män sitter inspärrade och riskerar förfärliga fängelsestraff för vad som otvetydigt framstår som fabricerad bevisning av landets polis. Det ska vi naturligtvis berätta för våra lyssnare. Vad tror ni annars vi är till för?"

Allas blickar riktades nu mot radiochefen. Antingen måste han nu ge sig eller gå till anfall. Han tvekade märkbart, men gick till anfall.

"Jag tvivlar på att jag kan tillåta någon mej underställd avdelning här på företaget att begå lagbrott", sa han med en röst som inte riktigt bar.

"Det är möjligt att du har en formell makt att förbjuda mej att sända det här materialet", fortsatte Katarina Bloom utan att röra en min eller höja rösten. "Men i så fall måste du ha klart för dej att jag säger upp mej omedelbart. Jag är inte säker på hur mina kolleger reagerar, för det här har vi verkligen inte förutsett och följaktligen inte diskuterat. Men jag gissar att Jonte och Gunilla också säger upp sig."

De båda chefskollegerna nickade bekräftande.

"Och jag säger upp mej!" tillfogade Acke.

"Och jag. Och sen kanske vi kan ha en gemensam presskonferens?" föreslog Erik elakt.

Plötsligt hade radiochefen ställts inför den största tänkbara katastrofen i hela sin karriär. Det var inte bara en framtida ambassadörspost som stod på spel, det skulle bli en helvetes cirkus de närmaste veckorna. Han gjorde det enda kloka i det läget, föreslog femton minuters paus.

Katarina Bloom tog med sig Erik och Acke till kaffeautomaten och gjorde snabbt upp taktiken. Till deras förvåning, kanske också motvilliga beundran, var hon snarare fnissigt ivrig än ursinnig inför, som hon formulerade det, nöjet att knyta upp svansen på dom där jäkla juristerna.

När de förväntansfulla journalisterna och den tydligt plågade radiochefen och hans bulldoggsliknande jurister samlades på nytt tog Katarina Bloom omedelbart befälet.

"Vi har ett enkelt förslag", började hon oskyldigt leende. "Vi sänder intervjun med angivaren Sarikaya. Men vi avslöjar inte hans namn och vi förvränger hans röst. Då klarar vi det där med lagbrottet att avslöja angivare. Men en sån åtgärd sänker vår trovärdighet, förvrängda röster är sånt som heltidsavslöjarna och prisjägarna i televisionen håller på med. För att reparera den saken förklarar vi anledningen, nämligen att chefen för Säkerhetspolisen ringde och hotade oss. Det är faktiskt en intressant nyhet i sig. Kan du Erik som känner honom, ringa och få honom att upprepa hotelserna i en telefonintervju?"

"Visst!" svarade Erik.

"Bra! Kan vi arbeta så?" sammanfattade Katarina Bloom och såg sig runt bordet. Journalisterna nickade glatt instämmande. Radiochefen och hans två jurister satt tysta och vita i ansiktena men hade ingen invändning.

"Nu får du nog saatan ta tillbaks det där om blondiner", häcklade Acke när han och Erik gick in i ett redigeringsrum för att börja ställa i ordning de beslutade modifieringarna.

"Ingen regel utan undantag", medgav Erik med spelat stenansikte. "Men om dom här två kurderna går fria nu så ska hon få en blomma. För då är det främst hennes förtjänst."

"Nåjo. Men nu ska vi int överdriva", muttrade Acke medan han manövrerade med dataredigeringen. "Det var ju för saatan vi som gjorde knäcket."

"Utan publicering, inget knäck", summerade Erik medan han bläddrade fram telefonnumret till chefen för Säkerhetspolisen.

* * *

De följande dagarnas avslöjanden i Dagens Eko fick ett enormt genomslag i medievärlden och dominerade snart både nyhetssidorna och ledarsidorna i dagspressen. Men samtidigt ökade polariseringen mellan regeringspress och oppositionspress, nästan som om det var två helt olika verkligheter som diskuterades.

För den socialdemokratiska oppositionspressen stod det klart att man hade att göra med den största rättsskandalen på årtionden. För att skydda sina fuskande och manipulerande angivare inom Säkerhetspolisen hade staten slagit till mot de journalister som försökt informera allmänheten om såväl maktmissbruk som ren och skär politisk förföljelse mot landets muslimska minoritet.

För regeringspressen var skandalen snarast den omvända, att ett så ansett nyhetsmedium som Dagens Eko lånat sig åt försvar för terrorismen, vår tids stora politiska farsot. De nu åtalade kurderna hade haft en klart uttalad avsikt att komma åt Säkerhetspolisen, demokratins skydd mot just terrorism. Dessutom hade inte bara Dagens Eko utan också vissa andra medier sänkt sig till grova förenklingar genom att utnyttja de hemligstämplar som var ofrånkomliga i all verksamhet som rörde demokratins försvar mot terrorismen. Världens terrorister, och det var vid det här laget lika allmänt omvittnat som dokumenterat, hade förvandlat medierna till sitt instrument. Televisionen och internet hade blivit deras främsta vapen och videokameran var numera farligare än en Kalashnikov.

Mot samtliga nu häktade terrorister fanns en uppsjö av bevisning som dock av nödvändighet måste hållas hemlig, därom visste alla regeringspressens ledarsidor konkreta besked, som de dock av hänsyn till rikets säkerhet inte kunde förtydliga. Vilket än en gång visade hur sataniskt skickliga terroristerna var i att utnyttja demokratins svagheter.

Temperaturen i debatten steg ytterligare eftersom fyrtio samverkande myndigheter nu kom att genomföra en stor terroristövning i huvudstaden.

Förutsättningen för övningen, kallad Operation Bogaland, var början på ett lågintensivt inbördeskrig i landet. Bogaland var ett fiktivt land med "en viss religion indelad i två huvudskolor som bekämpade varandra". Och inom Sveriges gränser fanns tiotusentals politiska flyktingar och infiltratörer från Bogaland. På grund av militära hjälpinsatser från deras nya hemland i deras gamla hemland hade bogdanierna sedan en tid börjat hota både invånare och myndigheter med våld. Och nu hade våldet flammat upp i stor skala i huvudstaden. Religiöst fanatiska bogdanier hade sprängt ett pendeltåg och två broar inne i city och riktat granatattacker mot regeringsbyggnader.

Svenska myndigheter och elitstyrkor från militär och polis lyckades tillsammans med brandkårer, sjukvårdare och annan civil personal vinna kriget mot de religiösa fanatikerna. Övningen tog två dagar. Regeringen förnekade varje påstående om att den stora mängden fiktiva bogdanier i landet på något sätt skulle kunna kopplas till den stora mängden verkliga muslimer.

När upphetsningen var som störst kallade migrationsministern till presskonferens i regeringsbyggnaden Rosenbad. Normalt skulle en sådan inbjudan väcka ett måttligt journalistiskt intresse. Men regeringskansliet hade diskret förmedlat ryktet att det gällde frågan om utvisning av de två kurder som bland andra Dagens Eko framställt som oskyldiga lamm.

Drygt etthundrafemtio journalister infann sig för att lyssna på migrationsministern när han beskrev den plötsliga nödvändigheten av att inte ställa de två kurderna inför rätta utan i stället utvisa dem till irakiska Kurdistan.

Saken var den att det fanns en tungt vägande men hemlig bevisning mot de två terroristerna. Denna bevisning hade i laglig ordning redovisats av Säkerhetspolisen för migrationsministern och ett par av hans skickligaste medarbetare.

Problemet med denna bevisning, som det i sak inte fanns anledning att ifrågasätta, var att den bland annat byggde på vittnesuppgifter från personer vars identitet inte kunde röjas. Eftersom man då skulle sätta deras liv i fara. Oansvarigheten hos ett visst, vanligtvis betrott och som seriöst betraktat, radioprogram hade nyligen sorgligt väl illustrerat detta dilemma. Vissa journalister hade indirekt röjt identiteten till en av Säkerhetspolisens informatörer, vilket fått till konsekvens att den personen på skattebetalarnas bekostnad måste tillförsäkras en fristad och uppehälle utomlands.

Där fann migrationsministern anledning att göra en liten utvikning. Han fördömde det fullständigt otillständiga i att somliga medier, till och med ansedda medier, använde beteckningen "angivare" för de beundransvärda invandrare som med fara för sitt eget liv kämpade för demokratins seger mot terrorismen. Informatörer, eller om man så ville agenter, var den korrekta beteckningen. Det andra ordet användes bara av dem som med ett propagandistiskt uppsåt ville föra tanken till nazismens eller kommunismens diktaturer. Det var en form av relativisering som inte hörde hemma i det demokratiska samtalet.

Vad gällde utvisning till irakiska Kurdistan som regeringen nu beslutat om så skulle den prövas av Migrationsdomstolen. Det var en fråga om rättssäkerhet. Om Migrationsdomstolen fann att man inte kunde utvisa de två terroristerna till irakiska Kurdistan så skulle beslutet inte verkställas. Vilket visserligen innebar att de två terroristerna måste hållas i fängsligt förvar i väntan på att förhållandena i Irak förändrades så att de kunde sändas dit utan fara för liv och lem. Men också det var en fråga om rättssäkerhet.

De två terroristerna skulle alltså under inga omständigheter ställas inför rätta. Eftersom ett sådant förfarande innebar risk för ytterligare röjande av Säkerhetspolisens källor.

Demokratin måste visa en benhård beslutsamhet i försvaret mot sina fiender, avslutade migrationsministern sitt inledningsanförande. Därefter vidtog det vanliga kaoset som ministern hanterade hyggligt väl, även om han var långt ifrån överåklagare von Schüffels mästerskap.

X.

DET SKULLE HA blivit lättare att rekvirera hushållsnära tjänster. Det var i alla fall vad de nuvarande regeringspartierna hade gått till val på. Hushållsnära tjänster betydde i första hand städning av hemmet, fast billigare och lagligt i stället för mot svart betalning.

Ewa hade inte haft några invändningar mot denna tänkta reform, men heller ingen anledning att njuta frukterna av den, eftersom hennes hem normalt städades intill perfektion av en synnerligen rutinerad främlingslegionär. Men när Pierre nu varit borta i nästan fjorton dagar måste hon stänga av sin hittills framgångsrika förträngning och tvinga sig att se läget som det var. Det låg dammråttor i hörnen, marmorgolvet glänste inte, diskbänken sken inte, det låg brödsmulor och matrester på köksbordet och deras hemmagym var nedstänkt av svett. Det skarpa försommarljuset avslöjade skoningslöst hur smutsiga fönstren var.

Men att på kort sikt skaffa fram laglig städning av lägenhet visade sig mer komplicerat än vad hon hade kunnat ana. I ett alltmer desperat läge tvingade hon sig att anta ett erbjudande om "extra expeditionsavgift" för att få tillräckligt rent och snyggt för att Pierre åtminstone skulle känna igen sig när han kom hem. Den extra expeditionsavgiften låg snubblande nära antingen ocker eller svart betalning eftersom den skulle redovisas på en separat faktura, men det låtsades hon inte förstå. Hon anade att de två bastant rekorderliga städerskorna som infann sig var kurder, men avstod från att fråga om den saken.

Pierre kom hem vid åttatiden på kvällen i ett moln av strålande humör och en något underlig odör. Ewa hade spanat efter taxin så att hon och Nathalie kunde lurpassa vid ytterdörren och öppna så fort de hörde hans skrammel med nycklarna. Han släppte sitt bagage rakt ner, kysste dem omväxlande några gånger, lät först Nathalie hoppa upp på hans vänstra arm, erbjöd på skämt Ewa den andra och bar dem skrattande in i lägenheten och dumpade hela lasset i soffan. Nathalie som inte sagt ett ord på franska på två veckor kom igång som ett litet vattenfall, Ewa gjorde sig försiktigt lös från den stora omfamningen och gick ut i farstun, hämtade bagaget och stängde ytterdörren.

Den märkliga odören från bagaget kom sig av att han besökt de nya saluhallarna i Paris på morgonen och köpt ett ansenligt lager med ost, stor succé i business class på Air France, meddelade han, och ankleverterrine, tryffelkorv och liknande vuxengodis.

De satt en lång kväll vid köksbordet där Nathalie dominerade samtalet den första timmen innan hon närmast tuppade av utav utmattning och anspänning. Sedan talade Pierre i en ström utan avbrott om hur han värjt sig från att sorteras in i den litterära genre som kallades *autofiction* och blivit på modet genom författare som Christine Angot, Frédérique Beigbeder och dessvärre också den där olyckan Michel Houellebecq, till en debatt han hamnat i med en av *les éléphants*, socialisten Laurent Fabius, som för övrigt skämt ut sig med det fantastiska uttalandet om landets kanske blivande présidente när han invände mot henne att *"mais qui va donc garder les enfants?"*.

Han var totalt uppskruvad och totalt självupptagen och när han korkat upp en tredje flaska vin och Ewa småleende lade handen över sitt glas bromsade han upp för första gången och såg på klockan.

"Förlåt, mon amour", sa han med ett djupt andetag och sänkte både rösten och tempot, "men jag lever i en enda eufori, det är som en dröm eller en galenskap. Men det är ju inte många förunnat att börja om sitt liv för tredje gången."

"Hurså?" sa hon. "Det har åtminstone jag gjort. Första gången när jag gifte mej med en polis, andra gången när jag skiljde mej från en polis och tredje gången gillt när du kom och satte dej vid mitt cafébord. Fjärde gången, förresten, när vi fick Nathalie. Så vilka är dina tre gånger?"

"Egentligen är det bara två gånger. Första gången när jag mot all rim och reson knackade på hos legionen som 16-åring. Det blev på sätt och vis ett helt liv, *Legio patria nostra*, legionen är vårt fosterland. Det skulle inte ha blivit något mer, som pensionär i Calvi hade jag fortfarande varit legionär, fast möjligen med skägg."

"Va? Varför det?"

"Det är bara pensionärerna i legionen som får ha skägg, såg du inte det på paraden på 14 juli förra året? Men vad jag försöker säga är att när jag kom och slog mej ner vid ditt cafébord hände det största. Sen dess har jag inte varit olycklig, inte ens bekymrad, knappast på dåligt humör en enda dag i mitt liv. Jag älskar dej vanvettigt mycket Ewa, förstår du det?"

"Jag tror det för jag älskar dej på samma sätt och just nu längtar jag dessutom efter dej så att jag håller på att bli tokig. Kan vi spara det där tredje livet tills i morgon?"

De reste sig samtidigt, struntade i att städa upp efter sig och gick raka vägen in i sängkammaren utan att säga något mer och utan att ens passera badrummet först.

När hon vacklade ut i köket på morgonen hade han naturligtvis fixat allting, den nypressade apelsinjuicen stod på hennes plats och Nathalie satt ren och prydlig på sin plats i nya franska kläder och två små råttsvansar med röda rosetter i håret. Ewa sa ingenting, gick bara fram och lade armarna runt honom och höll fast honom en stund, hårt.

"Jo, vad jag försökte säga igår fast jag trasslade in mej i vinssvammel", sa han när han svepte fram hennes frukosttallrik, omelette au jambon et fromage, "var alltså att du och Nathalie förstås är det stora, nej det allra största. Men som en sorts fantastisk bonus har jag sen fått det här med litteraturen. Det kan inte finnas en lyckligare pensionär än jag. Det var bara det."

Mer än någonting annat just då hade hon velat sitta kvar vid köksbordet som om det vore en lördagsmorgon, ta det utdraget lugnt, tala om småsaker, lägga upp la route pour un raid marche, vadsomhelst för att bara njuta av det vardagliga. Men just denna arbetsdag skulle börja tidigare med ett utvärderingsmöte hos Ralph Dahlén och det var inte precis sådant man ringde återbud till.

Fylld av blandade känslor gick hon Hantverkargatan upp. Minnet av den långa kärleksnatten satt fortfarande kvar i hela hennes kropp, men stördes av det dåliga samvetet att lämna Pierre och Nathalie lite snopna vid köksbordet en halvtimme tidigare än vanligt.

Ralph Dahlén såg oförskämt fräsch ut, till och med lite solbränd som om han varit ute på sjön, och han tog emot henne på sitt vanliga, lite chevalereskt överdrivet artiga sätt, serverade henne kaffe med mjölk utan att ens fråga. Hon blev ändå misstänksam, anade något fanstyg bakom hans breda leende. Mycket riktigt.

"Jag börjar med det som är lite besvärligt, så tar vi det som är mycket positivt sen", inledde han.

"Vad är det som är besvärligt?" frågade Ewa.

Kanske var hon trots sin egen föreställning ändå lite naiv, men hon hade verkligen inte ägnat en tanke åt det bekymmer som tycktes ha sysselsatt chefen för rikets säkerhetstjänst en hel del på sistone.

Problemet hade att göra med Dagens Eko. Om man analyserade Erik Pontis och Acke Grönroos inslag under den senaste tiden kunde man inte dra andra slutsatser än att de båda var märkligt välinformerade. De hade haft en osannolik precision i de uppgifter de spred till offentligheten, vore man det minsta paranoid skulle man nästan kunnat tro att de haft tillgång till det hemliga förundersökningsmaterialet om det som rörde tidningen Newroz. På annat sätt kunde man åtminstone inte rationellt förklara hur de hade kunnat gå rakt på den heltidsanställde uppgiftslämnaren Kassem Sarikaya. Han var ju omnämnd i de beslagtagna och formellt sett hemligstämplade tidningsartiklarna.

Normalt sett, avslutade Ralph Dahlén sin underförstådda anklagelseakt, så var media inte så här välinformerade utan hjälp av visst ventilage. Men såvitt de operativa avdelningarna och informationsenheten visste så hade inget sådant sanktionerat ventilage förekommit i det här ärendet.

Där tystnade han och lät den outtalade anklagelsen hänga i luften.

"Nu har vi faktiskt lite tur, du och jag", inledde Ewa sitt försvar. "Men det är så att min man Pierre kom hem igår kväll efter fjorton dar i Frankrike."

"Han har varit där med anledning av sin bok förstås? Gratulerar förresten. Men vad har det med...?"

"En hel del. Det är Pierre och Erik Ponti som är bästa vänner sen barndomen och jag har såvitt jag minns aldrig träffat Erik Ponti utan Pierre, det gäller förresten Acke Grönroos också. Så under dom senaste veckorna kan jag alltså med bestämdhet säga att jag inte sett till vare sig Erik eller Acke. Inte heller har jag talat med nån av dom på telefon, eller haft någon annan kontakt. Däremot kommer vi att ha en liten fest allesammans nu i helgen. Det är det hela."

"Det var verkligen ett lika konkret som bra besked", svarade Ralph Dahlén i en enda lång lättad utandning. "Då kan vi lägga den här pinsamma men nödvändiga frågeställningen till handlingarna. Faktum kvarstår dock. Ponti och Grönroos har på ett eller annat sätt kommit över hemligstämplat material. Den slutsatsen delar du väl ändå?"

"Ja, det gör jag. För även om jag inte träffat dom på länge så har jag börjat lyssna med allt större intresse på Dagens Eko, jag har till och med fått höra min chef förklara varför man ringer radiochefen och framför diverse hotelser. Det var mycket intressant."

"Ja, det där var väl inte något av mina bättre framträdanden", svarade han generat. "Jag menar, den där intervjun som din infernaliske vän gjorde med mej... det jag sa kunde i värsta fall leda till en del missförstånd."

Ewa svarade inte, nöjde sig med att ironiskt höja på ögonbrynen. Det fanns förbanne mej inget utrymme för missförstånd i den där intervjun, tänkte hon. Chefen för Säkerhetspolisen ringer upp chefen för Sveriges Radio och hotar med rättsliga åtgärder om Dagens Eko sprider olämplig information. Svårare än så var det inte.

Ralph Dahlén samlade sig till en ny, och som det snart visade sig, mer positiv föredragning som rörde Ewa. Överåklagare von Schüffel hade uttryckt sin största respekt för hennes arbete, till och med kallat det "uppslagsrikt och omistligt". Det var inte bara ett starkt kort att ha i bakfickan inför somliga kolleger på den operativa avdelningen som, jo faktiskt, fått för sig att det kunde vara Ewa som låg bakom det otillåtna ventilaget till Dagens Eko. Det var också rätt ovanligt, von Schüffel var inte känd som en särskilt generös natur. Desto bättre att han nu blivit så förtjust i Ewa, särskilt med tanke på hur snett det hade gått i kontakterna dem emellan i början, när de satt och kallade varandra för *Tang ujj* och *wan Skyfell* och vad det var. Så därmed skulle man kanske...

"Nej, för jag har också något jag grunnar på", invände Ewa snabbt när Ralph Dahlén såg på klockan och tycktes vilja avsluta mötet.

"Om vår bästa förhörare verkligen har något att grunna på så ska jag naturligtvis göra mitt yttersta för att sprida ljus", svarade han till synes lika oförberedd på det värsta som hon hade varit inför hans underförstådda anklagelseakt.

"Det kan väl inte vara så att det finns bevismaterial som också är hemligt för mej som chef för förhörsenheten?" frågade hon.

"Nej, det faller ju på sin egen orimlighet. En sådan ordning skulle närmast sabotera förhören. Vad tänker du på?"

"Jag tänker på dom två kurderna i den gamla utredningen, du vet dom där två som misstänks för olaga insamling till Ansar al-Islam."

"Jaha. Jag tror dessvärre jag börjar ana vart vi nu är på väg", svarade han långsamt och med olusten målad över hela ansiktet.

"Så då har jag alltså tagit del av allt bevismaterial som riktas mot dom där två misstänkta?" fortsatte Ewa.

"Svar ja. Det finns *ingen* bevisning mot vare sig dom två eller dom andra sju i den utredningen som hållits hemlig för dej. Men det var inte bara det du ville veta, är jag rädd."

"Nej, och du förstår vad jag vill veta mer."

Det gjorde han utan tvekan eftersom det syntes att det kröp i hela hans kropp av obehag. Ewa avvaktade, lät den outtalade frågan hänga i luften, lät Ralph Dahlén smaka på sin egen taktik.

"Det finns en ofrånkomlig skillnad mellan oss och det du kallar den riktiga polisen", började han efter en lång tystnad. "Vi sysslar med brott av politisk natur. Spioneri är i huvudsak ett politiskt brott, industrispionage också, åtminstone när det bedrivs av östeuropeiska stater och det är mest dom som håller på med det. Terrorism är självklart ett politiskt brott, det ligger redan i definitionerna som FN och EU har enats om, du vet, påverka samhällsskicket och så där. Det paradoxala är alltså att vi sysslar med politiska brott men inte med politik."

"Det låter mer än paradoxalt, det låter som *contradictio in adjecto*, en inneboende omöjlig motsättning", invände Ewa. "Och hur skulle det du säger kunna förklara att jag har blivit förd bakom ljuset, det förstår jag inte."

"Nu är det jag som inte förstår. Hurså blivit förd bakom ljuset?"

"Det finns ingen annan möjlighet. Du säger att jag har tagit del av all bevisning i dom här utredningarna. Jag godtar det, jag måste ju godta det. Men om jag alltså inte har blivit förd bakom ljuset som polis, av mina chefer till råga på allt, så har jag blivit det som medborgare. Migrationsministerns lovsång till alla de tungt vägande hemliga bevisen, du vet."

"Vi bör nog inte driva det här samtalet längre än så."

"Varför inte det?"

"Därför att vi är ämbetsmän i staten. Vi har ett objektivitetskrav på oss, en absolut sanningsskyldighet. Migrationsministern är politiker och politikers sanningsskyldighet är som bekant av en något annorlunda natur. Det angår inte oss."

"Det håller jag inte med om."

"Det borde du, inte bara för husfridens skull."

"Men snälla Ralph, du kan väl inte hota mej med skäll för att jag tar upp en fråga som jag verkligen grubblar över, en fråga som oroar mej, saker som jag inte förstår. Du är faktiskt min chef."

"Objection sustained. Då kör vi ett varv till, tur att ingen hör oss. Vad är det du grubblar över?"

Hon tvekade. Fortsatte hon nu skulle hon kanske än en gång riskera att passera någon sorts point of no return och åka ut på öronen. Ingen ville det, särskilt inte duktiga flickor som hellre ville få guldstjärna. Det sista tänkte hon för att reta upp sig själv och ta mod till sig. Nu skulle hon löpa linan ut.

"Som du vet", började hon försiktigt, "var vår bevisning mot dom där två kurderna mycket svag, en uppfattning som jag för övrigt delar med hovrätten. Det fanns bara en eventuell åtalspunkt: ekonomiskt understöd till terroriststämplad organisation. En av våra informatörer, Kassem Sarikaya närmare bestämt, har beskyllt dom för det brottet, men själva nekar dom. Och så har det nu visat sig att vår anställde Sarikaya förfalskade sin bevisning. Hade dom fått en rättegång hade dom, när den saken drogs fram, nästan hundraprocentigt säkert blivit friade av domstolen. Om jag stannar där tills vidare. Delar du den uppfattningen?"

"Ärligt talat ja. Förfalskad bevisning brukar hetsa upp domstolarna, nej jag ironiserar inte. Med all rätt, menar jag."

"Bra. Då är vi överens så långt. Vi har två män som inte kunde dömas. Och vi har en medarbetare som med stor säkerhet hade kunnat dömas om han ställts inför rätta. Det är dom objektiva förutsättningarna och jag behöver inte ens fråga dej om vi fortfarande är överens. Och detta förvandlar migrationsministern simsalabim till att vår egen förbrytare skickas utomlands och slipper den rättegång som skulle ha fällt honom. Och dom två kurderna som hade blivit friade av domstolen berövas den rätten. I stället hamnar dom i ett rättsligt limbo, inspärrade tills det blir fred i Irak om jag tolkat det hela rätt. Och blir det fred i Irak så sänds dom dit med ordet terrorist stämplat i pannan. Och detta vill du bara avfärda som politik?"

"Inte avfärda, saken är alldeles för allvarlig för att avfärda. Men politik är just vad det är. Och det är inte vår sak, vi sysslar med brottsbekämpning."

Ewa kom sig inte för att säga något mer, det gick runt i huvudet på henne på ett sätt som kändes lika ovant som obehagligt. Öppenhjär-

tiga svar hade hon fått med besked. Samtidigt hade hon sett en rätts-
lig avgrund öppna sig och Ralph Dahlén, som visat avgrunden, ver-
kade minst av allt upphetsad. Men han såg naturligtvis hur osäker
eller rentav äcklad hon kände sig.

"Jag tror nog vi bör avsluta det här i och för sig mycket intressanta
samtalet", sa han till slut när någon måste bryta tystnaden. "Du ska
veta en sak, Ewa. Jag har ett absolut obrutet förtroende för dej, jag
uppskattar dina särskilda polisiära talanger lika mycket som ditt juri-
diska skarpsinne, din lidelse för att inte säga patos och din uppriktig-
het. Och jag behöver dej. Ingen annan på avdelningen skulle ha kom-
mit på tanken att ta ett sånt här samtal som du just gjorde."

"Tack", sa hon fåraktigt.

"Det är jag som ska tacka", sa han och tittade demonstrativt på
klockan.

* * *

Första rättegångsdagen med de fyra namngivna kurdiska journalis-
terna på tidningen Newroz och deras källa inom Säkerhetspolisen,
vars identitet hölls hemlig, förvandlade stora delar av stadsdelen
Kungsholmen till en krigszon.

Utanför Rådhuset stod dubbla linjer med kravallgrindar och
bakom dem tredubbla led med poliser i full stridsmundering med
hjälmar och sköldar. Utanför polisens avspärrningar trängdes tusen-
tals demonstranter på det rätt trånga utrymmet. Det såg till en början
närmast idylliskt fredligt ut, en ovanlig demonstration eftersom de-
monstranternas medelålder var hög och de var klädda på ett sätt som
inte var vanligt i politiskt kontroversiella demonstrationer. Men de
fylkades under olika organisationsplakat som möjligen förklarade den
propra stilen. Där stod skäggiga gentlemen från Författarförbundet
tillsammans med ett antal deckardrottningar, varav några tillräckligt
kända för att dra åt sig mängder av pressfotografer. Där fanns Journa-
listförbundet och alla politiska ungdomsförbund utom moderaternas

och liberalernas, självklart ledningen för Vänsterpartiet och Miljöpartiet, Pennklubben och Publicistklubben. Parollplakaten och banderollerna var sparsamma men enhetliga. De krävde slut på politiska rättegångar och försvar för tryckfrihetsgrundlagen. Enstaka plakat riktade sig mot terroristlagstiftningen.

Det föreföll att bli den mest fridsamma demonstrationen på åratal och inom operationsledningen för den stora polisstyrkan skämtade man om hur trevligt det skulle vara om alla demonstrationer såg ut på det här viset. Just nu var man hundratals man i onödan, det här hade tre vanliga ordningspoliser i uniform klarat av med lätthet. Dessutom var det vackert väder. Och tevefotograferna suckade besviket, några hade till och med börjat packa ihop utrustningen, eftersom de bilder man hittills fått aldrig skulle komma med i kvällens sändningar. En fredlig demonstration hade inget nyhetsvärde.

Attacken kom som en blixt från den klara himlen. En späd ungdomlig stämma skrek plötsligt "krossa fascismen". Och i nästa ögonblick regnade gatstenar och tända bensinflaskor över de täta leden av avslappade kravallpoliser där de flesta på grund av värmen fällt upp sina visir och sänkt sina hårdplastsköldar.

Sexton poliser skadades mer eller mindre allvarligt under den första attacken och de flesta hade knappt hämtat sig från chocken före nästa anfallsvåg. På nytt kom signalen om att krossa fascismen och än en gång haglade gatsten och brinnande bensinflaskor över kravallpoliserna. Bensinen i terroristernas flaskvapen hade blandats med dieselolja, vilket gjorde att en svart stickande rök snabbt spred sig över hela slagfältet.

De särskilda prickskyttar som placerats i tillfälligt uppbyggda torn och satt i små holkar uppe på Rådhusets tak var till för att synas, liksom för övrigt hela polisstyrkan, inte för att skjuta. Och i den tätt sammanpackade folkmassan spred sig redan paniken. Även om skyttarna här och var skymtade små grupper av unga svartklädda terrorister var det omöjligt för dem att öppna eld utan att träffa fel mål.

Vid det här laget hade operationsledningens förlamning släppt, man beordrade motanfall och hundra poliser trängde sig ut genom små öppningar mellan kravallgrindarna och gick lös på alla och envar som kom i deras väg, medan brandkårspersonal försökte ta sig fram bakvägen för att släcka bränderna och rädda brinnande poliser.

Det var visserligen ingen tvekan om vilka objekt det gällde för polisen att infånga och oskadliggöra. De var alla småväxta och klädda i svart med munkkåpor över huvudet och maskering för ansiktet och de flydde som planerat åt olika håll efter att ha gjort sig av med sina ryggsäckar där de transporterat gatstenar och bensinbomber. Men de kravallpoliser som "hindrades i jakten av hysteriska kärringar och gubbjävlar", som ett av de upphetsade polisbefälen något olyckligt formulerade problemet i den långa efterföljande utredningen, blev möjligen själva hysteriska och försökte slå sig fram med hjälp av batongerna för att komma ifatt de svartklädda ungdomarna.

Denna första del av förloppet resulterade i tjugotre mer eller mindre allvarligt skadade poliser, varav två med brännskador som varit livshotande, och fyrtiosju misshandlade demonstranter, vars medelålder och yrkesstatus var sådan att det föreföll meningslöst att rikta anklagelser om våldsamt upplopp eller våldsamt motstånd mot dem för att urskulda misshandeln.

Men slaget om Kungsholmen hade bara börjat.

Medan det fortfarande rådde kaos på det första slagfältet spred sig de svartklädda ungdomarna i tre riktningar och slog sönder vartenda skyltfönster i sin flyktväg, eller om det snarare var attackriktning. Det var lönlöst för de tungt rustade kravallpoliserna att försöka fullfölja jakten till fots. De väntande piketbussarna kunde inte heller ta sig fram genom något som såg ut som ett slagfält där människor låg blödande överallt. När polisens fordon kommit loss fortsatte jakten i flera timmar runt Kungsholmen i spåren på den allmänna förstörelsen.

Bara nitton av terroristerna, därav tre danskar och fyra tyskar, kunde fångas in, demaskeras och anhållas. Som det stod på organisatörernas, AFA – Antifascistisk Aktion, hemsida sex timmar senare hade polisens förluster, snutsvinens alltså, varit betydligt större. På hemsidan redogjorde man också för sina motiv. Den fascistiska staten hade själv inlett öppet krig, till och med övat det mitt inne i Stockholm, mot arbetarklassen och invandrarna. Och då måste varje sann demokrat slå tillbaks med det enda språk som fascistsvinen begrep, med direkt aktion.

Följande dag, inför den andra rättegångsdagen mot redaktionen på Newroz, fanns mer än sexhundra poliser utanför Rådhuset, med ett tydligt inslag av kamouflageklädda bamsar från den Nationella insatsstyrkan. De hade alla målat sina ansikten med militärsmink i grönt och svart och hade små tuffa hattar i stället för hjälmar på sig, men i gengäld tyska kompakta kulsprutepistoler i händerna och mörka glasögon. Den överväldigande polisstyrkan bevakade ett tomt fält. Ingen enda demonstrant infann sig.

En uppsjö av dramatiska tevebilder gick ut över världen. "Slaget om Rådhuset" överskuggade alla andra nyheter, en blödande akademiledamot var ett lika tacksamt bildreportage som en brinnande polis. Själva rättegången blev jämförelsevis ointressant för medierna.

I efterhand kunde man säga att den stora polisinsatsen varit välmotiverad, med tanke på vänsterextremisternas och terroristsympatisörernas våldsamma attack.

Ändå hade ingen i vare sig polisledningen eller i överåklagare von Schüffels stab kunnat föreställa sig denna massaker. Polisuppbådet hade bara varit en, låt vara kostsam för skattebetalarna, grupp statister i det kända dramat om hur oerhört farliga terrorister ställs inför den demokratiska rättvisan. Det var därför det var ett obetingat krav att den särskilda terroristsalen måste användas vid rättegången. Och det var därför redaktörerna Demirbag och Dagdeviren måste eskorteras in i rättssalen mellan dubbla led av stridsmunderade poliser från den Nationella insatsstyrkan. Det var knappt att de anklagade kunde tränga sig in i rättssalen, när de leddes fram omgivna av en medeltida spetsgård av elitsoldater i mask och kamouflageuniformer.

Av denna teater framgick med all åklagarönskvärdhet hur oerhört farliga dessa journalister var och hur fruktansvärt stor fritagnings-risken var.

Om ingenting hade hänt hade det ju kunnat förklaras med de kraftfulla säkerhetsåtgärderna. Nu när en liga av AFA, unga veganer, och Hemliga partiet och danska och tyska terroristsympatisörer hade lyckats åstadkomma ett mindre krig utanför domstolslokalerna bevisade det också hur farliga de åtalade kurdiska terroristerna var.

Åklagarsidan hade följaktligen fått bästa tänkbara start på den första rättegångsdagen. Kravallerna och våldet skulle uppta mediernas uppmärksamhet oändligt mycket mer än det faktum att alla förhandlingar, efter von Schüffels något kryptiska sakframställan där han talade mest om kriget mot terrorismen och demokrati, måste hållas inom stängda dörrar. Några rättegångsreferat fanns följaktligen inte i nästa dags tidningar, däremot femton, tjugo sidor om våld, brand, rök och förstörelse.

Ewa visste att det hade varit en del bråk utanför Rådhuset, men hade ingen konkret föreställning om omfattningen. Hon hade kommit den underjordiska vägen till rättegången från polishusen och ner i förbindelsen från häktet, den så kallade suckarnas gång.

För hennes del var det ett studiebesök. Det fanns för närvarande inga nya anhållna personer för brott mot rikets säkerhet eller brott mot terroristlagstiftningen och förhören med de terroristmisstänkta i den gamla utredningen var sånär som på lite finputsning helt klara. Terje Lundsten hade fått återgå till, som han sade, det något enklare och renhårigare jobbet att jaga mördare. Hon hade som tack för hjälpen och gott samarbete lovat honom en middag med fru och bättre vin än han druckit i hela sitt liv.

Hon skulle inte kallas som vittne till den här rättegången så det fanns inget hinder för att hon skulle kunna sitta i publiken. Med sin security clearance 2 kunde hon titta in på vilken hemlig rättegång hon behagade.

Det hon förbisett var att von Schüffel först skulle hålla en offentlig sakframställan mot journalisterna på Newroz. Och då var rättegångs-salen fullproppad till sista plats. På pressbänken längst fram satt Erik Ponti. När hon mötte hans blick var han fullständigt nollställd och hälsade inte.

Rättens ordförande godtog von Schüffels framställan om att den fortsatta förhandlingen måtte hållas inom stängda dörrar, varför all-mänheten uppmanades att lämna salen, också journalisterna tving-ades gå ut. De var ju allmänhetens ögon och öron. Hon vågade inte titta efter Erik av rädsla för att än en gång möta hans nollställda, eller om det var kalla, blick.

Till hennes förvåning ändrades stämningen tvärt i rättssalen såfort dörrarna hade stängts. En av domarna hängde prompt av sig kavajen på stolen och lättade på slipsknuten, in kom några terroristpoliser i svarta masker och bänkade sig nonchalant med utbredda ben och små tyska kulsprutepistoler i knäet. Och von Schüffel anhöll synbart road om att få hålla en riktig sakframställan. Vilket rättens ordfö-rande omedelbart beviljade.

Det han hade sagt i sitt offentliga framförande hade bara varit ett spel för gallerierna, det var därför han hade låtit mer som en politiker än som en jurist och talat mer till journalisterna än till domstolen om demokratins djupa värden och försvaret mot den världsomspännande terrorismen.

Nu var han mer konkret. Det handlade bara om tre tidningsartik-lar som, gudskelov, inte hade blivit publicerade. Artikel ett, artikel två och artikel tre. Mer än så behövde man inte hålla reda på.

I dessa texter fanns en brottslig avsikt. Det var inte bara frågan om det självklara, obehörig befattning med hemlig uppgift. Brottslig-heten sträckte sig betydligt längre än så. Det var med tanke på bak-grunden så nära man över huvud taget kunde komma anstiftan till mord, även om brottsrubriceringen var olaga hot. Och därmed terro-ristbrott.

De tilltalades avsikt hade dessutom varit, vilket var erkänt och okontroversiellt, att skada Säkerhetspolisens förmåga att inhämta uppgifter från medborgerligt och demokratiskt sinnade invandrare. Därmed riktade sig brottsligheten mot samhällets institutioner, ett otvetydigt politiskt syfte. Det var också, enligt nuvarande lagstiftning, kristallklart terroristbrott.

Ewa blev motvilligt imponerad av von Schüffel, samtidigt som hon irriterade sig på de flabbande terroristpoliserna på de i övrigt tomma åhörarbänkarna. Det verkade som om de satt och småsnackade om helt andra saker och av vissa gester att döma var det ingen tvekan om vilka saker. En av nämndemännen såg ut som om han förberedde en liten siesta.

Det spelade för all del ingen roll, han var utsedd av moderaterna och skulle vaken som sovande rösta för fällande dom. Av de övriga tre i nämnden var en miljöpartist, som förstås skulle rösta för friande dom. Så långt stod det 1–1. De andra två nämndemännen var liberaler och hur de skulle rösta var omöjligt att förutse. På grund av målets särskilda vikt hade rättens ordförande ännu en professionell domare vid sin sida. Det fanns alltså sex domarröster.

Ewa gjorde ett överslag. Två proffsdomare och en miljöpartist för frikännande. Då blev det 3–3 om liberalerna var av den värsta sorten som krävde att Säkerhetspolisen skulle inleda samarbete med lärarkåren i förorterna för att uppspåra muslimska skolbarn i tid, eller hur de nu formulerat sina krav i valkampanjen.

Men 3–3 skulle räcka för frikännande. Azad och Nedim och deras kolleger hade faktiskt en chans.

Efter von Schüffels tydliga och väl förberedda sakframställan blev det försvarets tur.

Advokaten Silbermann var först. Han försökte inleda ett tal till tryckfrihetens försvar, argumenterade för att de allvarliga missförhållanden, exempelvis förfalskning av bevis på Säkerhetspolisen, var just sådant som journalister skulle avslöja.

Han hann inte så mycket längre innan rättens ordförande avbröt honom med påpekandet att man faktiskt inte befann sig i ett tryckfrihetsmål och att det inte var frågan om att pröva eventuellt godtagbara publicistiska motiv. Detta var ett brottmål och frågan var rent konkret hur de tilltalade ställde sig till åtalspunkten terroristbrott. Hade de insamlat hemliga uppgifter? Hade de haft ett uppsåt att skada Säkerhetspolisen?

"Men herr ordförande, vi är på väg mot hjärtpunkten i vår demokrati, tänk på vad ni säger och hur det kommer att se ut i bandutskrifterna!" invände advokaten Silbermann. Tjusigt men något för teatraliskt, tyckte Ewa.

Det tyckte möjligen rättens ordförande också. Han suckade demonstrativt. "Det må så vara", svarade han med en trött handviftning. "Men vad vi säger i denna rättssal kommer att vara hemligstämplat i minst femtio år. Om någon år 2057 skulle tycka att advokaten spelade för gallerierna eller jag själv pratade goja, så är det om jag så får säga, ett problem jag tror vi kan leva med. Nu tillbaks till ordningen, advokaten. Tänk bara på att vi inte har någon publik att imponera på, är ni snäll."

* * *

Säkerhetspolisen hade en egen barnvaktsservice för chefer över en viss nivå. Men det var få som utnyttjade den och Ewa hade fått reda på det av en slump och trodde först inte att det var sant. Förklaringen till denna oväntade, dessutom subventionerade, tjänst var att det fanns säkerhetsskäl som talade mot att personer med lös anknytning till familjen eller bekantskapskretsen skulle få tillfälle att undersöka chefspersonernas hem. De barnvakter som rekvirerades fick tre gånger så mycket betalt som vanliga barnvakter skulle ha fått, inklusive sociala avgifter och skatteavdrag, och var antingen sistaårselever på Polishögskolan eller nya poliser i yttre tjänst. Det var alltså ett både bekvämt och prismässigt överkomligt arrangemang, eftersom Säkerhetspolisen betalade två tredjedelar av kostnaden och barnvakten kunde rekvireras genom Ewas sekreterare.

Hon hade beställt barnvakten/kollegan redan till klockan sex på kvällen för att hon och Pierre skulle kunna få en timmes promenad upp till Erik Ponti på Gärdet, hemkomstfesten för Pierre skulle börja klockan sju. Hon måste få tala med honom om allt det äckel och den oro som vällt upp inom henne under de tre rättegångsdagarna. Det var möjligt att samtalsämnet tangerade det som han bett henne att inte tala om, sådant som han därefter måste hålla hemligt för Erik. Men hon måste på något sätt få det ur sig och han var ändå den människa som stod henne närmast. Dessutom behövde hon styrka sig eller åtminstone få lite uppmuntran. Hon gruvade sig för kalaset, för att träffa Erik och Acke som kanske i värsta fall såg henne som en sorts förrädare, eller åtminstone motståndare. I deras ögon hade hon förmodligen blivit en helt annan person än den hon var när hon jobbade på Ekobrottsmyndigheten och mer eller mindre bekymmerslöst kunde berätta för dem om sina utredningar.

Rättegången hade varit en mardröm, det var för en gångs skull inte en slentrianmässig klyscha utan en precis beskrivning. En ond dröm där allt svart blev vitt, och tvärtom. Och där motparterna aldrig hade mötts i ett enda resonemang utan konsekvent talat förbi varandra.

Advokaterna Silbermann och Alphin hade lagt upp försvaret som om man befann sig i ett tryckfrihetsmål och inte ett brottmål. De hade förstås en medveten avsikt med den taktiken, förmodligen att påverka de fyra nämndemännen som borde vara mer mottagliga för politiska resonemang än de två yrkesdomarna. Men det var en besvärlig taktik eftersom de fick rättens ordförande emot sig och han alltmer irriterat försökte få stopp på dem när de drev sitt "irrelevanta" försvar.

Först förde de ihärdigt fram linjen att angivaren – de kallade honom konsekvent angivaren – Kassem Sarikaya skulle ha dömts till fängelse om han ställts inför rätta för att ha fabricerat bevisningen mot de två nu utvisningshotade kurderna.

Och det var i sak helt korrekt, en bedömning som både Ewa själv och hennes chef Ralph Dahlén delade. Visst skulle Sarikaya ha åkt in.

Därav följde också, argumenterade advokaterna vidare, att de två utvisningshotade skulle ha friats i en rättegång. Och just dessa skandalösa förhållanden hade man på tidningen Newroz haft för avsikt att avslöja. Det var orimligt att betrakta en så sällsynt välmotiverad samhällskritik som brottslig. Tvärtom, sådana avslöjanden var ytterst vällovliga.

Överåklagare von Schüffel hade inga större svårigheter att hantera den här typen av argumentation, särskilt inte som han gång på gång fick kraftfullt stöd från rättens ordförande. Detta var inte en rättegång som handlade om tryckfrihet eller påstått vällovlig journalistik. Mer eller mindre säkra prognoser om vilken samhällelig effekt de tilltalades brottslighet kunde ha fått saknade all betydelse för målet. Hade de tilltalade samlat in hemlig information från Säkerhetspolisen? Ja eller nej? Hade de haft för avsikt och förberett att vidarebefordra den informationen som de olovligen tillskansat sig? Var de medvetna om vilket hot det skulle ha inneburit för de utpekade? Ja eller nej?

Så löpte resonemangen hela rättegången igenom under tre traggliga dagar. De åtalade och deras advokater hänvisade till ett brottsligt, korrupt och samhällsfarligt angivarsystem som det vore alla seriösa journalisters skyldighet att avslöja. Rättens ordförande och von Schüffel fnös att rättegången inte handlade om att sätta betyg på Säkerhetspolisens verksamhet utan bara om att fastställa de tilltalades faktiska gärningar och deras uppsåt. Vilket ändå var tämligen väl klarlagt genom förhör och övrig bevisning.

Det fanns, påpekade von Schüffel i sin slutplädering, inga särskilda privilegier för journalister att begå brott. Likheten inför lagen gällde alla yrkeskategorier. Och om man som medborgare ansåg att man kunde beslå myndigheter med en felaktig tjänsteutövning finge man väl i så fall använda lagliga metoder för att kritisera de eventuella missförhållandena. Exempelvis polisanmäla eller klaga direkt till berörda myndigheter. Men inte gå in för att systematiskt sabotera samhällets institutioner.

Juristen inom Ewa höll med båda sidor, formellt hade hon inga svårigheter att instämma med såväl advokaterna som von Schüffel.

Men förnuftsmässigt och känslomässigt stod hon på försvarets sida, och hon fann det orimligt att försvarets argumentationslinje skulle avfärdas som helt irrelevant, eller ännu värre som otillåten.

Ändå vek inte de båda stjärnadvokaterna en tum från sin taktik att hela tiden tala förbi åklagaren och behandla målet som om det varit något helt annat. Deras slutpläderingar handlade inte så mycket om de besvärliga åtalspunkterna (insamlat och försökt vidarebefordra hemlig information – ja eller nej?) som om tryckfrihetens betydelse i en demokrati. Kanske siktade de på de två liberala nämndemännen, kanske hade de en mer långsiktig avsikt att driva den här trotsiga strategin ända upp i Högsta domstolen. Det var inte lätt att säga. Det var heller inte lätt att känna sig optimistisk inför den kommande domen. När von Schüffel yrkade på fängelsestraff som icke skulle understiga tio år såg de två liberala nämndemännen på varandra och nickade instämmande. Och rättens ordförande meddelade till slut att domen skulle finnas tillgänglig på tingsrättens kansli om precis en vecka. Det var sensationellt snabbt, som om allt bara handlat om ett litet enkelt snatterimål.

En molande ångest dröjde sig kvar inom Ewa ännu två dagar efter den sista rättegångsdagen när hon och Pierre promenerade ner förbi Stadshuset på väg mot Östermalm och Gärdet. Det var svårt att sätta ord på känslorna och Pierre, som åtminstone försökte förstå hennes ambivalens och oro, hade svårt att komma med någon klok tröst eftersom han så lätt hakade upp sig på detaljer som att militära eller polisiära hemligheter inte kan vara till för att stå i tidningen.

Ingenting blev heller bättre eller klarare av att hon själv virrade till samtalet när hon närmast ångerfyllt berättade att det var hon som sökt i lagtexterna och förarbetena till terroristlagstiftningen och hjälpt von Schüffel att hitta den fungerande angreppsvinkeln, själva tricket för att förvandla journalisterna till terrorister.

Pierre skakade på huvudet, slog ut med armarna och sa att han inte förstod någonting. Om hon nu hittat ett fungerande sätt att tolka de lagar som faktiskt fanns och, det fick man väl ändå medge, hade stiftats i demokratisk ordning, så gjorde hon väl bara sitt jobb? Det verkade som ett åtminstone avlägset bekant dilemma för honom. Kanske hade militärer och poliser det problemet gemensamt att de på ett ibland omänskligt sätt måste hålla sina egna sympatier eller antipatier borta från jobbet? Och därefter bara göra det efter bästa förmåga.

Ewa försökte ge sig in på en förklaring om terroristlagarnas diffusa natur och den känsla man måste ha för förnuftet bakom paragraferna. Och på så okänd mark som man nu befann sig, herregud det här var ju den första processen i sitt slag på trettio år, så borde det vara Högsta domstolen och inte hon, eller ännu värre den där von Schüffel, som tolkade lagen. Hon hörde själv att det hon sa lät lika oklart som motsägelsefullt. Den här diskussionen ledde ingenstans, hon kunde inte få något stöd eller någon tröst från Pierre och det var sannerligen inte hans fel.

De var redan framme vid Saluhallen på Östermalmstorg, om lite drygt tjugo minuter skulle de vara hemma hos Erik, träffa alla de andra vännerna och låtsas som om allt var som vanligt och bara fira den förlorade sonens återkomst.

Då hade Pierre oväntat en konkret fråga och med den gick han definitivt över gränsen för vad de försökt vara överens om, att inte tala om sådana hemligheter som han måste förtiga för Erik.

Men så mycket hade han ju fattat sedan han kom hem och läst en hög med tidningar och dessutom talat med Erik i telefon att Dagens Eko fått mycket stryk i regeringspressen. Deras avslöjande att en agent för Säkerhetspolisen hade förfalskat bevis hade viftats bort med att det fanns en stor hög av andra, mycket bättre fast hemliga, bevis. På vissa ledarsidor hade Acke och Erik framställts som rena fånar för den sakens skull, de två största morgontidningarna hade till och med krävt att de skulle avskedas eller åtminstone stängas av från ämnet. Därför den mycket konkreta frågan:

"Har dom rätt eller har dom fel?" frågade han, stannade och tog henne om axlarna och såg henne i ögonen.

"Om jag svarar på den frågan så har vi gått över Rubicon och vill du verkligen det?" motfrågade hon för att vinna tid.

Han smålog åt hennes militära metafor.

"Ja", sa han efter sin korta tvekan. "*Alea iacta est*, tärningen är kastad, jag vill veta."

"Erik och Acke har haft helt rätt på varje punkt och det existerar inga hemliga bevis. Dom där två kurderna som Erik och Acke berättat om skulle utan tvekan ha friats i en rättegång. Så är det."

"Merde! Fan också, det här är ju inte klokt!"

Han sa inget mer på en stund, började tänka efter på sitt vanliga sätt och tog hennes arm under sin och gick vidare mot Gärdet och det oundvikliga mötet med Erik.

Ewa avvaktade tyst men hade redan gissat vad han skulle säga och när hon funderade på vad hon skulle svara fick hon en idé som bara slog ned i henne som en snilleblixt och så brukade det aldrig vara. Vanligtvis arbetade hon fram bra idéer med svett och möda.

"Du måste berätta för Erik och Acke", sa han till slut. "Det handlar inte bara om lagen och tystnadsplikten, det är en moralfråga också. Om dom hade rätt måste dom få veta att dom hade rätt."

"Jag visste att du skulle säga det", svarade hon lätt.

"Ibland kan det vara rätt att begå lagbrott", försökte han börja argumentera men hon avbröt honom med att stanna och lägga ett pekfinger över hans mun.

"Jag visste att du skulle säga det för att jag känner dej, mon colonel, du är bland mycket annat en mycket moralisk person. Men oroa dej inte, jag ska göra det. Jag har till och med kommit på ett sätt att göra det utan att begå brott."

Först såg han ut som om han tänkte argumentera vidare, som om han väntat sig en längre diskussion. I stället kysste han henne länge och passionerat på ett sätt som fick passerande fotgängare att se mycket glada ut.

Hans kärleksfulla attack dödade också all vidare bekymmersam diskussion och det var ändå bara några minuters promenad hem till Erik.

Han tog emot dem lika hjärtligt som om det varit förr i världen och när han gjorde sig loss från omfamningen med Ewa passade han på att skämtsamt förklara varför han inte hälsat på henne när de sågs i rättegångssalen, eftersom han var självupptagen nog att tro att vänskapen med just honom inte var det mest rekommendabla på hennes arbetsplats. Sedan serverade han henne prompt ett glas chardonnay som väntat särskilt på henne. Det var förstås en bourgogne, antagligen den hon druckit hemma hos honom första gången tillsammans med Pierre.

Alla hade kommit utom Anna Holt som tvångsmässigt kom försent till allt privat men alltid var i tid på jobbet. När Ewa kramat om Ingalill och Acke, som inte heller han visade minsta sura min mot henne – det där måste dom ha gjort upp, tänkte hon – upptäckte hon två personer som hon inte kände. Acke var snabbt framme för att presentera dem, eftersom Erik och Pierre självklart gått raka vägen ut i köket för att börja arbeta på sina vanliga cirkusnummer.

"Det här är vår hjältemodiga nya inrikeschef på Ekot, Katarina Bloom och det här är Jörgen Bloom som jobbar på Morgontidningen", förklarade Acke och försvann tillsammans med Ingalill längre in i lägenheten. Ewa skålade försiktigt mot de två nya. Och så stod de där alla tre och log mot varandra utan att veta vad de skulle säga. Acke hade ju presenterat Ewa bara med förnamnet.

"Och vad jobbar du med, för vi tycks inte vara kolleger i alla fall?" frågade den blonda kvinnan som hette Katarina Bloom och såg samtidigt ut som om hon ville bita tungan av sig själv för den konventionella repliken.

"Jaa..." sa Ewa. "Jag är polis. Och hon som kommer snart och heter Anna Holt och är min bästa vän sen många år är också polis. Så vi är alltså inte kolleger, som sagt. Motståndarlaget, kanske?"

"Inte nödvändigtvis", försökte mannen som hette Jörgen konversera, "för vi vet ju alla att det finns good cops and bad cops."

"Absolut", fortsatte Ewa forcerat, "och den uppdelningen har vi också här. Anna är the good cop och jag är den andra. Men för att nu inte Erik och Acke ska bli evigt misstänkta på er arbetsplats så ligger det till så här, att jag är gift med den där pensionerade officeren som ni möjligen såg smita ut i köket, jag är rädd att han inte såg er för då skulle han ha hälsat. Han är i sin tur barndomsvän med Erik. Och därför är jag här och Anna som kommer sen är alltså min bästa vän, men det kanske jag sa?"

Hon kände sig fånig, men räddades just då av att Anna Holt, som släpptes in av Ingalill, for runt ett varv ut i köket och hälsade på kockarna och kom tillbaks in i rummet med ett glas vin i handen.

Ewa smet ut i köket för att tipsa Pierre om att han missat två nya gäster. Han slet genast av sig handduken som han bar instucken under bältet, tvättade händerna och skyndade ut.

Ewa hade plötsligt blivit ensam med Erik, som drog undan en kopparpanna från spisen, torkade händerna på en handduk och betraktade henne forskande. Nå? frågade hans blick.

Att Pierre tänkte dröja sig kvar där ute bland de andra en stund verkade redan uppenbart. Det var kanske lika bra att klara av allting direkt.

"Jag har som du vet en strikt tystnadsplikt om allt som finns i bevismaterialet mot dom påstådda terroristerna", började hon.

"Jo, det förstås, men ...?" frågade han försiktigt.

Hon tog ett djupt andetag och förklarade snabbt att hon däremot *inte* hade någon tystnadsplikt om bevis som *inte* existerade. Exempelvis påstådda hemliga bevis mot de två utvisningshotade kurderna.

Han kontrollfrågade för att vara säker på att inte missförstå den sensationellt goda nyheten.

Nej, underströk hon. De hemliga bevisen existerade inte. Den version som Erik och Acke fört fram i Ekot var fullständigt korrekt. Det migrationsministern sagt var alltså fullständigt fel.

"Tack!" sa han. "Finns det något mer du kan säga mej utan att begå brott?"

Det var just det det fanns, hennes snilleblixt. Hon beskrev fort för Erik hur han själv eller genom bulvan borde göra en polisanmälan för tjänstefel, falsk tillvitelse och möjligen övergrepp i rättssak.

För om det nu var så som Dagens Eko hade påstått, att en viss anställd på Säkerhetspolisen, som hon inte kunde namnge, men som hon på goda grunder antog att Erik och Acke kände till namnet på, hade förfalskat bevisning så var han ingalunda straffri för att han var Säkerhetspolisens angivare.

En detaljerad polisanmälan av det slaget kunde inte sopas under mattan. Det rörde sig om allvarlig brottslighet. Och angivaren var praktiskt nog svensk medborgare. Det betydde att även om han var utomlands, som migrationsministern hävdat, så skulle han utlämnas till Sverige om en åklagare anhöll honom i hans frånvaro och begärde att få hem honom.

I en rättegång skulle han bli fälld, det var en säker prognos.

I polisanmälan skulle det särskilt stå att det inte funnits annan bevisning mot de två kurder han försökt sätta fast än den av honom själv fabricerade. Då måste också det påståendet utredas av åklagarmyndigheten. För innebörden var nämligen att det förhållandet gjorde hans brott värre.

Den åklagare som fick den här anmälan på sitt bord skulle inte bli glad. Det här var inget populärt och karriärbefrämjande jobb, det här var tvärtom ett glödande kol i knät. Men allt skulle komma att utredas, angivaren skulle bli fälld i domstol och alla påståenden om hemlig bevisning skulle tillbakavisas i domskälen.

"Fantastiskt!" sammanfattade Erik och kontrollerade att hans händer var rena innan han kramade om henne. "Det viktigaste är inte att migrationsministern måste avgå, fastän jag ser fram emot det också. Det viktigaste är ju att vi kan rädda dom här två utvisningshotade satarna. Helvetes jävlar! Menar du att du haft laglig rätt att säga allt det här?"

"Jo, men gissa om jag tänkt igenom saken först. Som polis har jag gett dej en allmän anvisning om ett lagligt sätt att hantera ett problem. Jag har inte avslöjat några bevis, jag har bara använt min medborgerliga rätt att kritisera en ljugande minister. Det är lugnt, lita på mej. Och förresten skulle jag inte säga någonting till dej som jag inte vore beredd att lyssna på i en bandinspelning inför min egen chef", svarade hon av övertygelse, även om hon genast ångrade det sista tillägget. Hon visste ju inte om han var avlyssnad nu, bara att han varit det. Han hade stelnat till och stirrade intensivt mot henne som om han skulle förmå henne att säga något mer. Hon skakade bara på huvudet, vilket inte gjorde saken bättre. Allt hade gått lysande fram till det här idiotiska misstaget.

"Alors! Tänk på att jag är infesterad av korsikansk svartsjuka, är ni klara nu så att vi kan återgå till mera seriösa kökssysslor!" utropade Pierre tillgjort i den mest misslyckade entrén Ewa hittills sett honom göra.

Middagen gick förstås utmärkt, särskilt som Erik lyckats skaffa sig några minuter ifred med Acke ute på balkongen för att förklara läget. Ewa kände sig mer lättad än hon vågat föreställa sig. Hon hade inte begått brott, i så fall mycket svårbevisade, hopplöst svårbevisade brott. Möjligen hade hon ägnat sig åt ventilage. Och hon var inte längre vänkretsens förrädare.

Kockarna som vanligtvis uppträdde under artistnamnet L'Équipe Méditerranée, kombinationen av Eriks Italien och Pierres Korsika, hade just denna kväll avvikit från sin principiella kompromiss att blanda italienskt och korsikanskt kök. Den här kvällen till den förlorade sonens eller författarens eller legionärens, eller hur man nu ville se det, den älskade makens och vännens ära kanske, var allt franskt från löksoppan till alla de märkliga ostar som Pierre haft mognande och doftande hemma på köksbänken de senaste dagarna.

Det var som gamla tider, tyckte Ewa. Det enda korta ögonblick av pinsamhet som uppstod var när den nya vännen, inrikeschefen på Dagens Eko, oskyldigt frågade de två snutarna, och försäkrade sig om att man fick säga snutar i vänners sällskap, vilket Anna och Ewa glatt intygade, vilken sorts snutar de var.

Anna svarade lättvindigt att hon bara sysslade med mord och våldtäkt och den typen av enklare brott, men kunde inte hålla sig från att göra en ironisk gest mot Ewa och humma menande.

"Jag sysslar mest med utredningar", svarade Ewa undvikande och försökte smita undan genom att höja sitt glas mot Erik.

"Men det gör väl alla snutar", invände Katarina Bloom aningslöst.

"Vilken sorts utredningar gör du?"

Det blev plötsligt tyst runt bordet.

"Jag jobbade länge på Ekobrottsmyndigheten", svarade Ewa mitt i tystnaden.

Katarina Bloom hade fått en mer storstilad måltid än hon nog någonsin varit med om, i all synnerhet om det var arbetskamrater som bjöd. Men hon hade också fått en hel del vin av sådant slag att det helt enkelt var oemotståndligt. Det kan ha varit det som gjorde att hon inte uppfattade den elektricitet som plötsligt uppstått runt bordet.

"Men vilken sorts utredningar sysslar du med nuförtiden, inte pedofiler och sånt hoppas jag?" frågade hon obesvärat vidare.

"Nej", suckade Ewa utan att kunna se någon smitväg, "numera är jag polisöverintendent på Säkerhetspolisen."

Det blev helt stilla runt bordet. Katarina Bloom och hennes man Jörgen var naturligtvis överraskade. De andra, som visste, hade inte önskat sig just den frågan.

"Jag skulle vilja utbringa en skål för Ewa", sa Erik Ponti. "Hon är en kär vän och en av dom bästa snutar jag någonsin lärt känna. Och jag har känt många, till och med förhörare på Säkerhetspolisen, fast knappast under samma omständigheter."

Tystnaden bröts, festen fortsatte och blev ovanligt lyckad, även med hänsyn till de extremt höga förväntningar som åtminstone de gamla vännerna hade när det var L'Équipe Méditerranée som stod för mat och dryck.

XI.

TINGSRÄTTENS DOM MOT redaktörerna Azad Dagdeviren och Nedim Demirbag, deras källa på Säkerhetspolisen och två medarbetare på tidningen Newroz blev den hårdaste som någonsin utfärdats i landet med stöd av de nya terroristlagar som börjat tillkomma efter den 11 september 2001.

Dagdeviren och Demirbag dömdes till tio års fängelse för terroristbrott, deras anonyme sagesman på Säkerhetspolisen till tolv års fängelse för terroristbrott, grovt tjänstefel och brott mot tystnadsplikten. Formgivaren och kulturredaktören på tidningen dömdes båda för medverkan till terroristbrott till fyra års fängelse.

Vad gällde straffens längd blev domen som de flesta medier väntat sig, men den var inte okontroversiell. Dels hade domstolen varit oenig och dömt med röstsiffrorna 4–2. Dels var domen hemligstämplad till så stora delar att det inte gick att utläsa hur domstolens majoritet hade resonerat. Det framgick inte ens vad de dömda rent konkret skulle ha gjort sig skyldiga till, eftersom deras brottslighet beskrevs ytterst kortfattat i den icke hemliga delen av domen. Kort och gott skulle terroristerna bara ha insamlat hemlig information som de uppsåtligen tänkt sprida i syfte att skada demokratiska institutioner och att de därvid inte dragit sig för att sätta människoliv i fara.

Domstolen överlämnade följaktligen åt medierna att mer eller mindre dramatiskt fylla i brottsbeskrivningen, en uppgift medierna på intet sätt tvekade att åta sig. Men därigenom kom terroristernas brott att beskrivas helt olika i å ena sidan den regeringstrogna pressen, som hela tiden varit för en fällande dom, och å andra sidan den mer skeptiska oppositionspressen.

Vad som däremot inte hemligstämplats utan tvärtom återgetts till fullo var den reservation som domstolens minoritet fogat till domen. Reservationen vägde tungt, eftersom en av reservanterna var rättens ordförande. Han och den miljöpartistiske nämndemannen ville underkänna hela det rättsliga förfarandet därför att den påstådda brottsligheten rätteligen borde ha avhandlats i ett tryckfrihetsmål.

"Det blev stolpe ut den här gången", som advokaten Alphin kommenterade domen i Dagens Eko. "Det hade ju bara behövts en liberal nämndemannaröst till för att få en friande dom."

Detta blev huvudvinkeln i Dagens Eko, att domen i själva verket hängt på en skör tråd. Därefter ägnade man sig åt samma sak som alla andra medier den här dagen, att fylla i de brottsbeskrivningar som domstolen hemligstämplat. Det mest uppseendeväckande i det inslaget var att Dagens Eko utan reservationer vidhöll sin tidigare version, att ett av de hemligstämplade avslöjandena gällde fabricerad bevisning mot de två kurder som regeringen beslutat utvisa till Irak. Och att det inte fanns någon som helst annan bevisning mot de två än den som förfalskats av en tjänsteman på Säkerhetspolisen.

Man nämnde ingenting om att landets migrationsminister talat om annan men hemlig och tungt vägande bevisning. Tvärtom innebar framställningen i Dagens Eko indirekt att migrationsministern skulle ha ljugit om sina hemliga bevis, även om man inte öppet framförde den anklagelsen.

Förklaringen till den förvånansvärt offensiva vinklingen låg möjligen i det följande inslaget, där Erik Ponti presenterade Ekots egen nyhet i samband med terroristdomen. Och det var ingen liten nyhet.

Journalistförbundet hade polisanmält och namngivit den man på Säkerhetspolisen som förfalskat bevisning. I sin anmälan hävdade man att bevisförfalskaren gjort sig skyldig till grovt tjänstefel, falsk tillvitelse och övergrepp i rättssak och att brottsligheten var desto allvarligare som den utgjorde den enda grunden för regeringens beslut att utvisa två kurder till Irak.

Efter sin presentation av innehållet i Journalistförbundets polisanmälan intervjuade Erik Ponti ordföranden i förbundet om motiven bakom anmälan.

Hon förklarade tvärsäkert att skandalen med förfalskade bevis var ett av de fall som tidningen Newroz skulle ha avslöjat och att det var på grund av att myndigheterna ville hemlighålla den saken som fyra medlemmar i Journalistförbundet nu dömts till hårda fängelsestraff.

Dels var det en principsak att reagera mot allvarliga ingrepp i pressfriheten, dels kunde den polisutredning som nu måste följa leda till att sanningen kröp fram.

På en sista fråga från Erik försäkrade ordföranden att hon inte skulle ha tvekat att publicera Newroz avslöjande i förbundstidningen Journalisten, men att hon tvivlade på att den egna redaktionen i så fall skulle ha råkat ut för polisingripande.

Intervjun gick så snabbt och säkert att det kunde förefalla som om reportern och intervjuobjektet hade repeterat föreställningen. Vilket de hade gjort, noga och ingående.

Erik Ponti avslutade inslaget med det lakoniska påpekandet att migrationsministerns pressekreterare meddelat Dagens Eko att ministern för närvarande inte hade tid med några kommentarer.

Därefter tog en ny Ekoreporter vid och gjorde en kort intervju med en professor i straffrätt som förklarade att en konkret polisanmälan mot en namngiven misstänkt, dessutom från en anmälare som måste betraktas som ytterst seriös, knappast kunde sopas under mattan. Ärendet skulle tvivelsutan hamna på en åklagares bord fortare än kvickt. Och han eller hon kunde visserligen hemlighålla utredningens förlopp, men inte resultatet av den. Och om den nu misstänkte bevisförfalskaren befann sig i utlandet, vilket han ju gjorde om man fick tro migrationsministern, så var det inga problem att få hem honom. Det var bara att anhålla honom och begära honom utlämnad. Det var en åtgärd som föreföll lika välmotiverad som enkel. Att den misstänkte höll sig dold utomlands förstärkte dessutom misstankarna.

Erik Ponti hörde slutet av sändningen inne på Ackes rum där de bokstavligen talat låst in sig, barrikaderat sig mot radiochefen, som

Acke sa. Nu skulle det ta hus i helvete både här och där, men de var båda mer roade än oroade av att vrida ett varv till på taktikspelet.

Redaktionsledningen hade utan krumbukter gått med på att man omöjligt kunde förtiga nyheten att Journalistförbundet hade polisanmält bevisförfalskaren Kassem Sarikaya, i all synnerhet inte om man var först med nyheten. Det var en stor nyhet.

Den lilla hycklande kompromissen för att blidka radiochefen och hans jurister bestod i att inte ha med själva namnet Kassem Sarikaya i sändningen.

Och eftersom Journalistförbundet i sin anmälan påstod att det inte funnits någon annan bevisning mot de två utvisningshotade kurderna än den förfalskade, så var det ett gott skäl för Dagens Eko att vidhålla sin egen version på den punkten.

Fanns det någon hake så långt?

Bara den lilla tjiitsaken att landets migrationsminister satt sin heder i pant på att Sarikayas förfalskning inte spelade någon roll, eftersom migrationsministern påstod sig personligen ha studerat en mängd hemliga bevis, ironiserade Acke.

Men enligt Ewa existerade inte de hemliga bevisen. Alltså synade man bara ministerns bluff? Han kunde bara bli trodd om han presenterade bevis i verkligheten. Och det kunde han inte.

Regeringen kunde inte göra någonting alls. Radioledningen kunde inte göra någonting alls. So far so good.

På fiendesidan återstod regeringspressen och utspelsartisten von Schüffel. Regeringspressen skulle leva djävulen om terroristsympatisanterna på Dagens Eko, det var självklart. Det blev väl de vanliga kraven på avskedanden av vänstervridna journalister som använde public service för sin egen dolska agenda. Men också de liberala ledarskribenterna hade ju bara "hemliga bevis" att hänvisa till.

Allt såg vattentätt ut. Men två gånger tidigare hade de blivit överkörda med ångvält, antingen av von Schüffels presskonferensteater eller utspel från regeringen som de inte kunnat förutse. Det var det stora problemet med makthavare som ljög, att man just därför inte kunde förutse vad de skulle hitta på för bortförklaringar.

Det fanns en liten sak till att berätta, sa Erik i ett tonfall som Acke kände igen som att Erik menade tvärtom. Men då behövdes lite kaffe för att styrka sig, fortsatte Erik, låste upp dörren och spanade överdrivet skämtsamt åt båda hållen i korridoren innan han försvann.

"Jo, så här är det", sa han när han ställde ner kaffemuggarna på bordet mellan miniatyrsoffan och besöksstolen. "På onsdag i nästa vecka kommer Journalisten att publicera de förbjudna artiklarna i Newroz. Jag gav materialet till ordförande Agneta för tre dagar sedan. Hon lovade att kopiera det och bränna dom papper hon fått från mej. Mina fingeravtryck finns nämligen i straffregistret."

"Det var som saatan", konstaterade Acke. "Men varför sa du int nåt till mej?"

"Därför att du skulle ha gått med på det och tyckt att det var en lysande idé."

"Jo. Jo, självklart. Men just därför?"

"För att minimera vår sammanlagda brottslighet, kan man säga. Det är du som är kompis med Azad Dagdeviren, alltså skulle du misstänkas i första hand. Egentligen ska man kanske inte prata så här fritt längre. Numera är det ju lagligt att avlyssna journalister som har med terrorism att göra och det har ju vi, antar jag."

"Jo, det är ju en lustig tanke", medgav Acke och han såg verkligen road ut, "jag har tänkt den själv. Men tänk saatan så besvärligt att montera in sändarmikrofoner i våra redaktionsrum! Ekoredaktionen är bemannad dygnet runt, dom turkiska städerskorna är alltid domsamma och int vågar väl Säkerhetspolisen lita på dom? Och vilken bra story för oss och dålig för motståndarlaget om dom åkte fast med handen i syltburken, till och med Kvällspressen skulle bli indignerad!"

"Ja, så har jag också resonerat", nickade Erik. "Men så här var det. Vi har hela tiden haft Newroz-materialet i vår hand. Det gav oss en del viktiga infallsvinklar och det gav oss ett övertag. Men vi kunde aldrig säga att vi hade det, för då skulle vår egen halvofficiella radiomyndighet ingripa, stoppa oss och överlämna materialet till Säkerhetspolisen."

"Jo. Så var läget. Men Journalistförbundet är inte halvofficiellt, menar du. Är du säker på det?"

"Så säker man kan vara i ett land med angivarsystem och terroristlagar. Men förbundets VU har i alla fall beslutat att köra artiklarna i Journalisten i nästa vecka."

"Fullt ut, ord för ord?"

"Sarikayastoryn kör dom definitivt ord för ord, den är ju grunden för deras polisanmälan och hans namn är väl redan ute på tusen bloggar på nätet nu efter vår sändning. En av dom tre artiklarna, där det räknas upp en massa namn på Säkerhetspolisens angivare, kanske dom modifierar."

"Litar du så mycket på ordförande Agneta?"

"Jadå. När jag satt i Pressens samarbetsnämnd som representant för Publicistklubben satt hon där för Journalistförbundet, vi lärde känna varandra rätt väl."

"Jo, men då behöver vi int rådda med det här på ett tag. Publicerar Journalisten artiklarna från Newroz så åker ju hela tjiiten in i fläkten."

"Mm, det är det som är tanken. Bland annat får ju vi som alla andra nöjet att citera vårt eget gamla förbjudna material."

"Bra exempel på återanvändning", nickade Acke nöjt.

* * *

Ewa kände sig melankolisk och jäktad på samma gång. Det var ett egendomligt stämningsläge. Hon hade avslutat alla förhör med de sju återstående påstådda terroristerna i al-Qaidas påstådda lokalavdelning i Kålsta och det var skönt att ha det gjort.

Men hennes semesterplaner höll på att saboteras av det nya inflödet av en hög barn och ungdomar som på polishusjargongen skämtsamt betecknades som huliganterroristerna. Hälften av dem som hade gripits i samband med attacken på ordningspolisen utanför

Rådhuset och den efterföljande vandaliseringen av Kungsholmen hade visat sig vara barn också i lagens mening. De var 15 år eller yngre och kunde därför inte hållas inlåsta utan måste överlämnas till diverse sociala myndigheter som i sin tur skickade hem dem. En 14-åring kunde inte ens straffas för mordförsök riktat mot en polis.

Ytterligare ett gäng måste släppas i klump eftersom det varken fanns fotobevisning eller annan teknisk bevisning mot dem. Foto-bevisning var dessutom en svår konstart då den här typen av kriminella lärt sig att uppträda i exakt samma klädsel och maskering vid sin brottsutövning. För halvannan månad sedan, den 1 maj, hade unge-fär samma ungdomar, inte bara som typ, utan förmodligen också som individer, firat arbetarklassens dag genom att dra nedför Hornsgatan bort till Götgatan och slå sönder så många skyltfönster som möjligt under sin framfart. De menade sig på så vis protestera mot kapitalis-men och globaliseringen. Den enda bevisning som den gången hade förekommit i polisens material var video- och stillbilder. Det hade visat sig värdelöst.

Den 1 maj var de möjliga brottsrubriceringarna skadegörelse och ohörsamhet mot ordningsmakten. Attacken utanför Rådhuset i sam-band med terroristrättegången låg på en helt annan nivå och betecknades som våldsamt upplopp och mordförsök. Det innebar automa-tiskt en avsevärd uppgradering av polisens spaningsarbete.

Hade de frihetsberövade ungdomarna som nu satt kvar i häktet inte varit vita så hade de blivit häktade för terroristbrott. Överåkla-gare von Schüffel hade fått dem på sin lott och börjat argumentera för att de med våld ville påverka statsskicket (vilket de högljutt erkände på sina hemsidor) och därmed förvandlat dem till terrorister.

Men nu var denna säregna samling barn och ungdomar, nåja bar-nen var redan på fri fot, obestridligen vita människor. Följaktligen var de inte terrorister, även om en av dem hette Hassan, men han var adopterad av en professor i näringsfysiologi. De var alltså bara vanliga misstänkta för vanliga mordförsök.

De åtta häktade som återstod av den ursprungliga skörden av gripna huliganterrorister kom snart att bli ett ärende för Säkerhetspolisen snarare än våldsroteln i huvudstaden. Till det fanns alla möjliga förklaringar och den minst seriösa, som Ewa personligen trodde mest på, var att våldsrotelns folk hade viktigare uppgifter än att sitta och tjata med snorungar i förhör. För det var erkänt svåra förhör, ungjävlarna bara käftade emot.

Brottsrubriceringen mordförsök, dessutom mot kolleger, hade ändå utlöst en så hög aktivitet inom Stockholmspolisen att det till och med inskränkte på en turnering i innebandy. Denna ovanliga polisiära nit hade följaktligen resulterat i ett givande kriminaltekniskt bevismaterial.

Huliganterroristernas taktik att bära fram sina vapen, gatstenar och bensinflaskor, i små Fjällrävenryggsäckar var inte så dum. De kunde blanda sig med de äldre demonstranterna och diskret tränga sig fram från olika håll så att de stod utspridda men ändå inom skotthåll. Eftersom de var mindre än nästan alla andra var de svåra att upptäcka, deras attack kom med smygande överraskning.

Så långt var allt rätt tänkt, ur ren militär synvinkel. Men det var två faktorer som huliganterroristerna underskattat. Vådan av att lämna sitt DNA på brottsplatsen och att begå brott som riktade sig mot polisen.

De var filmade av åtta kameror och bildkvaliteten hade förbättrats avsevärt under senare år i och med övergång till digital teknik som möjliggjorde delförstoringar på ett helt annat sätt än tidigare. Och alla uppsamlade Fjällrävenryggsäckar innehöll undantagslöst spår efter såväl bensin och dieselolja som en eller flera mänskliga individer.

Lade man ihop allt detta satt nu åtta argsinta ungdomar mellan 16 och 22 år häktade på rätt bra bevisning. De hade varit på platsen, de hade blivit filmade in action, de hade lämnat ryggsäckar efter sig. De skulle dömas allihop, frågan var bara hur hårt och det var det som borde benas ut i förhör.

Och när våldsrotelns folk hade tröttnat så övergick förhörsansvaret till Säkerhetspolisen. Bland annat hoppades kollegerna på våldsroteln, givetvis hycklande, de själva var ju riktiga poliser, att förhör hos Säkerhetspolisen lättare skulle få huliganerna att inse allvaret. Och därmed hade hela ungdomsgänget hamnat i knät på Ewa.

Hon utgick från att det visserligen inte var så bråttom ur häktningsteknisk synvinkel. Med brottsrubriceringarna mordförsök och våldsamt upplopp och hygglig teknisk bevisning skulle huliganerna sitta häktade i evighet om så krävdes. Hennes problem var snarare tidsbristen och risken för en förstörd semester. Ju fortare hon satte fast de här små skitungarna, desto snabbare kom hon till stranden på Korsika.

Hon hade mobiliserat hela förhörsgruppen, utom de två man som hon tidigare sparkat, och lät nu de gamla busarna bulta på ungarna så mycket de vågade (de hade fortfarande förbud mot alltför frekvent avstängda bandspelare) medan hon och Anders Johnson gjorde det vanliga jobbet som de snälla poliserna som knöt ihop säcken.

Det var naturligtvis inte så att barnen utan vidare lät sig luras av den enkla metoden. De var ilsket beslutna att inte bryta samman i första taget, de pumpade upp sig med föreställningar om att de var politiska fångar och enligt vad Ewa inhämtat på deras nätsajter hade de utförliga och alls inte så dumma taktiska råd för hur en sann demokrat bör uppträda i förhör med fascistsvinen.

Ändå ansåg hon sig ha två, eller i bästa fall till och med tre trumfkort. Hon var kvinna, hon var chef över förhörarna. Och så möjligen det lite speciella att hon hade erfarenhet av förhör med en liknande typ av ungdomar. Fast då hade det varit frågan om den nya överklassens brats som stal miljoner från varandras föräldrar för att de ansåg att de själva hade för få miljoner. Likheterna ungdomarna emellan var ändå påtagliga. Huliganerna kom också från hem med god ekonomi, ett stort socialt och politiskt kontaktnät och resurser att mobilisera en hel del besvärliga advokater.

Den hon ville knäcka först var en 19-årig tjej som skulle ha tagit studenten just nu om hon inte suttit häktad. Hon hette Josefina af Adelstén, redan namnet var en kittlande utmaning.

Lilla Josefina hade fått ligga och steka i fyra dagar efter sina första konfrontationer med förhörsgruppens busar. Ewa och Anders Johnson hade studerat den tekniska bevisningen mot henne fram- och baklänges och de var överens om att det skulle bli en lätt match.

När flickan leddes in i förhörsrummet noterade Ewa i förbigående att hon varken var försedd med fotbojor eller handfängsel. Naturligtvis, tänkte hon cyniskt, hon är ju inte svartskalle och är bara misstänkt för att ha försökt döda poliser. Hon såg avväpnad ut på mer än ett sätt. En vecka i en cell hade mjukat upp hennes utseende. Sminket var borta, ögonen klara och det kolsvart färgade håret som stått ut i spikliknande vassa formationer åt alla håll hade pyst ihop till något som snarast liknade en vanlig page. Hon var rädd, fastän hon försökte dölja det. Förhöret borde bli lätt och fritt från överraskningar och så kunde man bocka av en ligist till och komma lite närmare Korsika, tänkte Ewa.

Hennes slutsats visade sig till hälften rätt.

"Polisöverintendent betyder att jag är chef för alla förhörare här på Säkerhetspolisen", förklarade Ewa när hon läst in förhörsuppgifterna. "Och det betyder i sin tur att vi har kommit fram till ett viktigt förhör. Det är nu det ska avgöras. Bevisen mot dej är rätt häftiga och vägrar du svara nu också så avbryter vi förhöret. Men det kommer inte att imponera på domstolen, så mycket kan jag säga."

"Snutjävel som snutjävel", svarade flickan ungefär som Ewa hade förutsett. Hon nickade åt Anders Johnson att ta över.

"Det finns bara två kategorier av människor som får kalla oss snutar", log han krokodilaktigt överdrivet. "Dels är det vi själva och våra vänner. Dels är det dom förhärdade proffsförbrytarna och du tycks vara på god väg. För fortsätter du så här så väntar många år på Hinsan. Förlåt, det är bara proffsförbrytare som vet vad det betyder. Det är Hinseberg, ett av landets kvinnofängelser. Där sitter bara mörderskor, knarksmugglare, tjackluder och en krigsförbrytare. Där får du inte bara lära dej flera fula ord, kan jag försäkra. Men i alla fall, vi har lite bilder här som jag skulle vilja visa för dej."

Han stjälpte upp en hög med bilder, både i sekvenser och del-förstoringar, framför dem på det gröna bakelitbordet. Det var oemot-ståndligt för hennes nyfikenhet och det visste poliserna. Anders Johnson bläddrade en stund bland fotona och höll då och då upp en delförstoring för flickan som hon inte kunde undgå att se.

"Du har tre piercade ringar genom höger ögonbryn", konstaterade han efter att ha tittat upp för att låtsas kontrollera den saken. "Det finns vissa här som har två, någon har bara en och det finns dom som saknar ring där men kanske har den i näsan i stället. Titta här! Är det där du?"

Hon kunde förstås inte undgå att betrakta bilden. Det var hon. Hon höll en antänd bensinflaska i handen och böjde armen bakåt för att kasta. Skärpan var perfekt i bilden, man kunde till och med läsa texten på flaskan, det var en Ramlösaflaska på en och en halv liter.

"Nej, det är förstås inte jag. Vem som helst kan ha tre ringar i ögonbrynet", svarade hon förvånansvärt kaxigt.

"Då tittar vi på nästa bildsekvens", fortsatte Anders Johnson utan att visa någon särskild reaktion. "Här har vi helfiguren, du ser av bak-grunden att det är samma bild. Här en ny delförstoring av dina fötter. Du har olika skosnören i dom svarta kängorna, ett ljust och ett svart-grönt. Det var vad du hade på dej när du greps. Hade du tid att byta skosnören med nån när ni var ute och sprang och pangade skyltfön-ster och bilar?"

"Fascistsvin!" försökte hon förolämpa fast med gråten i halsen.

Ewa signalerade åt Anders Johnson att hon skulle ta över för att snabbt gå in mot det dödande hugget.

"Men snälla Josefina nu är det så här", suckade hon, spelat ut-tråkad. "Om dom här bilderna visas i domstolen, och du nekar till allt, döms du för mordförsök. Ditt nekande är bevisligen omöjligt och får dej att verka skyldigare än du kanske är. Men om du har en annan förklaring blir den svår att motbevisa. Mot vad ville du kasta den här brandbomben? Svaret på den frågan avgör hur länge du ska sitta på Hinseberg. Så mot vad ville du kasta den?"

"Mot snutjävlarna, men jag ville inte skada nån, bara skrämma skiten ur dom", svarade hon med sänkt röst och en ny tendens till gråt.

Det var inte det smartaste svaret. Men vad kunde Josefina, 19 år, veta om indirekt eller eventuellt uppsåt? Hade hon haft en advokat Alphin eller Silbermann vid sin sida hade han drabbats av ett svårt anfall av krupp just när hon var på väg att sätta fast sig själv.

Hennes egen advokat hade inte haft tid att infinna sig. Det var det vanliga.

Den goda sidan av saken för Ewas del var att hon kunde stryka ännu en av de små huliganterroristerna från listan. Det skulle väl bli tre, fyra års fängelse för Josefina, med tanke på att hon var ostraffad och bara tonåring. Några sådana här snorungar till och hon var på Korsika, i solen på dagarna och med Pierre på nätterna.

Den om inte direkt onda, så ändå den mer komplicerade, sidan av saken var att hon tyckte synd om flickan. Hade Josefina haft en ärlig chans att förstå vad hon gav sig in på när hon och de andra kompisarna samlades på det förberedande mötet, när de tuffa killarna talade om sitt krig mot fascismen och vad de nu orerade om? Flera år på Hinseberg, hade hon kunnat föreställa sig det? Eller hade hon ens förstått vad en brinnande bensinflaska kan göra med en människa?

Anders Johnson såg frågande mot Ewa. För hans del var saken redan klar och de kunde gå vidare till nästa lilla antifascist. Det var sant, det skulle de också göra.

Men den eftertänksamma långa tystnaden hade också påverkat Josefina. Det var som om hon kände sig mest pressad att säga något.

"Fascistsvin", snyftade hon nu helt öppet.

"Snälla Josefina, du vinner verkligen ingenting på att försöka begå nya brott och dessutom är vi gamla snutar rätt okänsliga för sånt där, vi anmäler det inte ens", svarade Ewa närmast sorgset.

"Va? Är det brottsligt att kalla er fascistsvin, har vi inte yttrandefrihet i vår fina demokrati?" frågade flickan med något som föreföll som uppriktig förvåning.

"Nej", sa Ewa. "Vi har ingen absolut yttrandefrihet. Ingen total pressfrihet heller för den delen. Det lilla brott du just upprepade heter missfirmelse av tjänsteman, vilket låter lika löjligt som det är. Men saken är den att Anders och jag inte kommer att göra en anmälan. Åklagaren som läser den här bandutskriften kommer inte heller att bry sig om saken. Den dystra sanningen är att ditt lilla brott kommer att konsumeras, det heter så, försvinna i ditt stora brott alltså. Du ska sitta flera år i fängelse för det stora brottet, det är det som gäller."

"Fattar ni förfan inte vad ni håller på med, snutjävlar? Jag får säga snutjävlar också, va? Fascistsvin! Fattar ni inte!"

"Naturligtvis inte, men du kan säkert förklara", sa Ewa och började samla ihop sin bandspelare och den andra utrustningen, höll avvärjande upp handen mot flickan medan hon formellt avslutade förhöret och stängde av bandspelaren med den vanliga noteringen att den aldrig varit avstängd under förhöret.

"Ni fattar inte?" envisades Josefina när de reste sig för att gå.

"Naturligtvis inte eftersom vi bara är snutar och allt det där, men *vad* är det vi inte fattar?" frågade Ewa mer som konversation än som allvarligt menad fråga när de var på väg ut.

"Ni har fienden inom er!"

Ewa tvärstannade. Hon hade tänkt något liknande, hon visste det, men kunde inte komma på i vilket sammanhang.

"Hur menar du då?" frågade hon på ren förhörsreflex.

"Det är förfan inte vi som är er värsta fiende, det är förortskidsen, det är dom som kommer att bli terrorister för att ni gör dom till terrorister, ni har förfan dömt några blattar till snudd på livstid för att dom ville skriva! Vad tror ni händer sen, era dumma jävlar? Det är ni som har värsta fienden i era jävla skallar, vänta bara så får ni se!"

Ewa och Anders Johnson bytte en tyst menande blick och gick ut ur rummet utan att säga något mer.

* * *

Tillslaget mot knarkligan ute i Kålsta framstod till en början som en fullständig framgång efter ett långt, mödosamt polisarbete. Tusentals mantimmar hade lagts ned av spaningsroteln och narkotikapolisen och i förhållande till den ambitiösa insatsen blev själva narkotika-beslaget, ett kilo kokain och tre kilo hasch, möjligen något blygsamt. Men ett mer överraskande fynd vid husrannsakan var fyra automat-karbiner av typen AK 47 Kalasjnikov, åtta extra magasin och fem-hundra patroner. Vapnen och ammunitionen låg förpackade i en grön trälåda med text som visade att ursprunget var den tjeckiska armén.

Det var en dubbelseger för von Schüffel, ansåg åtminstone han själv. Förbrytarligan Belkassem bestod av förslagna och numera mycket misstänksamma, på gränsen till paranoida, människor. Dem man bedömde som huvudmännen, den 54-årige Benali Belkassem och hans son Walid, "Walle" Belkassem, 23 år, alltså bror och far till den häktade al-Qaidaledaren Abdelatif, använde aldrig några person-liga mobiltelefoner utan bara ett oändligt antal vanligtvis stulna appa-rater med kontantkort och de ringde aldrig någonsin från sina hem-telefoner.

Det var en helt annan teknologi som blev deras fall. Benali Belkas-sems två bilar hade buggats med GPS-sändare som gjorde att man från spaningspolisens sambandscentral kunde följa bilarnas rörelse på tio meter när, över hela världen om så behövdes. Det var på så vis man först hittat det lilla varulager i Huddinge, långt från Kålsta, som ligan hyrt i såväl andra hand som falskt namn.

Och det var tack vare GPS-sändarna som man kunnat följa en hel sommarexpedition med den ena bilen ner till Casablanca i Marocko. Den inte särskilt långsökta hypotesen var att den bilen inte bara var tänkt att återvända med dadlar och apelsiner.

När bilen började närma sig norra Tyskland på sin långa återfärd tre veckor efter utresan satte sig dessutom den andra av Belkassems buggade bilar i rörelse söderut. De två bilarna möttes ute på Amager några kilometer från Köpenhamns centrum. Efter bara tio minuter satte den ena kurs mot Öresundsbron och den andra norrut mot Helsingör. Vid det laget var aktiviteten febril hos spaningsledningen i Stockholm och överåklagare von Schüffel ledde personligen insatsen.

Efter en hetsig diskussion, det var ju rätt bråttom, enades man om att det bästa vore att ta bilarna vid deras förmodade slutdestination i Stockholm. För om de inte skulle till sitt varulager i Huddinge så var alternativet att de skulle leverera godset direkt till någon knarkgrossist. Och då kunde man slå två flugor i en smäll, smugglarna och köparen i samma tillslag.

För att inget skulle gå fel ringde man kollegerna vid tullpolisen i Malmö och bad dem göra en kontroll med knarkhundar när den långväga bilen kom över Öresundsbron. Men, och det var det viktiga, under alla förhållanden låta de misstänkta köra vidare, eftersom de ändå skulle komma att följas noga av narkotikaspanare.

Därefter organiserade man en kedja av förföljare från de olika polisdistrikten från Malmö och uppåt landet. Per telefon kunde man hela tiden meddela de förföljande spanarna exakt var de misstänkta fordonen befann sig.

Det hela hade gått alldeles utmärkt. Möjligen var det lite besvärligt att bilarna valde olika vägar upp mot Stockholm. Den bil som först närmade sig var den långväga resenären som mycket riktigt, åtminstone enligt de skånska polishundar som inspekterat den, medförde en signifikant mängd narkotika.

Förmodligen gjorde den andra bilen, den som valt vägen över Helsingör och Helsingborg, också det. Men den hade man avstått från att inspektera för att inte väcka för stor misstänksamhet. En stickprovskontroll, det kunde drabba vem som helst. Men inte båda bilarna nästan samtidigt och på helt olika platser.

Antagandet att också den andra bilen medförde en illegal last föreföll ändå tämligen välgrundat. Det var enda förklaringen till de två bilarnas snabba möte i Köpenhamn, att de inte ville lägga alla ägg i samma korg.

Ett litet problem var att avståndet i tid växte mellan de båda bilarna man förföljde. Efterhand framgick det att den långväga resenären skulle vara framme i Stockholm vid niotiden på kvällen, den färdades snabbt längs E4:an. Den andra bilen höll hastighetsbegränsningarna och körde dessutom en längre och krångligare väg över Västergötland för att sannolikt ta sig in på E18 mot Stockholm. Den beräknades anlända uppemot två timmar senare.

I spaningsledningen försökte von Schüffel otåligt fördriva tiden med att pröva olika krigsscenarior på sin handräckning, som han bara halvt på skämt kallade gruppen av polischefer som nu stod under hans, förundersökningsledarens, kommando. Om bilarna var på väg mot två helt olika mål, hur skulle man då kunna synkronisera tillslaget? Om till exempel den ena bilen skulle till en helt annan stad uppe i norr? Eller om en av bilarna plötsligt stannade på vägen? Om någon körde in i ett parkeringshus, stördes GPS-signalen ut då?

Poliserna verkade inte särskilt oroliga trots von Schüffels upphetsade teorier. Man hade GPS-koll på båda bilarna och spanare som hängde i hasorna på dem. Ingenting kunde då rimligtvis gå fel, allt var lugnt. Men von Schüffel tittade hela tiden på klockan, vilket förvånade omgivningen. Det spelade väl ingen roll vid vilken tidpunkt man tog de här knarkmulorna? Fast vad poliserna under von Schüffels ledning inte tänkte på var pressläggningstider och betydelsen av att få ut nyheten redan till nästa dag.

Den långväga resenären, bilen som senare visade sig bemannad med far och son Belkassem, körde raka spåret mot lokalen i Huddinge, där en spaningsenhet redan väntade. När bilen var nästan framme i Huddinge befann sig den andra bilen i Västeråstrakten.

Ingenting hände den närmaste timmen utom att de två misstänkta i Huddinge lastade ur några trälådor och ett reservdäck som de bar in i lagerlokalen medan bil två sniglade sig närmare Stockholm.

En halvtimme senare förändrades läget snabbt och dramatiskt. En ny bil kom till platsen och två välklädda män steg ur och gick med varsin sportbag i handen in i lagerlokalen. Den nyanlända bilens registreringsnummer sade ingenting mer än att den, en dyr svart BMW i 700-serien, var skriven på ett restaurangföretag i Stockholm.

Polisernas slutsatser var lika snabba som enkla. Där inne fanns en nyanländ narkotikalast. Knarksmugglarna fick besök av personer som var väntade och tycktes medföra en avsevärd mängd kontanter. Knark och pengar bytte ägare just nu.

Det fanns två möjliga handlingsalternativ. Antingen slog man till direkt och tog både langare och köpare på bar gärning. Eller också lät man köpet genomföras och hängde på köparna när de körde från platsen.

Det senare var inte riskfritt. Köparna kunde upptäcka att de var förföljda och därmed trassla till allting. Eller, invände von Schüffel medan han ännu en gång kontrollerade tiden, bars knarket plötsligt in i ett restaurangkomplex som kunde bli svårt att genomsöka snabbt och effektivt.

Slog man å andra sidan inte till tillräckligt snabbt mot den här konstellationen köpare och säljare fanns det en risk att någon kunde varna de okända personerna i den andra billeveransen.

Den risken var den mest uthärdliga, ansåg von Schüffel. Det viktigaste skulle utan tvekan vara att ta far och son Belkassem. Det var de två som hade varit målet för månader av polisarbete och det var de två som skulle stärka von Schüffels kort inför den stora terroristrättegången. Det var ett välkänt faktum, åtminstone för terroristexpertisen, att moderna terrorister ofta finansierade sin verksamhet med knarkaffärer.

En piketpatrull som befann sig i närheten rekvirerades till platsen och von Schüffel beordrade omedelbar inbrytning så fort förstärkningen var på plats.

Olyckligtvis anlände piketpolisernas transport till ackompanjemang av både blåljus och sirener. Det kan ha haft avgörande betydelse för fortsättningen.

Personerna inne i lagerlokalen barrikaderade sig och försenade inbrytningen med ett par minuter. Under den korta tiden hann de tända eld för att försöka göra sig av med bevismaterial. Det hade de inte mycket för. Värre var, förstod man i efterhand, att någon där inne också hunnit ringa ett telefonsamtal.

Men till en början såg allt ut att gå perfekt. Ett kilo kokain, delvis förstört i ett försök till brasa, eftersom lokalen saknade toalett, tre kilo hasch och två köpare med en dryg miljon i sedelbuntar packade i två stora sportbagar var bevis nog. Tillslaget var så långt en stor framgång.

Det blev besvärligare med bil två, där föraren inte visat minsta tecken på nervositet eller ändrat beteende vid tidpunkten för tillslaget i Huddinge. Därför drog förföljarna i den civila polisbil som låg ett hundratal meter bakom det misstänkta fordonet slutsatsen att ingen hunnit ringa och varna. Den stillsamma färden in mot förorterna längs E18 fortsatte som om ingenting hänt och skulle snart passera Kålsta. De förföljande poliserna rapporterade att allt var lugnt.

Det var inte helt sant. Vid ett rödljus gjorde plötsligt den misstänkta bilen en vild U-sväng och försvann upp på en av de mindre infarterna mot Kålsta. Poliserna där bakom satt då inklämda i en tät bilkö, dessutom intill ett vägräcke och kunde bara per radio berätta vad som hände.

De förlorade inte mer än tre minuter. Men när de per radio dirigerades i GPS-spåret upptäckte de på långt håll den övertända bilen. De försökte först släcka branden med sin egen brandsläckare, men vågade inte fullfölja försöket på grund av explosionsrisken. Brandkåren kom sju minuter senare och då var bilen i det närmaste helt utbränd.

Vilket ändå inte hindrade att man senare fann en del mycket oroväckande inslag bland brandresterna i bilens baklucka.

För när själva gripandet och narkotikabeslaget var klart vid lagerlokalen i Huddinge vidtog en mer noggrann husrannsakan. Det var då man hittade den gröna trälådan med tjeckisk text som innehöll vapen och ammunition.

Statens kriminaltekniska laboratorium kunde ganska kort tid därefter slå fast att en liknande trälåda med stor sannolikhet legat i den utbrända bilens baklucka. Hänglås och skruvar var av exakt samma typ som på fyndet i Huddinge och ett tjeckiskt textfragment på den sönderbrända lådans undersida var identiskt med motsvarande text på den beslagtagna vapenlådan i Huddinge. Om Belkassems liga hade delat sin last i två hälfter i Köpenhamn så fanns i så fall fyra automatkarbiner och 500 patroner ute på drift. Det var en avsevärt mer oroväckande tanke än om några kilo narkotika dessutom försvunnit mitt framför näsan på polisen.

Några spår efter den eller dem som färdats i den utbrända bilen fanns inte. Vad som hänt var förmodligen att någon av far eller son Belkassem hunnit ringa från Huddinge och varna. Därefter hade den eller de som färdades i den förföljda bilen i sin tur lyckats ringa efter hjälp, gjort en blixtsnabb omlastning efter sin flykt från övervakningen, tänt på och försvunnit. Tur och skicklighet.

Den mer problematiska sidan av tillslaget mot Belkassemligan uppenbarades inte förrän en vecka senare när de kriminaltekniska undersökningarna av det förbrända bilvraket var klara.

Tiden fram till dess ägnade överåklagare von Schüffel åt en utdragen triumfmarsch genom medierna. Som han utlovat kunde han nu, strax före midsommar, åtala samtliga sju häktade i terrorligan från Kålsta med kopplingar till al-Qaida och dessutom komplettera gruppen med två nya medlemmar av familjen Belkassem som skulle komma att åtalas i samma mål.

Såsom av en händelse höll von Schüffel sin presskonferens samma dag som tidningen Journalisten publicerade sitt märkliga scoop, de tidningsartiklar som renderat fyra kurdiska journalister och deras källa från fyra till tolv års fängelse. Men den nyheten drunknade snabbt i all uppståndelse kring åtalet mot terroristerna och de nya sensationella avslöjandena om hur de smugglade vapen och knark.

Ännu en nyhet som försvann i von Schüffels skickligt regisserade skådespel var att Migrationsdomstolen som väntat slagit fast att det inte fanns några hinder mot att verkställa utvisningen av två terroristmisstänkta kurder till Irak. Alla utgick ändå från att den saken skulle prövas på allvar först i nästa instans, Migrationsöverdomstolen.

* * *

14 juli var som det var både för legionärerna och deras fruar. Ewa hade varit med om spektaklet förut och borde inte ha blivit så överraskad av Ingalills utrop när de möttes till frukost på Villa Calvi.

"Men herregud Pierre, du är ju två meter!"

Det var sant på sätt och vis, Pierre i sin översteuniform med den runda höga skärmmössan på huvudet, fallskärmsjägarvingarna över höger bröstficka och Hederslegionen över vänster var en annan man än författarvännen från Stockholm. Plötsligt stämde ärren i hans ansikte och på hans händer, och hans skarpa vakna blick som fick honom att se intellektuell ut i Stockholm gjorde honom tvekllöst till soldat på Korsika. Ewa hade aldrig kunnat bestämma sig för om hon hade kunnat bli förälskad i honom i den här versionen och hon var snarast tacksam över att aldrig få veta. Eller om hon tänkte efter, den här versionen fristående var väl helt okej, det var bara en officer och gentleman. Bilden förändrades senare när arrangemangen ute vid regementet kommit igång på allvar, då var det officeren, omgiven av biffiga tatuerade råskinn som alla tycktes beundra honom. Det var en känslomässigt svårhanterlig upplevelse eftersom den så konkret påminde om vad dessa män gjorde ute i världen när de inte firade 14 juli, det som Pierre visserligen berättat om i sin bok, ibland med blodiga detaljer men ändå på något distanserat sätt där han med språkets hjälp fått det brutala och fula att ibland framstå som närmast storslaget och poetiskt. Hursomhelst var det lätt att förstå hur både Ingalill och Acke berördes av att se honom i en skepnad som hade varit omöjlig att föreställa sig där hemma.

När eskorten kom för att hämta dem till regementet förstärktes upplevelsen av den andre okände Pierre av skyldrande underofficerare i paraduniform med röda epåletter som lyckades med konststycket att både stå i stram givakt för översten och hans gäster och tilltala honom med en sorts kamratlighet som på grund av deras korthuggna slang var omöjlig att förstå.

De satt på en hederstribun under själva paraden medan Pierre med Nathalie i knät viskade olika sakkunniga kommentarer till sina svenska gäster, om varför somliga i paraden hade stora läderförkläden och yxor över axeln, eller varför både de som kom i fallskärmsjägarnas stridsmundering med fulla vapen och de som passerade i paraduniform gick med en särskilt långsam marsch som var legionens specialitet.

Redan nästa dag var de tillbaks nere vid huset på östkusten och allt återgick till det vanliga. Den lättjefulla tiden rann omärkligt iväg med grillad fisk, immiga vinflaskor och samtal som fladdrade lite lojt kring litteratur, den nya presidenten Nicolas Sarkozy (Pierre hade, visade det sig till vännernas förtjusta förvåning röstat på Ségolène Royal, men bad dem att inte sprida ut det till hans officerskamrater), eller bästa sättet att marinera nyfångad bläckfisk som Ewa kunde leverera då och då när hon snorklat med harpungevär.

Allt var naturligtvis bra på sitt sätt, bättre vänner kunde man inte ha och Ewa hade lärt sig att parera alla Ackes försök att tala om terroristelländet hemma, så att han till slut gav upp ämnet. Mot slutet av Ackes och Ingalills séjour började Ewa ändå känna sig lite otålig fastän hon ansträngde sig att inte visa det. Hon och Pierre levde ett fysiskt mycket annorlunda liv än Acke och Ingalill, som man inte gärna kunde släpa iväg på några snabba bergsmarscher eller övertala att bada i soluppgången.

När vännerna äntligen och tyvärr, båda känslorna var sanna, skulle köras till flygplatsen såg det ut som om allt skulle kunna återgå till det behagligt vanliga de sista veckorna innan Ewa måste hem. De kunde återuppta sina långmarscher eller löprundor, Ewa kunde plocka fram sina ljudband med franska språklektioner och de kunde återinföra regeln att vid middagen talade familjen bara franska.

Då ringde Erik Ponti och meddelade att han gärna kom ner på några dagar. Det var inte mycket att säga om det. Han hade en stående inbjudan men det hade varit ytterst osäkert om han ville ta ledigt. Inte bara för att han helst tog ut semester på höstarna. Han hade jobbat hårt med alla terroristfrågorna, det hade hänt en hel del under Ewas semester som hon inte brytt sig om att följa upp, trots att de hade installerat bredband i huset.

Alltså skulle gästgiveriverksamheten börja om på nytt. Men det var i och för sig inget problem, en fisk till på grillen bara, som Pierre sa. Ewa gruvade sig för någonting helt annat. Med Erik, trött och besviken, skulle hennes jobb dunsa ner som ett betongblock över henne, det som hon annars kunde hänga av sig som ytterkläder när hon kom hem.

Han såg mycket riktigt blek, trött och orakad ut när han kom sent på eftermiddagen, låtsaskramade henne teatraliskt på avstånd med raka armar därför att han stank av svett av försenade flygplan, en hopplös bussresa mellan Charles de Gaulle och Orly, ett nytt försenat plan och två timmar i bil i 35 graders värme. Han gick fort in i det lilla gästhuset, kom tillbaks i badshorts efter vad som föreföll som tjugo sekunder, hoppade förvånansvärt lätt över det nybyggda stängslet framme vid stupet, sprang rätt ut över klipphyllan och kastade sig rakt ut och ner mot havet. Efter tre sekunder hördes plasket när han slog igenom vattenytan, sedan blev det tyst en lång stund innan han kom upp till ytan och de hörde hans triumferande vrål av njutning eka mellan klippväggarna. Pierre skakade leende på huvudet och släpade fram träkolsgrillen. När han tänt den gick han och hämtade sina egna badshorts.

Pierre grillade langustrar enligt beställning och Erik kunde hålla sig genom nästan hela middagen med att bara vara på gott humör, stjälpa i sig vin och stöna av vällust och prisa Medelhavet.

Sedan började den oundvikliga litanian över allt som gått åt helvete i de olika terroristaffärerna hemma, varpå Pierre drog sig undan, plockade diskret ut disken, serverade kaffe och tog med sig Nathalie på sagostund fastän det egentligen var Ewas tur.

Hon försökte en avledande manöver som förstås var dömd att misslyckas när hon smickrade Erik för hur kraftfull han såg ut när han tydligen gjort sig av med ytterligare minst fem kilo fläsk och lagt på sig muskler i stället. Sju kilo, rättade han med ett snabbt leende. Och så var han omedelbart tillbaks in på samma spår. Ewa insåg det meningslösa i att försöka streta emot. Nu var det tillfälligt semesteravbrott och lika bra att ta tjuren vid hornen.

Det värsta som hänt var domen i hovrätten, som tagit upp målet mot Newroz förvånansvärt snabbt och också dömt lika snabbt. De hade fastställt tingsrättens dom, alltså fyrtio års fängelse sammanlagt för Azad Dagdeviren, Nedim Demirbag och de tre andra. Visserligen hade domstolen varit oenig den här gången också, nu blev det 3–2 för fällande dom. En domare och de båda nämndemännen, en folkpartist och en moderat hade bildat majoritet. Det var alltså två riktiga domare som ville ogiltigförklara målet, men vad hjälpte det? Expertisen hemma sade att Högsta domstolen aldrig skulle ta upp målet, så nu var det kört.

"Jag tror expertisen har fel på den punkten", sa Ewa utan att låta sig störas av att han verkade så ovanligt uppgiven. "Hittills har fem riktiga domare dömt, om vi räknar bort nämndemännen. Och bland dom riktiga domarna blev det alltså 3–2 för att underkänna hela målet. Det är ett starkt skäl för att få upp det i Högsta domstolen, det är ju principfrågan de är oeniga om. Det där kan mycket väl sluta lyckligt."

"Det är du i så fall en av dom få som tror", invände han försiktigt.

"Jo, men tänk på att jag också är en av dom ytterst få i landet som kan hela det där målet utan och innan. Och jag är inte bara snut, jag är jurist också."

"Det var alltså du som skötte förhören med Dagdeviren, Demirbag och dom andra", konstaterade han.

"Mm. Imponerande killar. Och bra val av advokater i deras fall, jag önskar dom all lycka till."

"Så då är vi på samma sida?"

"Javisst. Är vi inte alltid det?"

"Okej, jag tar tillbaks. Men snart kommer ju helvetesmålet mot dom påstådda al-Qaida i Kålsta, bara uttrycket är egentligen groteskt orimligt, Åsa-Nisse på månen ungefär. Men von Schüffel springer runt och skryter med kommande livstidsstraff och en hel terrororganisation som ska oskadliggöras. Har du förhört dom också?"

Ewa tvekade och tänkte efter. För sent insåg hon att det var svar nog, han var ju lika mycket förhörsexpert som hon.

"Okej", sa hon. "Vi gör som förra gången. Jag kan ge dej några exempel på bevis som *inte* finns. Flera av dom åtalade i den påstådda terrorligan är lika oskyldiga som dom två kurderna som ska utvisas. Jag ska ge dej dom två bästa exemplen, Moussa Salameh och Eduar Khoury. Dom är..."

"Han som just avlagt en jur kand och den där killen som skulle ha placerat ut bomben under frimicklarna i Globen?" avbröt han.

"Jaa...", medgav Ewa förvånat. "Värst vad du vet!"

"Det har stått mycket om dom i tidningarna medan du varit borta, namn och bild och utförliga brottsbeskrivningar. Moussa Salameh utpekas som huvudmannen, hjärnan, organisatören av vår egen lilla al-Qaida. Och Eduar Khoury pekas ut som en nyckelman i hela den här Carola-operationen, hon är förresten ständigt på bild i dom här sammanhangen. Men just dom två, *just dom två*, skulle vara oskyldiga, menar du?"

"Låt mej säga så här", fortsatte Ewa och tänkte efter några ögonblick för att noga välja sina ord. "Mot dom två finns inga som helst bevis av värde och dom nekar. Dom borde knappast behöva Alphin och Silbermann, en måttligt dresserad schimpans i slips och ankstjärtsfrisyr skulle få dom båda frikända. Om du tänker efter lite så inser du vad det betyder."

Han tystnade och tänkte verkligen efter. Ewa reste sig, pekade på hans vinglas och fick en jakande nick, gick in till vinkylen i köket och valde på måfå. Hon serverade dem båda och satte sig innan han sa något.

"Rätta mej om jag har fel, kära Ewa. Men om ledaren, organisatören och hjärnan bakom all planerad terror är oskyldig. Och om mannen som skulle ha ansvarat för det mest centrala uppdraget i all påstådd terrorverksamhet, att installera den fruktansvärda och flera ton tunga bomben under Carola, och föralldel 15 000 frimicklare... också är oskyldig. Så rasar ju hela von Schüffels mål ihop?"

"Om inte förr så i hovrätten", nickade Ewa.

"Finns det fler oskyldiga i den påstådda terrorligan?" frågade han ivrigt vidare när han begrundat Ewas goda prognos.

"Det är möjligt", svarade hon vaksamt. "Men nu ansåg jag mej ha laglig rätt att säga dej vilka bevis som inte existerade och jag valde dom två bästa exemplen. Nöj dej med det, är du snäll."

"Oui, madame!" log han och höjde sitt glas mot henne, drack en klunk och hajade till men sa ingenting. "Fast jag har inte gnällt färdigt, för jag har sparat det allra värsta till sist."

Det allra värsta var inte juridik, snarare psykologi eller politik. Han började berätta om ett entimmes reportage han gjort ute i Kålsta och en del andra liknande förorter med ett starkt inslag av muslimsk befolkning. Just när han börjat komma igång sippade Ewa på sitt vinglas. Det var som att dricka honung, gott men fel i kvällshettan. Hon höll ursäktande upp händerna, ryckte åt sig flaskan, gick på smällande sandalettklackar tillbaks till vinkylen, ställde in den i ett sidofack och valde ett nytt vin.

"Jo, det var förvisso ett av världens bästa efterrättsviner, men jag trodde du hade en tanke", ursäktade han sig när de två på nytt skålade i ett torrt, kallt men ganska kraftfullt rosévin från Korsika.

Det allra värsta i hela historien från Kålsta var inte serien av rättsövergrepp i sig, berättade han vidare. Det var känslan av hopplöshet. Och då syftade han inte på vad han själv och Acke och andra journalister kände och tyckte. Det var hopplösheten i den muslimska, eller påstått muslimska minoriteten bland framför allt de fattiga, de arbetslösa, de som just nu överallt utmålades som fienden. I Kålsta *visste* ju alla att en liten fåne som Abdelatif Belkassem var så långt från al-Qaida man kunde komma, liksom alla där ute *visste* att tanken på att Moussa Salameh, den mest beundrade av alla unga män, skulle gå i fånens ledband var orimlig. Men bevisligen satt alla inne.

Alltså existerade ingen rättvisa för muslimer, troende muslimer eller bara muslimstämplade människor. Där var alla förortsbor samstämmiga. Det vita samhället hade startat krig mot dem. Eller om man så ville, det krig som börjat den 11 september i USA och vandrat vidare till England var på väg mot vårt eget land.

En sak som fått Erik att tveka om han över huvud taget skulle sända ut sitt långa reportage var den ständigt återkommande tanken att snart skulle våra egna ungdomar slå tillbaks, precis som i England. Det var sant att oroväckande många människor kände så, det var äkta upplevda känslor.

Därför måste det också sägas. Han hade sänt reportaget utan att censurera eller mildra det. Men det här var det allra värsta. Med sådana som von Schüffel och några av de nya ministrarna, justitieministern och migrationsministern, i spetsen höll vi på att skapa fienden inom oss, slutade han.

Ewa ryckte till av en stark känsla av déjà-vu.

"Vad sa du?" frågade hon. "Fienden inom oss?"

"Ja, det var väl närmast en anglicism, jag tänkte på en reportageserie i CNN som hette The Enemy Within och så slarvöversatte min vinmarinerade hjärna uttrycket. Men du förstår vad jag menar?"

"Ja, men det är lite spooky. Jag kommer inte ihåg hur och när, men jag har också tänkt den tanken. Och när jag förhörde en av våra politiska talanger i AFA, du vet dom som slog sönder demonstrationen mot första Newrozrättegången?"

"Jotack. Snacka om björntjänst! Turkiska staten hade inte kunnat göra det bättre. Va, förresten, förhörde du dom också?"

"Joda, men det tror jag inte är hemligt enligt bestämmelserna om rikets säkerhet, dom är vita människor. Hursomhelst. Jag jobbade som en bäver med dom där förmågorna för att hinna bli klar till semestern. När en liten mager krake till tjej..."

"Dom är veganer, får inte i sig tillräckligt med näring", avbröt han med sitt första leende på länge.

"Tack, jag vet det! Men i alla fall, när en sån där liten sak i fyrtiokilosklassen just hade snackat på sig minst tre år och förhöret var slut och jag skulle ila vidare till nästa demokratikämpe så sa hon just det där. Ni har fienden inom er, sa hon och syftade på ungefär det du just berättat. Jag tog åt mej, det måste jag medge."

Det var förstås en obehaglig slutsats, liksom den på något krypande sätt var svår att göra sig fri från. Erik suckade att tidningarna hemma hade börjat se ut som i Danmark, ledarskribenter och kulturtyckare hade fått islam på hjärnan och hemmasnickrad teologisk analys tävlade rent av med handväskedebatten på kultursidorna just nu. Hade hon hört talas om handväskedebatten?

Nej, det hade hon inte.

No big deal, men kulturgrenen inom feministvänstern pucklade just på varandra med handväskor. En intellektuell gigant hade beskyllt en annan intellektuell gigant för att ha köpt en handväska för 8 000 euro. Frågan var om en äkta feminist hade rätt till sådan extravagans. Handväskedebatten var inte lika stor som frågan om islams förbindelser med terrorism, men större än frågan om våra pågående terroristaffärer.

"Konstigt att ni ser så dystra ut", raljerade Pierre när han kom ut till dem med en ny vinflaska i handen, kastade åt dem varsin kofta, tände ljus som han ställde fram på marmorbordet. "Med ett glas Château d'Yquem är det antingen frågan om vadslagning eller något att fira."

"Förlåt", sa Ewa. "Jag gick bara till vinkylen och ryckte åt mej något som såg ut som vit Bordeaux och så långt var det ju rätt."

"Och jag ville inte säga något", sa Erik och slog urskuldande ut med armarna. "Om värdinnan vill dricka Château d'Yquem så…"

"Vi tar den till efterrätten i morgon, måste bara tänka ut en efterrätt nu när vi har öppnat den, le vin tiré il faut boire", retades Pierre.

"Sätt dej, jag har redan bett om ursäkt", sa Ewa. "Jo, vi var lite dystra. Du förstår vad vi talade om, men det slog mej att jag under tio års slit på Ekobrottsmyndigheten åstadkom en sådär fyrtio, femtio års fängelse i effektiv tid. Skattesmitare, avdragsryttare, skalbolagsoperatörer, momsfifflare, en och annan insiderskurk och så vidare."

"Och? Rättvisan bär inte sitt svärd förgäves?" undrade Pierre.

"Mja", fortsatte Ewa. "Kanske den gör det. Saken var ju den att när det gäller sånt som insideraffärer så måste bevisningen vara hundratio procent när man levererar buset till åklagarn. Men lik förbannat går dom där förbrytarna, trots utmärkt bevisning, fria oftare än vad man skulle kunna tro."

"Jamen, what's new?" undrade Erik.

"Det nya är att jag på ett halvt års jobb på Säkerhetspolisen knegat ihop till i värsta fall uppemot tvåhundra års fängelse. Och då har bevisningen varit minst sagt svag i många fall."

"Slutsatsen av det?" frågade Erik lika milt obönhörligt som Ewa själv skulle ha gjort i hans ställe.

"Det finns tyvärr två möjliga slutsatser", svarade Ewa. "Den ena möjligheten är förstås att samhället ser strängare på terrorism än på momsfiffel. Det håller jag rentav för troligt, som man säger i rätten. Den andra möjligheten är mer oroväckande. Det är att samhället också anser att dom värsta brotten kräver den svagaste bevisningen."

"Och vad säger man om det i rätten?" undrade Pierre.

"Då säger man, ordagrant, att det ligger i farans riktning", sa Ewa, tystnade några sekunder innan hon reste sig, drog dem båda till sig och kramade dem och föreslog att man skulle tala om något helt annat.

XII.

NÄR RÄTTEGÅNGEN MOT Kålstaligan, med kopplingar till al-Qaida, inleddes var förväntningarna stora och helt realistiska bland medierna. De var också stora, däremot helt orealistiska inom huvudstadens polisstyrka. Man hade 600 man med prickskyttar, videokameror, tårgasskott och till och med chockgranater på plats och hade slagit en så kallad järnring runt såväl Rådhuset som de angränsande kvarteren. Dessutom fanns 400 man i reserv, inkallade från stora delar av landet.

Det rådde demonstrationsförbud, men fyra demonstranter som tydligen inte uppfattat den saken infann sig ändå. De såg ut som muslimer, hade helskägg och höll upp ett handtextat plakat i papp med oläslig arabisk text. En grupp terroristpoliser i gröna baskrar, kamouflagesmink, mörka glasögon med spegelreflexer och kompakta tyska kulsprutepistoler i färdigställning gick fram till den olagliga demonstrationen, petade på demonstranterna några gånger med sina vapen och när inte det hjälpte petade de hårdare så att en av dem protesterade. Det hjälpte. Demonstranterna buntades elegant ihop medelst fällning framåt, handbojades och kunde därefter avföras efter att ha visats upp för några tevefotografer.

För medierna var förloppet lättare att förutse än för polisen, eftersom det var medierna själva som bestämde hur det skulle se ut. Kvällspressen hade introducerat den återkommande vinjetten, vit text mot svart platta på varenda sida: al-Qaida inför rätta.

Aftonposten, liksom andra oppositionstidningar hade valt "Terroristrättegången" eller liknande omkväden som inte drog in al-Qaida.

Förväntningarna var på högspänn i alla läger.

Men mest hos Abdelatif Belkassem, 20 år. Detta var hans stora stund i livet, betydligt mer än de femton minuters berömmelse som en amerikansk konstnär, som sedan blev skjuten av en galen feminist, hade utlovat var och en på jorden.

Det här var oändligt mycket större. Abdelatif spelade huvudrollen i ett drama som skulle pågå i flera veckor, enbart för rättegången. Dessutom hade han feta anbud för exklusiva intervjuer från ett flertal kommersiella tevestationer. He was the man of the day, skulle de ha sagt. Inte han, eftersom hans engelska var nästan lika dålig som hans arabiska.

Hans häktningsrestriktioner hade förändrats på ett något märkligt sätt under den senaste månaden. Åklagaren hade dragit in besökstillståndet för hans mor. Däremot fick han läsa så mycket tidningar han ville och kunde dagligen lära sig mer om vem han egentligen var, eller vilken roll han skulle spela. Eftersom han ofta avbildades tillsammans med Usama bin Ladin, vars tonfall och sätt att röra sig han väl kände till även om han inte förstått så mycket av vad den störste av alla frihetshjältar sade, fastnade rollen ganska snabbt. Han hade övat framför den väggfasta spegeln i cellen, ungefär som han imiterat rockstjärnor när han var yngre och ännu inte drabbats av den stora klarsynen.

Hans imitation av Usama bin Ladins klädsel hade också närmat sig perfektion, åklagarmyndigheten hade varit förvånansvärt hjälpsam med hans önskemål om nya kläder.

Han var också stolt över sin far och bror Walid, eftersom de fixat vapen för att kunna frita honom. En del tidningar hade med spännande teckningar och kartor beskrivit i detalj hur fritagningsoperationen skulle ha gått till. Nu var de alla tre martyrer för Guds sak och även om han inte skulle få dödsstraff, tyvärr, för då hade han sluppit fängelsestraffet i väntan på paradiset, så var det lekamliga lidandet blott ett sandkorn inför evighetens klart lysande stjärna. Det senare hade han lärt in på svenska i Koranen som den syndfulla bitchen, hon som skamligt nog var chef för förhörarna, hade gett honom. Men det var inget att skämmas över att han fått Koranen från den orena kvinnan, hon var bara ett fjäderlätt instrument i Guds händer.

Han var klädd som Usama bin Ladin, han förde sig värdigt som Usama bin Ladin. Och när han i fotbojor och handfängsel leddes in i rättssalen mellan fyra soldater i stridsmundering och silverglänsande solglasögon, först av alla, fylldes hans bröst med stolthet. Eller hette det av stolthet? Han måste välja sina ord noga och röra sig stillsamt, med små värdiga gester. Han var en man av Gud. Eller hette det från Gud?

Den första rättegångsdagen fick publiken vara med, och ännu bättre var det att det stod tevekameror överallt inne i rättssalen. Hela den första dagen gick åt till åklagaren, det var bara han som talade. Och han beskrev poetiskt vackert hur den mest fruktansvärda straff-terror skulle ha drabbat de ogudaktiga, fastän han använde andra ord.

Det enda Abdelatif behövde tänka på var att han hela tiden hade allas blickar och tevekamerorna riktade mot sig när åklagaren beskrev vilken stor frihetshjälte han var. Han måste sitta mesta tiden med orörligt ansikte, visa att han stod över denna världsliga så kallade rätt-visa som bara var en del av de ogudaktigas krig mot de rättroende. Då och då kunde han kosta på sig ett litet men värdigt hånleende.

Det hade också varit viktigt att kräva ett avbrott för middagsbö-nen. Synd bara att den råkade sammanfalla med fläskätarnas egen lunchpaus.

Första rättegångsdagen var den enklaste, mest som att bli varm i kläderna.

Andra dagen var mer arbetsam och förstås mycket viktigare. För nu skulle han svara på frågor från åklagaren, vilket var enkelt, men sedan också från den advokat som de otrogna hade tvingat på honom och det var mycket jobbigare, ibland faktiskt skämmigt.

Med åklagaren hade han inga problem. För åklagaren ville först av allt veta om det var sant att han planerat den största terrorattacken i landets historia.

Det var självklart sant. Varför skulle han annars sitta där i kedjor, vaktad av ett tungt beväpnat kommando från Nationella insatsstyrkan?

Hade han inte känt någon tvekan att ta andra människors liv?

Nej, självklart inte. En otrogens liv är inte mer värt än ett sandkorn under öknens stjärnhimmel. Det gick ett sus av beundran genom rättssalen när han så enkelt och klart lärde åklagaren att veta huns, eller om det hette hut.

Men varför döda så många kristna människor? Åklagaren kallade dom faktiskt det fastän nästan ingen i detta ogudaktiga land, inte ens muslimerna, trodde på Gud.

Därför att många döda var det enda språk som Guds fiender förstår. Därför att Gud finner behag i att se Hans trognaste tillbedjare försvara sig med Jihad.

När han sade sådana vackra saker var det viktigt att tala långsamt och tydligt, inte höja rösten, men luta sig bakåt och tankfullt stryka sig över helskägget, precis som broder Usama skulle ha gjort.

Kände han ingen ånger ens nu när han satt i en domstol som kunde döma honom till ett långt fängelsestraff?

Nej, ty – ty var ett fint ord, det lät värdigt – denna domstol hade inte mer rätt än en kamel under Guds himmel att döma honom. Denna domstol var bara ett Satans instrument, men mot Gud förmådde Satan intet och vad som skedde med den lekamen – lekamen var också ett fint ord – som tillhörde Guds enkla tjänare Abdelatif Belkassem hade ingen som helst betydelse inför evigheten. Ingen av Satans domstolar kunde döma honom. De kunde piska honom till döds, sända honom till Guantánamo, den store Satans fångläger för de rättroende, om de så behagade. Men hans själ skulle de aldrig nå för den skyddade Gud.

Så där fortsatte det några timmar och Abdelatif njöt. Självklart skulle de ogudaktiga döma honom vad han än sa. Men då var det bättre att tala Guds klara språk inför de otrogna hyndorna.

Han var mycket nöjd med denna andra rättegångsdag, som helt och hållet hade handlat om honom själv. Utom möjligen med att många av de andra på de anklagades bänk uppträdde ovärdigt på ett sätt som sanna troende inte kan göra utan att ådra sig Guds vrede. De skrattade åt honom. De förnedrade sig till att häda Guds storhet, de pekade finger åt honom och gjorde menande gester som att rita cirklar i luften vid tinningen, de skakade på huvudet och stönade så att den högste domaren i domstolen måste säga åt dem på skarpen att uppträda värdigt. Gud skulle straffa dem för detta fega beteende. Inför Gud var det varje sann troendes plikt att visa fasthet och mod och den som inte gjorde det skulle med den vantroendes svarta förtvivlan ruttna i ett fängelse och därefter drabbas av ett ännu värre lidande i helvetet. Och det var rättvist, det var Guds vilja.

* * *

I den väldiga medieskuggan av den stora terroristprocessen fastställde Migrationsöverdomstolen plötsligt beslutet om utvisning av två terroristmisstänkta kurder till Irak.

I vanliga fall hade det till synes märkliga beslutet väckt viss uppståndelse, eftersom det baserades på slutsatsen att det inte förekom något krig i Irak. Men nu hamnade det långt bak i tidningarna som notiser efter alla sensationsreportage från terroriströättegången.

Och de två kurderna försvann i största hemlighet ut ur landet bara någon timme efter att Migrationsöverdomstolen fattat sitt beslut. Praktiskt nog hade brittiska myndigheter redan skickat ett plan till flygplatsen Landvetter utanför Göteborg för att hämta upp två terroristmisstänkta bosnier. Britterna var vänliga nog att erbjuda de två kurderna lift till London för vidare befordran med ett amerikanskt specialplan till Arbil i irakiska Kurdistan.

”Nu har dom saatans jävlarna till och med lyckats stifta fred i Irak!” fräste Acke när han kom in till Erik och kastade ett dokument på skrivbordet framför honom.

”Vilka saatans jävlar har lyckats med den fantastiska insatsen?” frågade Erik och slog av teven. Han hade motvilligt fascinerad suttit helt försjunken i skådespelet från terroriströättegången.

Han behövde inte läsa länge för att fatta hela sammanhanget. Acke hade laddat ner domen från Migrationsdomstolen och beslutet från Migrationsöverdomstolen att inte ens lämna prövningstillstånd, att alltså bara fastställa underrättens beslut. De märkliga argumenten om freden i Irak var markerade med Ackes ilsket signalorange färgpenna. Där fanns en del höjdarcitat som skulle göra sig bra i ett nyhetsinslag. "Efter frigörelsen 2003 är den irakiska regimen inte inblandad i någon förföljelse av religiösa grupper och det allmänna läget i Irak är inte heller av sådan art att det kan sägas utgöra en inre väpnad konflikt", var ett sådant citat. Erik var tvungen att läsa det två gånger för att vara säker på att han verkligen läst rätt. Ett om möjligt ännu bättre, åtminstone kortare, citat löd "Det föreligger inte någon väpnad konflikt i Irak."

Tjänstemännen i de här nya specialdomstolarna för utkastande hade verkligen fattat galoppen. Regeringen var så angelägen att få de två kurderna utkastade att man måste påstå att det var fred i Irak. Beslutet var till för att skydda migrationsministerns lögn om hemliga men avgörande bevis mot de två terroristmisstänkta.

"När man läser sånt här känns det som om man plötsligt blivit galen", stönade Erik när han var klar med texten. "Och vad i helvete gör vi nu?"

"Första frågan är när, var och hur utvisningsbeslutet ska verkställas, för det har dom väl ändå inte hunnit med. Vem kan svara på det?" funderade Acke.

"Presstjänsten hos migrationsministern, såvida dom inte är upptagna med att dricka champagne just nu", muttrade Erik. Han såg plötsligt mycket sorgsen ut och lyckades inte mobilisera samma ilska som Acke.

"Och vad betyder det här för Journalistförbundets polisanmälan mot angivaren Kassem Sarikaya?" frågade Acke.

"Jag vet inte, men jag anar", sa Erik.

"Exakt vad anar du?"

"Att dom lägger ner. Vi gör så här. Du jagar upp presstjänsten på departementet och jag ringer överåklagare von Schüffels kontor så ses vi igen när vi har fått fram några besked."

"Men den där Skyffeln struttar ju omkring i stora terroristsalen i Rådhuset hela dagarna och gråter över vår hotade demokrati, honom får vi inte tag på", invände Acke.

"Nej, så klart", svarade Erik lågt. "Men det här ärendet har han nog delegerat till någon av sina chefsåklagare. Av just dom skäl du nämnde. Nu försöker vi i alla fall, så bestämmer vi sen hur vi går vidare."

Två timmar senare hade de fått fram lika klara som nedslående besked. Från departementet hade man bekräftat att utvisningen av de två kurdiska terroristerna redan hade verkställts. Men man ville i nuläget inte säga hur, eller till vilket land de hade transporterats.

Det besked Erik fått fram från överåklagare von Schüffels kontor var lika negativt. Utredningen mot Kassem Sarikaya hade redan lagts ned. Som vanligt fanns det någon sorts hycklande juridisk logik bakom beslutet.

Det hade ju påståtts i Journalistförbundets anmälan mot honom att han fabricerat bevis som legat till grund för regeringens utvisningsbeslut av två personer. Men nu var de redan utvisade, uppenbarligen på helt andra grunder. Då kunde inte Kassem Sarikayas rapportering, friserad eller ej, ha haft någon betydelse. Alltså hade ärendet i laga ordning lagts ned.

"Och migrationsministern kommer undan med sina lögner om avgörande hemliga bevis", summerade Erik. "Om vi försöker göra nånting just nu, mitt i terroristlarmet, så gör vi saken en otjänst. Så vad gör vi?"

"Jag håller med, vi måste vänta med det här", funderade Acke. "En sak man kan göra förr eller senare är att resa till Arbil och försöka ta reda på vad som hände dom två utvisade."

"Mm. Men varför just Arbil?"

"Nån saatans måtta för det väl ändå vara! Inte kan man dumpa dom i det fredliga Bagdad eller det nästan lika fredliga shiamuslimska Basra. Arbil är nån sorts huvudstad i Kurdistan och dit går det direktflyg."

"Du har rätt. Lever dom är det en bra story och en bra intervju. Lever dom inte är det också en... viktig story. Och om redaktionsledningen kommer dragandes med besparingsskäl mot resan betalar jag den själv."

"Fast vi väntar tills den här spektakelrättegången är över?"

"Mm. Just nu skiter alla i dom här två killarna. Lika bra att vi ser på teve. Dom håller på med pappa Benali Belkassem, som inte verkar det minsta förtjust över sin hjälteroll som påstådd anförare av ett väpnat fritagningsförsök."

Erik sträckte sig efter fjärrkontrollen och slog på direktsändningen. De kom mycket riktigt in i ett förhör där en till synes nöjd och glad von Schüffel förhörde familjen Belkassems överhuvud. Herr Belkassem var varken glad eller samarbetsvillig, han nekade tydligen till allt.

"Det är en sak som grämer mej så att jag kan bli galen", mumlade Acke när rättegången gjorde avbrott för vädringspaus.

"En sak? Jag har en lista", sa Erik.

"Jo. Det är just den listan. Vi torskar hela tiden mot lagvrängarna, till och med mot en liten ljugande nybörjarminister. Det står minst 4–0 till dom jävlarna."

"Jag vet", sa Erik. "But it ain't over 'til the fat lady sings."

* * *

Ewa hade inte fått mycket arbete gjort de senaste dagarna eftersom hon tillbringat mesta tiden framför teven i sitt arbetsrum. Det var hon garanterat inte ensam om i huset, det var ju en mycket märklig föreställning, mer teater än juridik. Och där ute i landet satt nu en miljon självutnämnda nämndemän och hade antagligen sin dom färdig. Det var inte så konstigt, von Schüffel hade lagt upp det så att bara förhören med de fyra första tilltalade skulle sändas i teve. Sedan stängdes dörrarna ända fram tills det blev dags för slutpläderingarna. Ville man övertyga folkdomstolen där ute så var upplägget idealiskt. Bröderna Belkassem och deras far Benali var definitivt bundna vid en serie vanliga grova brott, olaga vapeninnehav, grovt rån, knark- och vapensmuggling. Det skulle ha räckt långt också utan anklagelsen för terrorism.

Lille Abdelatif Belkassem hade uppenbarligen blivit tokig och trodde att han var Usama bin Ladin och hade redan pratat på sig livstid. Den stora frågan var om han med det lyckades sänka alla de andra.

Och vad hans dataspelande kompis beträffade, Hadi Bouhassan, så skulle också han få vara med i teve innan dörrarna stängdes. Han hade klätt ut sig på samma sätt som Abdelatif. Slutsatsen kunde bara bli att också han tänkte samarbeta och hellre spela martyr och frihetshjälte och döma sig själv till tio år eller mer i stället för att försöka bli frikänd. Med lite frisk motståndsvilja, normala kläder och en Silbermann eller Alphin vid sin sida hade han mycket väl kunnat klara det. De två små bin Ladin-kopiorna skulle ha varit skrattretande i varje annat sammanhang. Nu togs de på blodigt allvar inte bara av von Schüffel och medierna utan säkert också av folkdomstolen framför teveapparaterna.

I en förhandlingspaus när hon lämnade teven en stund för att sortera gamla förhör som inte skulle komma till annan användning än att arkiveras ringde Ralph Dahlén och frågade om hon möjligen såg på teveteatern, han använde det ordet. För i så fall kunde hon lika gärna komma upp till honom så kunde de se tredje akten tillsammans. Vad han egentligen ville tala om sa han inte.

"*Lasciate ogni speranza, voi ch'entrate*", hälsade han med en teatralisk gest när hon steg in i hans stora tjänsterum.

"Va?" sa Ewa.

"Förlåt, men jag tänkte att eftersom du och jag är dom garanterat enda latinarna här på företaget..."

"Det där var inte latin."

"Nä, italienska. I som här inträden låten allt hopp fara."

"Jaha, så nu är vi nere i Dantes helvete. Ska jag låta allt hopp fara? Vad är det frågan om?"

Han var mycket olik sig, slipsen hängde på trekvart och han svettades och hans blick flackade hit och dit,

"Nej, det var inte dej jag tänkte på", sa han när han ställde fram kaffekopparna och pekade på soffan. "Snarare dom där satarna vi ser på teve, dom har inte mycket att hoppas på."

"*Dum spiro spero*, det är latin", svarade hon när hon tog emot sin kaffekopp.

"Jo jag vet, så länge det finns liv finns det hopp", instämde han med en nick. "Fast jag trodde jag tillhörde den sista generationen som gick latinlinjen. Du är ju mycket yngre än jag."

"Jag gick humanistisk linje med latin som tillval", svarade hon brydd. Han verkade helt förvirrad, som om han fått hjärnblödning.

"Det låter ambitiöst. Men varför det?" frågade han, märkligt intresserad.

"Jag var pappas duktiga flicka. Han hade för sig att jurister har en väldig nytta av latin. En överdrift kan väl du och jag konstatera. Men efter studenten gjorde jag ett försenat tonårsuppror och läste litteraturvetenskap ett år", redovisade hon lydigt.

"Men sen blev det tydligen juridik i alla fall?" fortsatte han, tydligen fast i sidospåret.

Hon visste inte längre vad hon skulle säga och nöjde sig med att nicka bekräftande.

"Ärligt talat, vad tycker du om föreställningen?" frågade han efter en stunds tystnad då det såg ut som om han skärpte sig. Hon antog att han syftade på den tevesända rättegången.

Hon sa att det här nya påbudet om tevesända rättegångar i vissa undantagsfall verkade som en usel idé. Det blev mer show än juridik och allmänheten måste få en helt förvriden bild av målet. Om man bara visade upp familjen Belkassem, där alla tre åtalade var skyldiga till diverse perifera brott, så kunde det se ut som om hela det övriga gänget också var lika skyldiga. Och när den senare delen av målet skulle tas upp, där bevisläget var mer än besvärligt för åklagarsidan, så skulle tydligen dörrarna stängas på nytt. Antagligen tjänade hemlighetsmakeriet då till att få folk att tro att det som måste avhandlas i hemlighet var ännu värre. Även om hon tvekade att använda ordet manipulation så låg ändå den misstanken nära till hands. Vad hade han förresten själv ansett om det här om han fortfarande varit Justitiekansler?

"Mitt i prick som vanligt, Ewa", suckade han. "Om jag varit Justitiekansler hade jag hittat på ett sätt att ingripa mot det här teaterevenemanget. Det här upplägget är ett hot mot rättssäkerheten, inget tvivel om den saken. Du har själv just pekat på svagheterna."

Han var helt enkelt djupt skakad, han hade bett henne komma för att han behövde någon sorts tröst, åtminstone någon att tala med, gissade Ewa.

"Men nu är du inte Justitiekansler utan chef för Säkerhetspolisen och då ser det ljusare ut?" frågade hon.

"Huvudet på spiken igen. Jag var uppe hos justitieministern idag och hon var minst sagt stormförtjust. Rosor på kinderna", svarade han, skenbart vid sidan av frågan han fått, nu verkade han normal igen.

"Ja, att justitieministern var optimistisk kan jag förstå", sa Ewa. "Hon har ju sen länge utlovat fällande domar eftersom vi förhindrat de värsta katastroferna i landets historia och vad det var."

"Ja, dessvärre har hon gjort en del uttalanden som skulle kunna ge intryck av att hon föregrep en domstols beslut. Bärgar von Schüffel fångsten så tror jag att han kommer att bli rikligen belönad. Tyvärr tror jag att också han förstått det."

Antingen var han ute och trevade efter något som Ewa inte kunde genomskåda eller också behövde han bara mera tröst. Hon kunde inte bestämma sig för vilket. För en jurist var justitiemord något som redan ryggradsreflexen fördömde. Och det var vad föreställningen i teve hittills handlat om. För en chef för Säkerhetspolisen var det möjligen en realpolitisk nödvändighet. Hon insåg plötsligt att om det var någon i hela rättssystemet hon just nu definitivt inte skulle vilja byta plats med så var det han.

"Men vi slipper tydligen att se en av våra egna anställda inför rätta?" prövade hon ett nytt spår.

"Ja, det skulle man kunna se som en god nyhet. Men samtidigt ett bekymmer", sa han.

"Det får du nog förklara", sa hon.

Han satt tyst en stund och tänkte efter.

"Om regeringen behagar utvisa x eller y antal irakier, mer eller mindre terroristmisstänkta, är inte det stora problemet", sa han till slut med en konstig grimas. "Men det finns en sak som skulle kunna grumla lättnaden, för att ta till dagens understatement", fortsatte han men tvekade på nytt.

"Nämligen?" frågade Ewa.

"Nämligen att vi har skickat dom här två killarna kvickt som attan till England, engelsmännen lämpade över dom på en CIA-transport till Arbil i irakiska Kurdistan och där är dom nu. Så långt allt gott och väl."

"Men?" insisterade Ewa som om hon satt i förhör.

"Ja, det finns ett stort men. Om dom hänger dom här killarna vet jag inte vad jag gör. Det fanns ju enligt vårt sätt att se saken, i verkligheten och inte i politiken, inga bevis mot dom. Vi hade inte ens kunnat döma dom till dagsböter."

"Men det är ju migrationsministerns problem, det var han som hittade på det där om dom hemliga bevisen", tröstade Ewa. "Har inte vår regering rätt bra förbindelser med kurderna?"

"Jo, han påstår det. Han påstår också att han fått den irakisk-kurdiska regeringens försäkran om att inte ett hår ska krökas på terroristernas huvud."

"Det låter som en gammal bekant försäkran. Från Egypten bland annat", sa Ewa.

"Ja. Det är just det. Kusligt bekant. I irakiska Kurdistan tillämpar man dödsstraff för terrorism, jag antar att hängningarna där ser ut ungefär som det vi sett på film från Bagdad."

Det fanns inget mer att tillägga. De räddades från sin plågsamma tystnad av att förhandlingarna återupptogs i teverättegången i Rådhusets terroristsal.

Ralph hade lojalt kämpat för en av sina anställda, angivaren Kassem Sarikaya, summerade Ewa. Han hade kanske bidragit till att rädda angivaren från ett kortare fängelsestraff och, viktigare, förlorad heder bland de sina och lite förlorad heder för Säkerhetspolisen. Och så långt var allt realpolitiskt gott och väl, precis som han själv sagt. Men priset kunde alltså bli två hängda politiska flyktingar. Ralph var ingen vacker syn just nu.

Hadi Mohamad Bouhassan fortsatte konsekvent sin självmordslinje med den nu nästan jovialiske von Schüffel. Bara Gud bestämde över Hadi Mohamads liv och död, han fruktade inte döden, han dog tusen gånger hellre i Jihad än han underkastade sig de otrognas skenrättegångar, 15 000 otrognas liv låg i Guds händer och där vägde de inte mer än ett sandkorn i öknen under Guds klara stjärnhimmel och Hadi Mohamad själv var bara Guds ödmjuke tjänare.

Åtminstone var det ungefär så som Ewa tolkade pojkens förvirrade berättelse. Innebörden var ändå iskallt klar. Han pekade ut alla de andra, åtminstone indirekt, och han bekräftade närmast njutningsfyllt att den stora terroristkonspirationen varit verklighet och inte en lek på Playstation II.

* * *

Samma dag som domen föll i terroristmålet spelades sista föreställningen för säsongen av August Strindbergs Dödsdansen på Kungliga Dramatiska Teatern i Stockholm. Normalt skulle det inte ha funnits ringaste samband mellan den stora politiska händelsen och den lilla kulturhändelsen, trots pjäsens olycksbådande titel.

Samtliga åtalade i terroristmålet dömdes. Två kurder hade sorterats ut från "al-Qaida i Kålsta" och sänts till ett okänt öde i Irak. Men två nya terrorister hade förstärkt ligan inför rätta, ytterligare en son Belkassem och fadern Benali. Terroristligan bestod alltså fortfarande av nio medlemmar. Fyra av terroristerna dömdes till livstids fängelse, Abdelatif Belkassem, Hadi Mohamad Bouhassan, Eduar Khoury och Moussa Salameh. De andra fem slapp undan med tio eller tolv år. Domstolen var enhällig den här gången.

Domen var tillgänglig på tingsrättens kansli klockan 13:00 och kunde meddelas allmänheten för första gången i radions nyheter tre minuter senare, i slutet av sändningen.

Föreställningen på Dramaten skulle börja sex timmar senare, när augustimörkret redan börjat sänka sig över huvudstaden.

De fyra terroristerna kom bokstavligen talat i sista minuten, när publiken hunnit sätta sig och de sista eftersläntrarna jäktade in genom dörrarna. Förmodligen hade dörrvakterna försökt stoppa attentatsmännen, eller åtminstone frågat efter biljetter. Det kunde av förklarliga skäl aldrig utredas, eftersom ingen av dem överlevde.

Såvitt det gick att sammanställa förloppet i förhör med mer eller mindre chockade överlevande började attacken med att de fyra männen, beväpnade med AK 47:or, som en officer bland de överlevande vittnena intygade, sköt alla som satt eller befann sig i närheten av dem själva, alldeles innanför vänster ingång till parketten. Därefter sköt de automateld ner över publiken i mitten och den vänstra sidan av parketten. Så gjorde de ett uppehåll och bytte magasin. Då bröts publikens första skräckförlamning och många försökte fly över till den andra sidan av salongen för att nå utgångarna till höger. Stockningen som uppstod bildade en tjock mur av tätt sammanpackade människor. De fyra männen gav eld på nytt rakt in i den panikfyllda massan. Bytte magasin och fortsatte. Bytte magasin en gång till och sköt alla som fortfarande var på fötter eller visade livstecken i närheten av utgångarna. Och plötsligt var de borta.

De hade skjutit trehundratjugo skott på mindre än en minut. Resultatet blev femtiofem döda och ett åttiotal mer eller mindre allvarligt skadade. Hela attacken, från att attentatsmännen skjutit dörrvakterna tills de var borta, hade genomförts på mindre än en och en halv minut.

I en sorts kommuniké som sändes från ett internetkafé uppe på Söder tio minuter senare meddelades att Muslimernas Försvarsfront, I Guds, den Nåderikes och den Barmhärtiges Namn, hade gått till motanfall för att försvara sig i det krig som Västerlandet startat och att den som sår vind skall skörda storm.

Det var kommunikéns innehåll i korthet, men medierna publicerade bara, på polisens begäran, ett kort sammandrag av texten.

Mördarjakten som bröt ut i Stockholm blev den största någonsin, så hette det och så måste det heta. Polisbilar for i hög fart kors och tvärs med påslagna siréner och blåljus. Femton minuter efter attacken spärrades flera kvarter av runt Dramaten och därmed uppstod ett avsevärt trafikkaos men i övrigt inget konkret resultat.

I förorten Kålsta var det kav lugnt. Säkerhetspolisen hade förstärkt med ett tiotal spanare på platsen, eftersom man befarade oroligheter i samband med terroristdomen. Men man kunde inte iaktta någon misstänkt aktivitet bland de cirka femton misstänkta objekt man hade på sina listor. De var hemma, de satt på pizzerian, de spelade flipper och betedde sig rutinerat skickligt som om de inte hade den ringaste aning om vad som hade hänt inne i city. Under natten gjordes en del inbrytningar i olika lägenheter, stickprovskontroller som man kallade det, men utan resultat.

Den verkliga spaningsinsatsen började på kontorstid morgonen efter attacken mot Dramaten. På Säkerhetspolisens operativa och tekniska avdelningar analyserade man bilderna från två bevakningskameror, en inne på Dramaten och en utanför. Det tog några timmar, men till slut hade man de fyra unga männen på bild. Då vidtog nästa fas, att förstärka bilderna, kompensera för kornighet och andra störningar och göra delförstoringar. Av de fyra individerna gick det att få fram två fullt godtagbara porträtt som snabbt distribuerades till medierna.

Inne på den stängda teatern där alla döda vid det här laget hade transporterats bort letade ett tjugotal poliser igenom kvadratcentimeter efter kvadratcentimeter av det lilla område där attentatsmännen befunnit sig när de sköt. Man hittade trehundratjugo tomhylsor som skulle undersökas en efter en i sökandet efter fingeravtryck. Övriga fynd var mer svårbedömda, fibrer och hårstrån fanns av förklarliga skäl i oöverskådlig mängd från ett stort antal individer och klädestyper.

Hela Säkerhetspolisen var givetvis mobiliserad i mördarjakten. Huvudansvaret låg på de operativa avdelningarna som bland annat måste skaka liv i varenda angivare i hela landet för att få fram tips. På Ewas avdelning hade man en enda uppgift, innan det blev dags för förhör av misstänkta. Det var att analysera den fullständiga texten till den kommuniké som sänts från ett internetkafé på Söder. Där hade också funnits en övervakningskamera. Men bilderna därifrån visade mer än något annat att den man, mellan 25 och 30 år av medellängd och sannolikt i blond peruk, som sänt meddelandet från en av kaféets datorer var väl medveten om var övervakningskameran fanns, eftersom han valde datorn längst bort. Analys av bilderna pågick, men prognosen var inte optimistisk.

Texten fanns däremot. Den var tämligen lång, ungefär två minuters lästid, och hade följaktligen skrivits i förväg. Den verkade genomtänkt och sannolikt hade man filat på den en hel del, för den var språkligt perfekt. Där fanns inte så mycket som ett prepositionsfel.

Det var den första intressanta iakttagelsen Ewa gjorde. Texten var författad av en infödd svensk. Dessutom en svensk med juridiska kunskaper, för där fanns en del ord som justitiemord, omvänd bevisbörda och till och med inkvisitorisk process.

Moussa Salameh, juristkollegan som just utsatts för ett justitiemord, hade kunnat skriva texten. Rent teoretiskt. Det var en hisnande tanke. Han skulle ha gett upp allt, han skulle ha anslutit sig till terroristerna för att han insåg att han var dömd på förhand, skrivit texten och smugglat ut den?

Nej, det var praktiskt omöjligt. Han var extremt välbevakad, betraktad som en av de farligaste människor som någonsin funnits på häktet i Stockholm. Det visste han. Upptäcktsrisken skulle ha varit enorm och därmed hade han riskerat att omöjliggöra hela attacken. Dessutom trodde han på lagen, han hade avslutat sin jur kand och som han uppträtt i förhören hade han lika väl som Ewa själv gjort prognosen att han måste bli frikänd. Och även om han absurt nog fick livstid i tingsrätten måste både han och hans advokat anse att han skulle bli frikänd i hovrätten.

Nej, det var inte han som skrivit texten. Men någon som han. Okej, där fanns i alla fall ett uppslag att lämna ner till de operativa avdelningarna. Hur många registrerade misstänkta muslimer var samtidigt jurister?

Det hon sysslade med var alltså själva mardrömmen, det insåg hon fastän hon försökte besvärja den insikten med tankearbete över texten. Den som sår vind skall skörda storm. Varifrån kom det poetiska uttrycket? Det lät som Bibeln. Bara personer över sextio års ålder använde nuförtiden sådana referenser, bildade herrar som man sade förr i världen, Ralph hade kunnat säga det. Förmodligen fanns uttrycket i Koranen också, de där religionerna var ändå så lika att bara teologer kunde skilja dem åt. Det var en uppgift för analysavdelningen att spåra uttrycket i såväl Bibeln som Koranen, noterade hon.

Märkligt nog var texten vid närmare eftertanke icke-religiös. Den hade visserligen närmast pliktskyldigast formeln "I Guds den Nåderikes, den Barmhärtiges Namn". Men i den följande argumentationen, försvaret för varför man hämnats på det sätt man gjort, fanns inte en enda religiös formulering. Allt handlade om kriget mellan kulturerna, om att det var Västerlandet med USA-imperialismen i spetsen som startat detta krig och att det riktade sig mot alla människor med ursprung i Mellanöstern, oavsett religion. Det var inte kalottprydda töntar runt moskéerna som hade skrivit det här. Fienden fanns på ett universitet.

Så var det delvis, nämligen universitetet i Uppsala.

Ewas analysarbete hade knappast haft någon avgörande betydelse för de gripanden som följde 48 timmar efter massmordet, möjligen snabbat på det något. När tidningar och nyhetsprogrammen i televisionen började publicera porträtten från övervakningskamerorna gick det fort. Tipsen strömmade in i floder. De som satt vid tipstelefonerna hade bara att sortera fram variablerna porträttlikhet, perfekt svenska och juridiska kunskaper.

Huvudmannen i mördarligan hette David Albustani och var doktorand vid den juridiska fakulteten vid Uppsala universitet och faktiskt inte andra, utan tredje generationens palestinier i Sverige. Av de andra tre var två studenter i olika ämnen, också på Uppsala universitet, en av iranskt ursprung och en av indiskt, till synes väl etablerade i det svenska samhället. Den fjärde mördaren hade sitt ursprung i Marocko och studerade vid Lantbruksuniversitetet i Ultuna, utanför Uppsala.

Där fanns det slumpmässiga sambandet. På lantbruksuniversitetet hade han lärt känna en av Hadi Bouhassans välartade systrar, alltså just den lille Usama bin Ladin II som pratat på sig själv ett livstidsstraff i Stockholms tingsrätt. Det som varje jurist som sett på teve måste ha uppfattat som ett justitiemord.

Hon hette Amar Bouhassan, hade ett förhållande med David Albustani, de skulle ha förlovat sig. Hon hade alltså berättat för den unge doktoranden i juridik om det pågående justitiemordet och så hade hela helvetet brakat loss.

Vilket det ändå kanske hade gjort förr eller senare. Hade det inte varit David och hans kompisar hade det varit några andra. Förr eller senare.

* * *

"Du inser allvaret, David, du är anhållen för massmord. Din advokat är inte närvarande men med tanke på att du är doktorand i juridik kanske vi ändå kan fortsätta förhöret?" frågade hon när formalia var avklarat.

"Naturligtvis", sa han.

Hon betraktade honom en stund. Det här var Moussa Salameh en generation senare. Givetvis samma perfekta svenska, hade man inte sett honom framför sig utan bara hört hans röst skulle man ha sagt att han kom från en överklassmiljö runt eller i huvudstaden. Han hade skäggstubb, men det var garanterat inte början på något helskägg. Kortklippt, sidbena, lätt vågigt mörkblont hår, hade förmodligen svensk mor, hade förmodligen haft en lysande framtid som jurist.

"Vad är din inställning till anklagelsen?" frågade hon.

"Att jag är oskyldig tills motsatsen är bevisad, givetvis."

"Ska jag räkna upp bevis, menar du?"

"Jatack, det vore alldeles utmärkt."

"Okej. Vi har beslagtagit dina kläder, enligt bilderna från övervakningskamerorna stämmer dom väl med vad du hade på dej vid ... brottstillfället. Den forensiska analysen visar att det finns en alldeles enastående stor mängd korditrester kvar i kläderna, kort sagt att den som haft dom på sig borde ha avfyrat närmare hundra skott. Vad ska vi säga om det?"

"Det låter besvärande, självklart. Men det är i sig inget bevis bortom varje rimligt tvivel."

"Vad du inte vet är att vi hittat vapnen i källaren på Stockholms nation, av alla gömställen. Där finns ett avtryck på ett halvt långfinger som tillhör dej. Det är också besvärande?"

"Ja, otvivelaktigt. Men det utesluter inte alla andra möjligheter än att jag skulle ha skjutit teaterbesökare i Stockholm. Det här går ju jättebra, fortsätt gärna att berätta vad ni har mot mej så att jag kan förbereda mitt försvar bättre."

"Då kan vi alltså sammanfatta det här förhöret med att du förnekar brott?"

"Det är helt korrekt uppfattat."

"Bra, då säger vi det."

Hon avslutade förhöret, stängde av bandspelaren, överräckte den till Anders Johnson och bad honom i vänlig orderton gå ut.

David såg frågande på henne, helt tydligt anade han någon sorts krigslist.

"Det är jag som har ansvaret för förhören med alla dom dömda i terroristrättegången", sa hon. "Jag antar att du delar min uppfattning att flera av dom är oskyldiga?"

"Ja, självfallet. Det behöver man inte vara jurist för att begripa. Och?" svarade han misstänksamt.

"Dom bör ha en god chans i hovrätten, det har inte du. Varför gav du inte rättvisan en chans?"

"Du ber mej indirekt om ett erkännande utom förhöret, är inte det i strid med rättegångsbalkens bestämmelser?" frågade han mer förvånat än indignerat.

"Det kunde låta så, jag ber om ursäkt. Det här är personligt och i fortsättningen när vi träffas blir det allt annat än personligt, kan jag försäkra. Men jag är också jurist, så låt mej ställa om frågan på ett annat sätt. Är jag din fiende?"

"Naturligtvis. Du är den västerländska Säkerhetspolisen och jag heter Albustani i efternamn."

"Så enkelt som så?"

"Ja. Numera så enkelt som så."

Epilog

DEN STÖRSTA TERRORATTACKEN i landets historia inträffade till slut, trots att den nya justitieministern försäkrat att det var just detta som de rättsvårdande myndigheterna hade förhindrat.

Förundersökningen mot David Albustani och hans tre medhjälpare klarades av snabbt, den tekniska bevisningen var den här gången helt övertygande. Deras mål kom upp i Stockholms tingsrätt redan innan det stora terroristmålet mot al-Qaida i Kålsta skulle prövas i hovrätten. En enhällig domstol dömde alla fyra till livstids fängelse för mord i femtiofem fall och mordförsök i åttiosju fall.

Omedelbart efter att Albustaniligan hade letts ut från terroristsalen i Stockholms rådhus påbörjades hovrättens förhandlingar i målet mot al-Qaidaterroristerna. Stämningsläget var inte det bästa för de tilltalade och än sämre blev det av att de två självutnämnda al-Qaidaledarna Abdelatif Belkassem och Hadi Bouhassan prisade de "hjältemodiga martyrer" som hämnats med en attack på Dramaten. Abdelatif Belkassem antydde att det var han själv som gett order om attacken och hotade med nya liknande repressalier, eftersom man bara sett början på Guds hämnd mot dem som gick i den Store Satans ledband. Än värre aktioner väntade, i den Barmhärtige och den Nåderikes namn.

Efter att åklagaren i målet von Schüffel fått detta kraftfulla stöd från två av huvudmännen i terrorligan kom den fällande domen i hovrätten knappast som någon överraskning. Men domstolen var inte enig i sitt utslag.

De två reservanterna, som båda var yrkesdomare, ville frikänna såväl juris kandidaten Moussa Salameh som den kristne Eduar Khoury och väsentligt sänka straffen för alla andra utom Belkassem och Bou-hassan.

En tämligen enig juridisk expertis menade att det vore utsiktslöst att försöka driva målet vidare till Högsta domstolen. Den omständigheten att hovrätten varit oenig om vissa bevisfrågor var inte skäl nog för prövningstillstånd. Alltså var domen slutgiltig.

* * *

Rättegången mot de åtta AFA-aktivisterna som attackerat polisen utanför Rådhuset i samband med att journalisterna på tidningen Newroz dömdes avhandlades också i stora terroristsalen. Som en av domarna råkade undslippa sig till några journalister på en intill-liggande lunchkrog, var det en oroväckande omständighet att det hade blivit köbildning till just terroristsalen. Man borde kanske i samband med renoveringen av Rådhuset passa på att bygga ännu en sådan anläggning, med tanke på världsläget.

De åtta ungdomarna dömdes för våldsamt upplopp till mellan fyra och sex års fängelse, men friades för mordanklagelsen. Överåklagaren von Schüffel aviserade att han hade för avsikt att överklaga den delen av domen.

* * *

Det var ingen som hade väntat sig att Högsta domstolen skulle ta upp målet mot de kurdiska redaktörerna på tidningen Newroz. Desto mer överraskande blev det plötsliga beskedet från HD att samtliga häktade i målet skulle försättas på fri fot i avvaktan på kommande avgörande.

Det blev frisläppande från häktet med mängder av vänner och släktingar, ett hav av blommor och gråt av lycka. Eftersom Högsta domstolen dessutom upphävt advokaterna Alphins och Silbermanns yppandeförbud hade de nu mycket att säga till medierna. De var båda mycket optimistiska inför det kommande beslutet.

Med röstsiffrorna 5–0 beslöt Högsta domstolen en vecka senare att ogiltigförklara de tidigare domarna i underrätterna på den grunden att målet redan från början skulle ha behandlats som ett tryckfrihetsmål och inte som ett brottmål. Högsta domstolen överlämnade åt Justitiekanslern att avgöra om han skulle ta upp målet på nytt, i så fall som tryckfrihetsmål vid Stockholms tingsrätt. Justitiekanslern, som alltså fungerar som statens åklagare i tryckfrihetsmål, befann sig därmed i en rejäl knipa. Till en början var Högsta domstolens beslut att försätta alla de fem dömda på fri fot och annullera de tidigare domarna i tingsrätt och hovrätt en så kraftig markering att den inte gärna kunde missförstås. Beslutet fick dessutom extra tyngd av att ordföranden i Högsta domstolen, Jon af Bunch, också suttit ordförande för de fem justitieråd som fällt avgörandet.

Ett tryckfrihetsmål skulle mot den bakgrunden bli svårt att vinna. Än värre var att en sådan rättegång indirekt skulle riktas mot migrationsministern mer än tidningen Newroz ansvarige utgivare. Att en minister därmed utpekades som ovarsam med sanningen gjorde inte saken bättre ur åklagarsynpunkt.

Och som om inte allt detta vore nog skulle det bli hopplöst svårt för statens åklagare att förklara varför exakt samma tidningsinnehåll som han låtit passera när det publicerades i tidningen Journalisten nu ändå måste prövas inför rätta. Det fanns ur statens perspektiv ingenting att vinna på ett tryckfrihetsmål, däremot mycket att förlora.

* * *

Tre månader senare, långt efter det att Justitiekanslern lagt ned sin förundersökning mot tidningen Newroz, återvände Erik Ponti från en tjänstledighet som han hade tillbringat i irakiska Kurdistan. Med sig hem hade han intervjuer där kurdiska tjänstemän beklagade det inträffade, men också försvarade sig med att både CIA, som lämpat av de två misstänkta terroristerna från Stockholm på en av sina rutinflygningar, och den svenska regeringen försäkrat att de två utvisade var medlemmar av Ansar al-Islam. Det hade varit lite oläglig tajming dessutom, förklarade högste polischefen i Arbil.

Dålig tajming var en klar underdrift. Tidigare i samma vecka som de två misstänkta terroristerna hade levererats från Sverige exploderade en lastbil nära inrikesdepartementet i Arbil, med femton dödsoffer som följd. Och samma dag de kom, på söndagen, dödades femtio människor och ett sjuttiotal skadades när en självmordsbombare sprängde sin lastbil utanför det kurdiska partiet KDP:s högkvarter i staden Makhmour strax utanför Arbil.

Hur det gick till när de två terroristmisstänkta från Sverige lynchades var inte så svårt för Erik Ponti att reda ut. De hade ställts upp mot en mur på polishusets gård och skjutits sönder och samman med hundratals kulor. Däremot var det omöjligt att få fram några auktoritativa uppgifter om vem eller vilka myndighetspersoner som fattat beslutet att utlämna de två till en rasande och beväpnad mobb.

Det fanns gott om bilder, till och med rörliga bilder, på lynchningen. Mobiltelefoner med bildfunktion är relativt vanliga i Kurdistan och Erik Ponti hade inte bara den journalistiska fördelen av att vara svensk, utan dessutom en svensk som många svensktalande före detta flyktingar i Sverige kände till, eller i några fall rentav kände. Därför hade han kunnat förse sig med ett överväldigande bildmaterial från händelsen.

Just bildmaterialet kunde ju inte användas i Dagens Eko. Men det var ändå en avgörande dokumentation i all sin detaljerade vidrighet. Där fanns bilder före och efter, bilder där man kunde känna igen de två offren och bilder där de förvandlats till oigenkännlig köttfärs, där fanns bilder där triumferande mördare poserade intill liken och höll upp de två männens blodiga id-handlingar som troféer, där fanns helt enkelt sådana bevis att radiochefen inte kunde förbjuda Dagens Eko att sända ut storyn. Radiochefens jurister hade bekymrat sig över möjligheten att det tänkta reportaget skulle kunna uppfattas som kritik av de domstolar som påstått att det var riskfritt att utvisa politiska flyktingar till Irak. Eller för den delen att migrationsministern kunde uppfatta reportaget närmast som en anklagelse för att han bar det yttersta ansvaret för de två männens död.

Redaktionsledningen på Dagens Eko instämde i dessa förmodanden, men påpekade att de knappast utgjorde hinder mot att berätta den fruktansvärda sanningen.

Det vidriga bildmaterialet gjorde helt enkelt storyn omöjlig att stoppa, till och med i ett radioprogram.

Efter att ha sänt sina reportage överlämnade Erik Ponti bilderna först till tidningen Aftonposten och därefter till det nationella tevebolaget, med namnlistor på de amatörfotografer i Arbil som skulle komma att bli smått förmögna på sin copyright.

Efter att bildmaterialet sänts ut i televisionens nyhetsprogram väntade migrationsministern bara en dag innan han avgick. Chefen för Säkerhetspolisen, Ralph Dahlén, tvekade ytterligare något dygn innan också han avgick.